작가의
어머니

Writers and Their Mothers

Edited by Dale Salwak

First published in English under the title Writers and Their Mothers by Dale Salwak

Copyright © DaleSalwak 2018

All rights reserved.

This edition has been translated and published under licence from Springer International Publishing AG.

Springer International Publishing AG takes no responsibility and shall not be made liable for the accuracy of the translation.

Korean translation copyright © 2019 by BIGBOOK.

작가의 어머니

Writers and Their Mothers

데일 살왁 지음 | 정미현 옮김

빅북

이 땅에 존재하는 작가의
어머니들께 바칩니다.

이 책의 에세이 모음집을 구상한 시기는 2013년으로 거슬러 올라간다. 알렉산더 맥콜 스미스의 『위스턴 휴 오든이 해줄 일*What W. H. Auden Can Do for You*』를 읽다가 다음 문구를 발견한 순간이다.

"시인이나 예술가의 어머니를 다룬 책은 없는 모양인데, 언젠가는 누군가 그런 책을 쓸 날이 올 테고 아마도 그 책은 큰 깨우침을 주는 읽을거리가 될 것이다."

물론 본서는 알렉산더가 제기한 몇몇 도발적인 질문을 염두에 두고 있다. 다분히 개인적이고 일화적인 사안이나, 철학적이고 실용적인 문제를 다룬다고나 할까? 예술가의 어린 시절에 어머니는 어떤 영향을 끼쳤으며, 그 영향력은 예술가의 작품에 어떻게 발현되었을까? 조르주 심농이, "소설가란 자기 모친에 대한 증오로 대동단결한 자들"이라고 한 주장이 참말이었을까? 아니면 고어 비달이 단언한 "부친이나 모친을 향한 증오는 이반 뇌제 혹은 헤밍웨이를 만들어낸다. 반면에 헌신적인 부모의 보호막 같은 사랑은 예술가의 싹을 싹둑 잘라버린다."는 말의 진위는 무엇이었을까? 칼 샌드버그의 말에서, 아이가 작가가 될 때 그 내면의 삶에 작동하는 '침묵의 작업; 무언의 역할과 작용'이란 무엇이었을까? 어머니에게 상처 입은 작가에게는 어떤 일이 벌어졌을까? 유년기의 희노

애락과 개성 있는 천재의 성장 사이에는 어떤 연관성이 있었을까?

대서양을 사이에 두고 양 대륙에서 활동하는 저명한 여러 소설가와 시인, 문학비평가에게 작가와 어머니 간의 깊고도 복잡다단한 유대관계에 대해 글을 써달라고 부탁했다. 이 프로젝트를 위해 이러저러하게 애를 쓰면서 저자들에게 핵심과 주제를 제시하고 가능한 범위 내에서 접근법을 제안은 하되, 결정은 각자의 방식대로 하도록 그 부분은 전적으로 글쓴이에게 맡겨두었다. 이렇게 일러준 대로 저자들은 각자의 사유와 작품 세계, 사랑, 우정, 열정에 대해서는 물론, 셰익스피어부터 현대 작가에 이르기까지 문학계의 후손에게 미친 모친의 영향에 대해 조목조목 그려내며 글에 활기를 불어넣었다. 1부는 작가에 관한 전기문이고, 2부는 작가 자신의 어머니에 대한 자서전이다. 대부분의 글은 오롯이 관심 있는 독자들을 위한 애정 어린 선물인 동시에, 이 책을 위해 작업한 결과물이다.

저자 다수가 다정하고 애정 넘치는 추억을 기반으로 이상적인 표본을 생생하게 재현해 냈다. 말하자면, 자녀의 재능이 무럭무럭 자라기에 적합한 환경을 만들어준 이해심 넘치고 이타적이고 숭고하고 늘 보호막이 되고 용기를 북돋워 주고 자기 확신이 있는 어머니의 모습이 그려진다.

그렇지만 양육의 기준선상에서 반대쪽 끝에는 자녀를 무시하고 방해하고 숨 막히게 하고 매정하게 기대를 저버린 비뚤어진 어머니의 모습도 보게 된다. 이런 어머니 밑에서 자란 유년기는 불행히도 죽음과 인간의 유약함에 지배당해 트라우마 같은 상실감으로 점철된 시간이었을 것으로 미루어 짐작이 된다.

  에세이 모음집의 관건은 좋은 필진이다. 내 주변에는 훌륭한 선택의 장이 펼쳐져 있었다. 이 자리를 빌려 집필진 모두에게 깊은 감사를 표한다. 누군가는 다른 원고의 마감 전선을 어기면서까지 착실하게 전진해주었고, 또 누군가는 자신의 질병이나 사랑하는 이의 병환에도 불구하고 묵묵히 글을 써 내려갔다. 삼십 년 넘게 매우 존경받는 학자이자 참좋은 벗으로 친분을 이어온 고(故) 케네스 실버맨은 폐암 치료를 받는 동안 월트 휘트먼에 관한 글을 집필해 그의 마지막 저작으로 남겼다. 현재 나이가 아흔 여섯인 나의 모친은 여전히 당신 집에 기거하면서 한편씩 도착하는 저자들의 글들을 읽어주며 더없이 다채로운 독서의 즐거움을 만끽하였는데, 어머니는 진실하고 감수성 가득한 글에 깊이 감동 받았을 경우에는 때때로 눈물을 짓기도 했다.

마지막으로 팰그레이브 맥밀런 출판사의 커미셔닝 에디터 벤 도일에게 크나큰 감사를 표한다. 그와 수많은 대화를 통해 이 프로젝트의 틀을 잡을 수 있었다. 팰그레이브 맥밀런의 카밀 데이비스에게도 감사의 뜻을 전한다. 편집자가 맞닥뜨릴 수밖에 없는 숱한 허가와 계약, 잡다한 세부 항목의 거친 덤불을 헤치고 앞으로 나아가도록 나를 인도해준 조력자다. 제프리 메이어스에게도 특별히 감사를 표하는 바이다. 그가 책의 구성을 제안해 주고, 레이첼 하다스, 에드윈 A. 도스(필립 라킨 학회 회장)와 함께 물심양면으로 나를 도와준 덕분에 몇몇 저자를 찾을 수 있었다. 초기 단계에 이 프로젝트의 핵심은 물론 제목과 관련해 도움을 준 앤 스웨이트도 감사 목록에서 결코 빠뜨릴 수 없다.

2019년 1월
미국 글렌도라에서
데일 살왁

2부 작가의 회고(Autobiography)

1부

작가의 어머니
Biography

01

가모장적인
셰익스피어의 어머니

휴 맥크레이 리치몬드

윌리엄 셰익스피어(William Shakespeare 1564-1616)
영국의 극작가이자 시인이다. 역사상 가장 위대하고 영향력 있는 극작가로 꼽힌다. 희·비극을 포함한 38편의 희곡, 소네트 154편, 장시 2편을 남겼다. 영문학사에서 셰익스피어의 위상은 비평가인 토마스 칼라일이 "인도를 준다고 해도 셰익스피어와 바꾸지 않겠다."라는 말을 남겼을 정도이다. 그가 쓴 대표적인 역사극으로는 『리처드 2세*Richard II*』, 『리처드3세*Richard III*』, 『헨리 4세*Henry IV*』 등이 있고, 희극으로는 『한여름 밤의 꿈*A Midsummer Night's Dream*』, 『뜻대로 하세요*As You Like It*』, 비극으로는 『햄릿*Hamlet*』, 『오셀로*Othello*』, 『리어왕*King Lear*』, 『맥베스*Macbeth*』 등이 있다.

위대한 업적의 이면을 살펴보면 재능 있는 여성의 공헌이 드러나는 경우가 많다. 마리 퀴리는 남편 피에르 퀴리보다 능력이나 업적에서 월등히 앞서 있던 사람이다. 엘리너 루스벨트는 정치·사회 분야에서 명실 공히 독자적인 입지를 구축하여 남편 프랭클린 루스벨트와 어깨를 나란히 했다. 로잘린드 프랭클린이 찍은 X선 사진은 나중에 'DNA 이중 나선 구조'로 왓슨과 크릭이 노벨생리의학상을 받는 데 기여한 중요한 자료가 되었다.

필립 시드니가 누이동생을 위해 쓴 목가적인 산문『아케이디아*Countess of Pembroke's Arcadia*』는 여전히 사람들 입에 오르내리는데, 메리 아든이 아들 윌리엄 셰익스피어의 희곡에 기여한 바를 언급하는 사람은 좀처럼 찾을 수가 없다. 그런데 우리가 셰익스피어에 대해 아는 바가 별로 없다는 생각이 중론이지만 그의 선조와 관련해 알려진 내용이 약간 남아있긴 하다. 그의 조부 리처드 셰익스피어는 유명한 워릭셔 아든 가에 속한 사람인데 소작농으로 살았다. 리처드의 아들 존은 아버지보다 야망이 큰 사람이라 기술자이자 기업가로서 기술을 개발하기 위해 스트랫포드로 갔고 탄탄한 재능과 사교성, 야심을 발판 삼아 지역 사회에서 점점 출세하여 상류 계층에 오르게 된다. 이때 결혼이 디딤돌이 되어 부친의 지주였던 상류층 가문으로 편입될 수 있었다. 상류층의 연줄은 존이 명문가의 상징인 문장(紋章)을 손에 넣어 상류 계급의 지분을 공유하는 데 성공하는 동력으로 작용했을 것이다. 그의 아들 셰익스피어는 아버지가 마련해 놓은 사회적 신분 상승의 발판을 딛고 공직 임용의 최고 정점에 올라 제임스 1세의 왕실에 입성하기에 이르렀다.

셰익스피어의 어머니, 메리 아든의 활기찬 성격으로 짐작컨대 셰익스피어가 대성공을 거둘 수 있던 잠재력에는 분명 어머니 메리 아든이 기여한 바가 있었을 것이다. 그녀는 부유한 아버지를 두었고, 비록 여덟 번째 자식이었음에도 아버지가 자신의 유언 집행자이자 제1상속인으로 지명한 딸이었다. 그녀와 남편 둘 다 문맹이었다는 견해도 있는데 이는 그들이 감당해낸 수많은 법적, 행정적 책임과 상충되는 것이다. 이 부부의 또 다른 공통점은 바로 뿌리 깊은 가톨릭 가문의 전통을 계승했다는 것이다. 이러한 종교적 전통 때문에 아든 일가는 사형에 처해지기까지 했다. 모계 쪽에 이와 같은 불행한 가족사가 있어서인지 셰익스피어가 정치적이거나 종교적인 견해를 개인적으로 드러낸 경우를 찾아내기란 쉽지 않았다.

사회적 지위 면에서 메리 아든은 남편보다 훨씬 높은 위치에 있었고 기질적으로나 신체적으로나 확실히 기운이 남다른 사람이었다. 70여 년을 살았는데, 자녀를 여덟 명 출산하고도 남편보다 오래 생존했다. 그녀의 아들 셰익스피어가 인생과 작품에서 여성에 대한 높은 기대치를 기록으로 남긴 것을 보더라도 메리 아든은 여성의 역동성을 보여주는 일종의 본보기가 되었던 것으로 짐작할 수 있다. 셰익스피어가 여덟 살 연상인 여성과 결혼했다는 사실은 성적인 관계에서 여성의 우위를 받아들였음을 시사한다. 그의 『소네트집Sonnets』에 그려진 흑부인(dark lady)과의 불륜 관계에서도 남녀간에 이 정도 나이 차이가 난다. 이 작품에서 흑부인은 압도적으로 강한 주도권을 쥐고 있는 인물로 그려졌다.

그렇지만 평론가들 사이에서는 저자의 삶과 직업적인 목표가 작품의 성격이나 작품이 차지하는 위상과 별로 관계가 없다고 보는 견해가 지배적이다. 페미니스트들은 아마 셰익스피어의 희곡에 반영되어 있을 엘리자베스 여왕 시대의 생활과 문학에 담긴 명백한 가부장제를 인정할 것을 촉구하기도 했다. 그가 쓴 원고 속의 어머니에 대해 말해보자면, 필자의 동료 재닛 아델만의 중요한 연구서 『억압적인 어머니: 셰익스피어 희곡에 나타나는 모계 혈통 판타지*Suffocating Mothers: Fantasies of Maternal Origins in Shakespeare's Plays*』를 참조할 수 있는데, 이 책에서는 그의 어머니를 향한 부정적인 해석에 대해 이야기하고 있다. 책 내용을 요약한 소개 글은 대략 이러하다.

"아델만은 독창적이면서도 상당한 격론을 불러일으킬 만한 의견을 개진하면서 셰익스피어의 비극과 로맨스의 기원을 추적하였다. 심리학적으로 분석한 인류의 타락 버전까지 거슬러 올라가는데, 여기서 '원죄'는 이 세상에 죽음을 불러온 모계의 육신에서 물려받은 태생적 죄악을 뜻한다."

아델만의 설명에 의하면, 셰익스피어가 어머니의 권위와 대결한 것은 그러한 힘이 내재된 여성적인 성격뿐 아니라 남성적인 자아에 공히 치명적인 손상을 가하는 결과를 낳았다. 여기서 억압적인 어머니들은 그들이 억압된 삶을 살아왔음이 분명하다. 희한하게도 이런 불운한 상황을 통해 추론 가능한 내용은, 가령 존 녹스가 '여성의 무시무시한 지배'에 반대하며 늘어놓은 광적인 호언장담 같은 청교도식 장광설과 그 궤를 같이한다. 마르그리트 드 나바르[1]가 그의 동생 프랑수아 1세가 카를로스 1세에 의해 감금된 동안 프랑스를 이끌던 시대부터 여성 통치자들이 활약하던 르네상스 시대의 위대한 군주제의 통치를 존 녹스가 비난하는 자체가 역설적이다. (동생의 석방을 확실히 보장받는 것으로 마무리된) 마

---

1 Marguerite de Navarre(1492~1549). 프랑스의 여류 문인. 나바르의 여왕.

르그리트 드 나바르의 성공적인 섭정은 프랑수아의 며느리 카트린 드 메디치[2]가 훨씬 더 오랫동안 프랑스 섭정 정치를 펼치는 데 선례를 제공했다. 같은 기간에 잉글랜드는 메리 1세가 다스렸고 나중에 북쪽 왕국 스코틀랜드의 메리 여왕의 위협을 받는 동안에도 엘리자베스 1세가 나라를 통치했다. 이처럼 국내적으로도, 정치적으로도 윌리엄 셰익스피어가 사회체제 전반에서 나타나는 가모장제에 준하는 상황을 경험했다고 볼 수 있다.

셰익스피어의 희곡을 살펴보면 그가 경험을 통해 여성에 대한 지식을 갖춘 면모가 드러난다. 그리고 재능 면에서나 업적 면에서 그와 가장 가까운 시대에 활동하던 다른 이들의 작품에서 어머니 캐릭터가 미미한 역할을 맡고 있는 것과는 달리, 셰익스피어가 그린 핵심 인물의 자리에 유독 어머니라는 역할이 굳건히 위치하고 있음을 알 수 있다. 크리스토퍼 말로우[3]나 벤 존슨[4]의 유명한 희곡을 보더라도 어머니라는 여성의 가정 내 지위에 대하여 별로 관심을 두지 않는다. 반면에 셰익스피어의 희곡에 등장하는 수많은 어머니 역할은 가족 내에 어머니가 존재하든 부재하든 결정적인 역할을 하는 독특한 가족 구조가 형성되는 다양한 하위 범주를 만들어낸다. 어떤 어머니는 말 그대로 너무나 강력한 존재감을 드러내기도 하고, 또 어떤 어머니는 불행히도 존재감이 부재한 상황으로 그려지기도 한다. 사악한 어머니가 있는가 하면, 극의 줄거리 흐름상 행복한 해결책을 찾는 데 중추적인 역할을 하는 어머니도 있다. 그리

2 Catherine de Medici(1515~1589), 프랑스 왕 헨리 2세의 왕비.

3 Christopher Marlowe(1564~1593), 영국의 극작가 겸 시인. 『포스터스 박사』, 『탬벌린 대왕』 등을 썼다.

4 Ben Jonson(1572~1637), 영국의 극작가 겸 시인, 평론가. 『십인십색』, 『연금술사』 등을 썼다.

고 줄리엣이나 오필리아, 코델리아 같은 비극적인 인물에게는 든든한 힘이 되어주는 어머니가 부재하기도 한다.

　가장 손쉽게 다룰 수 있는 어머니 캐릭터는 단순히 파멸을 초래하는 어머니다. 이런 인물은 직접 존재감을 드러냄으로써 보여주는 모계의 부정행위에 대해 그다지 유의미한 통찰을 담아내진 못한다. 다시 말해 그들은 줄거리 구성에 맞춰 조작된 캐리커처에 불과할 뿐, 여성의 사악함에 대한 이해가 절절히 느껴지는 존재는 아니다. 가령 『타이터스 앤드로니커스*Titus Andronicus*』에 나오는 고트 족의 여왕인 무자비한 타모라, 『페리클레스*Pericles*』에서 자기 딸을 위해 더 매력적인 마리나를 죽이려고 하는 사악한 여왕, 『심벨린*Cymbeline*』에서 이모진 공주와 대적하는 또 다른 왕비 등이 이에 해당된다. 이처럼 정형화된 인물에게서 파악되는 것들은 별로 없다. 좀 더 흥미로운 캐릭터는 결함이 있는 어머니다. 가령 위기의 순간에 자기 딸 줄리엣을 저버린 캐퓰릿 부인이 등장하는데 그녀는 결혼 의사가 거의 없는 딸을 남편이 강제로 혼인시키려고 병적인 집착을 보이자 이를 거드는 인물이다.

　셰익스피어의 작품에 등장하는 문제의 어머니 캐릭터 중 가장 흥미로운 인물은 가족의 행복, 그리고 특히 아들의 행복에 지나치게 집착하는 어머니라는 점이 확실히 눈에 띈다. 『존 왕*King John*』에서 콘스탄스는 아들 아서에게 잉글랜드 왕위가 돌아가도록 무자비할 정도로 밀어붙인다. 아들 햄릿에 대한 거트루드의 지나치게 감정적이고 병적인 집착 때문에 햄릿은 어머니의 동태를 신경 쓰느라 머리가 복잡해지고 이성적으로 처신하는 기능에 제동이 걸려 급기야 어머니의 침실에 있던 폴로니어스를 죽이기에 이른다. 『코리올라누스_Coriolanus_』에서 볼룸니아는 자기 아들 코리올라누스가 군인으로서 명성을 쌓아가는 과정에 관여하는데 그 집착이 너무나 강압적인 수준이어서 사실 그가 지속적으로 능동적인 행동을 해나갔음에도 결국 독자로 하여금 주인공의 자율성을 의심하게 만들 지경이다.

역설적으로 이처럼 남성의 자율성에 거의 병적으로 간섭하는 모습이야말로 셰익스피어의 작품에서 더 긍정적인 어머니 캐릭터가 지닌 특징으로 나타난다. 가령 면밀히 계산된 혼란을 일으키기로 작정해 남성 부양가족을 괴롭히는 데 성공하는 조작자 역할을 하는 어머니가 이에 해당된다. 『끝이 좋으면 다 좋아_All's Well_』에 나오는 백작부인이 그러한 유형에 속한다. 그녀는 피후견인인 헬레나가 자기 아들 버트램을 사모하는데 아들은 이를 거부하는 상황에서 버트램을 꼼짝 못하게 할 방법을 궁리하는 인물이다.

한층 더 인상적인 인물은 리처드 3세와 맞서며 골머리를 앓는 어머니 삼인방이다. 그들이 쏟아내는 저주의 합창은 리처드 3세가 보스워스에서 패배할 것을 예고한다. 『헨리 5세_Henry V_』에 나오는 이사벨라 여왕에게는 그런 면이 덜 드러난다. 자기 딸을 결혼시켜 전쟁을 끝낸 〈영불 조약〉에 개입할 것을 제안하는 인물이다. 『실수 연발_The Comedy of Errors_』에서 사건에 개입하는 수녀원장의 역할이나 『페리클레스』에서 비슷하게 문제를 해결하는 사이자의 역할과 유사하다. 이상 세 사람 모두 가모장의 지위와 사회 권력을 부여받은 여성들이다.

셰익스피어의 작품 속 어머니 역할에서 나타나는 큰 모순점은 극중

에서 가장 중요한 영향을 끼치는 인물이 사실상 부재한 상황이라는 것
이다. 그들의 부재는 극중 세계를 심하게 왜곡시킨다. 『말괄량이 길들
이기』, 『베로나의 두 신사』, 『사랑의 헛수고』, 『베니스의 상인』, 『헛소동』,
『뜻대로 하세요』, 『십이야』, 『헨리 4세』, 『오셀로』, 『리어왕』 등이 이에 해
당된다. 셰익스피어의 작품에 등장하는 젊은 여성들은 남성이 제 역할
을 못하는 불안정한 상황에 직면하지만 어머니의 조언을 구할 수 없는
경우가 많다. 아내를 여읜 것으로 보이는 아버지들이 별 도움이 안 되는
현 상황을 극복해야 할 처지인 터라 오로지 여주인공의 정신적 명민함
만이 자신과 자신의 둔해빠진 연인을 재앙에서 구해낼 수 있다. 순수한
줄리엣이나 오필리아, 데스데모나가 바로 그런 큰 불행에 직면한 인물
이다. 어떤 아버지들은 심지어 딸을 협박하기도 한다. 포샤의 아버지가
쓴 우스꽝스러운 유언에서 보다시피 아내와 사별한 것으로 보이는 아버
지가 딸의 혼사를 두고 과도한 관심을 쏟는다거나, 브라반티오가 무어
인 오셀로와 데스데모나의 결혼을 못마땅해 하며 오셀로를 인종 차별한
다거나, 리어왕이 딸 코델리아가 신중하게 계획한 결혼을 진행할 즈음
에 자신의 퇴위에 대해 딸이 미온적인 태도를 보인 것에 실망하며 과민
한 반응을 보이기도 한다. 물론 『페리클레스』의 도입부에 나오는 근친상
간 관계야말로 파멸을 초래하는 끝 모를 아버지의 관심이 가장 극단적
으로 드러난 예다. 이러한 관계가 발각되면서 극중 주인공의 살인까지
재촉하기에 이른다. 셰익스피어 극중에서 유능한 어머니의 부재는 아버
지의 불안정성이나 무능함 때문에 사회적 파멸이 임박한 위험 상황을
초래하곤 한다.

그렇다면 셰익스피어는 유능한 어머니의 개입에 대한 생각을 어떻게 표현해냈을까? 아들의 경우, 거트루드와 볼룸니아에게 보이는 그런 극심한 감시 체제를 대체로 거북해 하는 모습을 보이는 반면에 딸에게 어머니는 훨씬 더 침착하고 유능한 존재로 인식되는 편이다. 오베르뉴 백작부인을 보면 자기 아들 버트램의 괘씸한 처사를 두고 헬레네를 확실히 지원해 준다. 결국 버트램의 계획은 다른 어머니 다이아나의 도움으로 무산되고, 다이아나는 백작부인과 헬레네와 유대 관계를 맺어 버트램의 손아귀에서 딸을 구해낸다. 이와 비슷한 가모장적 지배는『윈저의 즐거운 아낙네들*The Merry Wives of Windsor*』에서도 드러난다. 비록 앤 페이지가 자신이 선택한 구혼자와 결혼하려고 그 지배 하에서 달아나긴 하지만 다른 남성들은 아낙네들의 책략에 완전히 나가떨어진다.『헨리 8세』에서는 이와 유사한 가모장적 권위가 가톨릭교도인 아라곤의 카타리나 왕비에게 나타난다. 그녀는 자기 딸 메리를 헨리 8세의 기벽으로부터 확실히 보호할 뿐 아니라, 자신을 박해하는 남성들보다 뛰어난 통찰과 지혜를 시종일관 보여준다. 그 후에는 그녀의 미덕에 신비로운 찬사를 보내는 성스러운 가면극이 나온다.

별난 어머니 목록에 아직 한 명이 더 있다. 바로 맥베스 부인이다. 셰익스피어는 그녀가 누군가의 어머니라고 정확히 명시한다. 물론 L. C. 나이츠 같은 학자들은 그 점에 의문을 표하긴 한다. 악명 높기로 소문난 그의 에세이에 "맥베스 부인에게 몇 명의 자식이 존재하는가?"라는 질문이 나온다. 나이츠는 셰익스피어 작품 속 인물들의 현실성에 대한 A. C. 브래들리의 직해주의를 조롱하면서 역사적으로 맥베스의 부인이 이전 결혼에서 실제로 아들 룰라크를 두었으며, 그가 어머니 덕분에 맥베스의 왕위를 계승했다는 사실을 무시한다. 희곡을 보면 덩컨 왕을 암살하지 못하는 맥베스의 우유부단함을 질책하는 맥베스 부인의 악명 높은 대사 속에 위의 정황이 분명히 나타난다.

그럼 무슨 짐승이

이 중대사를 내게 알리라고 시켰어요?

당신은 이 일을 감행하려 했을 때, 그때야말로 대장부였어요.

전보다 더 담대해진다면 당신은

더 큰 대장부가 될 거예요. 그땐 시간도 장소도

여의치 않았지만 당신이 맞춰 보려 했잖아요.

두 조건이 저절로 맞춰지니 이젠 그 적당한 기회가

당신 마음을 어지럽히는군요. 나는 젖을 물려 본 적이 있어서

내 젖을 빠는 아기가 얼마나 어여쁜지 알아요.

그 어린 것이 내 얼굴을 보며 방긋거리더라도

이도 나지 않은 잇몸에서 내 젖꼭지를 확 빼내고

골통을 박살냈을 거예요. 내가 만약 당신처럼

이 일을 두고 맹세했다면요.

　 －『맥베스』 1막 7장 중에서

이 무시무시한 이야기는 충격적인 내용임이 분명하지만, 어떤 대가를 치르더라도 확실한 성과를 내기 위해 이와 똑같은 결심을 하는 인물은

다른 작품에도 나온다.『헨리 6세』1부의 잔다르크,『헨리 6세』에서 내내 등장하며 아들과 남편을 옹호하는 앙주의 마거릿 왕비, 그리고 아들 코리올라누스의 영웅적 자질을 숭배하다시피 하는 볼룸니아 등이 있다.

셰익스피어는 여성이 전쟁터의 전략가만큼 능력이 있다는 것에 추호의 의심도 없다. 이러한 관점은 그의 가장 오래된 여성 등장인물이자 가장 초창기 인물인 마거릿 여왕에서 시작되었다. 마거릿은 그의 초창기 잉글랜드 4부작 전편(『헨리 6세』3부작과『리처드 3세』)에서 눈에 띄게 중요한 역할을 수행한다. 이 작품들 속에서 그녀는 낭만적인 여주인공이자, 아내, 정치적인 권모술수에 능한 지략가, 어머니, 여자 예언가로서 계속 등장한다. 독보적인 재능을 발휘하는 역사 속 여성에게 이렇게 복합적인 성격을 부여하는 양상은 셰익스피어가 클레오파트라라는 인물을 효율적으로 활용하는 데서 정점에 달했다. 클레오파트라는 셰익스피어가 여성의 지배력을 최고로 기리는 사례일 것이다. 극중에서 그녀가 권력의 절정기에 자신을 공개적으로 가문을 관장하는 여신 이시스(Isis)의 화신으로 삼는 부분에 주목할 만하다. 이시스는 이상적인 어머니이자 아내요, 자연과 마법의 수호자로 여겨진다. 그리고 매의 머리를 한 왕권의 상징, 호루스의 어머니로 알려져 있다. 또한 망자의 보호자요, 어린아이의 수호자이기도 하다. 그녀의 머리 장식에 있는 왕좌 모양에서 알 수 있듯 이시스라는 이름은 '왕좌'라는 뜻이다. 그녀는 왕좌의 화신이면서 파라오의 권력을 상징하기도 했다. 파라오는 이시스가 내린 왕좌에 앉은 그녀의 자식으로 묘사되었다.

셰익스피어의 후반기 작품에는 이처럼 상징적인 역할을 수행하는 또 다른 권위 있는 어머니들이 등장한다. 아마도 1608년에 그의 어머니가 세상을 떠날 즈음이나 그 이후에 쓰였을 『페리클레스』와 『겨울 이야기』를 그 예로 들 수 있다. 『페리클레스』를 보면 죽은 것으로 보이는 사이자가 나온다. 남편 페리클레스 때문에 바다에 수장 당했지만 다시 살아났고 자신을 구조한 사람들에게 여사제로 모셔진 인물이다. 결국 극의 말미에는 자신이 죽은 줄 알고 애도하던 남편에게로 돌아간다. 이러한 부활 장면은 『겨울 이야기』 _The Winter's Tale_ 의 헤르미오네가 죽음에서 돌아올 때 한층 더 인상적인 방식으로 다시 등장한다. 그녀의 죽음은 1막에서 독자들마저도 그게 사실이라고 믿게끔 속인 사건이었다. 벨마 부르주아 리치몬드는 『셰익스피어, 가톨릭교, 로맨스』에서 헤르미오네가 처음에 예배당의 조각상 같은 것으로 다시 나타나는데 이는 종교개혁가들에게 추방된 동정녀 마리아의 숨겨진 상징을 그대로 모방하는 것이라고 지적하였다. 또한 그녀의 부활이 그 형상에 의해 인간의 초월성을 암시한다고 보았다. 이러한 초월성은 이른바 '동정녀'라는 대단히 사랑받는 예술적 주제의 핵심이며 티치아노와 루벤스 같은 화가들이 선호한 주제이기도 하다. 그러나 이러한 모티프는 아마 셰익스피어의 마지막 희곡이었을 『헨리 8세』의 거의 끝부분(4막 2장)에 아라곤의 카타리나를 기리는 임종 가면극에서 한층 더 확실하게 나타난다. '그녀를 연회장으로 인도'하고 '영원한 행복을 약속'하고, '흰 예복을 입은 사람 여섯 명'이 나오는 왕비 대관식 장면에서는 복잡한 무대 지시 사항이 있다. 메리 아든이 죽은 후에도 어머니 캐릭터가 부활하는 이런 패턴이 반복되는 것을 보면, 셰익스피어가 극중 인물에 맞먹는 숭배 받는 인물이 된 자신의 어머니와 같은 사람들에게 어울리는 선택지로 그 방법을 생각했음을 짐작할 수 있다. 셰익스피어의 후기 작품을 다루면서 평론가 대부분이 인지한 인간의 초월적 가능성에 대한 인식은 그 작품들 속의 어머니 캐릭터에 가장 생생하게 구현되어 있다. 셰익스피어는 작품 활동 내내 어머니라는 역할에 가장 지대한 관심을 쏟으며 인물들을 재현해냈다. 이는 생전에 활력이 남달랐던 어머니를 겪은 자신의 경험에서 구체화된 것이 분명하다.

• 휴 맥크레이 리치몬드(Hugh Macrae Richmond)

옥스퍼드 대학과 케임브리지 대학에서 학위를 받았다. 버클리 캘리포니아 대학 영문과 명예교수로, '공연 속의 셰익스피어'에 집중하는 셰익스피어 프로그램을 이끌면서 희곡 40여 편을 무대에 올렸다. 그리고 비디오 다큐멘터리 5편을 제작해서 전국에 배급하였다. 「*Shakespeare and the Globe*」, 「*Shakespeare's Globe Theatre Restored*」, 「*Shakespeare and the Spanish Connection*」, 「*Milton By Himself*」 등이다. 저서로는 『*Shakespeare's Sexual Comedy*』, 『*Shakespeare's Political Plays*』, 『*Shakespeare's Tragedies Reviewed*』, 『*Shakespeare's Theatre*』, 『*Renaissance Landscapes*』, 『*Puritans and Libertines*』, 『*The School of Love*』 등이 있다. 그가 이끄는 프로그램의 웹사이트는 'Shakespeare's Staging'와 'Milton Revealed'다.

02

존 러스킨과
마거릿

앤서니 대니얼스

존 러스킨(John Ruskin 1819-1900)
19세기 영국을 대표하는 비평가 · 사상가 · 작가이다. 예술 · 문학 · 건축 · 사회 · 교육 등 광범위한 영역에 관심을 두고, 각 분야에서 전문적 식견과 이론적 틀을 제시했다. 사회사상가로서 그의 활동과 철학은 훗날 인도의 간디에게 영향을 주기도 했다. 그가 남긴 250여 편의 방대한 저작물 가운데 주요 저서로는 『건축의 일곱 개 램프Seven Lamps of Architecture』, 『베네치아의 돌The Stones of Venice』, 『참깨와 백합Sesame and Lilie』, 『나중에 온 이 사람에게도Unto This Last』 등이 있다.

존 러스킨의 삶은 성공과 비극이 공존한 인생이었다. 어느 시대를 뒤져봐도 러스킨만큼 다작한 작가도 없을 것이다. 그의 책은 처음부터 전례 없이 중요한 저작물로 인정받았다. 그는 천부적 재능을 지닌 제도사요, 옥스퍼드 대학의 슬레이드 예술 석좌 교수요, 당대에 독보적으로 훌륭한 예술 비평가요, 톨스토이와 간디에게 영향을 준 사회사상을 남긴 현인이요, 인기 있는 강연자요, 이른 청년기부터 뛰어나고 비범한 인물이라고 알려진 사람이었다. 하지만 누구도 러스킨이 되고 싶지는 않았을 것이다. 그는 고통 받는 영혼이었기 때문이다. 수차례 정신 착란의 시기를 겪었고 초야를 치르지 않아 결혼이 무효가 되어 공개적으로 망신을 당하기도 했다.

　그의 놀랄 만한 근면성실함 덕분에 여러 권으로 이루어진 저작이 쏟아져 나왔다. 그 중 일부는 1900년에 그가 세상을 떠난 후 절판된 적이 없다지만 지금 그 책들이 최소한 학계 바깥에서 여가용이나 교양용으로 많이 읽히는지 의문스럽긴 하다. 그의 산문 문체는 극도로 수사적이고 스스로 의식할 정도로 표현이 과하고 산만한 터라 인상적인 한마디와 짧은 어구에 익숙한 세대의 마음을 끌 만한 글이 아니었다. 많은 이들에게 그의 글은 단 한 페이지만으로도 히말라야 산맥 같은 크기로 느껴질 수 있다. 그의 책 속에 담긴 수백만 단어 중에는 정작 확립된 학설이 없기 때문에 우리가 계속 머리를 쓰며 보내야 할 시간이 너무 많아져 부담스럽다. 그의 유별난 복음주의적 진지함도 우리에게는 억지스럽고 과장되고 심지어 우스꽝스러워 보이기도 한다. 한마디로 그는 굉장히 구식이었다.

　이념적 영역에서 러스킨의 위치를 어디에 두어야 할지 판단하기란 쉽지 않다. 비유를 들자면, 아마도 그 영역은 모든 사상가가 억지로 끼

워 맞춰져야 하는 프로크루스테스의 침대[5]인 까닭이다. 러스킨의 자서
전『프래테리타*Praeterita*』의 첫 문장에서 자신을 구식 보수주의자로 기술
했지만 사실 그는 기독교 사회주의와 옥스퍼드의 러스킨 대학에 영감
을 준 사람이었다. 러스킨 대학은 유년기에 너무 가난해서 정규 교육이
나 집중 교육을 받지 못한 사람들에게 고등 교육의 기회를 제공하는데
주력한 학교였다. 그는 이상주의적 관점, 혹은 최소한 우위에 있는 사람
의 관점에서 자기 주변의 상업적이고 산업화된 사회와 현대성을 철저히
비판했다. 그의 비판은 보수적인 우파와 급진적인 좌파 모두의 마음에
드는 목소리였다. 가령 팀 힐튼의 책『존 러스킨: 초년*John Ruskin: The Early
Years*』은 양 진영이 열광적으로 지지할 만하다.

*우리는 노예제를 폐지했다고는 하나 날마다 인간의 목숨을 말 그대로 흥정했다.
…… 부분적으로는 인구 밀도의 압박에 눌리기도 하지만, 그보다는 진정한 장인이나
소비자를 소홀히 여기고, 저렴한 것만 쫓아다니고, 상업적인 생필품을 맹신하는 데서
비롯되는 폐해에 둘러싸여 있다. ……*

러스킨의 사상은 체계적이기보다는 변화무쌍하다. '러스킨다운
(Ruskinian)'이라는 용어는 아주 분명한 명시적 의미가 없다는 함의를 담
고 있다. 그의 글에는 모든 이념적 취향에 들어맞는 어떤 것이 내포되어
있다.

---

5 그리스 신화 속 프로크루스테스라는 강도가 지나가는 행인을 자신의 여인숙으로 유인해 쇠 침대에 묶은 뒤 침대보다 크면 머
  리나 다리를 자르고, 모자라면 반대로 신체를 늘려 죽인 이야기.

(그가 벗어났을 정상의 기준이라는 게 있다고 가정한다면) 러스킨이 여러 측면에서 특이한 사람이었음은 이론의 여지가 없다. 한 사람의 성격이 형성된 기원을 추적할 때 명확한 과학적 신뢰성이나 증명보다는 그럴 법한 개연성을 열어두고 추론해 볼 필요가 있다. 인간의 불가역적인 개성 앞에서 그 어떤 개인의 행위도 전적으로 확실하게 설명될 리 없다.

러스킨이 그의 양친과 어딘가 희한하고 강렬하고 끈질긴 관계를 지속한 점을 두고 그 원인을 발기불능에서 찾거나 그의 전기 작가 팀 힐튼이 소아성애라고 부르는 측면, 다시 말해 실제 성행위보다는 어린 소녀들에게 느끼는 성적인 충동 같은 특성에서 찾고 싶은 유혹이 크다.[6] 마찬가지로 그의 놀라운 저술 작업과 근면성을 성기능 부전이나 욕구 불만의 탓으로 돌릴 법도 하다. 그는 평생 동안 끊임없이 작업에 매진함으로써 어떻게든 불행과 거리를 두려고 부단히 노력했다. 인과관계를 따지자면 그의 전 작품 중 대다수가 그와 어머니와의 관계에 빚지고 있다고 봐도 무방할 것이다.

두 사람은 유난히 가까웠지만 동시에 소원하기도 했던 터라 뭔가 희한한 모자관계로 지냈다. 그는 1871년에 어머니가 아흔의 나이로 세상을 떠날 때까지 거의 평생을 어머니와 함께 살았다. 그의 자서전 『프래테리타』를 근거로 판단해 볼 때 어머니를 향한 그의 감정들은 전혀 과장하지 않고 말하더라도 상반된 감정 그 자체였음에 틀림없다. 아마도 성격이 너무 강하고 통제가 심한 어머니 밑에서 자란 사람에게 나타날 법한 양가감정일 것이다. 러스킨이 1837년에 옥스퍼드 그리스도 대학의

---

6 러스킨을 따른 가장 유명한 인물 두 사람, 톨스토이와 간디 역시 성(性)과 관련해서 기이한 집착을 보였다는데 주목할 만하다.

학생으로 하숙하고 있을 당시 어머니 마거릿도 아들이 매일 저녁 드나들 수 있는 하이 스트리트에서 하숙을 하며 러스킨이 대학을 졸업할 때까지 기거했었다. 이런 학생은 러스킨이 유일했다. 역사상 이런 경우를 달리 찾아보기도 힘들 것이다. 설령 이 상황 때문에 학우들에게 놀림을 당하지 않았다고 하더라도 그 자체가 이례적이라 놀랍기 그지없다. 여하간 러스킨은 그 일로 어느 정도 창피해했음이 분명하다.

그가 60대 후반에 쓴 『프래테리타』[7]의 내용 중 많은 부분은 말 그대로 사실이 아닐 수 있다. 예를 들어 그가 어릴 적에 장난감이 거의 없었다고 말하지만 이 주장은 추가적인 증거를 따져보면 사실이 아닌 것으로 보인다. 그렇지만 그가 장난감이라는 주제에 대해 말하는 바는 적어도 그의 감정 상태에 관해 흥미로운 사실을 보여주는 중요한 단서다.

종류를 막론하고 어떤 장난감도 일단은 허락이 떨어지지 않았다. …… 어느 생일에 이모가 최고로 환한 미소를 짓는 펀치와 주디[8]를 어렵사리 구해 선물로 주었다. …… 나는 분명 감격에 겨워 어쩔 줄 몰라 했을 것이다. 어머니는 마지못해 그 장난감을 받긴 했다. 하지만 나중에 내게 조용히 말하길, 내가 그걸 가지면 안 된다는 거였다. 그리고 나는 두 번 다시 그것들을 보지 못했다.

그가 기억하는, 혹은 기억한다고 생각하는 사실은 자신에게 장난감이 없었고, 어느 생일에 아주 멋진 펀치와 주디를 갖게 되었다가 그걸 가지

---

7 『프래테리타』 인용문은 조지 앨런이 편집한 1907년판에서 가져왔다.

8 Punch and Judy 펀치와 주디 부부라는 꼭두각시 인형 한 쌍.

면 안 된다는 아주 씁쓸한 이유로 빼앗겼다는 것이다. 분명 그 사실이 어머니를 향한 분노의 단초가 되었을 법하다. 이 분노의 실제 원인이 무엇이든 간에, 기억 상의 세부사항이나 심지어 대략적인 내용에서 착오가 있었다고 가정하더라도 분노가 존재했음은 분명하다.

『프래테리타』에 어머니를 처음 언급하는 내용에서 다정한 느낌이나 감정은 찾아보기 힘들다. '적잖이 자존심이 있는 데다 기세가 엄청난 여자였던 나의 어머니는 변함없이 양심에 따르는 삶을 살면서 점점 더 모범적인 사람이 되었다.……' 강직하고 성실한 여성임을 암시하는 내용을 최대한 문자 그대로 받아들인다 해도 이것은 애정 어린 표현으로 보기 힘들다. 이러한 여성은 누군가와 평생 함께할 사람은커녕 같이 어울릴 만한 재미있는 사람으로도 보이지 않는다.

비록 러스킨이 나름대로 도움 되는 부분이 있었다고 말하기는 하나, 어쨌든 보통사람의 기준에서 그는 꽤나 엄격한 가정환경에서 자랐던 것으로 보인다.

갖고 놀 열쇠가 한 꾸러미 있었다. …… 더 크자 손수레와 공이 생겼다. 다섯 살인가 여섯 살 적에는 말끔하게 잘린 나무 벽돌이 두 상자 있었다. 이 정도만 갖고 있으면 소박하긴 해도 지금껏 생각하기론 아주 충분했다고 본다. 내가 울거나 말을 안 듣거나 계단에서 넘어지면 그 자리에서 매질이 날아들었고 이내 나는 평온하고 안전한 삶의 방식과 그 개념을 체득하게 되었다.

두려움을 통해 평정을 배웠다는 소리로 들린다. 디킨스가 말하다시피 부당함을 느끼는 감정만큼 어린아이가 일찍부터 깨우치는 것도 없다. 계단에서 넘어졌다는 이유로 조그만 아이를 벌주는 것, 그것도 채찍질은 분명 부당한 처사다. 요즘에 비해 과거의 부모들이 자녀에게 더 엄격했던 게 사실이라 해도 위에서 기술된 내용에 따르면 보통의 어머니에게 보이는 정상적인 보호 본능이 유독 부족한 상황인 것 같다.

마거릿은 러스킨이 어렸을 때 그에게 누구보다도 중요한 선생님이었다. 러스킨이 기술하는 어머니의 관리 시스템은 러스킨의 자서전보다 15년 전에 출간된 존 스튜어트 밀의 『자서전』에 나오는 누군가를 연상시킨다. 밀은 어머니가 아니라 아버지에게 교육을 받았다. 어머니가 존재는 하되 밀의 책에 유령처럼 있을 뿐이다. 하지만 그녀는 철저한 합리주의자인 밀의 아버지와 살면서 신앙심을 잃지 않으면서도 자기 방식대로 꿋꿋하게 살았다.

러스킨의 어머니는 비국교파 신교도였다. 다시 말해 영국 교회의 특권에 동의하거나 교리에 찬성하지 않는 신교도였다. 그녀의 신앙은 성경적 문자주의[9]에 따른 것이었다. 그녀가 아들이 어렸을 때 믿음을 주입하던 방식은 나중에 러스킨이 자신의 종교적 믿음의 본질과 내용을 두고, 혹은 자신에게 과연 종교적인 믿음이 존재하는지를 두고 고민할 때 느끼는 깊은 불안감을 잘 대변해 주는 것이다. 어릴 적에 부모에게서 신앙심을 주입당하고 나중에 그 믿음에 의문을 제기하는 이들은 혹시 어릴 때 주입당한 믿음이 근거가 없거나 부조리하다는 결론을 내리게 되더라도 결국 큰 불안감과 죄책감을 느끼게 된다. 흔히 있는 일이다. 만약 제

---

9 기독교의 유일한 경전인 성경에는 어떠한 오류도 들어 있지 않다는 신앙적 신념을 특징으로 한다.

임스 밀의 호전적인 합리주의를 종교로 볼 수 있다면, 그의 유명한 아들 존 스튜어트 밀은 성년 초기에 아버지의 철학 전체와 인생관이 불충분하며 인간 삶의 중요한 가치가 빠져 있다는 결론을 내리게 되면서 일종의 신앙적 위기를 겪었다. 그렇지만 지적인 거부반응은 정서적 해방과 같지 않으며, 러스킨처럼 존 스튜어트 밀도 남은 일생 동안 유년기 교육이 남긴 상처와 흉터를 안고 살았다. 자식을 엄하게 교육하며 가르침을 주입하는 것이 흡사 부모의 의무처럼 보였던 시대에 이런 상황은 흔히 나타나는 경험이었음이 분명하다.

러스킨이 『프래테리타』에서 어머니의 지시 하에 받던 성경 교육에 대해 설명했는데 아무래도 많은 사람들이 체험해 보길 원했던 상황은 아니었을 것이다. 그의 어머니는 그가 태어나기도 전에 이미 '나를 엄숙히 신께 헌납했다.'고 말한다. (주목할 점은 그가 유일한 자식이었고 부모의 모든 관심과 욕심이 다른 자식을 향한 관심으로 분산될 일 없이 오로지 러스킨에게 고정되어 있었다는 사실이다.) 러스킨은 '신께 헌납했다.(그는 이 말의 정확한 의미를 이해하고 난감해 했다.)'는 부분을 두고 '아주 훌륭한 여성은 놀랍게도 이런 식으로 자기 자식을 망쳐 버리는 것 같다.'고 쓴 적이 있다. 이러한 표현 역시 애정은커녕 동의의 표현으로 보기도 힘들다. 이런 말 속에는 자기 어머니에 대한 러스킨의 생각이 함축되어 있다. 어머니는 그럴 권한이 없었으며 러스킨은 부당한 일을 당했고 차후에 그가 인생 말년까지 분명 마음에 맺힌 감정이 남아 있었다는 뜻이다.

어머니가 러스킨을 망쳐 버린 것에는 애초부터 그의 직업을 독단적으로 결정했다는 사실도 포함되어 있었다. 이것 역시 유일하게 러스킨에게만 해당되는 경험으로 보긴 힘들다. 심지어 오늘날에도 부모들은 이런 저런 직업이라는 방향으로 자식을 몰아붙이면서 자식을 통해 부모 자신의 야망을 채우며 대리만족하는 듯한 사례가 비일비재하다. 러스킨의 경우, 어머니가 정해준 그의 운명의 방향은 바로 영국 교회였다. 성서에 입각한 진리에 충실하려는 의도보다는 사회에서 출세하려는 욕망에서 비롯된 선택이라고 본다면 러스킨이 느끼기에 그 선택은 위선이나 다름없었음이 분명하다.

아들이 성직자가 되어야 한다고 생각한 어머니의 욕심에 휘둘리던 러스킨은 집안에 아버지의 영향력이 보잘것없음을 새삼 확인했다. 아버지는 셰리주[10] 수입상이자 판매상으로 사업을 하느라 집을 비울 때가 많았는데 이 사업으로 돈은 상당히 많이 벌었다.

어머니는 나를 대학에 보내 성직자로 만들려고 애를 썼다. …… 아버지는 많은 부분에서 어머니에게 양보하고 사소한 부분에서만 자기 방식을 취하는 아주 나쁜 습관이 있었다. 가타부타 아무 말이 없던 아버지 때문에 결국 내가 셰리주 무역을 떳떳하지 못한 것으로 여겨 거기서 물러난 셈이다.

물론 러스킨은 셰리주를 사고파는 사업에 적합한 사람이 아니었을 것이다. 게다가 아버지는 정식 교육을 제대로 받지 못한 것을 크게 후회하며 남은 평생 동안 그 부분을 만회하려고 열심히 노력해서 성공했다지만 아들이 그 일에 종사하길 원치는 않았을 것이다. 이 상황에서 러스킨

---

10 남부 스페인 원산의 백포도주 일종.

이 비꼬는 대상은 아버지가 아니라 그의 어머니다.

러스킨은 어머니의 성서 교육이 적합했는지에 대해서 다음과 같이 쓴다.

성경 구절 한마디 한마디가 습관적인 음악처럼 내 귀에 익숙해지도록 – 게다가 그렇게 익숙해지더라도 모든 생각을 초월하고 모든 행동거지를 지시하는 힘이 나타나도록 – 철저하게 성경 훈련을 시키며 단호하고 꾸준한 가르침을 주었다는 점에서 내가 어머니에게 빚진 것을 기록에 남기게 됨을 깊이 감사드린다.

여기서 분명히 알 수 있는 점은, 유년기에 철저히 어떤 생각이 주입되었다면 그게 무슨 교리였든 간에 아무리 논리적인 추론에 따라 그것을 의식적으로 수용하거나 거부한다고 해도 유년기의 영향력은 그 사유 과정을 훨씬 뛰어넘는 영역에까지 미친다는 것이다. 그것은 한 인물의 성격에 깊숙이 자리한, 아마도 뿌리 깊게 박혀버린 영속적인 영향력이라 할 수 있다.

마거릿 러스킨은 나름의 교리 주입 방식이 있었다.

어머니는 자신의 우월한 권위, 혹은 사적인 권위를 동원하는 게 아니라 그저 내가 스스로 성경을 꼼꼼히 읽도록 강제함으로써 자신의 목적을 달성했다. 내가 글을 술술 읽을 수 있게 되자마자 어머니는 나와 성경 공부 수업을 시작했고 이 수업은 내가 옥스퍼드 대학에 갈 때까지 이어졌다. 어머니는 처음에 내 목소리의 음조를 일일이 잡아주면서 나와 번갈아 성경 구절을 읽었다. 그리고 내가 능력껏 정확하고 힘차게 읽게 되면 어머니는 내가 그 구절을 이해하게 될 때까지 틀린 부분을 고쳐 주었다. …… 이

런 식으로 어머니는 창세기 1장 1절부터 시작해 요한계시록 마지막 절까지 흔들림 없이 나아갔다.

이 단락에는 이상한 모순점이 있다. 그의 어머니가 자신의 우월한 권위, 혹은 사적인 권위에 힘입어 교육하지 않았다는 주장은 명백히 잘못된 말이다. 그 당시 러스킨 나이의 어린아이라면 부모의 권위가 행사되는 상황이 아닌 한 그 어떤 아이도 '성경 공부 수업' 앞에 이렇게 자신의 의지를 순순히 꺾지 않았을 것이다. 열여덟 살 때까지 이어진 그런 수업 앞에서 말이다. 더군다나 나중에 러스킨이 말하길, 만약 그가 어머니의 해석에 따른 성경 구절의 의미를 이해하지 못했다면 어머니는 자기가 죽는 그날까지 아들을 계속 가르쳤을 것이다.

유년기 내내 이어진 것도 모자라 사춘기 때도 쭉 지속된 이 강도 높은 일일 성경 교육이 러스킨의 성격은 물론 작가로서의 문체에 흔적을 남긴 것은 너무도 당연한 결과다. 존 스튜어트 밀이 분명하고 솔직하고 힘차고 설명적인 산문을 많이 썼듯이 러스킨도 구약성경 속에 나오는 선지자의 산문처럼 글을 썼다. 현대 사회의 폐해에 저주를 퍼부으며 꾸짖었고 심지어 말년에는 스스로 외견상 선지자 같은 행색을 하기도 했다. 그는 누구의 글과도 닮지 않은 산문을 썼고 바로 그 부분에서 다른 모든 작가와 차별화되었다. 이 점 때문에 그는 자기 어머니에게 진심으로 고마워해야 했다.

러스킨은 양친이 자신을 양육할 때 분명 부족한 부분이 있었다고 생각했다. 그는 우선 장점부터 열거한 뒤(그의 부모는 서로 완벽한 조화를 이루며 살았고 러스킨이 부모의 말다툼 소리 한 번 들어본 적이 없었다는 점은 그에게 큰 안정감을 주었다.), 단점을 열거했다. 첫째, 그가 '나는 아무것도 좋아하지 않았다.'고 적었다. 이 문장은 『프래테리타』에 그대로 적혀 있는데 애매모호할 것 없는 간결하고 결정적인 어조에 담긴 엄청난 비난의 기운이 느껴진다. 러스킨이 이 문장을 쓰며 분명 느꼈을 법한 괴로움과 유감스러운 감정을 누구라도 강렬하게 느낄 정도다. 이러한 상황을 이해하는 데 도움이 될 만한 프로이트의 설명을 빌려보자면, '어머니의 사랑을 한번 경험한 아들은 영웅을 정복한 듯한 감정을 영원히 느낀다. 당연한 결과로, 어머니의 사랑을 받지 못한 아들은 나중에 자신이 실제로 성공을 거둔다거나 성공을 거둘 자격이 있다는 자신감을 절대 가질 수 없다.'

러스킨은 다음과 같이 글을 이어간다. '나의 부모는 내게 눈에 보이는 자연의 힘 같은 존재였다. 해와 달보다도 사랑받지 못했다. 둘 중 한 명이 나가 버렸다면 나는 짜증나고 어리둥절하기만 했을 것이다.' 이 부분은 그의 정서적 측면에 지속적인 영향을 끼쳤다. '나는 이기적이고 정이 없는 사람으로 자랐다. 그런데 애정이 생길 때면 그 감정은 상당히 격렬하게 찾아왔다. 아주 미쳐 날뛰는 감당 불가능한 상태였다. 적어도 "생전 감당할 거라곤 없었던" 내게는 그랬다.'

러스킨이 용케 일찍 부모와 헤어졌다면 이 역시 문제로 작용했을 것이다. 하지만 사실은 정반대로 그는 부모와 너무 붙어살아서 그의 아내 에피 그레이가 보기에 러스킨에게는 부모가 부인보다 훨씬 더 중요한 존재로 느껴졌다. 결국 이런 이유 때문에도 그녀는 남편 곁을 떠나기로 결심했다. 물론 빅토리아 시대에 결코 마음먹기 쉬운 일이 아니었다. 러스킨은 거의 평생을 그에게 눈에 보이는 자연의 힘 같은 사람들, 악의는 없지만 아마도 벗어날 수는 없는 이들과 부대끼며 살았다. 그는 헤른 힐의 공원에서 열매를 보더라도 어머니가 그게 익었으니 따라고 분명히 말하기 전까지는 딸 수가 없었다. 혼자서 복숭아를 고를 수도 없었다. 어린아이가 덜 익은 과일을 먹지 못하게 하는 데는 충분한 이유가 있었겠지만 그 금지 명령은 적정 연령 이후까지도 지속되었다. 자식을 자기 행동의 결과로부터 영원히 차단하거나 보호하려 드는 것은 독립성을 북돋우어 주는 방법이 아니다.

러스킨은 그의 어머니를 향해 애정 어린 말로 해석될 만한 내용은 일절 쓰지도 않았고 단언컨대 누구도 자기 어머니로 삼고 싶지 않을 여자로 어머니를 묘사해 놓고는 희한하게도 다음과 같은 말을 했다.

'바라건대 내가 지금까지 말한 모든 것 중에 강조된 부분을 독자가 이해했으면 좋겠다. 내가 지금 기록하는 과거를 지닌 아이를 둘러싸고 있던 좋은 환경, 그리고 순하고 감수성이 예민하고 차분한 그 아이의 기질에 방점이 찍혔을 뿐임을 알아주길 바란다.'

'아무것도 좋아하지 않은' 유년기에 관해 이야기하기에는 분명 범상치 않은 면이 포함되어 있는 말이다. (그가 여기서 '아무도'가 아니라 '아무것도'라는 단어를 사용하는 게 눈에 띈다. 사람보다는 무생물이 그가 애정을 쏟을 적합한 대상인 것처럼 들린다. 이런 이상한 태도는 어린 시절 그의 감수성과 예술에 대한 집착을 설명해 주는 단서가 될 듯하다.) 독자는 러스킨의 바람과는 정반대로 상황 파악을 하게 될 게 분명하다. 만약 그가 기술한 내용이 그의 순한 기질을 형성한 '좋은 환경일 뿐'이라면 과연 나쁜 환경은 무엇인지 추측하게 되지 않겠는가! 감수성이 예민하고 차분한 기질은 또 어떤가! (나중에 그는 분명 아버지에게도 격렬히 화를 낼 줄 아는 사람이었다. 그는 아버지가 돌아가신 마흔다섯 살 때까지 경제적으로 아버지에게 전적으로 의존하며 살았는데 돈을 달라는 요구에 아버지가 응하지 않자 아버지에게 불같이 화를 냈다. 이렇게 의존적인 동시에 권리를 주장하는 불손한 태도는 행복한 마음 상태에 이르는 조합이 아니다.)

물론 러스킨의 기억이 정확하지 않을 수도 있다. 혹은 그가 의도적으로 자기 자신이나 대중을 오도할 가능성도 있다. 현대의 학자들은 실제로 『프래테리타』에서 부정확한 부분을 많이 찾아냈다. 하지만 책 내용 전부가, 특히 본질적인 기조가 사실이 아니라고 볼 수는 없다. 부정확한 기억이 그 자체로 의미를 띨 수 있다는 추론을 하기 위해서 굳이 프로이트의 의견을 전부 끌어다 쓸 필요도 없다. 자기 어머니가 공원에서 열매 따는 것까지 통제했다는 이야기를 50년 후에 폭로했다는 사실은 적어도 러스킨이 '느끼기에' 자기 어머니의 전횡이 너무 심했음을 암시한다. 어머니가 억지로 성경 공부를 시켰다는 그의 설명이 완전히 잘못된 것은 아닌 것 같고, 어머니가 그를 따라 옥스퍼드에 간 일은 틀림없는 사실이기 때문에 러스킨의 그러한 느낌에 이유가 전혀 없진 않을 것이다.

러스킨이 성인으로서 여성과 제대로 된 관계를 맺을 수 없었던 원인을 찾는다면, 어머니와의 관계가 너무 가깝고 집중되어 있는 동시에 냉정했다는 데서 찾는 것이 아주 타당해 보이긴 하지만 다른 설명도 가능하다. 예를 들어 그는 본인이 인정했든 안 했든 동성애자였고 그래서 그가 아내의 몸을 보는 걸 끔찍이 싫어했다는 게 어느 정도 설명이 된다. 그리고 이러한 동성애는 어머니와 그의 관계에 하등 상관이 없었다. 말년에 나타난 정신 착란 증세는 그 관계와 별개임이 분명하고, 또 그러한 양상을 유추해보면 조울병이었던 것으로 추측된다. (그의 할아버지 존 토마스 러스킨은 극심한 우울증을 앓는 상태에서 자살했다.) 러스킨은 나름 매력도 있고 사교적인 능력도 발휘할 수 있었지만 상상 속에서나 서신을 통하지 않고는 친밀한 관계를 맺을 수 없었고 이로 인해 어린애 같은 특징이 두드러졌던 탓에 혼자 있을 때 가장 행복해 했다. 역대 누구보다도 방대한 출판물 전집을 보유한 작가가 되는 것은 물론, 배수 장치, 조지 말로드 윌리엄 터너가 영국 사회에 남긴 어마어마한 유산, 지질학 같은 수많은 것들에 관심을 가지며 씨름하던 그의 지독한 근면성실함은 잠재적인 불행을 차단하려는 각고의 노력이었고, 이러한 불행의 분량 중 적어도 일정 부분은 유년기에 어머니로 인해 겪은 일에 원인이 있다는 결론을 낼수밖에 없다.

• 앤서니 대니얼스(Anthony Daniels)

1949년에 태어났다. 정신과 의사로서 도시 병원과 교도소에서 오랫동안 진료 활동을 하다가 은퇴했다. 현대인이 드 퀸시와 콜리지의 글에 중독된 기원을 추적한 『*Romancing Opiates*』을 포함해 많은 책을 저술했다. 《*TLS*》, 《*Sunday Telegraph*》, 《*National Review*》, 《*Spectator*》, 《*London Times*》, 《*New Criterion*》 등 여러 매체에 문학 에세이와 서평을 썼다. 의사로서 교도소에서 지낸 경험을 담은 회고록 『*The Knife Went In*』(필명 '테오도르 달림프')이 2017년 6월에 출간되었다.

03

야심만만한 딸:
루이자 메이 올컷과 어머니

가드너 맥폴

루이자 메이 올컷(Louisa May Alcott 1832~1888)
대표작 『작은 아씨들Little Women』으로 유명한 미국의 작가이다. 아버지의 친구인 랄프 왈도 에머
슨의 딸에게 들려준 『꽃의 우화Flower Fables』란 동화가 올컷의 첫 작품이다. 남북전쟁 당시 간호
사로 일한 경험을 담은 서간집 『병원 스케치Hospital Sketches』를 발표한 이래 30여 편의 작품을 썼
다. 자유 · 박애 · 평등을 기초로 한 민주주의 정신이 담긴 『작은 아씨들』로 소녀문학 작가로서
명성을 얻었다.

1870년 4월에 루이자 메이 올컷이 『작은 아씨들』의 큰 성공을 만끽하
며 여동생과 배를 타고 유럽으로 향할 적에, 일기에다 두 자매를 '야심만
만한 딸들'이라고 지칭했다. 여동생 메이는 화가가 되기 위해 대서양을

건넜고, 서른일곱 살의 루이자는 인정받는 작가가 되겠다던 소녀 시절의 꿈을 이루었으며 1868년과 1869년에 『작은 아씨들』 1부와 2부를 각각 선보여서 올컷 가문에 경제적 안정도 선사할 수 있었다. 여성이 대학에 진학할 수도 없고 투표권도 없던 시절, 기혼 여성은 법적으로 자산을 소유하거나 재산을 상속받을 수 없었으며 사회적 분위기가 유부녀를 그저 사랑스럽고 말이 없는 자기희생의 전형으로 재단하는 데 그쳤던 19세기에 루이자가 어떻게 이러한 업적을 이룰 수 있었는지 생각하면 그저 기적이나 다름없다고 느껴진다. 『작은 아씨들』에서 메그가 여자들이 처한 상황을 한탄한다. "남자는 일을 해야 하고 여자는 돈 때문에 결혼해야 하잖아. 끔찍하게 불공평한 세상이야." 하지만 루이자 메이 올컷은 자기 진영에 든든한 대변자를 두고 있었다. (적어도 루이자에게는) 별로 비밀스럽지도 않은 그 사람은 바로 어머니였다. 루이자는 '애바'(애칭)로 알려진 어머니 애비게일 메이 올컷 덕분에 그 당시의 성별 장벽을 뚫고 나아갈 힘을 얻었을 뿐 아니라 작가가 되겠다는 꿈을 좇아서 (그녀의 표현에 따르자면) 자신의 '소박하고 진실한' 경험을 바탕으로 어머니 캐릭터 마미(Marmee)가 영웅처럼 소설의 중심에 선 최초의 고전적인 여성 작품을 선보일 수 있었다. 비평가들이 이 책에 대해 어떻게 느끼든 간에 루이자 메이 올컷은 아동 문학 작품 목록에서 확고한 위상을 차지했다.

세상의 모든 딸들은 어머니의 영구불변한 힘을 마음 깊이 잘 알고 있다. 딸은 어머니의 칭찬을 즐기기도 하고, 감시하는 시선 아래 위축되기도 한다. 낸시 프라이데이는 『나의 어머니/나: 딸의 정체성 찾기 *My Mother/ Myself: The Daughter's Search for Identity*』에 다음과 같이 썼다. "어머니는······ 내가 처음으로 본보기로 삼아 가장 오래도록 따른 사람이었다. …… 아버지, 또래 친구, 선생님과의 관계에서 우리에게 무슨 일이 벌어지든 간에, 어머니와의 관계는 불변의 관계였다. 앞으로 다가올 모든 것은 일종의 렌즈 같은 이러한 관계를 통해 보인다." 도로시 슈얼 메이와 콜로넬 조셉 메이 사이에서 태어난 애바는 덕성과 교육을 중시한 보스턴의 개방적인 귀족 가문에서 성장했다. 샌포드 샐리어가 쓴 애비게일 메이 올컷의 초기 전기문 『마미: 작은 아씨들의 어머니 *Marmee: The Mother of Little Women*』를 보면, 애비게일의 어머니는 "막후의 실력자이며 온화하게 고루 영향력을 행사하는 사람이었다. 자녀들의 마음속에 들어가는 방법을 알고 있었으며 자녀의 결점과 가능성을 잘 관찰하고 차분한 지혜로 자식들을 이끌었다."

애바가 좋아하는 격언 두 가지가 있다. "자신의 의무를 사랑하라. 그러면 행복해질 것이다."와 "희망을 품어라. 그리고 바쁘게 지내라."였다. 이 것은 1845년에 루이자의 일기장에다 끼워 준 쪽지에 적힌 가르침이자 『작은 아씨들』에서 가정의 위기가 찾아온 순간에 자매들이 좌우명으로 삼은 말이다.

의무감, 부지런함, 거의 극기에 가까운 관대함. 특정 성별에 국한된 이 세 가지 덕목은 애바가 자신의 가정생활에서 배웠고 나중에 딸들에게 알려준 것이다. 애바의 사랑하는 언니이자 루이자 메이 올컷에게 이름을 물려준 루이자 메이 그릴과 비교해볼 때 샐리어의 말을 빌리자면 애바는 "강인하고 단호하고 감정 기복이 심하고 충동적이었다."고 한다. 루이자는 어머니의 검은 눈동자와 머리카락은 물론 성격적 특징까지 물려받았다. 『마미와 루이자: 말하지 않은 루이자 메이 올컷의 이야기』를 쓴 이브 라플랑트에 의하면 루이자는 어렸을 때 "어머니의 마음씨와 외모를 그대로 닮았다."는 말을 들은 기억이 있다고 했다. 아버지 브론슨은 "둘은 본바탕이 비슷하다. 의지력이 아주 강하다."고 말했다. 둘 다 화를 잘 내는 성미라 분노를 조절하려고 애썼다는 점에서 공감대가 형성되었다. 『작은 아씨들』에서 마미가 이 부분에 대해 조에게 충고를 했다.

"조, 나는 평생 거의 매일 화가 나. 하지만 그걸 드러내지 않는 법을 배웠어. 그리고 화나는 걸 느끼지 않는 법을 터득하길 아직도 바란단다. 아마도 그러려면 앞으로 40년은 더 걸릴 것 같아."

루이자는 마미의 입에서 나온 이 대사를 통해 당시 여성의 처지를 잘 표현했을 뿐 아니라 프라이데이가 명시했듯이 현대에도 여전히 지속되는 어떤 것을 설명했다. 즉, "우리는 사는 동안 내내 분노라는 짐을 지고 산다. …… 사회는 우리가 항상 고운 얼굴을 하고 있길 바라고 여자들은 애초에 분노를 차단하도록 훈련받았다."

애바는 오빠 사무엘 조셉처럼 하버드 대학에 다닐 수 없었지만 오빠의 책을 빌려 보며 그가 전해준 다양한 생각을 자기 것으로 소화했다. 오빠와 마찬가지로 애바는 자라서 여성 인권 운동가이자 노예제 폐지론자가 되었고 남편 브론슨과 뜻을 함께 하며 도망친 노예들에게 피난처를 제공했다. 고집 세고 총명한 그녀는 타고난 이야기꾼이었으며 오래전부터 작가가 되겠다는 꿈을 품은 적이 있었고 성인이 되어서도 계속 시를 썼다. 루이자가 1843년 크리스마스 때 일기장에 "어머니가 날 위해 써준 시 한 편"이라고 적은 부분이 있다. 애바는 사촌과 결혼하라는 아버지의 뜻을 거역하고는 마음에 드는 사람을 기다리다가 연애결혼하기를 원했다. 이십대에는 한 사람의 아내로 집안일에 얽매이는 삶을 사는 게 아니라 세상에 자신이 설 자리를 찾기 위한 시간을 보냈다. 1819년에는 큰 꿈을 품고 부모님에게 이렇게 말했다. "나는 아무것도 하지 못하는 사람으로 보이길 원치 않아요." 그녀는 "여성의 몸이 패션으로 구속당하듯이 여성의 지성이 속박당하고 약해져서는 안 된다."는 라플란테의 말을 인용하기도 했다.

애바는 여성의 가치와 독립에 대해 의지와 열정이 남달랐다. 이 점은 가정의 경제적 부담을 짊어지는 그녀의 능력에 오랫동안 영향을 끼쳤다. 그녀와 결혼한 브론슨 올컷은 에머슨과 소로의 친구였다. 그는 루이자가 세 살부터 일곱 살까지 다닌 보스턴 템플 스쿨에서 학교가 문을 닫을 때까지 자신의 진보적인 교육관을 펼쳤지만, 그 당시의 남자들처럼 가족을 부양할 능력은 없었다. 루이자의 유년기는 지불 불능 상태와 인생무상의 분위기로 점철되었다. 브론슨은 집에 있을 때면 집안에 지적인 분위기를 북돋웠고 밖에서는 누가 봐도 남들과 이야기하기를 좋아하는 사람이었는데, 여자아이들의 행동거지에 대해서는 전통적인 견해를 고수해 루이자가 제멋대로이고 고집이 세다며 야단치곤 했다. 그는 루이자의 언니 안나를 편애했다. 금발의 안나는 마음씨가 곱고 고분고분했다. 안나의 일기를 보면 자기 얘기 말고 다른 사람들에 관한 내용이 적혀 있다. 브론슨은 루이자의 일생에서 중요한 시기에 집을 떠나 있었다. 루이자가 여덟 살부터 아홉 살 때까지는 1년 반 동안 영국 여행에 나섰고, 루이자의 유아기 18개월 동안은 책을 읽고 생각할 게 있다며 가족과 멀리 떨어진 곳에 거처를 잡고 지내는 바람에 양육과 생계의 의무는 고스란히 애바의 몫으로 돌아갔다.

오랜 기간에 걸쳐 안나와 루이자까지 나서서 가족을 부양하기 위해 일을 했다. 재봉질을 하고 아이들을 가르치는 일은 애바의 수입에 많은 보탬이 되었다. 애바는 집에서 하숙을 치고 사회복지 업무를 보고 오빠에게 돈을 빌리거나 해서 이러저러하게 돈을 마련했다. 루이자는 어머니의 모습에서 강인한 한 인간을 엿보았다. 남자에게 의존하지 않고 독립적으로 행동할 수 있었으며, 가족을 부양하는 면에서 실제로 남자의 위치에 서 있는 여성이었다. 애바는 루이자가 자칫 문화적 관습과 가치에 눌려 숨죽이고 있었을지도 모를 중요한 시점에, 캐럴 길리건[11](『다른 목소리로*In a Different Voice*』)과 메리 피퍼[12](『오필리아의 부활*Reviving Ophellia*』)가 오늘날 여성의 성장과 관련해 설득력 있게 통찰한 방식으로 루이자가 자기 내면의 소리와 재능을 따르도록 격려하였다.

프라이데이는 아동 정신의학자 서게이 생어 교수의 말을 인용한 적이 있다. "다섯 살부터 열 살 사이에 중요한 성장 시기가 있다. …… 그 시기에 어린 여자아이의 수동성과 학습부진이 정상으로 받아들여지는 경우가 너무 많다." 다섯 살부터 열 살까지는 루이자의 성장에 아주 중요한 시기였다. 루이자는 '나의 유년기 기억'에서 자신을 말괄량이라고 지칭하며 어머니 덕에 자유를 만끽할 수 있었다고 한다. 어머니는 루이자가

---

11 Carol Gilligan(1936~), 미국의 여성주의자, 작가 겸 학자. 저서로는 『담대한 목소리Joining the Resistance』, 『치유 Kyra』, 『기쁨의 탄생The Birth of Pleasure』 등이 있다.

12 Mary Pipher(1947~), 미국의 임상심리학자 겸 작가. 저서로는 『Women Rowing North』, 『The Green Boat』, 『Letters to a Young Therapist』 등이 있다.

밖에서 마음껏 뛰어놀게 해주었다. "어떤 책에서도 가르쳐 주지 않는 자연에 대해 배웠다. …… 어느 여름날, 이제 막 동이 트는 아침에 언덕 위로 달려 올라가 고요한 숲에서 잠시 쉬던 때가 기억난다. 아치형 나무들 사이로 태양이 강 위로, 언덕 위로, 드넓은 초록빛 초원 위로 떠오르는 장면을 보았다. 난생처음 접한 광경이었다." 매들린 B. 스턴이 말하길, 루이자는 여덟 살 때 〈첫 번째 로빈에게〉라는 제목으로 운율을 갖춘 2연짜리 시를 썼다. 전하는 바에 따르면 루이자의 어머니가 "너는 커서 셰익스피어처럼 될 거야!"라는 말을 했다고 한다. 어머니는 그 시를 간직했고 루이자에게 계속 글을 써야 한다고 독려하였다.

올컷 가 사람들이 전부 일기를 썼지만 애바는 특히 루이자에게 자기 삶에 관해 써보라고 권유했다. 루이자가 읽어보도록 그녀의 일기장에다 종종 짧은 글을 남기기도 했다. 예를 들면, "우리가 나누는 대화와 너만의 생각에 대해 의견을 적어 보렴. 그러면 생각을 표현하는 데 도움이 될 거야."처럼 말이다. 마들롱 베델은 『올컷 가 사람들*The Alcotts: Biography of a Family*』에서 애바가 자기 오빠에게 쓴 글을 소개한 적이 있다. "루이자에게 계속 글을 쓰라고 응원하고 있어. 자칫하면 그 아이의 덜 여문 어린 마음을 삼켜 버릴 수도 있는 억눌린 슬픔을 해소하기에 글쓰기만큼 안전한 배출구도 없지." 베델은 애바가 본인 마음속의 억눌린 슬픔 때문에 그런 말을 했을지도 모른다고 본다. 어쨌든 애바는 루이자가 글쓰기를 통해 감정을 쏟아내고 상상력 넘치는 작업에 몰두할 때 행복해 한다는 것을 알아차렸다.

세상에서 자신의 존재감을 알아가려고 애쓰는 아이에게 어머니의 관심과 칭찬만큼 소중한 것은 없다. 물론 이 점은 남아와 여아 모두에게 마찬가지로 적용되지만, 여자아이들은 여성이라는 이유로 어머니를 통해 자신과 세상의 관계를 이해하기 때문에 특히 의미가 더 크다. 어머니라는 존재는 그대로 따라하고 싶거나 거부하고 싶은 본보기 역할을 하기도 한다. 무엇이 가능할지, 무엇을 피해야 하는지를 확실히 보여주는 대상이다. 루이자의 시에 대해 애바가 보여준 긍정적인 반응은 루이자가 계속 글을 쓸 수 있는 원동력으로 작용했음에 틀림없다. 루이자는 열 살 때 일기장에다 어머니의 생일 선물로 주는 '이끼 십자가'와 '시 한 편'을 남긴다. 루이자를 계속 격려하던 애바가 1842년에 루이자의 열 번째 생일 선물로 필통을 사주면서 라플란테의 글을 빌려 쪽지를 남겼다. "사랑하는 딸에게⋯⋯드디어 엄마가 약속했던 필통을 사주게 되었구나. 내가 쭉 지켜보니 네가 글쓰기를 무척 좋아하니까 엄마는 그 습관을 응원해주고 싶단다."

어머니에게 그러한 인정을 받은 데다 자신의 재능을 쭉 키워 나가도 좋다는 허락까지 얻은 일은 루이자의 유년기 자의식은 물론 마음속에 자라고 있는 큰 꿈에도 영향을 끼쳤다. 1843년 일기를 보면 제니 린드[13]처럼 유명해지고 싶다는 내용이 나온다. 물론 시간이 지나면서 루이자는 린드보다 더 유명해졌다. 애바의 사고방식은 루이자가 아버지와 아버지의 영국인 친구 찰스 레인[14]에게 받았던 사회적 교육의 부족한 부분을 상쇄하며 균형을 이루었음이 분명하다. 초월주의자 찰스 레인은 루

---

13 Jenny Lind(1820-1887), 스웨덴 출신의 오페라 가수.

14 Charles Lane(1800-1870), 영국 태생의 초월주의자, 노예제 폐지론자.

이자의 아버지 브론슨을 설득해 그들이 '프루트랜드(Fruitlands)'라고 이름붙인 공동체로 가족을 데리고 이사하게 한 사람이다. 브론슨 가족이 공동체에서 생활한 1843년부터 1845년까지는 루이자의 가족에게 불행한 시기였다. 루이자가 열두 살이던 1845년 일기장에는 몇 가지 '가르침'이 기록되어 있다. 그 목록에 따르면 루이자가 열심히 배워야 하는 미덕중에는 정형화된 여성적 덕목인 '정숙함'과 '자제심'이 포함되어 있었다. 그녀가 극복하고 싶은 것에는 여자아이에게 바람직하지 않은 성격이라 여겨지는 '활발함'과 '제멋대로' 같은 특징이 포함되었다. 캐럴 길리건은 '심리학 이론과 여성의 발전'이라는 부제가 붙은 자신의 책 『다른 목소리로』에서 다음과 같이 말한다. "여성의 미덕이 자기희생에 기반한다는 개념은 도덕적 선함의 문제와 책임과 선택이라는 성인의 문제를 대립항에 둠으로써 여성의 발달 과정을 복잡하게 만들었다." 메리 피퍼는 '사춘기 소녀들의 목숨 구하기'라는 부제의 『오필리아의 부활』에서 다음과 같이 서술하였다.

여자아이들은 오랫동안 인간성을 상당 부분 희생해 가며 여성스러워지도록 교육받았다. 외모를 바탕으로 평가 받아 온 세월도 오래되었고 수많은 딜레마에 빠져 살아왔다. 성과를 내되 너무 크게 내지는 말 것, 공손하되 자기다움을 잃지 말 것, 여성스럽고 어른스러울 것, 문화적 유산을 의식하되 성차별에 대한 발언은 자제할 것 등 이중적인 속박이 많았다. 이러한 여성성 훈련을 설명하는 또 다른 방법은 잘못된 자기 훈련법이라고 지칭하는 것이다. 여자아이는 실제 자기 모습에 미치지 못한 존재가 되도록 교육받았다. 그들은 여자아이 본인이 되고 싶은 존재가 아니라 사회의 문화가 요구하는 존

재가 되라고 교육받았다.

　이러한 제한적인 사회화가 오늘날에도 적용되는 상황이라고 본다면 19세기에 여자아이들을 통제하는 데 급급해 하던 더욱 엄격한 규율을 뛰어넘는 루이자의 업적은 그야말로 주목할 만한 성취 그 자체이다. 그녀는 여성의 희생이나 의무라는 멍에와 작가가 되겠다는 포부를 용케도 함께 붙들어 맸다. 가족을 건사하기 위해 글을 써서 돈을 벌 수 있었다면, 딸로서 의무를 다하는 동시에 독립적이고 어른스러운 자아를 확립하고 싶어 하는 소망까지도 함께 이룰 수 있었던 셈이다. 아마도 이러한 한 쌍의 각기 다른 충동은 건강하게 해소된 분노가 어느 정도 연료처럼 작용해 생겨난 것임에 틀림없다. 찢어질 듯 가난한 자기 가정의 현실적 상황을 직시했던 루이자는 「나의 유년기 기억」에 이렇게 썼다. '근처에 있는 울타리에 앉아 음산하게 까악까악 우는 까마귀의 모습으로 나타난 운명을 향하여' 주먹을 휘두르는 소녀가 있었다. '머잖아 무슨 일이라도 하고 말겠어. 그게 애들 가르치는 것이든, 바느질이든, 연기든, 글쓰기든, 가족에게 보탬이 되는 거라면 뭐든 상관 안 해. 나는 죽기 전에 부자가 될 거고 유명해지고 행복해질 거야.'하고 다짐하는 소녀에 대해 썼다.

　루이자가 열세 살 때 일기장에 쓴 내용을 보면 자신이 믿을 만한 사람이 누구인지 잘 알고 있었다. '사람들은 내가 거칠고 별나다고 생각한다. 하지만 어머니는 나를 이해해 주고 도와주신다.' 열일곱 살 때 일기에는 '나는 내 문제에 대해 어머니말고는 아무에게도 말할 수 없다.'고 썼다. 자기 일기에 어머니 애바가 남긴 격려의 글을 발견하고는 다음과 같이 쓰기도 했다.

누군가가 어머니에게 이렇게 도움이 될 만한 글을 써 주면 좋겠다. 왜냐하면 어머니도 그렇게 온 마음을 다해 격려해 주는 기운이 필요하기 때문이다. 어머니가 결혼 후 너무나 힘든 삶을 사셨다는 생각을 떨칠 수가 없다. 갈피를 잡지 못하고 방황하거나 온갖 걱정으로 점철된 삶이었다. …… 나는 어머니가 아주 용감하고 훌륭한 여자라고 생각한다. 내 꿈은 어머니에게 근사하고 조용한 집을 마련해 드리는 것이다. 어머니가 짊어질 빚도 없고 아무 골칫거리도 없는 집.

애바는 루이자에게 부적과도 같은 신비로운 선물을 끊임없이 선사하였다. 1846년 3월에는 루이자에게 독방을 갖게 해 주었다. 그때는 가족이 힐사이드로 알려진 콩코드의 집을 사용하던 시기였다. 루이자는 열세 살이던 당시 다음의 내용을 일기에 남겼다.

그토록 오랫동안 원했던 작은 방을 드디어 갖게 되었다. 무지 행복하다. 혼자 있는 게 내게 많은 도움이 된다. 어머니가 날 위해 방을 아주 예쁘고 깔끔하게 꾸며 주셨다. 반짇고리와 책상이 창가에 있고 벽장에는 향이 아주 근사한 허브가 가득하다. 정원 쪽으로 난 문은 여름에 열어 두면 아주 예쁘겠지. 내키면 언제든 숲으로 달려갈 수도 있다.

라플란테는 애바가 루이자의 열네 살 생일 때 만년필을 사 주려고 돈을 모았다고 전한다. 생일 카드에는 다음과 같은 내용이 있었다. '사랑하는 딸에게, 엄마가 주는 것이니 이 만년필을 받으렴. 너를 위해서 그리고 엄마를 위해서 만년필을 마음껏 잘 쓰거라.' 베델이 인용한 내용을 보면 애바가 루이자에게 '엄마 말을 믿으렴. 너는 최고 중의 최고가 될 수 있어.'라고도 썼다.

1851년 가을, 열여덟 살이던 루이자가 《페터슨 지(誌)Peterson's Magazine》에 '플로라 페어필드'라는 필명으로 〈햇살〉이라는 제목의 시를 발표했다. 처음으로 원고료를 받은 글이었다. 그리고 이듬해에 머리글자 L. M. A.를 이름으로 써서 출간한 〈라이벌 화가들〉이라는 첫 단편 소설로도 돈을 벌었다. 이 작품은 『작은 아씨들』에서 조가 쓴 소설 제목이기도 하다. '마치 부인은 그걸 알고 대단히 자랑스러웠다.' 소설 속에서뿐만 아니라 현실에서도 마미는 딸의 첫 번째 문학적 성과를 실로 자랑스러워했다. 1852년 크리스마스에 애바는 루이자에게 새 책상을 사 주었다. 이것은 여태껏 건넨 선물과 칭찬의 긴 목록 중에 단연 돋보이는 것이자 루이자에 대한 신뢰와 딸이 하는 일을 지지하는 마음이 표현된 선물이었다. 라플란테가 전하는 바에 따르면, 애바는 루이자가 '용기 있는 여성이 되라는 응원만 필요한 훌륭하고 총명한 소녀'라고 믿었다.

루이자는 자신을 이해하고 힘을 북돋워 준 어머니에 대한 감사, 그리고 마음속에 작가라는 직업의식 덕분에 별 탈 없이 사춘기를 거쳤다고 볼 수 있다. 스물두 살이던 1854년 12월에 첫 책 『꽃의 우화』가 출간되어 30달러를 벌었다. 루이자는 그 책을 크리스마스에 편지 한 통과 함께 어머니께 드렸다.

엄마의 크리스마스 양말에 나의 '첫 아이'를 넣어두었어요. 아무리 결점 투성이라도 엄마가 받아주실 걸 알아요.(할머니는 늘 자상한 법이니까요.) 그리고 내가 할 수 있는 한 가장 진지하게 해낸 일로 봐 주실 것도요 ······ 나의 작은 책에서 예쁜 구석이 보이든 시가 눈에 띄든 간에 처음부터 끝까지 내 모든 노력에 엄마가 관심을 가져 주고 격려해 준 덕이에요. 내가 뭐든 자랑스러운 일을 해낸다면, 나의 가장 큰 행복은 바로 내가 그 모든 것에 대해 엄마에게 감사할 수 있다는 거예요. ······ 그리고 이 책이 엄마를 기쁘게 해준다면 글을 쓰는 것에 만족할 거예요.

10년 뒤 크리스마스에 루이자는 어머니에게 첫 장편 소설『우울*Moods*』을 선물했다. 애바의 예순네 번째 생일에 어머니에게 헌정한 책이다. '나의 첫 후원자이자, 마음 좋은 평론가이자, 친애하는 독자이신 어머니께 바칩니다. 감사하는 마음으로 애정을 듬뿍 담아 나의 첫 연애소설을 헌정합니다.' 같은 해에 어머니에게 쓴 크리스마스 편지에는 다음과 같이 적혀 있다. '이제 이 책이 돈을 좀 벌어 주고 길을 좀 더 열어준다면 만족할 거예요. 그리고 엄마는 이 힘든 세월 동안 나를 위해 쏟아준 도움의 손길과 사랑과 모든 공감을 조금이나마 보답받으시겠죠. 부디 성공이 날 찾아와 나를 즐겁게 해주고, 내가 위대한 작가 이상으로 되고 싶어 하는 존재, 바로 좋은 딸이 되게 해주면 좋겠어요.'

이제는 루이자의 글이 《월간 애틀랜틱*Atlantic Monthly*》에 실리게 되었다. 어머니가 당연히 자랑스러워하는 성과였다. (남북전쟁 당시 워싱턴 DC에서 간호사로 일했던 경험을 바탕으로 한)『병원 스케치』가 《보스턴 커먼웰스*Boston Commonwealth*》에 연재되었고 곧 책으로 출간되었다. 불과 2년 전에 루이자는 아버지에게 이렇게 말했다.(그리고 1888년 「나의 유년기 기억」에서 이 이야기를 되풀이한다.) "내 생각에 앞으로 나는 제대로 알려질 거고, 올컷 가 사람이지만 내 밥벌이는 할 줄 아는 것 같아요. 독립적인 느낌이 좋아요. 설령 쉬운 삶은 아니라 해도 자유롭잖아요. 난 그런 삶이 좋아요."

이제 루이자가 어머니에게 본격적으로 보답하기 시작했다. 1864년 1월에 적은 일기를 보면 '1월 이후로 글로 번 돈만 거의 600달러'라는 내용이 있다. 루이자는 야망과 미덕을 품고 저술 작업을 하는 동시에 좋은 딸이 되는 것을 의무라고 느끼지도 않았고, 그런 상황을 외면하지도 않았다. 그 당시 젊은 여성들은 대개 결혼을 하고 어머니가 되려고 한 반면에 루이자는 그런 전통적인 관습을 따르려고 하지 않았다. 『작은 아씨들』에서 조를 로리에게 시집보내기를 망설이는 대목도 나온다. 1868년 11월 일기에는 이렇게 적혀 있었다. "여자아이들이 '작은 아씨들은 누구와 결혼하느냐?'고 편지로 묻는다. 마치 그게 여자의 삶에서 유일한 목적이자 목표인 양." 루이자가 여러 구혼자와 잠깐씩 만나며 연애한 이력이 상당하고, 적어도 한 번은 정식 청혼을 받아 어머니에게 조언을 구한 뒤 그 남자를 진심으로 사랑하지 않는다는 결론을 내려 청혼을 거절한 적도 있다.

루이자에게 '자식'은 그녀가 써 낸 책이었을 것이다. 수전 치버가 『루이자 메이 올컷_Louisa May Alcott_』에 썼다시피 루이자는 '자신의 가족, 그들에게 필요한 것들과 결혼'한 셈이다. 그녀는 부모님의 부부 관계를 보며 결혼이 얼마나 힘들고 답답한 일인지 직접 목격하면서 자랐다. 언니 안나가 존 프랫과 행복한 결혼 생활을 하는 모습을 봤는데도 생각은 별로 바뀌지 않았다. 1860년 일기에 남긴 유명한 내용이 있다. "아주 감미롭고 매력적인 이야기인데 나는 자유로운 독신여성으로 나만의 카누에서 노를 저으며 사는 편을 택하겠다."

애바는 루이자의 첫 애독자이자 가끔은 함께 내용을 구성하는 이야기꾼이 되어 루이자의 집필을 도왔다. (루이자는 어머니의 삶과 일기에서 얻은 소재를 소설에 담아냈다.) 어머니는 루이자를 응원했고 딸이 신들린 듯 창작에 몰두해 제정신이 아닐 때면 옷을 지어 입히고 차를 끓여다 주며 딸을 살뜰히 챙겼다. 그렇다고 애바가 루이자만 챙기며 산 건 아니다. 셋째 딸 리지가 1858년에 세상을 떠났지만 돌봐야 할 딸이 세 명 더 있었다. 애바는 여권 신장을 도모하는 활동에 대단히 헌신적이었다. 그래도 애바는 무엇보다도 어머니로서 더없는 기쁨을 느끼고 루이자가 성취한 일을 자랑스러워했음에 틀림없다. 주어진 환경이 달랐더라면 자신이 과연 어떤 사람이 되었을지 루이자를 통해 보았을 것이다.

루이자는 자신이 쓴 책과 헌사로만 어머니에게 보답한 것은 아니다. 순도 높은 헌신과 사랑도 아낌없이 전했다. 출간된 일기와 편지를 보면 애바에 대해서는 부정적인 내용이 하나도 없다. 반면 매들린 B. 스턴이 올컷의 『일기』 머리말에서 지칭한 루이자와 아버지의 "애증" 관계는 아버지에 대한 기대가 줄어들고 '물질주의 세상에서 철학자'로 사는 아버지를 인정하면서 점차 누그러졌다. 루이자는 어머니에게 물질적 위안을 안겨 즐거우며 "숱한 뒤치다꺼리와 빚 때문에 어머니가 걱정할 일이 없게 해드려 더없이 기쁘다."는 글을 수도 없이 남겼다.

애바가 나이 들고 병이 나자 루이자는 수시로 글을 접고 어머니를 돌봤다. 1870년에 동생 메이와 유럽 여행을 하고 돌아왔을 때 어머니가 허약해지고 심히 노쇠한 것을 느껴 일기에 "다시는 어머니 곁에서 멀리 떠나지 않겠다."고 썼다. 1873년에는 '이제 마미가 더 이상 우리의 용감하고 열정적인 대장이 되진 못할' 현실을 실감했다. 애바는 1877년 11월 25일에 루이자의 품에서 조용히 잠든 채 세상을 떠났다. 어머니가 돌아가신 후 루이자는 "내 의무는 끝났다. 이제 나는 어머니 뒤를 따르게 돼 기쁘다."고 썼다. 애바의 착하고 야심만만한 딸 루이자는 어머니의 짐을 전부 덜어주겠다는 어린 시절의 소망을 이루었지만, 그 임무를 완수했다는 걸 아는 데도 어쩐지 마음은 홀가분해지지 않았다. 한 달 후 루이자는 다음과 같은 글을 남겼다. "거대한 온기가 깡그리 사라진 느낌이다. 이제 앞으로 나아갈 동기가 바닥이 나버렸다."

루이자 메이 올컷은 어머니가 돌아가신 후 10년 남짓 더 살았다. 책을 출간하며 계속 가족을 돌봤지만 인생의 크나큰 사랑이 이미 떠난 후였다. 애바와 루이자의 모녀 관계를 라플란테는 '미국 문학사에서 아마 가장 유명한 모녀일 것'이라고 평한다. 이 관계는 마치 풍성히 받은 선물과 아낌없는 보답으로 균형을 이룬 저울과 같았다. 메리 피퍼는 질풍노도의 사춘기를 빠져나와 성인기로 접어드는 것에 대해 다음과 같이 썼다. "성장에는 한 개인의 피나는 노력과 용기가 필요하고, 보호하며 양육하는 환경도 필요하다." 말할 수 없이 불리한 조건 하에 성장하는 소녀들도 있지만 여기서 흥미로운 질문은 "과연 어떤 조건에서 대부분의 소녀가 완전하게 성장하는가?"이다. 가난한 환경에서 부모의 불행한 결혼 생활을 인지하고 19세기라는 시대적 제약을 실감하며 불리한 조건 하에 자란 루이자 메이 올컷에게 애바는 든든한 울타리이자 양육자였다. 신예 작가가 성장해 마침내 성공을 거둔 환경을 조성해 준 사람이었다. 다행히 애바는 딸이 전례 없는 엄청난 성공을 거두는 모습을 생전에 보았다. 치버에 따르면『작은 아씨들』의 출판자 토마스 나일즈가 이 성과를 '세기의 위업'이라 칭송했다고 한다. 1869년 12월 말 즈음『작은 아씨들』은 36,000부가 팔렸고, 루이자는 미국에서 가장 유명한 작가 반열에 올랐다.

완전한 성장에 도달한다는 의미가 어린 시절의 꿈을 성취하는 것이라면 루이자야말로 완전한 성장을 이룬 사례가 될 것이다. 만약 거기에 대가가 지불되었다면(일부 평론가는 결혼과 생물학적 모성이 대가로 지불되었을 것이라고 한다), 얼마나 큰 꿈이 성취되었는지를 살펴볼 일이다. 루이자는 가족을 돌보며 어머니에게 보답하는 삶을 선택했다. 어머니는 딸에게 줄 수 있는 가장 큰 선물을 주었고, 즉 딸이 (사회와 문화가 강요하는 목소리가 아닌) 자신의 진짜 목소리를 지켜 나가도록 도와주며 딸이 진짜 모습을 찾아가는 동안 보호막이 되어주었고, 딸은 그 선물에 보답하는 길을 걷기로 선택하였던 것이다.

• 가드너 맥폴(Gardner McFall)

『The Pilot's Daughter and Russian Tortoise』(시집), '시애틀 오페라'의 의뢰로 쓴 『아멜리아 Amelia』라는 오페라 대본집, 아동 도서 두 권을 쓴 작가다. 메이 스웬슨(May Swenson)의 산문 선집 『Made with Words』를 편집했고, 케네스 그레이엄(Kenneth Grahame)의 『버드나무에 부는 바람The Wind in the Willows』 반즈앤노블 고전판 서문을 썼다. 헌터칼리지(CUNY)에서 10여 년 넘게 아동 문학을 가르쳤다. 현재 뉴욕 시에 살면서 일하고 있다.

04

월트 휘트먼과
어머니

케네스 실버맨

월트 휘트먼(Walt Whitman 1819~1892)

미국의 시인이자 수필가이다. 그는 남북전쟁에 참전한 인물로서 '자유시의 아버지'라 불리며, 미국의 정신을 잘 대변해 주는 시인이라는 평가를 받았다. 특히 에머슨의 강연에 깊은 감명을 받은 후 시인의 길을 걷게 되었다. 대표작으로는 시집 『풀잎*Leaves of Grass*』, 『북소리*Drum Taps*』 등이 있으며, 산문집으로 『표본적인 나날들*Specimen Days*』이 있다. 총 52편으로 되어 있는 장시 「나 자신의 노래*Song of Myself*」가 사랑을 받았다.

사람들이 – 남자도 여자도 아이들도 – 종종 그런다. "당신은 휘트먼 가 사람이군요. 딱 알겠네요." 어떻게 알았느냐고 물으면 십중팔구 손가락 하나로 나를 가리키곤 한다. "이목구비나 걸음걸이, 목소리로요. 당신 어머니가 딱 그래요." 내가 봐도 예나 지금이나 그 말이 전부 사실이라고 생각한다. 내게서 어머니의 모습이 보인다.

월트 휘트먼의 이 표현은 「나 자신의 노래_Song of Myself_」 도입부에 나오는 '내게 속하는 모든 원자가 고스란히 당신에게 속하기에'라는 부분을 설명해준다. 휘트먼은 사람들이 그가 어머니 루이자 밴 벨서(Louisa Van Velsor)를 빼닮았다고 알아차린 순간을 생각하면 기분이 저절로 좋아졌다. 루이자는 목수와 결혼해 자식을 아홉 명 낳았다. 스물네 살 때 둘째 아이 월터를 출산했다. 두 사람의 관계는 모자간에 주고받은 편지 300여 통에 고스란히 담겨 있다. 그 편지 중에 170통은 루이자가 월터에게 보낸 편지였다.

어머니와 아들은 외모가 닮았을 뿐 아니라 정서적으로도 비슷한 면이 아주 많았다. 휘트먼은 편지를 쓸 때 '사랑하는 어머니께'라고 시작했고 '사랑하는 어머니께 사랑을 전하며'라고 끝맺었을 것이다. 루이자는 유머 감각과 풍자가 몸에 밴 사람이었다. 아들이 자신을 '유쾌한 여인'으로 보는 시선에 걸맞게 장난스럽게 '자네의 사랑하는 어머니가', '잘 계시게. 루이자 휘트먼', '자네의 모친, L Whi' 또는 간단히 'LW'라고 편지를 끝맺었다.

월트는 어머니를 숭배하다시피 했다. 그는 「포마녹에서 출발하여 _Starting from Paumanok_」라는 시에서 자신에 대해 이야기하며 '완벽한 어머니가 키워주셨다.'라는 표현을 쓴다. 그런데 어머니 루이자를 향한 열렬한 사랑이 시와는 별개로 존재했다. 루이자는 그리 문학적인 사람이 아니었다. 어머니에게 보내는 월트의 편지는 딱히 비범한 문체라 할 것도 없는 평범한 글일 때가 많았다. "어제는 기분이 썩 좋지 않았는데 일찍 잠자리에 들어서 푹 잤어요. 오늘, 화요일에는 기분이 괜찮아졌네요." 그와 어머니가 아주 친밀한 관계였다는 사실은 시에서 직접 표현되지는 않았지만 그의 작품에 큰 영향을 미쳤다. 한번은 그가 "'풀잎'은 내 안에서 움직이는 그녀의 기질이 피어난 것"이라고 말했다. 이런 말도 했다. "'풀잎'이 훌륭하다고 생각할 수 있는 사람이라니. 대체 누가? 그녀는 고개를 가로젓곤 했다. 그녀에게 축복 있으라! 그녀는 절대 그렇게 생각하지 않았다. …… 그녀는 어리둥절한 채 체념한 듯 '풀잎' 앞에 서 있었다." 루이자는 정작 자신이 진가를 알 수 없는 어떤 것에 자기도 모르게 영감을 주는 사람이었다.

휘트먼은 출간 진행 중이거나 출판된 자기 작품과 관련하여 다른 사람들과 나누었던 그 어떤 소식도 어머니에게 보내는 편지에는 일절 쓰지 않았다. 그래도 그의 작품에 관한 평이 신문과 잡지에 실리면 어머니에게 얘기해주거나 편지로 그 소식을 전했다. "어머니, 뉴욕 타임즈에 나에 관한 좋은 글이 길게 실려서 그 부분을 보내드려요." 그는 자신의 시에 관해 간혹 루이자에게 이야기하긴 했다. 「북소리」가 포함된 『풀잎』 개정판을 살펴보면 1868년에 한 번 그랬을 것이다. 월트가 언급한 내용에 루이자가 한마디 했다. "그러니까 네가 또 풀잎 얘기를 쓴다는 게지. 그래, 그게 너한테 해가 안 된다면야 나는 좋구나." 월트는 어머니가 굳이 그의 시 작품을 속속들이 알지는 못했어도 아들을 무한 신뢰하고 있으며 그가 훌륭한 일을 해냈다고 느끼리라 생각했다.

월트와 루이자가 주고받은 편지를 보면 서로의 건강을 염려하는 내용이 많다. 어느 날 그가 목이 아프거나 현기증이 나서 몸 상태가 안 좋은 느낌이 든다고 어머니에게 이야기했던 모양이다. "월트야, 혹시 네가 어디 아프거나 뭔 일이라도 있으면 즉시 알려주길 바란다." 루이자는 자신이 편지를 쓸 수 있다는 사실에 뿌듯해 했다. "아주 열심히 노력해야 한다는 생각이 드는 걸 보니 내가 꽤나 똑똑해졌구나." 그녀는 월트에게 편지를 쓸 때 자신의 절뚝거리는 걸음걸이나 현기증에 대해 자주 언급하곤 했다. 그 증상으로 고통을 겪을 때와 차도가 있을 때 모두 월트에게 알렸다. "머리가 어지러워서 고생했는데 오늘은 아주 가뿐하구나." 루이자는 류머티즘이 자주 도져서 한쪽 손과 팔을 못 쓸 때가 많았다. '유황 증기 치료'를 받으면 통증이 완화되었다. 월트는 어머니에게 쓴 편지에서 "어머니 때문에 걱정이 이만저만 아니에요. 말씀하시는 것보다 많이 편찮으신 것 같아 걱정입니다. 밤낮으로 어머니 건강에 대한 염려가 머리에서 떠나질 않네요." 그는 다른 사람들에게 편지를 쓸 때도 어머니의 신체적인 건강과 마음 상태를 자주 언급하면서 어머니가 늘 활기차고 기분 좋게 지냈으면 좋겠다고 썼다. 루이자는 자녀 여덟 명을 키우면서 40년 동안 들쑥날쑥한 수입으로 그럭저럭 견디며 살았다. 월트는 2달러든 5달러든 10달러든 종종 어머니에게 돈을 보내곤 했다.

루이자와 월트 모자는 서로를 애틋하게 챙기는 만큼 휘트먼 가의 가족 모두를 향한 가족애도 놓치지 않았다. 루이자에게는 월트 말고도 자식이 일곱 명 더 있었고, 월트에게는 형제자매가 일곱 명 더 있었으니 두 사람 다 챙길 가족이 많았다. 월트는 어머니의 편지에서 다른 가족들 안부를 알고 싶어했다. "다른 것보다 집안일에 대해 듣고 싶어요. 집에 어떤 일이 있는지 전부 적어주세요." 그는 다른 식구들을 통해 어머니에게 편지를 쓰기도 했다. 그들에게 쓴 편지를 어머니에게 보여드리라고 부탁했다. "내가 편지를 못 받으면 할 게 뭐가 있을지 모르겠구나."라고 루이자가 말했다. 한번은 다른 가족들이 보내는 편지가 줄었다는 말도 했다. "오랫동안 의지했던 내 편이 나를 저버린다면 더 이상 뭘 기대하며 살아야 하나 싶겠지. 하지만 사랑하는 월트야, 늙은 이 어미가 있으니 걱정을 붙들어 매려무나."

월트가 이런 글을 남기기도 했다. "전쟁 중에 어머니에게 수도 없이 편지를 썼다. 사랑하는 나의 소중한 어머니! 브루클린에 혼자 계신 어머니께 거의 날마다 편지를 썼다." 그는 전할 말이 많았다. 1862년 말부터 그는 워싱턴에서 정부의 기능직 공무원으로 10년간 일하기 시작했다. 내무부의 인디언국에서 서기로 일하다가 법무장관 사무실에서 공식 문건 필경사로 일했다. 워싱턴은 전시에 중요한 도시로 탈바꿈해 부상병 수천 명을 돌보는 거대한 병원이 되었다. 브루클린의 집으로 돌아간 월트는 그간 숱하게 보았던 것을 루이자에게 이야기해주었다. "피투성이에, 핏기 없는 얼굴에, 부상당한 가엾은 젊은이들을 가득 태운 기차와 배가 셀 수도 없었어요."

주로 서기 업무를 보던 월트의 일정상 부상병 치료를 도울 짬이 나서 1863년 1월에 병원 일을 시작했다. 대개 10시부터 4시까지, 6시부터 9시까지 병원에서 일을 도왔는데 두 번 다 가지 못 하거나 아예 한 번도 못 가는 날도 간혹 있어서 그런 날은 '약간 우울함'을 느꼈다고 어머니에게 말했다. 그는 각각 북부연합군과 남부동맹군의 부상병 부대가 있는 곳으로 갔다. 병원은 물론이고 야전부대 진영에도 들렀다. 대량 살상과 질병으로 인한 참혹한 광경을 목격하고 그 희생자들을 돌본 일도 어머니에게 이야기해주었다. "나무 밑에 발과 팔다리가 쌓여 있었어요." 황달, 고름, 괴저, 파상풍, 괴혈병, 폐결핵, 부패된 상처, 정신 착란 증세 등이 난무하는 갖가지 상황을 접했다. 어느 병사는 '자기 팔을 갉아먹는 거대한 고양이가 있다'고 믿었다. 월트는 직접 절단 수술을 도왔고 붕대를 갈아 주고 폐렴으로 죽어가는 군인들을 돌봤다. 그런 이야기를 들은 루이자가 말했다. "불쌍한 사람들이구나. 엄마도 그 사람들 생각을 많이 한단다. 네가 그 젊은이들한테 한 일을 얘기해 줘서 늘 좋구나."

월트는 부상병들을 찾아갈 때 잡낭에다 잼, 크래커, 산딸기, 굴 같은 음식과 편지지와 돈 조금과 나눠 줄만한 여러 간식거리를 챙겼다. "군인들에게 파이프와 담배도 줬어요. 그 사람들한테 담배를 준 사람은 나뿐이에요. 누군가에게는 그것만큼 좋은 게 없잖아요. 다른 대부분의 군인과 군목은 그런 걸 거들떠도 안 봤지만 어쨌든 제가 그걸 주고 피우게 해줬어요."

월트는 자신이 말끔하고 깨끗한 옷차림으로 병동에 들어가 부상병들에게 생기 있고 남자다운 건강한 사람의 인상을 심어주면서 그들이 꼭 살아남아 전쟁 전의 건강한 모습으로 돌아가도록 용기를 북돋워 줄 수 있어 특히 기뻤다. "어머니, 제가 알게 된 사실을 말씀드리게 돼 정말 뿌듯합니다. 군인들이 포기하지 않도록 제가 격려하고 잘 돌봐줘서 꽤 많은 생명을 구했다고 하네요. 부상병들도 그렇게 얘기하고, 의사들도 그러더라고요. …… 어머니가 이 소식을 들으면 좋아하실 걸 아니까 말씀드려요. 부상을 당해 아파하며 죽어가는 이 부상병들과 저는 서로 정말 아끼고 사랑해요. 지금까지 이토록 서로 사랑하는 남자들은 없었을 거예요."

　루이자는 전쟁이 지속되자 걱정이 이만저만 아니었다. 그녀는 거의 매일 밤 잠자리에 들기 전에 월트의 「북소리」(우연히도 이 전쟁 시에는 "나의 귀하신 분, 나의 어머니"라는 구절이 포함되어 있다)를 훑어본다고 아들에게 말했다. 월트가 느끼기에 어머니는 군인들의 이야기를 듣는 것에 전혀 싫증을 내지 않았다. "어머니야말로 내가 만난 나이든 사람 중 최고의 애국자라는 생각이 가끔 든다. 어떻게든 도움이 되는 일이라면 어머니는 북군을 위해 흔쾌히 목숨도 바칠 분이다." 루이자는 아들을 그리워했고 자기에게 와서 오래 머물다 가라고 조르곤 했다. "월트야, 엄마를 보러 올 수 없겠니? 네가 올 수 있으면 정말 좋겠구나."

　어머니에게 보낸 월트의 편지에는 심각한 부상이나 질병에 관한 내용이 포함되어 있었다. "예전에 한번 말씀드렸던 후로는 어머니가 불쌍한 젊은이들 사연을 듣고 싶어 하신다는 걸 알아요." 그의 어머니는 부상병들 이야기에 마음 아파했다. "아이구, 딱한 군인들이네. 그 불쌍한 젊은이들이 꼭 살았으면 좋겠구나. 너무 고통스러워한다니 정말 슬프다." 월트는 부상병을 보살필 때 느꼈던 것들을 특히 어머니가 알았으면 했다. 보고 있자면 속이 안 좋아질 만큼 끔찍한 부상이나 수술, 죽음을 목격할 때도 그는 '남다른 침착성'을 유지했다. 하지만 시간이 지나 집에 있을 때나 혼자 산책을 할 때면 그 장면이 떠올라 '속이 메스껍고 실제로 몸이 떨릴' 지경이었다.

　월트는 전시 근로에 참여하는 시간이 많아 아무리 바쁘더라도 '나의 귀하신 분, 나의 어머니'의 건강을 늘 걱정했다. 루이자 입장에서는 아들의 사랑이 필요했고 그가 같이 있어 주길 원했다. "월트야, 에미를 보러 올 수 없겠니? 네가 올 수 있다면 정말 좋겠구나. 네가 휴가라도 내면 그럴 수 있잖니." 월트는 이따금 워싱턴에서 하는 일을 잠시 접고 어머니가 계신 브루클린, 나중에는 뉴저지의 캠던으로 가서 어머니와 함께 지낼 수 있었다. "여기서 지내는 내 삶의 여정에서 가장 큰 보상은 어머니가 웅장하고 노련한 함선처럼 온갖 역경과 굴곡을 헤치며 아주 용감하게 무사히 항해해 나가는 모습을 본다는 것이다." 그는 어머니의 건강이 별로 좋지 않을 때는 직접 어머니까지 간병해드리곤 했다. "어머니가 상당히 편찮으셔서 내가 간호사 노릇을 했다. …… 내가 치료해 드리자 오늘 아침에는 어머니 상태가 훨씬 호전되었다."

월트와 루이자는 집에 있을 때 늘 아침 식사를 함께 했다. 월트가 이런 내용을 쓰기도 했다. "정말 최고다. 아무리 생각해도 우리 엄마가 만든 커피가 세상에서 제일 맛있다. 메밀 요리도 마찬가지고." 어느 날 아침 식사 시간에 두 모자가 링컨 암살 소식을 접했다. 월트는 링컨을 본 적이 많았는데, 워싱턴에서 대통령을 '지척에서 본' 적도 있었고 한 번은 그의 가까이에 서 있기도 했었다. 어머니와 아들은 충격 받은 마음을 함께 추슬렀다. "하루 종일 우리 둘 다 음식을 한 입도 넘기지 못 했다. 그저 커피를 마신 게 전부였다. 대화도 거의 없었다. 조간신문, 석간신문 할 것 없이 그 기간에 자주 나오던 특별판 기사를 있는 대로 가져왔고 서로 말 없이 돌려 읽었다."

루이자는 나라의 정치적 발전 과정을 놓치지 않고 지켜보려 노력했다. "나는 이따금 트리뷴 지를 본단다. 집에서 연설문 읽는 게 참 좋구나." 그래서 루이자는 링컨의 뒤를 이은 앤드류 존슨 대통령의 행보를 지켜보았다. 그가 하는 일 자체는 물론, 월트의 일에 영향을 미칠 가능성에 대해서도 주시했다.

"워싱턴에 아주 소란스러운 시기가 찾아올 모양이야. 글쎄, 월트야. 미국에서 전에는 한 번도 일어난 적 없었던 일을 우리가 살아서 볼 날이 왔구나. 탄핵 말이야! 안타까운 일이지만 그래도 꼭 필요한 일이라고 생각한다."

월트는 문필 생활과 서기 업무에 열의를 다하던 외중에도 점점 연로해지는 어머니의 나이를 결코 잊은 적이 없었다. "사랑하는 어머니. 점점 더 쇠약해지신다. 나는 그런 어머니를 밤낮으로 생각하며 산다."

…… 사랑하는 어머니가 예순일곱이라는 연세치고는 꽤 건강하시다. 어머니는 쾌활하고 원기 왕성하셔서 아직도 가벼운 집안일과 요리는 도맡아 하신다.

…… 어머니 연세가 딱 그만큼 보이는 것 같다. 몇 주만 있으면 어머니는 일흔 번째 생일을 맞이하신다. 여전히 어머니는 가벼운 집안일 대부분을 손수 하신다.

…… 어머니는 일흔넷 할머니치고는 꽤 정정하시다.

…… 엄마와 배불리 저녁을 먹었다.(이번 달에 어머니가 일흔여섯이 되셨지만 내 눈에는 여전히 젊고 멋지시다.)

…… 어머니가 여든이 되어 가신다. …… 이제는 병약해진 연세가 눈에 보이지만 빨리 나이 드시는 것 같다. 그래도 아름다워 보이고 아주 쾌활하시다.

월트는 1873년 1월에 워싱턴에서 평소처럼 업무를 보다가 뇌졸중이

와서 어지럽고 구역질이 나고 부분적으로 마비되는 증세를 겪었다. "어머니, 저 때문에 근심이 많으시죠? 물론 어머니가 그러실 걸 알아요." 그는 침대 발치 벽에다 어머니의 사진을 붙여두었다. 왼쪽 다리와 허벅지에 전기 치료를 받았고 약을 복용하면서 똑바로 앉을 수 있었다. 몸도 마음도 고통을 겪으며 허약해진 자신을 느꼈지만 며칠 간격으로 꼬박꼬박 차도가 있다는 편지를 어머니에게 부쳤다. "어머니가 저 때문에 많이 우울해하며 걱정하시는 걸 압니다."라고 썼다. 3월 말쯤에야 그는 사무실에서 조금씩 업무를 볼 수 있었다.

월트가 자신의 회복 가능성에 자신감이 들기 시작할 즈음 어머니는 점점 쇠약해졌다. 그는 서둘러서 캠던으로 향했고 며칠 뒤 5월 23일에 어머니가 돌아가셨다. 그가 뇌졸중을 겪은 지 넉 달 뒤의 일이었다. "워싱턴을 떠나서 이제 겨우 어머니의 병상 곁에 앉을 수 있었다." 그는 어머니의 장례를 치르고 나서 워싱턴으로 돌아가 몇 주간 지냈지만 너무 우울하고 불안한 마음이 깊어져 두 달간 휴직 허가를 받아 도망쳐버리듯 캠던으로 돌아왔다. 거기서 그는 '말로 형용할 수 없이 사랑한' 어머니의 집에서 살면서 종종 어머니의 낡은 안락의자에 앉아 있곤 했다.

이제 쉰네 살이 된 월트에게 어머니의 죽음은 깊은 상실감을 안겨주는 사건이었다. "매일 밤낮으로 어머니 생각이 난다." 어머니가 세상을 떠난 후 그는 마음이 공허함으로 가득했다. 어머니의 방에서 두 주간 지내자 그는 "나의 어머니의 죽음으로 내 인생도 마음도 텅 비어 버렸다. 그 공백은 절대 채워지지 않을 것이다." 어머니의 죽음이 여전히 그의 마음에 선명하게 각인돼 있던 7월에는 "시간조차도 내게 드리운 암운을 전혀 거둬 가지 못하는구나."라고 적었다. 8월이 되고 몸을 추스를 수 있게 되었지만 마음은 여전히 상처받은 채였다. "나는 아직도 어머니의 죽음을 받아들이지 못하겠다. 내 삶에 거대한 먹구름이 드리워졌다. 내게 이렇게 큰 충격을 준 일이 벌어진 적은 없었다."

새해가 되었는데도 월트의 마음은 전혀 나아지지 않았다. "매일 밤낮으로 어머니 생각이 난다. …… 그 생각이 나의 남은 생을 계속 단련시키는 것 같다." 루이자가 죽은 후 1년 뒤 5월에도 슬픔은 여전히 남아 있었다. "나는 슬픔에서 절대 벗어나지 못했고 앞으로도 그럴 것 같다. 어머니는 정말 유쾌한 여인이었는데……"

월트 휘트먼은 어머니 이상의 무언가, 말하자면 다정한 버전의 또 다른 자신을 상실한 것이다. "나의 사랑하는 어머니. 어머니와 나. 오! 우리는 멋진 친구였었지. 항상 서로의 곁에 머물러 있던 친구, 언제나 함께한 친구!"

• 케네스 실버맨(Kenneth Silverman) (1936 – 2017)
맨해튼 토박이로, 뉴욕 대학교의 영어과 명예교수였다. 저서로는 『A Cultural History of the American Revolution』, 『The Life and Times of Cotton Mather』, 『Edgar A. Poe』, 『Mournful and Never-ending Remembrance』, 『HOUDINI!!!』, 『Lightning Man』, 『The Accursed Life of Samuel F. B. Morse』, 『Begin Again: A Biography of John Cage』 등이 있다. 미국예술과학아카데미 회원이었던 그는 미국 역사학 분야의 밴크로프트상, 전기 부문에서 퓰리처상, 미국추리작가협회의 에드가상, 미국미술협회의 크리스토퍼 문학상을 수상했다. 열여섯 살 때 영어 수업 시간에 선생님이 '찬란하고 고요한 태양을 내게 다오'를 낭독한 후로 월트 휘트먼의 시를 사랑하게 되었다.

05

어머니의 품:
사무엘 베케트와 어머니

마거릿 드래블

사무엘 베케트(Samuel Beckett 1906-1989)
아일랜드 출생의 프랑스 소설가 겸 극작가이다. 1969년에 노벨문학상을 수상했다. 주요 작품으로는 희곡 『고도를 기다리며 *En attendant Godot*』, 『쓰러지는 모든 것들 *All That Fall*』, 『크라프의 마지막 테이프 *Krapp's Last Tape*』, 『승부의 끝 *Fin de partie*』, 소설로는 『몰로이 *Molloy*』, 『말론은 죽다 *Malone meurt*』, 『머피 *Murphy*』 등이 있다.

'나는 그녀의 난폭한 사랑이 만들어낸 결정체다.'

베케트와 어머니의 관계는 그와 조국의 관계만큼 가까우면서도 전투적이었다. 어머니 메이는 무시무시한 여자였다. 베케트가 아무리 멀리 떠난다 한들 절대 메이를 벗어나지는 못했다. 그의 작품은 어딘가 모호한 듯 대단히 자전적인데, 어머니라는 존재가 드리운 그늘은 그의 여러 자전적인 희곡과 시, 소설에서 어렴풋이 드러난다. 그는 가까운 친구들에게 보내는 편지에서 어머니와의 껄끄러운 관계를 토로하기도 했다. 본격적으로 문필가의 삶을 시작한 스물일곱 살 때 그는 런던에서 지내며 자진해서 집중적인 정신분석요법을 받았다. (비용은 어머니가 지불했다.) 이는 그의 몸까지 병들게 만들었던 어머니와의 전쟁 같은 관계를 받아들이는 법을 배우려는 노력의 일환이었다. 어쨌든 그는 어머니와 떼려야 뗄 수 없는 관계를 지속할 수밖에 없었고 (정신요법 치료사의 충고에도 불구하고) 오랫동안 어머니의 요구에 응했다. 그는 어머니가 더블린의 그랜드 운하 근처 메리온 양로원에서 노환을 앓던 시기, 그 곁에서 어머니를 돌봤다. 그가 고향을 떠나 해외에서 거주한 지 꽤 오래된 시점이었는데 어머니 곁으로 돌아온 것이다. (『크라프의 마지막 테이프』에서 회상하다시피) 그는 강둑 옆의 벤치에 앉아 어머니의 방 창문을 응시했다.

살을 에는 바람을 맞으며, 어머니가 죽길 빌었다. …… 창문에 달린 가리개가 내려졌다. 돌림판으로 올렸다 내렸다 하는 더러운 갈색 가리개였다. 마침 자그마한 하얀 개에게 공을 던지며 놀던 중이었는데 문득 고개를 들어보니 그렇게 가리개가 내려져 있었다. 드디어 모든 것이 끝났다는 뜻이었다.

메이는 남편 빌보다 16년을 더 살았고 파킨슨병으로 한동안 고통을 겪다가 1950년 8월 25일에 세상을 떠났다. 베케트가 몇몇 희곡에서 이 노화 과정의 복잡한 심리상태와 움직임을 연출할 때 파킨슨병을 참고한 것으로 보인다.

필자는 제임스 놀슨이 베케트에 대해서 쓴 훌륭한 일대기 『빌어먹을 명성*Damned to Fame*』(1996)를 읽다가 메이 베케트에 대해 처음으로 관심이 생겼다. 이 책에서 메이는 의지가 강하고 다소 뚱하며 변덕스럽고 위압적인 인물로 그려진다. 종교와 예의범절에 관해서는 전통적이고 엄격한 측면이 보이지만 전통적인 기질과 거리가 있는 성격을 보여준다. 그녀는 이목구비가 큼직큼직하고 넉넉한 옷을 입고 살집이 좀 있는 체형이었다. 정원 가꾸기를 좋아하고 개와 당나귀를 귀여워하며 꽃과 새 모양으로 장식된 큰 모자를 즐겨 썼다.

그녀가 낳은 아들은 총명하면서도 다루기 어렵고 반항적이었지만 어쨌든 얽히고설킨 모자 관계에서는 영원히 벗어나지 못했다. 그의 많은 작품은 때로 극적이었던 모자간의 갈등에서 비롯된다. 실제로 베케트의 집에서 접시를 던지는 장면이 심심찮게 연출되는가 하면, 한 번은 술을 몇 잔 걸친 그가 '부엌 문 근처 개불알풀 울타리를 향해' 푸딩을 던지는 것으로 모자간 싸움의 대미를 장식하기도 했다. 이 격렬한 모자간의 갈등관계는 놀슨이 묘사하다시피 (그리고 베케트의 초기 전기 작가 디어드리 베어의 글을 통해 나중에 알게 되었듯이) 꽤나 흥미로워서 나는 그 관계를 파헤쳐보기로 했다. 나는 베케트의 작품이 도발적이고 흥미진진할 뿐 아니라 고통스럽고 이따금 이해할 수 없을 만큼 혐오스러우며 허무주의적이라고 느끼곤 했다. 그런데 그의 어머니의 삶과 그를 쥐고 흔들던 힘에 대해 알게 되니 저절로 베케트의 작품이 왜 그렇게 음울한지 차츰 단서가 보이는 것 같았다. 그리고 그 마음속의 기묘한 지형을 따라갈 길도 서서히 보이기 시작했다.

보통 '메이'라고 알려진 마리아 존스 로(Maria Jones Roe)는 1871년 3월 11에 부유한 제분업자이자 곡물 수출업자의 딸로 태어났다. 그녀는 아버지의 사업이 실패한 후 간호사 교육을 받아 더블린 애들레이드 병원에 일자리를 얻었고, 거기서 윌리엄 프랭크 베케트를 만나 1901년에 결혼했다. 메이는 빌(윌리엄의 애칭)이 비정상적으로 나타나는 우울삽화 증세로 병원에 입원했을 때 그의 간호를 담당했었다. 그녀의 성격에는 구시대적인 병원 수간호사의 독재적인 기질이 얼마간 남아 있었다. 그녀는 나무가 우거진 더블린의 교외 지역 폭스록의 쿨드리나에 있던 베케트 집안을 건사해야 했다. 연극조의 권위가 몸에 배어 있던 그녀는 아들뿐만 아니라 하인들과도 떠들썩하게 말싸움을 자주 벌였는데 그녀를 아는 사람들은 이런 메이를 '성미가 고약'하고 '까다로운' 여자라고 기억하였다.

메이의 가족은 열렬한 개신교도였다. 베케트 일가 역시 개신교도였고 건축업과 부동산 거래, 적산(積算)[15]으로 상당한 재력을 쌓은 집안이었다. 빌의 우울증은 그가 사랑했던 가톨릭교도 아가씨와 결혼하려는 그의 뜻을 가족이 반대한 데서 비롯되었다고 추정하기도 하는데 선천적 성격에서 나온 것으로 보이진 않는다. 그는 메이에 비하면 그다지 독실한 신자는 아니었고 원래 더블린 일대에서 남들과 어울리길 좋아하는 사내이자 골프·수영·산책 등 야외 활동을 즐겨 하는 사람으로 알려졌다. 그는 메이가 툴로 패리시 교회에 정기적으로 출석할 때 함께 다니지

15　건축 공사에서 건설 물량을 산출하고 비용을 평가하는 일

않았다고 한다.

사무엘 베케트가 태어난 쿨드리나 저택은 메이와 빌이 1903년에 지었다. 웅장하고 널찍하고 안락한 그 집은 에드워드 왕조풍의 안락한 주택이었다. 내닫이창, 마호가니 판자, 버베나로 덮인 현관, 자갈이 깔린 진입로, 크로켓 잔디 구장과 낙엽송 농원이 있는 '튜더 양식'으로 꾸며져 있었다. '산사나무 울타리 뒤'라는 뜻이 담긴 저택의 이름은 레익슬립에 있던 메이 아버지의 제분소에서 따왔다. 저택의 생김새는 베케트의 산문에서 반복적으로 등장한다. 그는 특히 낙엽송에 집착했다. 낙엽송은 그의 소설 『몰로이』에서 '머리부터 발끝까지 누런' 죽은 개가 묻혀서 고약한 냄새를 풍기는 무덤가에도 있는데, 다소 으스스하게 등장한다. 소설 속에 등장하는 어머니와 같은 인물이 거기에 개를 묻는다. 주인공인 '몰로이'는 그 매장 장면을 본 구경꾼일 뿐이지, 그가 주장하다시피 무덤을 판 사람이 아니다.

'그건 낙엽송이었다. 내가 유일하게 확실히 분간할 수 있는 나무다. 그 여자가 죽은 개를 그 밑에 묻으려고…… 내가 유일하게 확실히 알아보는 그 나무를 택했다니 웃기다. 그 바다색 솔잎은 비단 같고……'

그 저택은 높은 울타리로 둘러쳐 일부러 시야를 가려 잘 보이지는 않지만 여전히 그곳에 있다. 인근 주민은 저택의 우아하고 예스러운 생김새를 자랑스러워 했고 현재도 그렇다. 나와 내 친구가 나이올 맥모나글의 안내로 울타리 사이 틈으로 그 집을 들여다본 적이 있다. 잔디를 깎던 사람의 시선을 끄는 데는 실패했지만 지나가던 사람이 잠깐 우리와 대화를 나누며 베케트 가문이 아직도 사람들의 기억 속에 남아 있고 폭스록 지역은 선술집이나 마권 판매소가 들어서지 못하게 계속 거부해 왔다는 얘기를 들려주었다. 이 부분은 조금 이상하긴 하다. 폭스록은 유명한 레오파드타운 레이스코스[16]의 본거지이기도 하기 때문이다. 그곳은 아일랜드의 소설에 단골로 등장하며 베케트가 쓴 1956년작 라디오극 『올 댓 폴*All That Fall*』의 배경이기도 하다. 그런데 상황이 그렇다는 것이다. 친구와 내가 2016년에 그 저택을 살펴보고 교회를 방문했을 때 쿨드리나 저택은 매물로 나와 있었다. '예술 수공예[17] 양식의 훌륭한 건물······ 역사가 깃들어 있는 곳'으로 묘사되었고 매매 안내 책자를 보면 사생활이 보호된다는 점도 강조되어 있었다. 제시 가격이 3천 5백만 유로였다.

메이와 빌이 1901년에 결혼한 후 1902년 7월에 바로 첫째 아이, 프랭크 에드워드 베케트가 태어났다. 모든 면에서 건강하고 행복한 아이였다. 베케트는 가족의 새 보금자리 쿨드리나에서 1906년 4월 13일에 태어났다. 그는 형보다 몸이 약했고 자주 병치레를 해서 관심이 많이 필요한 아이였다. 쿨드리나 저택에는 베케트의 유년시절을 행복하게 만들었을 법한 것들이 분명 존재했다. 그는 잔디밭, 관목숲, 별채, 개, 당나귀와 당나귀 수레, 닭, 기어오를 나무, 천막 오두막, 숨을 장소 등등 재미있게 놀거리가 많았다는 사실을 누누이 강조했다. 두 형제는 미드 주 브리짓 브레이에서 온 가톨릭 신자인 유모의 손에 맡겨졌다. 비비로 알려진 유모는 형제에게 무서운 이야기를 들려주거나 함께 거친 놀이를 한 반면, 모친 메이는 (웨이퍼처럼 얇은 빵과 버터를 곁들인) 다과회를 즐기기도 하고

---

16 Leopardstown Racecourse 아일랜드 더블린의 경마장.

17 Arts and Crafts 산업혁명 이전 상태로 회귀하고자 하는 움직임 중 하나. 영국의 윌리엄 모리스 등이 시작한 미술과 공예의 개혁 운동.

정원을 가꾸고 애완견 품평회에도 가고 (베케트의 작품에 등장하는) 포메라니안 개들을 데리고 산책을 다니는 등 숙녀다운 삶을 살았다. 베케트가 『컴퍼니*Company*』라는 작품에서 말했다시피 자신이 어릴 때 즐긴 상당히 별나고 도발적인 놀이 중에는 18미터 높이의 전나무 꼭대기에서 몸 던지기가 있었다. 그가 떨어질 때 '커다란 가지들'이 받아 줄 것으로 믿고 몸을 던지는 놀이였다. 어머니가 이 놀이를 전혀 마음에 들지 않은 것은 너무도 당연하다. 그녀는 아들이 정말 말썽꾸러기라며 혀를 내둘렀다.

화가 베아트리체 엘버리의 회고록인 『오늘 우리는 한담만 나눌 뿐 *Today We Will Only Gossip*』(결혼 후의 이름인 베아트리체 글레나비로 1964년에 출간)을 보면 독자들은 일정한 기준을 갖고 유쾌한 시선으로 메이를 엿볼 수 있었다. 베아트리체의 어머니 메리 테레사 엘버리는 메이와 꽤 절친한 사이였다. 1마일도 채 떨어지지 않은 곳에 살아서 둘은 자주 왕래하며 지냈다. '메이 아주머니는 우리 어머니의 정원에 심으라고 꺾꽂이용으로 자른 나뭇가지나 묘목을 자전거에 싣고 서둘러 오곤 했다.' 베아트리체의 동생 도로시는 아마추어 화가였는데 네 살배기 어린 베케트의 모습이 담긴 특이한 사진을 탄생시킨 장본인이다. 바로 쿨드리나 저택 현관 바깥에 잠옷을 입고 메이의 발치에서 기도하듯 무릎을 꿇고 있는 장면이 연출된 사진이었다. 도로시는 '잠자리에 들 시간'이라는 그림을 그릴 계획이었다. 테일러 예술장학회의 경연대회에서 정해진 주제여서 메이에게 자기가 그림을 그릴 이미지로 필요하니까 베케트를 데리고 자세를 취해 달라고 부탁했었다. 베케트는 이 장면을 『그렇게 살아간다*How It Is*』에 그대로 재현해냈다. 붉은색 타일이 깔린 베란다, 벌레들 울음소리, 커다란 모자를 쓴 어머니의 머리가 그 위로 드리운 모습, '맹렬한 사랑'으로 불타던 어머니의 눈빛이 그 작품에 담겨 있다.

이 이야기에서 보다시피 메이 주변에는 예술적 관심이 깊은 친구들이 있었고 메이는 선천적으로 예술에 적대적인 사람은 아니었던 것으로 짐작된다. 이웃사람들도 점잔빼는 부류이긴 했지만 교양 없는 사람은 아니었다. (아일랜드는 과거에도 그랬고 지금도 그렇다. 영국 교외에서 에드워드 왕조풍으로 사는 주식 중개인의 생활이라면 아주 딴판이었을 것이다.) 베케트는 고모 시씨 베케트 싱클레어를 무척 좋아했다. 시씨는 음악성이 뛰어나고 재능이 탁월한 피아니스트였고 노래하는 걸 무척 좋아했다. 그녀는 그림에도 재능이 있어서 더블린 메트로폴리탄 예술학교에서 엘버리 자매와 함께 교육을 받았다. 그러니 메이는 자기 아들이 문학에 관심이 깊은 데다 작가가 되려고 한다는 사실에 무척 뿌듯해 했을 것이다.

빌과 메이는 두 아들에게 정통 교육의 기회를 제공하는 데 전념했다. 우선 두 아들은 독일인 자매가 운영하는 유치원 '미시즈 엘스너즈 아카데미'에 다녔고, 나중에 베케트는 아홉 살이 되자 더블린에 있는 얼스포트 하우스라는 학교로 갔다. 그 학교를 다닐 때 베케트는 선생님들을 존경하며 행복한 학창 시절을 보냈고 특히 운동(테니스와 크로케)과 영작문에 두각을 드러냈다. 그 후 열세 살 때는 북아일랜드 퍼매너 주의 에니스킬렌에 있는 명문 포토라왕립학교에 기숙생으로 들어갔다. 이 학교는 유복한 개신교도 가정의 남자아이들을 교육하는 오랜 전통을 자랑하는 학교였다. 베케트는 그곳에서도 운동과 학업에서 모두 좋은 성과를 보여주었다.(크리켓에 푹 빠지게 되었다.) 열일곱 살이던 1923년 10월에는 (대부분 개신교도가 다니는) 더블린 트리니티 대학에 입학해서 영어, 프랑스어, 이탈리아어를 공부했고 우수한 성적으로 졸업한 후 벨파스트에서 잠깐 학생들을 가르치다가 파리로 건너가 명문 고등사범학교에서 영어 교사가 되었다.

모든 것이 계획대로 흘러가는 듯했고 베케트는 학자로서 성공적인 이력을 쌓아갈 준비를 갖춘 것 같았다. 메이가 소위 빈 둥지 증후군[18]을 겪었는지, 아니면 폭스록을 왔다 갔다 하며 교회 활동에 참여하고 정원 일을 하는 데 만족했는지는 모를 일이다. 나중의 정황으로 추론해 보자면, 그녀는 베케트가 파리에 영원히 정착하게 된 게 달갑지 않았을 것이다. (게다가 악평이 자자한 아일랜드인 망명자 제임스 조이스[19]와 아들이 친해졌다는 것 역시 마음에 들지 않았다. 조이스는 이미 베케트의 글과 행동과 야망에 영향을 미치고 있었다.) 메이는 아들을 어느 정도 자신의 통제 하에 두려고 다시 아일랜드로 불러들여 가까이에 두고 싶었다. 그래서 그는 1930년에 아일랜드로 돌아와 트리니티 대학의 강사로서 일하기로 했다.

그는 피골이 상접한 모습에, 그의 표현에 따르면 '타락한' 몰골로 파리에서 아일랜드로 돌아왔다. 그의 양친은 법석을 떨며 그를 맞이했고 그를 다시 살찌우려고 애를 썼다. 그는 최대한 빨리 쿨드리나 집을 떠나 트리니티 대학의 강의실로 되돌아가고 싶어 했다. 그곳에 가야 더 자유분방한 생활을 할 수 있었기 때문이다. 하지만 늑막염에 걸리는 바람에 회복 차 여름에 폭스록으로 돌아갔고, 집에서 지내는 동안 그가 어질러 놓

---

18 empty-nest syndrome 성장한 자식이 떠난 후 겪게 되는 우울한 심리 상태의 노년 부부에게 흔히 나타나는 증후군.

19 James Joyce(1882-1941), 아일랜드의 소설가 겸 시인. 37년간 국외를 방랑하며 아일랜드와 고향 더블린을 대상으로 한 작품을 집필했다. 대표작으로 『더블린 사람들Dubliners』 『율리시스Ulysses』 등이 있다.

은 글을 메이가 우연히 발견했다. (예상된 일이지만) 메이는 그 글에 진저리를 쳤고 급기야 베케트를 집에서 쫓아내기까지 했다. 메이가 우연히 발견한 글이 그가 진행 중이던 작품이었는지는 알려지지 않았지만 극도의 불쾌감을 안겼을 법한 외설적이고 신성모독적인 내용이었을 가능성이 크다. 사실상 그는 어머니가 받아들일 만한 글을 쓴 게 거의 없었다. 문제의 그 글이 뭐였든 간에 베케트가 일부러 그렇게 했을지는 자못 의문스럽다. 아마도 그의 담당 정신분석가가 그에게 이 점에 대해 물어봤을 것이다. 모자간의 다툼은 족히 몇 개월은 이어진 듯하고 그는 어머니만큼이나 화가 났던 것 같다.

트리니티 대학 강사 시절, 그는 주변에 좋은 친구들이 많았는데도 가르치는 일이 즐겁지 않았다. 아일랜드에 있다는 자체가 행복하지 않았다. 언젠가 떠나야 한다는 걸 직감하고 있었던 것 같다.

그는 상당히 고심한 끝에 트리니티 대학의 이력을 포기하기로 결심하였고 1932년 1월에 (전보로) 정식 사직서를 보냈다. 이미 독일로 진로를 바꾼 후였다. 유럽 대륙과 영국에서 몇 년간 고독한 방황의 시간을 보냈다. 그 기간 동안 소설과 번역 작업에 매진했고 책을 출간하려고 애를 썼으며 현지의 문인들과 교류하기도 했다. 그 무렵에 제임스 조이스와 우정이 깊어졌고 (불행히도) 조이스의 딸 루시아와도 친해졌다.[20] 폭스록에서는 어머니 메이가 아들이 돌아오기를 이제나저제나 기다리고 있었다. 1930년에 베케트가 병으로 다시 집에 돌아온 일이 있은 후로 메이는 그

---

20 루시아가 베케트를 짝사랑하다 거절당하자 심한 우울 상태에 빠지고 조이스는 그 충격으로 베케트를 만나지 않겠다고 선언한다.

가 건강이 나빠지고 돈이 궁해지면 집에 돌아오지 않을까 생각했다. 그는 런던에서 몇 개월간 비참한 생활을 하며 고민하다가 결국에는 집에 갈 비행기 삯을 달라고 부모님에게 편지를 쓴 후 꼬랑지를 바짝 내리고 '집으로 기어들어갔다.'(1962년 3월, 로렌스 하비와의 인터뷰 중에서) 그는 쿨드리나에 다시 적응하려고 애쓰면서 피아노도 치고 통나무도 켜고 아버지와 멀리 산책도 다니며 지냈다. 아버지는 그 시간을 더없이 소중하게 여겼다.

그러는 동안에도 베케트는 창작의 끈을 놓지 않았다. 하지만 자신이 벗어나려고 했던 더블린 생활은 영 탐탁지 않았고 건강에도 나쁜 영향을 끼쳤다. 1932년 12월 목에 낭종이 생겼고 또 망치에 발가락을 다쳐 수술을 받기 위해 메리온 요양원에 입원하기도 하였는데 부모와 형은 책을 잔뜩 들고 수시로 찾아왔다. 그는 회복이 더뎠고 목 수술은 성과가 그다지 좋지 않았다. 메이는 유난스럽게 아들을 챙기며 내내 걱정했다. 1933년 5월에 낭종을 다시 절개했고 메이와 빌은 아들이 다시 건강을 회복할 수 있도록 간호하는 데 여념이 없었지만 정작 베케트는 좌절감에 시달리다 버럭 성을 내거나 술을 폭음하기 시작했다. (이때가 바로 개불알풀 울타리를 향해 푸딩을 던진 시기였다.) 빌과 메이는 부디 아들이 '제대로 된 직업'을 갖길 빌고 또 빌었다. 그가 재정적인 면에서 부모에게 전적으로 의존하는 데다 형 프랭크에게도 줄곧 돈을 빌렸기 때문이다. (사무엘과 프랭크의 관계는 제임스 조이스와 그의 형제 스타니슬라오의 관계와 닮은 면이 있다. 두 작가는 자기들에 비해 평범한 삶을 살며 열심히 일하던 형제들에게 큰 빚을 지며 살았다.)

베케트가 건강을 회복한 후에 그간 눈앞에서 어른거린 대학교수 자리를 심각하게 고민하던 1933년 6월 무렵, 안타깝게도 아버지 빌이 두 차례 심각한 심장 발작을 일으켰고 급기야 세상을 떠나고 말았다. 이 일은 두 아들과 아내 메이에게 예상치 못한 큰 불행으로 다가왔다. 순종적인 맏아들 프랭크는 예전에 집에서 벗어나려고 시도한 적도 있었으나 결국에는 가업에 발목이 붙들린 처지가 되고 말았다. 메이는 남들에게 전시라도 하듯 요란스럽게 사별의 슬픔을 연출했다. 베케트 역시 아버지를 무척 사랑했기 때문에 어머니의 유난스럽고 가식적인 애도 표현이 그의 신경을 긁었다. 그는 '지독히 불쾌한 벌레 같은 우울한 관습'에 불복했다.(1933년 7월, 톰 맥그리비에게 쓴 편지 중에서) 건강은 점점 더 나빠졌다. 몸 상태가 나아지기는커녕 식은땀, 공황 발작, 불면증, 비뇨기 질환 등을 겪으며 계속 악화되었다. 의사인 친구 제프리 톰슨은 그에게 정신분석요법을 받아보라고 조언하였는데, 당시 아일랜드에서는 그러한 치료법은 불법이었음에도 불구하고 어쩐 일인지 베케트는 (그가 당시 재정적으로 의존하던) 어머니를 설득하여 런던으로 건너가서 윌프레드 비온[21] 박사에게 상담을 받을 수 있도록 허락해 달라고 했다. 비온 박사는 타비스톡 클리닉에서 진료를 막 시작한 참이었다. 그는 1934년 1월 27일 정신분석요법 치료를 시작하여 근 2년간 치료를 이어갔는데 주로 베케트와 어머니 메이의 관계에 집중했던 것 같다. 메이는 평생에 걸쳐 아들을 애지중지한 동시에 옴짝달싹 못하게 한 존재였다. 비온 박사와 베케트는 지적으로 통하는 면이 있었고 의사와 환자의 관계를 뛰어넘어 사적으로도

---

21   Wilfred Ruprecht Bion(1897~1979), 영국의 정신분석학자이다.

매우 친밀한 관계를 유지했다. 런던에서 지낸 몇 년은 베케트에게 지독한 외로움을 안길 때도 있었지만 동시에 작가의 관점에서 볼 때 생산적인 시기이기도 했다.

그가 작가로서 서서히 진전을 보이기 시작했음에도 메이가 보기에, 처음 출간된 그의 작품 두 권의 제목이 폭스록에서 좋게 받아들여질 것 같지 않아 유감스러워 했다. 아직은 메이가 자랑하고 다닐 만한 성공한 작가 아들이 아니었다는 뜻이다. 1930년에 파리에서 써서 발표한 그의 시 「호로스코프*Whoroscope*」에는 불경스럽고 외설적인 내용이 가득했고, 1934년에 샤토 앤드 윈더스 출판사에서 출간한 소설집 『차기보다 찌르기*More Pricks than Kicks*』는 쿨드리나 도서관 책장에 보란 듯이 꽂아 둘 만한 책은 아니었다. 마음이 너그럽고 예술적인 감각이 있는 고모 시씨마저도 불쾌감을 표했던 책이었다. 물론 나중에는 고모도 마음을 돌리긴 했다. 하지만 어머니 메이의 마음을 얻기 위한 인정투쟁은 계속되었다.

그러던 1935년 여름, 두 사람 사이에서 대단히 기이한 촌극이 벌어졌다. 여전히 런던에 본거지를 두고 지내던 베케트가 아일랜드에 있는 어머니를 불러 영국에서 3주간 함께 휴가를 보내자고 한 일이다. 웬일인지 이 희한한 에피소드는 어디에도 확실한 기록이 남아 있지 않은 것 같다. 메이가 모든 비용을 댄 것은 사실이지만 베케트가 기꺼이 자진해서 그 계획을 추진했던 것 같다. 그는 오토바이와 자전거를 타다 우발사고를 잘 내기는 했어도 어쨌든 차를 빌려 어머니를 태우고 대성당이 있는 여러 도시를 돌아다녔고(세인트 올번스, 캔터베리, 윈체스터, 배스, 웰스 등을 들렀는데 여정을 따지면 수백 마일에 달했다), 웨스트 컨트리 지역으로 가서 웨스트

서머싯과 노스 데번에서 며칠을 보냈다. 미망인이 되어 힘겨워하는 어머니와 단둘이 보내기에는 꽤 긴 기간이다. 비온 박사가 이 여행을 권했을 것이라고 추측하는 사람도 있긴 하다. 하지만 베케트는 모자가 함께하는 관광 일정에 열정적으로 임했고 본인 역시 즐길 수 있었던 것 같다. 이 여행은 내게 한층 강렬한 인상을 전해준다. 내가 이 웨스트 컨트리 지역을 아주 잘 알고 있고 이 글을 쓰고 있는 곳이 브리스틀 해협이 내려다보이는 폴록 위어인데 베케트 모자가 묵었던 앵커호텔에서 도보로 몇 분 거리에 있기 때문이다. 나는 그가 폴록 힐의 '실성한 경사도'라고 말한 게 뭔지 너무 잘 알고 있기에 그의 렌터카가 그 경사도를 견뎌냈다는 사실에 (그가 그랬듯) 깜짝 놀랐다. 베케트 모자는 폴록에서 서쪽으로 몇 마일 떨어진 린머스에 도착해서 글렌린호텔에 묵었고 그 다음으로 셸리, 워즈워스, 콜리지[22]의 자취를 좇았다. 베케트는 수영을 하러 가면서 어머니에게서 잠깐씩 벗어날 수 있었다. 아마 메이는 이른바 할머니 걸음을 불사하며 야생 염소와 특이한 바위 층이 있는 아름다운 밸리 오브 록스를 따라 걸었을 테고, 베케트는 어머니에게 둔 밸리를 보여줘야 한다는 의무감을 느꼈을 것이다. 그곳은 역사 로맨스의 여주인공 로나 둔(Lorna Doone)의 이름을 딴 곳이기 때문이다. 내 생각엔 아름다운 대자연과 수많은 문학적 의미가 깃든 풍경이 두 사람의 마음에 변화를 일으킨 덕분에 호텔에서 함께 저녁 식사를 하며 베케트의 정신분석요법 이야기까지 나눌 수 있었을 것으로 짐작이 된다.

그는 절친한 친구 톰 맥그리비에게 쓴 편지에서 이 휴가에 대해 이야

22 세 명 다 영국의 시인.

기했다.(톰은 나중에 아일랜드 국립미술관 관장이 된 사람으로, 베케트에게 두터운 신뢰를 받는 친구였다.) 그 편지를 보면 베케트 모자는 원래 폴록 위어에서 동쪽으로 몇 마일 떨어진 해변 휴양지 마인헤드에서 하룻밤을 보낼 예정이었는데 그곳은 '한 번 보는 것으로 족한' 곳이었다. 이런 평가에는 특이하게도 마인헤드를 깔보는 듯한 시선이 담겨 있었다. 마음에 드는 곳이긴 하나 '황량한 반분리형 박공 주택'(N. 페브스너의 「영국식 건물*The Buildings of England*」, 1958년)이 즐비한, 적당히 먹고사는 하위 중산층에게나 어울릴 법한 휴양지라는 평가가 지배적이었던 곳이다. 나는 마인헤드를 아주 좋아하고 그곳에서 즐겁게 보낸 시간이 많지만, 베케트 모자가 더 거칠고 낭만적인 폴록 위어로 넘어갔다는 게 그리 놀랍진 않다. 콜리지는 거기서 「쿠빌라이 칸」이라는 시도 쓰지 않았던가!

베케트는 뉴어크에서 어머니와 가족들('지긋지긋하게 싫은 사촌'을 포함)을 뒤로하고 혼자 리치필드에 들러 그곳에서 영감을 얻은 새로운 아이디어를 머리에 넣고 새로운 기운을 얻어 런던으로 돌아왔다. 그는 리치필드가 낳은 유명한 문학가이며 우울하고 불안한 인간이었던 사무엘 존슨에 관한 희곡을 쓸 수 있겠다 싶었다. 하지만 그 대신 그의 첫 소설인 『머피』 집필에 빠져들었다. 런던을 배경으로 한 이 소설은 그가 혼자서 진이 빠지도록 도시를 터벅터벅 걷던 여정과 여러 도서관에서 연구하던 시간을 그대로 본 따서 쓴 내용이 많았다. 그는 '부글부글 끓어 넘치도록' 병적으로 연구하며 돌아다니던 와중에도 어머니와 주기적으로 편지 왕래를 이어갔다. 그러다 그해 1935년 12월에 쿨드리나로 다시 돌아왔다. 명목상으로는 크리스마스에 가족을 만나러 가는 연례 행사였지만 그간 받던 정신분석요법 치료가 끝난 김에 간 것이기도 했다. 그렇게 몇 개월간 어머니와 휴전 상태를 지속하며 집에 한동안 머물렀다. 그가 늑막염으로 고생하자 메이는 또다시 아들을 간호하는 데 전념할 수 있어서 기뻐했다. 두 사람은 서로 최선을 다하며 사이좋게 지냈다. 그가 보기에 어머니는 돈을 빌미로 그를 붙들어 두었고 당연히 어머니 입장에서는 '돈벌이가 되는 일자리'라 할 만한 직업을 찾도록 아들을 채근하였다. 메이의 입장도 이해가 간다. 베케트는 뛰어난 학벌을 갖추고도 트리니티 대학의 임용 자리를 경솔하게 내던져 버리지 않았던가! 하지만 그는 이 세상이 자기를 먹여 살려야 한다고 생각했던 것 같다. 아무래도 그는 시내에서 친구들과 어울려 술을 마시거나 서재에 숨어서 어머니가 남들 앞에서 절대 읽고 싶지 않을 책이나 쓰면서 평생 어머니에게 경제적 도움을 받으며 살기를 기대한 모양이었다.

두 사람 모두에게 다행스럽게도, 베케트는 무분별하고 막장드라마 같은 연애 문제에 등 떠밀려 또다시 더블린에서 도망쳐야 했다. 놀슨의 표현에 따르자면 1936년 9월 '쿨드리나 저택의 현관에서 어머니와 다정하면서도 긴장된 작별인사'를 나눈 후 독일로 향했다. 메이는 아들이 그간 만나고 다니던 탐탁지 않은 두 아가씨 곁을 떠나게 되어 내심 기뻤지만 아들의 미래에 대한 믿음은 거의 바닥난 상태였다. 그는 이제 아버지의 재산으로부터 나오는 연금을 기대할 수 있었겠지만 그것만으로 먹고살기에는 충분하지 않았을 것이다. 메이는 아들이 훗날 자기 앞가림을 하면서 승승장구하고 세계적으로 유명해질 거라는 어떠한 조짐도 느끼지 못했다.

메이는 베케트를 떠나보낸 후 자신의 삶을 재정비했다. 쿨드리나 저택을 처분한 뒤, 정원사 크리스티를 포함해 집안일을 하는 집사 몇 명을 데리고 근처의 단층주택 뉴플레이스로 이사를 갔다. 그곳도 폭스록의 상류층 주거 지역에 위치한 집이었다. 그때를 기점으로 몇 년 동안은 전쟁의 위협이 감돌았고 메이의 건강이 악화되어 두 모자간의 연락이 좀 뜸해졌다. 베케트는 마지못해 아일랜드로 돌아왔고 그가 다시 집으로 왔을 땐 몇 가지 불행한 사건이 터졌다. 삼촌 해리 싱클레어가 명예훼손 소송을 당했고, 집안에 큰 교통사고도 났고, 폭음이 이어졌고, 베케트 모자가 모두 애지중지하던 케리 블루테리어 종 암캐 울프가 끔찍한 사고를 당해 죽고 말았다. 자기가 집에 없는 동안 어머니가 개를 안락사시켜 묻어준 일로 베케트는 상당히 분개했다. (디어드리 베어는 메이의 행동이 상대에게 고통을 주며 주도권을 되찾으려는 욕망과 적의에서 기인한 것이라고 본다. 몸져누워 슬퍼하던 메이를 베케트가 이틀 내리 돌봐야 했기 때문이다. 그런데 메이의 동기는 더 복합적이었던 것 같다.) 두 사람이 함께 있을 때면 언제나 긴장감이 극에 달했다. 베케트는 자신을 향한 어머니의 끈질긴 요구사항에 맞서 싸웠기 때문이다. 그는 영영 파리로 떠나기로 결심했지만, 파리에 정착한 후에도 모자지간의 주도권 싸움과 격전은 그치질 않았다. 그러던 중 1938년 1월 말 그대로 연극 같은 일이 벌어졌다. 베케트가 파리 길거리에서 포주에게 난자당해 병원에 입원하게 된 사건이 발생하였다. 어머니와 형 프랭크, 그리고 갓 결혼한 형수까지 당장 날아와 그의 곁을 지켰고 베케트는 어머니의 걱정 어린 마음에 감동을 받았다. '어머니에 대한 애정과 존경과 연민이 거대한 돌풍처럼 일어나는 느낌이었다…… 이것 참 놀라운 관계가 아닌가!' 며칠이나마 메이는 자신이 원하는 아들의 모습을 만나볼 수 있었다. 자신에게 의지하고 감사하고 자신의 돌봄이 필요한 아들 말이다.

하지만 그 균형은 금방 깨지기 시작했다. 베케트의 명성이 높아지고 그가 자신의 문학적 역량에 점점 자신감을 갖게 되는 사이, 메이는 차츰 나이 들고 쇠약해졌다. 뜸하긴 해도 주기적으로 뉴플레이스에 들를 때마다 베케트는 어머니가 점차 약해지는 것을 실감했다. 메이는 파킨슨병을 앓아서 자세가 구부정하고 몸을 떨었기 때문에 좀처럼 글을 쓸 수가 없었고 내내 우울해하며 외로움을 탔다. 베케트가 친구들에게 보낸 편지에 어머니가 '몸을 떨고 건강이 좋지 않다'고 말한 내용이 간간이 보인다. 어머니의 눈을 보면 '가슴이 미어진다. 걱정거리 없는 어린 시절의 눈빛이기도 하고 노년의 눈빛이기도 하다.'(1948년 8월 2일, 조르쥬 뒤투이트에게 보낸 편지에서) 그가 폭스록에 머물 때는 어머니를 모시고 툴로 교회에 간 적도 있고 약을 챙겨 먹이며 의사 친구들에게 조언을 구하고 어머니의 병에 맞는 스위스 약을 구해온 적도 있었다. 두 사람의 관계는 종반전에 돌입하고 있었다. 그를 만나기 위해 어머니가 프랑스를 방문 하려고 애를 썼으나 뜻대로 되지는 않았다. 수년 후에 그는 얼마 전 사별의 아픔을 겪은 친척(숙모 페기 베케트)에게 쓴 편지에서 이렇게 말하기도 하였다. '어머니는 17년 동안 거의 미소조차 짓기 힘든 암울한 슬픔에 빠져 지내셨어요. …… 신앙생활도 어머니에게 전혀 도움이 되지 않는 것 같았고요.'(1971년 4월 22일)

지금껏 지켜본 그야말로 지난하고 끈질기게 이어졌던 관계가 최종 단계로 접어들었다. 1950년 여름, 메이가 넘어져서 다리가 부러지는 사고가 났다. 하지만 이 사고 때문에 메이가 세상을 떠난 것은 아니다. 베케트의 말에 따르면 '파킨슨병과 관계있는 뇌염'이 그녀의 목숨을 앗아갔다는 것이다. 게다가 메이는 크나큰 정신적 고통에 시달리고 있었다. 베케트는 어머니가 세상을 떠나기 전 수일 동안 곁에 있긴 했으나 막상 어머니가 돌아가시고 마침내 모든 것이 마무리되는 순간, 어쩔 수 없는 안도감을 느꼈다. 그는 모든 게 끝나기를 오랫동안 기다려왔었다.

그럼에도 그는 메이가 만들어낸 결과물이었다. 메이는 자신의 힘을 행사하고 아들에게 끈질기게 요구하면서도 끊임없이 아들의 천재성을 담금질했던 것이다. 어머니에 대한 기억은 베케트의 산문과 시 곳곳에 고스란히 녹아 있다. 어머니는 부정적인 존재일 뿐 아니라 끊임없이 창조적인 존재이기도 했다. 『크라프의 마지막 테이프』에서 크라프가 던 레아리의 부두에서 경험하는 자유로운 상상의 순간은 그가 1945년 여름쯤에 폭스록의 어머니 집에서 실제로 경험한 것이었다고 한다. 그곳은 바로 그가 『몰로이』를 쓰기 시작한 곳이었다. 좋든 싫든 어머니 메이는 그의 삶에서 큰 부분을 차지했음에 틀림없다. 늙고 쇠약하고 비탄에 빠져 있고 절망적인 존재를 향한 그의 번민에 찬 측은지심의 기원은 바로 어머니였다. 메이는 그가 요람에 있던 순간부터 그런 연민의 감정을 불어넣은 셈이다.

그는 어머니가 세상을 떠나고 오랜 세월이 흐른 뒤에 쓴 짧은 희곡 『발소리*Footfalls*』에서 어머니와 딸의 관계를 생생하게 재현하면서 극의 화자에게 '메이'라는 이름을 붙이고 어느 순간에 에이미로 바꿔 말한다.

이 희곡은 말로 표현할 수 없는 슬픔을 다룬 이야기다. 메이는『몰로이』와『승부의 끝』에 나오는 어머니들처럼 혹독하거나 기괴하진 않지만 한없이 슬픈 인물이다. 그녀는 맨발로 마룻바닥을 하염없이 걷고 또 걷는다. 슬퍼하면서 서성거리기도 하고, 서성거리다가도 슬퍼한다. 일부 해설에서는 이 희곡을 융의 심리학과 연결시키면서(베케트는 비온 박사에게 정신분석요법을 받던 중에 박사와 함께 런던에서 융의 강연을 들으러 간 적이 있다), 완전히 발현된 적이 없는 억압된 여성성을 다룬 유명한 융의 이론을 끌어왔다. 하지만 나는 이 희곡의 연결고리를 메이에게서 찾고 싶다. 쿨드리나에 출몰하고 뉴플레이스에 나타나며 아들의 뇌리에서 떠나지 않는 메이의 모습이 떠오르는 희곡이다. 이 희곡이 1976년 처음 무대에 올려질 때 메이 역은 베케트가 아끼는 여배우 빌리 화이트로가 맡았고 지문에는 메이가 '헝클어진 흰머리, 발까지 가려지는 닳아빠진 회색 겉옷을 입고 느릿느릿 걷는다.'라고 묘사된다. 이 작품은 노화와 관련된 끝없는 정신병적 반복 행위를 그린 희곡이다. '해질녘에 슬그머니 나와 그 시간이면 늘 잠겨 있는 북쪽 문 옆에 있는 작은 교회로 들어간다. 무작정 걷는다. 이리저리, 왔다갔다.' 메이는 '왠지 마음이 오싹해져' 얼어붙었다. 그녀를 향한 베케트의 연민은 고통 받는 모든 것들을 향한 연민처럼 무한히 뻗어 있다. 그는 몇 년 뒤에 다시 이 주제를 택해『자장가*Rockaby*』(1981)에 담아냈다. 이 극에서도 흐트러진 흰머리의 나이든 여인(역시 빌리 화이트로가 맡았다)이 반복적으로 몸을 흔들며 '그녀가 멈춘 순간'이라는 말을 반복하며 독백을 한다. 그리고 마침내 그녀가 멈춘 순간, 가리개가 내려졌다. 하지만 그녀는 절대 그를 떠나지 않았다.

• 마거릿 드래블(Margaret Drabble)

1939년에 셰필드에서 태어난 소설가 겸 평론가다. 로열셰익스피어 극단에서 잠깐 무명 배우 생활을 한 후 전업 작가가 되어 19권의 소설을 출간했다. 한국문학 『한중록』을 모티브로 『붉은 왕세자빈*The Red Queen*』이라는 소설을 쓰기도 했다. 근작으로는 『*The Dark Flood Rises*』(2016)가 있다. 그녀의 작품은 여러 언어로 번역 출간되었다. 아널드 베넷(Arnold Bennett)과 앵거스 윌슨(Angus Wilson)의 전기를 비롯해 다양한 논픽션 작품을 썼으며 『*Oxford Companion to English Literature*』(1985, 2000)의 5판과 6판을 편집했다. 전기 작가 마이클 할로이드(Michael Holroyd)와 결혼했고, 배우 클라이브 스위프트(Clive Swift)와 첫 번째 결혼에서 세 자녀를 두었다.

실비아의 편지 속에 담긴
목소리와 페르소나

애드리안 칼포풀루

실비아 플라스(Sylvia Plath 1932~1963)

미국의 시인이며 단편소설 작가다. 어렸을 때부터 문학에 재능을 보였으며, 시와 함께 자전적 성격의 소설인 『벨 자*The Bell Jar*』(1963)로 명성을 얻었다. 짧은 생애 동안 열정적으로 글을 쓰다 비극적으로 생을 마감하였다. 그녀는 영국의 계관시인 테드 휴즈와 결혼하였으며, 사후 1982년에 퓰리처상을 수상했다. 시집 『콜로서스*Colossus and Other Poems*』, 『에어리얼*Ariel*』, 아동 도서인 『체리 부인의 부엌*Mrs. Cherry's Kitchen*』 등을 남겼다.

여자에게 어머니라는 소명은 시간을 초월하는 것만은 아니다. 어쩌면 사회-정치적

전투를 초월하는 소명이기도 하다. …… 이 소명은 말을 어지럽힌다. 환영을 일으키고

환청이 들리게 한다.

　—줄리아 크리스테바, 「중국 여인들(About Chinese Women)」 중에서

92 작가의 어머니 —

"실비아도 나도 감사와 칭찬, 그리고 사랑의 감정을 말로 표현하는 것보다 글로 적는 것을 더 편하게 느꼈다. 그리고 감사하게도 우리는 실제로 서로에게 그런 글을 써주곤 했다!" 아우렐리아 플라스(Aurelia Plath)는 딸 실비아가 집으로 보낸 편지들을 골라 엮은 책 서문에서 이렇게 말했다. 이 말은 곧 어머니와 딸 모두에게 언어가 중요한 역할을 할 것임을 보여준다. 아우렐리아의 선집을 살펴보면 실비아, 혹은 시비(Sivvy)라고 더 자주 불린 그녀를 다정하고 헌신적인 딸이라고 한결같이 표현하는 동시에, 재클린 로즈가 『실비아 플라스의 출몰The Haunting of Sylvia Plath』에서 언급하듯이 '분노, 질병, 좌파적인 정치 성향' 같은 중요한 부분은 생략하였다. 실비아의 편지는 그녀가 야망과 경험과 도전의 폭을 넓혀 가는 인생의 지도를 제작하면서 자신의 목소리를 내야 한다는 순수한 필요성을 느낀 측면을 보여준다. 또한 실비아가 '열심히 노력하는 팔색조 딸래미, 시비'처럼 다양하게 구체화된 자기 모습 안에 내재하는 다성 음악 같은 자아도 보여준다. 예를 들면 이런 것들이다.

1951년 10월 21일 : "금요일에 어서 보고 싶어요. 구제불능 시비가."

1952년 4월 30일 : "행복한 딸, 시비가."

1952년 6월 2일 : "엄마만의 시비가."

1952년 11월 19일 [출간이 거절된 후] : "사랑을 담아. 마음이 헛헛한 딸, 시비가."

1953년 3월 3일 : "가장 사랑하는 사람에게, 은신을 신고 바쁘게 돌아다니는 사랑하는 시비가."

1953년 6월 4일 [뉴욕 시 《마드모아젤》 지의 인턴 시절] : "편집장 시릴리가."

1953년 6월 8일 [뉴욕 시에서] : "도시에 홀딱 빠진 시비가."

1955년 10월 14일 [케임브리지 대학교 풀브라이트 장학생 시절 연극 클럽의 연극
에 지원한 후] : "엄마의 사랑하는 딸, 캐서린 코넬[23]이."

1955년 10월 18일 [운전면허증을 딴 후] : "면허증이 있는 사랑하는 엄마!!! … 행
복한 시비가."

아우렐리아에게 편지를 쓰는 실비아는 아우렐리아가 그들 모녀의 '정
신적 삼투성(psychic osmosis)'이라 일컫는 것의 근원을 여실히 보여준다.
1952년 3월 7일에 실비아가 쓴 편지에 이렇게 적혀 있다. "아무래도 엄
마 딸이 약간 미쳤나 봐요. 걸출한 엄마를 빼닮은 모양이에요. 다음 주
에 고약한 필기시험이 세 개나 있다는 사실에도 불구하고 지금 기분이
뭐랄까…… 아주 고결해진 느낌이에요. 이번 주말까지 3주간 주말 일정
을 취소했거든요. 예일의 신입생 무도회, 프린스턴의 3학년 무도회, MH
의 소개팅……" 아우렐리아가 세상을 떠날 때까지 실비아가 어머니에
게 쓴 편지 내용과 문체에 이런 특징이 눈에 띄는데 스미스 여대를 다니
던 시절에 특히 두드러진다. 그 이후로 실비아는 자신의 목표와 과제, 겪
은 일, 만난 사람 등등 자기가 경험하는 일에 대해 쓰게 될 테고, 자신이
이루고자 하는 바나 성취한 것을 중심으로 자기 경험의 우선순위를 매
길 것이다. 이러한 내용이 항상 글로 기록되는 이유는 실비아가 자기 만
족 차원에서 어머니를 기쁘게 하고 모든 일을 어머니와 공유하기 위해
서다. 1951년 10월 8일 편지에 이런 내용이 있다. "마음으로 엄마가 함

23　Katherine Cornell 브로드웨이에서 활약한 미국의 여배우.

께했어요! 엄마가 날 봤다고요! 엄마가 기뻐했을 거라고 확신해요. 내가 그렇게 줄줄 말을 쏟아내는 이유가 그거예요. 가능한 한 많은 것을 엄마와 나누려고 애쓰는 거죠." 그녀가 가능한 범위에서 많은 것들을 아우렐리아와 나누는 모습은 발전하는 자아의 '성장소설'에 어머니를 포함시키고자 하는 바람 그 이상을 투영하는 것이다. 즉, 편지 전체가 증언하는 것, 다시 말해 삶을 꾸려나가는 실비아의 노력을 투영하는 주체인 아우렐리아의 역할을 우회적으로 보여준다. 실비아의 자기 정체성에 대한 공생적 확장체, 혹은 아우렐리아의 말대로 '정신적 삼투성'의 주체로서 아우렐리아는 남편 오토 플라스가 죽은 후 두 자녀와 워렌에게 쏟은 절대적인 헌신이 부족했으며, 아우렐리아가 엄마로서 실비아의 성장 과정을 제대로 이끌어주지 못했다고 단정지었다. 실비아가 처음으로 신경쇠약 증세를 겪고 자살을 시도한 1953년 여름, 아우렐리아는 실비아가 하버드에서 열린 프랭크 오코너의 하계 소설작법 워크숍에 참석하지 않았다는 것을 알게 되었다. 아우렐리아가 그 일에 대해 이렇게 서술하였다.

잊지 못할 어느 날 아침, 딸아이의 다리에서 아직 부분적으로 다 낫지 않은 깊은 상처를 발견했다. 충격을 받은 내가 무슨 일이냐고 다그치자 딸이 대답했다. '나한테 배짱이 있는지 알고 싶어서 그런 것뿐이야!' 그러더니 내 손을 꽉 쥐고는 — 딸의 손은 만지기 힘들 정도로 뜨거웠다 — 격렬하게 울부짖었다. '아, 엄마, 세상은 너무 썩어빠졌어! 나 죽고 싶어! 같이 죽자!'

1961년 10월 23일이 되어서야 실비아가 「거울Mirror」이라는 시를 쓰게 되지만 우리는 그 시에서 "사랑이나 증오로 흐려지지 않고, 그저 있는 그대로" 상대방을 비추고자 하는 화자의 어둡고 모호한 역할을 들여다볼 수 있다. 거울로 나타나는 시의 화자는 자신에게 비치는 것, 그게 '반대편 벽'이든 뭐든 간에 그것에 의지하며 "내 심장의 일부" 혹은 "내 위로 몸을 숙여 / 자신의 진짜 정체를 찾기 위해 나의 거리를 살피는 한 여인" 인 것처럼 느끼기 시작한다. "어둠을 대체하는" 이 여인은 시에서 계속 모호하게 다루는 인물이다. 우리가 아는 것이라고는 거울 안에서 "그녀가 젊은 여자를 익사시켰고, 내 안에서 늙은 여인이 / 날마다 그녀를 향해 솟아오른다. 끔찍한 물고기처럼." 여전히 확실치 않은 점은 젊은 여자와 늙은 여인이 동일 인물일 수도 있다는 것과 만약 두 명이 별개의 인물이라면 둘 중 누가 상대를 비추고 있느냐 하는 것이다. 시의 마지막 네 행에서 공생이 강조된다. 자신이 "보는 것"을 비추는 거울의 능력은 그 여인으로 인해 생기는 상 안에서 탐색되고 있는 것이기도 하다. 여인은 "왔다가 간다. / 매일 아침 어둠을 대신하는 것은 그녀의 얼굴"로 나타나곤 한다.

편지에서 실비아가 '시비'로서 그날그날 무엇이 필요하고 무엇에 열중하고 있는지 알려주며 보상과 실패의 기복을 설명하는 방식에는 아우렐리아에 대한 부채 의식이 어느 정도 내재되어 있다. 일기와 마찬가지로 편지에서도 실비아가 장학생으로서, 혹은 큰 뜻을 품은 작가로서, 혹은 1950년대의 젊은 여성으로서 자기 역할의 한계를 시험하는 모습이 엿보이기도 한다. 크리스티나 브리촐라키스는 『실비아 플라스와 애도 극장*Sylvia Plath and the Theatre of Mourning*』에서 실비아가 대학 시절에 쓴 시를 분석하며 형식의 탁월함에 주목하였다. "조숙한 야심과 프로 정신이 돋보인다. 이 시절의 시는 하나의 상연 작품으로서 시가 지닌 고유의 위상과 관련한 모순된 자기 반영성도 보여준다." 실비아가 아우렐리아에게 편지를 쓰는 이유는 어머니를 기쁘게 하고 재미를 주려는 것이면서 또 그만큼 자신의 여러 시도에 대해 그때그때 소식을 전하고 자신의 포부를 표현하며 더 많은 훈련이 필요하다는 점을 강조하는 것이기도 하다. 이러한 점은 편지에 꾸준히 나타나는 특징이다. 1954년 10월 13일 편지에서 다음과 같이 말한다.

사랑하는 엄마, …… 이제는 다가올 힘든 시간에 집중할 때인 것 같아요. …… 노란색 컨버터블을 타고 쏜살같이 달려 고급 레스토랑으로 가는데 내가 정말 유감스러울 정도로 독창성이 떨어지고 진부하고 본래부터 딱딱한 인간이라는 생각이 들더라고요. 근데 내가 한동안은 건강한 자유분방함을 훈련할 필요가 있어요. 여태껏 회색 옷이나 걸치고, 딱 기본적인 옷차림만 하고, 갈색 머리를 고수하고, 시간에 얽매여 생활하고, 책임에서 벗어나지 못하고, 샐러드를 먹고, 물을 마시고, 제때 잠자리에 들고, 절약정신이 강하고, 실용적인 여자아이였던 내 모습에서 벗어나기 위해서 말이에요.

브리촐라키스가 언급한 실비아의 '모순된 자기 반영성'은 「아빠*Daddy*」, 「나자로 부인*Lady Lazarus*」, 「화씨 103도*Fever 103*」, 「지원자*The Applicant*」, 「교도소장*The Jailer*」 같은 시에서 나타나는데, 아우렐리아가 선별한 편지에 암시만 되어 있는 불안감을 드러내기도 하고 가리기도 하는 자기방어기제로써 작동된다. 독자가 그녀의 시에서 듣는 목소리는 내용이 생략되지 않은 일기에서도 솔직하게 드러나는 바로 그 목소리다.

실비아는 첫 번째 자살 기도 후 맥클린 병원에서 루스 보이셔에게 상담 치료를 받았다. 보이셔는 실비아의 치료 과정에서 유명한 말을 남기게 된다. "당신 어머니를 증오하라고 허락해 줄게요." 실비아는 1958년 12월부터 1959년 11월까지 다시 치료를 받다가 테드 휴즈와 결혼을 하였고 두 사람은 보스턴으로 이사했다. "RB와의 면담 노트 : 12월 12일 금요일"이라는 제목이 붙은 글에서 실비아는 다음과 같이 말한다.

"단란함을 덧입은 매끄러운 가모장제 안에서 어머니를 증오해도 '좋다'는 허가를 받아내기는 힘들다. 특히 신뢰할 만한 허가를 받아내기란 말이다. 나는 RB의 허가를 믿는다. 자기가 하는 일을 아는 똑똑한 여자이고, 내가 존경하는 사람이니까. 그녀는 내게 '너그러운 어머니 같은 사람'이다."

심리상담 치료에도 불구하고 실비아가 자신을 세상과 격리시키는 능력은 어머니인 아우렐리아에 대한 부채감과 죄책감으로 더 강화되기만 했다. "내가 해낼 수도 없고 행복해질 수도 없는 일이라고 그녀가 말한 모든 것을 나는 사실상 다 해봤고 이제 거의 행복해졌다. …… 내가 죄책감을 느낄 때만 빼면, 내가 행복해선 안 된다고 느낄 때만 빼면……. 내 인생에서 어머니 같은 모든 사람들이 내게 시켰을 법한 것을 난 지금 안 하고 있으니까." 다음은 1953년 5월 12일에 (당시 하버드대에 재학 중인) 동생 워렌에게 쓴 편지다. "내가 알다시피 너도 알지. 그건 끔찍한 일이잖아. 엄마가 우릴 위한답시고 하려는 걸 우리가 잠자코 받아들이기만 하면 엄마는 우릴 위해서 진짜 자살도 불사할 수 있다는 거. 엄마는 비정상적으로 이타적인 사람이잖아. …… 20년 동안 우리가 엄마 인생에서 피와 보살핌을 뽑아먹었으니 이제 슬슬 엄마를 위해 기쁨이라는 큰 배당금을 돌려드려야 돼." 실비아가 여기서 금융 관련 용어를 사용하는 게 눈에 띈다.

브리촐라키스는 실비아의 작품에서 '말하는 주체'에 대해 논할 때 그 주체가 종종 "구조적으로 불완전하거나, 사랑 또는 증오의 대상, 즉 연인, 아버지, 어머니, 독자를 '시샘하고' 의지한다."고 말한다. 어머니 아우렐리아를 기쁘게 하려는 실비아의 열망은 독자의 요구에 좌우되기보다 자기 창조와 자기 확증의 필요성에 더 많이 좌우된다. 편지라는 매개체는 실비아가 글 속에 자기 자신을 투영하며 아우렐리아를 위한 존재로 변신하는 방법이지만, 아우렐리아가 인정하지 않을 거라고 느낀 실비아 자신의 목소리를 내야겠다는 마음이 커지는 동시에 그런 욕구와 다투게 되면서 점점 복잡한 양상을 띠게 된 방법이기도 하다.

1962년 10월 18일에 그녀는 워렌에게 다음과 같이 쓴다.

"이번 주에 내가 너무 절망적일 때 엄마에게 걱정스러운 편지 두 통을 보낸 게 너무 마음에 걸려. …… 내가 이제 다 나았다고 엄마한테 꼭 말해주고 안심시켜 드려. 난 지금 몸 상태만 나쁠 뿐이지 정신적으로는 건강하고 아주 좋아. 글도 최고로 잘 써져. 새벽 4시부터 오전 8시까지 짬이 나거든."

이 편지에서는 집필과 건강한 정신 상태와의 연관성이 강조되기 때문에 이 역시 눈여겨볼 만하다. 1956년 1월 25일, 케임브리지의 뉴넘 대학에서 보낸 편지에서 실비아는 어머니에게 이렇게 말한다.

"내가 글을 써야 한다고 말할 때 그건 '반드시 출판해야 한다'는 뜻은 아니에요. …… 중요한 건 내 혼란스러운 경험에 미학적인 형식이 부여되는 거죠. 제임스 조이스도 그랬듯이, 말하자면 그건 내 나름의 신앙이거든요. …… 내 생각에 나는 막상 작업을 시작하면 만족할 만한 수준의 성과를 내고 가끔 출판도 '할 수 있을' 거예요. 하지만 나는 내 글이 받아들여지느냐 마느냐가 아니라 글을 쓰는 과정 자체가 중요해요."

여기에 강조된 "반드시 해야 한다"와 "할 수 있다"는 부분은 실비아가 글을 써야 하는 절박함을 강조하는가 하면, 위에서 "큰 배당금"으로 표현되는 소유할 수 있는 어떤 것처럼 가시화되는 가공품이나 생필품을 의미하는 것과 실비아가 "내 나름의 신앙"처럼 신성한 무언가로 표현하는 것을 구별해서 보여주기도 한다.

오토 플라스가 1940년 11월 5일에 세상을 떠나면서 아우렐리아는 서른네 살 때 갑자기 혼자 몸으로 두 아이를 키우는 가장이 된다.(실비아가 여덟 살, 워렌이 다섯 살이었다.) 교양 있고 헌신적이고 자기희생적인 여성 아우렐리아는 자신의 어머니와 마찬가지로 자기도 딸과 함께 문학에 대한 애정을 키우는 전통을 이어갈 거라고 믿었다. 아우렐리아는 실비아의 서간집 서문에 다음과 같이 썼다. "다행히도 나의 어머니는 공감 능력이 뛰어난 분이셨다. 내가 대학생일 때 나의 문학책도 같이 읽으시며 '한 명분의 등록금으로 한 명 이상이 대학 교육을 받을 수도 있구나.' 하고 기분 좋게 말씀하셨다." 아우렐리아는 문학에 대한 사랑이 어머니로부터 딸에게 전해진 모계혈통의 재능이라는 맥락에서 이러한 이야기를 전했다. 묘한 느낌이 드는 말이다. 어린 실비아가 어머니의 관심을 얻는 법을 터득한 수단도 바로 언어이지만, 그 관심에 확신이 들지 않아 불안해하는 순간과 연결된 것도 언어이기 때문이다. 아우렐리아는 '힘든 시기가 한 번' 있었다고 말한다. "워렌을 안고 있는데 실비아가 내 무릎에 올라타려고 했다. 다행히 요즘 실비아가 식료품실 선반 위에 있는 포장 제품의 대문자 문구에서 알파벳을 발견했다. 아이는 엄청난 속도로 알파벳 이름을 익혔고 나는 아이에게 글자의 발음을 가르쳤다." 이렇게 이른 시기부터 언어는 이미 지원군 역할을 하면서 실비아가 아우렐리아의 관심을 얻는 수단이 된 것이다.

아우렐리아는 실비아에게 처음으로 언어에 대한 열정을 심어준 사람이기도 하지만, 앞으로 어머니로서 실비아를 양육하는 과정에서 만만치 않은 문제를 만드는 장본인이기도 하다. 실비아의 시 「마음을 어지럽히는 뮤즈*The Disquieting Muses*」(1957)는 어머니에게 직접 던지는 말로 시작한다. 이 부분에서 우리는 자녀에게 기회도 주고 훈육도 잘 하겠다는 의지가 담긴 아우렐리아의 1940년대식 자녀 양육 정신이 무엇을 간과했을지 짐작할 수 있다. "여학생들이 발끝으로 춤을 추고 / 손전등이 반딧불이처럼 깜빡이고 / 땅반딧불이가 노래를 부를 때 / 반짝이 드레스를 입은 나는 한 발자국도 / 움직이지 못했지 / 발걸음이 무거워 옆에 서 있었을 뿐." 자신이 다르다는 것을 감지하는 화자는 "쿠키와 오발틴[24]", "마녀들은 늘, 어김없이 / …… 생강 쿠키로 구워졌지."에 나타나는 가정적인 분위기가 자신에게 위로가 되지 않았다는 사실에 주목해야 한다. '피아노 교습', '아라베스크와 트릴'에 대한 칭찬으로도 마음이 차지 않았다.

---

[24] 우유 음료를 만들기 위한 분유 또는 착향된 몰트와 분유의 상표.

화자는 '사랑하는 엄마, 당신이 고용하지 않은 뮤즈에게' 마지못해서라도 배우게 될 것이다.

> 하지만 모든 선생님은 나의 건반 연주가
> 이상하리만치 어색하다는 걸 아셨어요
> 음계에 따라 치고 몇 시간을 연습했는데도요 나는요
> 음감도 없고, 그래요, 가르치기 힘든 아이였어요
> 나는 배우고, 배우고, 또 배웠어요
> 어딘가 다른 곳에서요
> 사랑하는 엄마, 당신이 고용하지 않은 뮤즈에게서요

다음은 1958년 12월에 실비아가 루스 비셔에게 상담 치료를 받으면서 일기에 쓴 내용이다.

> 나는 최근에야 인정하기 시작한 뭔가에 대해 애도 반응을 겪고 있다. 바로 모정(母情)의 부재다. 내가 하는 모든 것(결혼: '나는 남편이 있어요. 그러니 당신의 남편을 원한 적이 정말 없어요.', 글쓰기: '자, 당신을 위한 책이에요. 당신 거예요. 나의 지지[25] 같은 결과물이네요. 이제 나를 칭찬해 주고 사랑해 줄 수 있겠죠.')은 그녀의 방식을 전혀 바꿀 수 없다. 내 경험상 그녀의 방식은 사랑이 전무한 상태로 나와 함께하는 것이다.

1958년 12월 27일 일기 서두에는 비셔가 그 해에 '상반되는 두 가지'

---

25 '더럽다'는 의미로 쓰는 유아들어를 표현했다

를 시도해 보라고 했다는 말이 인용되어 있다. "(1) 당신 어머니를 괴롭히세요. (2) 글을 쓰세요. 자, 그러니까 당신 어머니를 괴롭히려면 글을 쓰지 마세요. 왜냐하면 당신은 어머니에게 이야기를 들려줘야 한다고 느끼거나 어머니가 그 이야기들을 이용할 거라고 느끼니까요. ……"

실비아는 자신에게 해명하듯 이렇게 말한다. "그리고 난 어머니를 증오한다. 내가 글을 쓰지 않는 것이 엄마의 손에 놀아나고 엄마 말이 옳다는 증거가 되기 때문이다. 내가 가르치는 일도 하지 않고 안정된 뭔가를 하지 않은 건 어리석은 짓이었다. 이제 와서 보니 뭔가를 위해 안정을 포기했는데 그 뭔가는 어디에도 존재하지 않는다."

정서적으로 억눌린 아우렐리아의 사례와 실비아가 바라는 것 간의 교착 상태는 실비아가 점점 많이 사용하게 될 내면의 본능적인 언어, 다시 말해 아우렐리아가 딸에게 전해줄 수 없는 언어에서 벌어지고 있다. 실비아는 12월의 다른 일기에 이렇게 썼다. "나는 엄마를 원망한다. 이 세상을 살아가는 데 별 쓸모없는 정보만 내게 줬기 때문이다. 여성에게 필요한 쓸모 있는 지혜는 전부 다른 데서 찾아서 나 스스로 채우는 수밖에 없다. 엄마가 주는 정보라는 건 그저 안정에 대한 걱정만 있으니……"

실비아는 아우렐리아가 힘들게 일하고 희생해서 확보해 준 안정에 대해서는 관심이 별로 없다. '어머니-아우렐리아'에게 '집에서 글 쓰는 딸-시비'가 찾고 있는 것은 검소하라고 말하는 아우렐리아의 충고 이상의 어떤 것이다. 그것은 곧 장차 '시인-실비아'가 시로 표현하게 될 것이고 이 시들은 마음을 어지럽히는 "마녀들"에게 목소리를 허락하는 수단이 된다. 1955년 11월 케임브리지 뉴넘 대학에서 쓴 편지에서 그녀는 이렇게 전했다. "나는 정적인 환경이 주는 안위와 안정감을 떠나, 제대로 된 책들이 사람의 마음과 영혼에 깃들어 사람을 성장시키기도 하고 고통도 안기는 세상 속으로 가기 위해 나를 계속 끌어내고 떠밀고 싶다." 재클린 로즈가 언급했다시피, 아이러니하게도 아우렐리아가 편지에서 선별한 내용이 '사랑하는 딸−실비아'를 강조하는 반면 '메두사라는 시를 쓰는 시인' 혹은 『벨 자』의 불안한 에스더 그린우드를 만들어낸 특징을 배제한다는 사실은 아우렐리아가 편지를 선별할 때 얼마나 주관적이었는지를 눈에 띄게 보여줄 뿐이다. "어떤 육체, 어떤 정신이 여기서 구현되고 있을까?"하고 로즈가 묻는다. 아우렐리아의 의도는 '1940년대의 자기희생적인 어머니'로서 자신이 인정하는 반면 '어른스럽게 똑똑한 딸−실비아'는 거의 관여시키고 싶지 않은 글쓰기와 언어를 강조하는 것이다. 후기의 시에 담긴 비유적 묘사와 정제되지 않은 선언적인 언어, 가령 「상처」의 "너의 붕대에 있는 얼룩 / 큐 클럭스 클랜[26]", 「에어리얼」의 "검은 눈"이나 「나자로 부인」의 "눈구멍"과 "시큼한 숨"은 아마도 아우렐리우스가 "우리는 사랑의 언어를 나누었고 그런 말이야말로 정확한 표현을 하는 데 사용되는 도구라고 여겼다."는 서간집 서문을 쓸 때 염두에 두었을 언어는 아니었을 것이다.

아우렐리아는 1940년대의 미국을 이루는 구성원이자 「마음을 어지럽히는 뮤즈」에서 비꼬듯이 다룬 가정주의의 숭배자로서 위협의 주체를 대표하게 된다. 「메두사」에서 화자는 "숨도 돌릴 수 없었다."고 말한다. 1958년 12월 27일 일기에서 실비아는 아우렐리아에 대해 솔직하게 말

---

26 Ku Klux Klan : KKK단, 미국의 과격파 백인우월주의 비밀결사단체.

한다. "엄마가 나를 자신의 확장 부위처럼 사용한다는 느낌을 떨치지 못하겠다." 편지를 쭉 읽다보면 혹시 은폐되어 있더라도 한편으로 불만의 목소리가 드러나고 실비아가 느끼던 압박감이 거듭 표현되는 것을 엿보게 된다. 실비아는 1955년 2월에 스미스 대학에서 보낸 편지에서 "나는 늘 창조 욕구와 세상에 대한 일종의 봉사 정신을 결합하고 싶었어요."라고 쓰면서 다음과 같은 뜻을 분명히 밝힌다.

모든 인간이 배우고 사랑하고 성장하는 잠재력이 있다는 "엄마의 믿음을 충족시키기만 하는" 좁은 의미의 선교사를 뜻하는 게 아니에요 …… 중요한 점은 내 삶에서 자연스레 선택 의지가 자라나고, 선의를 가진 친구들에 의해 그 의지가 강요되지 않는 것이에요. 내가 하는 말을 진지하게 생각해 주세요. 부디 이해했으면 좋겠네요.

다음은 1956년 2월 25일 글이다. "난 힘차게, 활기 넘치게, 잘 살아 갈 것이라고 스스로 계속 되뇌고 있다. 나는 강해지는 법을 배우지 못했고, 삶 자체가 아니라 '나를 제한하는 말'로 표현하는 방식으로 충분히 단련되는 법을 배우지 못했을 뿐이다." 실비아를 제한하는 말은 자기표현의 선택권을 충분히 누리지 못하게 하는 말이다. 그녀는 가장 잘 알려진 여러 편의 시에서 "애쓰고 땀 흘리고 토해내는" 언어를 사용하게 된다. 재클린 로즈가 아우렐리아의 선집에 대해 평했다시피, "여기서는 실비아 플라스가 낮은 수준까지 내려가도 되는지, 어느 수준까지 낮아져도 되는지에 관한 결정이 내려진다. 천박한 수준, 문화적으로 타락한 수준으로 낮아져도 되느냐가 정해진다." 1958년 12월 27일 일기에 나오는 한 문장, "말로 표현된 이런 감정과 교전 중인 정서적 기류"를 말로 뱉어낼 수 있을 만큼, 「친절$_{Kindness}$」에 나오는 "시에서 솟구치는 피"에 담긴 정서만큼 바닥을 보여줄 수 있느냐가 문제다. 실비아와 아우렐리아 "두 사람 다 서로의 관계 속에서 우리 자신의 바람직한 이미지를 말로 표현"하기 때문에 "편지로 이어진 만족스러운 관계"에서 실비아가 아우렐리아와 나눈 편지에는 존재하지 않는 밑바닥 말이다.

실비아는 생애 마지막 몇 달 동안 테드 휴즈와 별거한 채 혼자 어린 두 자녀(두 살 반 된 프리에다, 9개월 된 니콜라스)와 23 피츠로이 가의 아파트에 세 들어 살면서 '최고의 집필 작업'을 이어가며 아우렐리아에게 자신이 동경하는 세상과 언어에 대해 이야기했다. 1962년 10월 21일, 아직 노스 타턴의 코트 그린에 살던 실비아가 쓴 시는 다음과 같다. 「아빠」(10.13), 「메두사」(10.16), 「교도소장」(10.17), 「레스보스 섬」(10.18), 「갑작스러운 죽음」(10.19), 「화씨 103도」(10.20), 「기억상실증 환자」와 「라이오네스」(두 편 모두 10.21)……. 다음의 편지에서 이렇게 말한다.

아침이면 시를 써요. 멋진 일이죠. 애 키우는 일이 얼추 익숙해지기만 하면 이 굉장한 두 번째 소설 초안을 쓸 거예요. 쓰고 싶어 미치겠어요. 세상에는 즐거운 게 필요하다느니 그런 말은 나한테 하지 마세요! 육체적으로나 심리적으로 벨젠[27]에서 벗어난 사람이 원하는 건, 새떼가 여전히 짹짹댄다느니 어쩌느니 하는 말 따위는 아무도 하지 않는 거예요. 다만 다른 누군가가 거기엘 가봤고 최악의 상황을 아는 것, 그게 어떤 건지 충분히 알면 돼요. 이를테면 내게는 사람들이 이혼을 하고 지옥을 겪는다는 걸 아

---

27   Belsen 나치스의 강제 수용소가 있던 독일 동북부 지역.

정신의 어두운 양면성을 표현하는 언어를 찾는 탐색 과정은 실비아에게 찾아온 위기 상황과 연관된 경우가 많았다. 아우렐리아의 표현대로 언어의 필요성은 "우리의 감정을 설명하면서 정확성이 필요한" 순간에 절실해진다. 비셔와 함께한 치료 과정에서 입증되었듯이, 아우렐리아와 실비아는 언어의 필요성을 이해하는 면에서 확실히 상호 배타적인 측면이 존재한다. 혹은 "서로 양립이 안 되어 있다." 실비아가 아우렐리아의 영향에 대해서 이렇게 이야기한 적도 있다. "제가 이 우울함을 어떻게 떨쳐낼 수 있을까요? 엄마가 마치 우유와 꿀 접시를 차리는 늙은 마녀처럼 내게 어떤 힘을 행사한다고 믿지 않기로 하면 되겠죠." 그러나 실비아는 끝내 아우렐리아에게 부치지 못한 편지에 자신의 자살 기도에 대해 쓰면서, 죽고 싶을 만큼 절망감을 느꼈던 자아를 아우렐리아가 알아주기를 바랐던 뜻을 남기기도 했다. 아우렐리아는 독자에게 전하는 말에서 실비아가 자신에게 "1954년 봄에 쓴 이 다음 편지에서 '이건 절대 보내지 않았어요. 하지만 지난여름을 되돌아보며 그때 느꼈던 것들을 기록하는 차원에서 내가 간직했어요.'라고 한다." 에디 코헨에게 전해진 이 편지는 실비아가 심각하게 쇠약해진 상황을 잘 말해준다. "에어컨이 있는 화려한 《마드모아젤》지 사무실에서 정신없이 바쁜 6월"을 보냈다. 그 후에 자살 시도가 있었다. '녹초가 되어 집에 와서도 하버드 하계 강좌에서 두 과목을 듣기 위해 열심히 준비하던' 시기였고 그때 '상황이 벌어지기 시작했다.' 자신감에 위기가 찾아오고 감정적으로 무너지면서 급기야 자살 기도를 했다가 실패하고 매클레인 병원에 입원해서 인슐린 주사를 맞고 '일련의 충격요법'을 받는다. 입원해 있는 동안 회복기에도 뒤이은 시도를 한 실비아는 다음과 같이 썼다. "지금 당장 무엇보다도 필요한 게 있어요. 물론 불가능한 거죠. 나를 사랑해 주는 누군가! 충격요법 치료실로 내려가는 시멘트 터널의 소름끼치는 두려움과 공포에 떨며 깨어나는 밤에 내 곁에서 나를 위로하며 어떤 정신과의사도 전해 주지 못할 말로 안심시켜 줄 누군가!"

아우렐리아가 이 편지를 다른 편지와 나란히 놓았다는 데 더 주목할 만하다. 3년 뒤인 1956년 11월 29일에 쓰인 이 편지 속에는 'S.'에게 건네는 조언이 담겨 있다. 아우렐리아의 친구가 우울증을 앓는 아들을 두었는데 그 아들이 'S.'였다. "엄마가 S에 대해 얘기한 것에 무척 감동받았어요. …… 분명 그가 느낄 법한 감정 상태에 '내 감정이 빠져든' 느낌이 확 들더라고요. 나도 그런 느낌이었으니까……."

실비아는 이런 조언을 남겼다. "그가 삶에 대한 시각을 갖게 해줘요. …… 그리고 엄마가 예전에 나한테 편지로 말했듯이 그는 점수에 대한 두려움 때문에 인생에서 정말 필요한 한 가지를 미처 못 보는 일이 없어야 돼요. 멋지지 않은 나머지 모든 것들 가운데 멋진 것에 마음을 열어야 해요. …… 사람들이 그가 어떤 점수를 땄는지 따위는 묻지도 않고 그를 사랑하고 존중하리라는 걸 그에게 보여 주세요." 아우렐리아가 이와 같은 순서로 편지들을 배치하며 의도했던 것은 실비아가 정말로 회복되었으며 아우렐리아의 지속적인 도움으로 실비아가 진정 필요했던 사랑을 얻었다는 것이다. 여기에는 실비아가 "소름끼치는 두려움과 공포"를 차마 부치지 못한 편지에 남겨 두었을 심정적 정황을 은근히 묻어버리려는 의도가 다분하다.

시에 담긴 무수한 목소리는 실비아 플라스의 작품 속 화자가 삶에서 "멋지지 않은 다른 모든 것들"을 표현하는 데 고군분투한 면면을 중점적으로 들려준다. 결정적으로 실비아는 아우렐리아와는 달리, "이타적이기 위해서가 아니라", "자의식을 키우기 위해" 치열하게 싸웠다. "공격받을 수 없는" 견고함은 「아빠」와 「메두사」 같은 시에서 상처받기 쉬운 위기 상황에 자주 등장한다. 이 두 편의 시는 부모의 권위가 강조된 것을 표현하기도 한다. 자기 개성화와 표현의 필요성이 얼마나 긴급하게 요구되는지도 보여준다. "내 전화선 끝에서 떨리는 호흡"(「메두사」)은 네피 크리스토둘리데스가 『끝없이 흔들리는 요람에서 나와 *Out of the Cradle Endlessly Rocking*』에 썼듯이 "전화선뿐만 아니라 메두사가 통제하고 감시하고 싶은 등장인물의 읽고 쓰는 대사"를 암시해주기도 한다. 「아빠」에서도 차마 입을 떼지 못하는 위기 상황이 연출되기도 하는데, 화자인 딸이 반복적으로 내뱉는 말에 그대로 드러난다. "나, 나, 나, 나, / 나는 거의 말이 나오지 않았지." 마치 실비아가 화자의 연약함을 감추기도 하고 연약함을 허용하기 위해 만들어낸 작품 속의 대변자가 아우렐리아의 진지한 안정 지향적 성향 때문에 고의적으로 방해받은 뮤즈, 즉 마음을 어지럽히다가 결국 공포로 몰아넣는 뮤즈와 맞서야 하는 상황처럼 느껴진다.

재클린 로즈가 썼듯이, 아우렐리아가 선별한 편지에 「마음을 어지럽히는 뮤즈」 같은 시에서 표현되기 시작한 불안이 여기저기 너무 많이 드러난다는 사실은 실비아의 일기에서 강조되는 부분, 즉 "당신이 나를 낳은 왕국"은 성인이 된 시인이 자신의 어머니가 그곳으로부터 자신을 보호할 수 없다고 느낀 곳이라는 점을 암시해준다. 「메두사」에서 그녀는 "기적적인 수리 상태"를 잘 유지하는 "오래되어 들러붙은 배꼽, 대서양의 해저 케이블"이다. 그녀는 절대 누구도 보내주지 않을 메두사다.

> 나는 당신을 부르지 않았다.
> 절대로 당신을 부르지 않았다.
> 그럼에도, 그럼에도
> 당신은 바다를 건너 전속력으로 내게 다가왔다.
> 두툼하고 붉은, 태반

물론 메두사는 페르세우스가 미네르바의 방패를 써서 가까스로 죽인 고르곤[28]이다. 메두사와 눈이 마주친 사람은 돌로 변해버리는데 미네르바의 방패로 메두사의 모습을 비춰서 그녀의 눈빛을 되돌려준다. 원래 아름다웠던 여자를 질투해 고르곤으로 만든 자가 바로 미네르바다. 당시 자신의 구혼자였던 바다의 신 넵투누스가 메두사의 미모에 마음을 빼앗겼던 까닭이다. 페르세우스에게 자신의 방패를 줘서 그 고르곤을 죽이도록 도와준 자, 역시 미네르바다. 어원상으로 보름달물해파리(Aurelia aurita)와 연관된 아우렐리아의 이름을 보면 「메두사」라는 시를 아우렐리아의 "배꼽"과 연결시킨 명백한 비평으로 읽을 수밖에 없다. 실

---

28 고대 그리스 신화에 나오는 괴물. 머리카락이 뱀으로 되어 있는 세 자매로, 이 괴물을 보는 사람은 누구나 돌로 변했다.

비아가 묘사하는 신화에서 메두사는 "태반"이고 "기력을 빼앗는 머리"이며 "오래되어 들러붙은 배꼽"이다. "기적적인 수리 상태"를 유지하며 "언제나 그곳에" 매달려 있다. 그 느낌은 육체뿐만 아니라 정신도 덫에 걸려 있었던 듯 화자가 "내가 벗어났나, 정말 그런가?"하고 묻는 것이다. 이것은 시에서 대답을 모호하게 남겨둔 질문이다. 미네르바가 메두사에게 가하는 최후의 복수는 메두사의 모습을 자신의 방패로 비추는 것이다. 크리스토둘리데스가 말하다시피 시에서 "내 용골의 그림자 속에 자신들의 거친 세포를 쉼 없이 움직이는 / 당신의 꼭두각시들"은 "어머니의 꼭두각시들은 딸이 어머니가 바라는 언어로 말하기를 바란다."는 것을 암시한다. 아우렐리아가 바라는 언어는 실비아가 "사랑하는 엄마에게"라는 문구에 담아 아우렐리아에게 거듭 전달하는 언어다. 아우렐리아가 매우 신중하게 골라 모아 둔 편지에서 강조되는 게 바로 그런 언어다.

다누타 킨이 2017년 4월 11일자 《가디언Guardian》지에 1960년 2월 18일부터 1963년 2월 4일까지 실비아의 편지가 무삭제 원본으로 새로 출간된 것에 관하여 기사를 썼다. 이 서간집은 이전에 실비아의 일기를 무삭제 원본으로 출간했던 카렌 V. 쿠킬과 피터 K. 스테인버그가 공동 편집한 책이다. 다누타 킨의 기사에서 스테인버그는 실비아를 상담 치료한 루스 반하우스(비셔는 결혼 후의 성)가 실비아의 삶에서 지속적으로 중요한 역할을 했다는 데 주목한다. 반하우스는 실비아가 일기에 적었듯 이 '너그러운 어머니 상'의 위치를 유지하면서 실비아가 자신의 삶에서 불쾌한 것을 분명히 말할 수 있는 용기를 준다. (실비아의 소유권이 아직도 유효하지 않은) 편지 한 통이 남아있다. "1962년 10월 21일자 편지에서 실비아는 반하우스에게 주장하길, 휴즈가 자기더러 죽어버렸으면 좋겠다고 직접 말했다고 했다." 실비아가 둘째 아이를 유산하기 이틀 전에 휴즈가 신체적 학대를 가했다고 서술되어 있다. 스테인버그가 말하기를, "실비아가 반하우스 박사에게 상세한 내용을 쓰면서 카타르시스를 느꼈고 그렇게 함으로써 실비아는 후세에 길이 남을 그 폭발적인 시들을 자유롭게 쓸 수 있었다."

「메두사」의 마지막 행에서 실비아의 화자는 사죄하지 않는다. "떨어져, 떨어져, 미끈미끈한 촉수!" 남근과 다를 바 없고 메두사의 뱀 머리카락을 뜻하는 이 메두사의 "미끈미끈한" 마수(魔手)는 실비아가 "단란함을 덧칠한 매끄러운 가모장제"라고 부른 것에서 벗어날 수 없는 불가능성과 화자에 의한 압박감을 암시한다. 이 시의 수수께끼 같은 마지막 행에는 "우리 사이에는 아무것도 없다."는 선언이 나온다. 이 부분은 다음과 같이 읽힐 수 있으며, 어쩌면 이렇게 읽히도록 의도한 것이기도 하다. 결국 이 시의 탁월함은 종결 자체에 저항한다는 것인데 어떤 면에서 이것은 실비아의 페르소나가 전 작품을 통해 성취해내는 것이다. 실비아 자신과 아우렐리아 사이에는 모든 것이 존재하는 동시에 아무것도 존재하지 않는 것을 의미한다.

서간집에 있는 1963년 1월 16일자 마지막 편지에서 실비아는 아우렐리아에게 자신이 "독감에서 더디게 철수 중"이라고 말한다. 또한 그녀가 집필 중인 시가 있고 그 시들로 이름을 떨치게 될 것을 아는 데도 이런 말을 한다. "지난 반 년 간 결심과 책임이라는 압박에 짓눌려 지내는 동안 아기들은 끊임없이 요구하고 나는 내가 누군지 제대로 느낄 수도 없었어요." 이것이 어쩌다 한 번씩 드는 무서운 생각일 리가 없었다는 사실을 감안하면 이런 글이 좀 으스스해진다. 책임감의 압박 하에 이처럼 자기 존재감이 결여되는 상황은 오토 플라스가 죽은 후 아우렐리아가 처한 상황이기도 했다. 하지만 실비아는 아우렐리아와는 달리 「벌침Stings」의 화자처럼 자신에게 '회복하는 자아'가 있음을 느꼈을 것이다. 독자는 이러한 자력 구조 행위가 성공적으로 발현된 모습을 그녀의 탁월한 후기 작품에서 접할 수 있다.

• 애드리안 칼포폴루(Adrianne Kalfopoulou)

《Women's Studies, an Interdisciplinary Journal》, 《Plath Profiles》에 실비아 플라스에 관한 글을 썼다. 근작 『A History of Too Much』(2018)를 포함해 시선집 세 권과 에세이집 『Ruin, Essays in Exilic Living』을 썼다. 레지스 대학교 마일하이 MFA 프로그램의 시와 논픽션 지도교사로 활동하며 그리스 아테네의 디리 칼리지에서 영어 프로그램을 이끌고 있다. 웹사이트에서 그녀의 작품 일부를 볼 수 있다. (www.adriannekalfopoulou.com)

07

에바 라킨의
일생

필립 폴렌

필립 라킨(Philip Larkin 1922-1985)

영국의 시인 겸 소설가이다. 제2차 세계대전 후의 영국 시에 큰 영향을 끼쳤다. 개인적 체험과 평범한 일상생활을 소재로 시를 써 20세기 후반을 대표하는 시인으로 대중의 사랑을 한 몸에 받았다. 대표작 「교회 가기Church going」라는 시를 비롯해 시집은 『북으로 가는 배The North Ship』, 『성령 강림절의 결혼식The Whitsun Weddings』, 『높은 창High Windows』, 소설은 『질Jill』, 『겨울 처녀A Girl in Winter』 등을 남겼다.

자신의 어린 시절에 더 큰 의미를 부여할 수 없어서 어쩐지 유감스러운 기분이 드세요?

트라우마가 없어서? 지독한 어머니가 없어서?

필립 라킨에 관한 전기문 대부분은 부모의 영향이라는 문제에 적당히 주목하면서도 그의 부모 시드니와 에바가 라킨의 생애에 얼마나 큰 영향을 끼쳤는지를 부각시켰다. 대체로 이런 전기문은 부모의 존재감과 작가와 부모의 긴장 관계가 지닌 복잡한 이중성을 인정한다. 젊은 라킨이 1943년에 친구 짐 서튼에게 쓴 글에서 인정했던 부분이다. "내 안에 두 분(어머니와 아버지)이 다 들어앉아 있어. 그리고 그게 내 무력함의 원인이야. 내 안에서 두 사람이 끊임없이 대립하거든. …… 부디 나의 어머니가 내 안에서 우세하길 하느님께 빌어 줘."

하지만 전기적 관점에서 대체로 우세한 위치를 점했던 쪽은 부친 시드니였다. 이를테면 그의 배경과 평판에 대한 상세한 분석이라든가, 1930년대에 국가사회주의(나치즘)에 바친 열정, 그리고 영문학을 향한 대담한 찬양이 자기 아들에게 미친 영향이 주목을 받았다. 그에 비해 에바 라킨은 그림자 같은 배경 인물로 그려졌다. 남편에게 종속적이고 신경질적인 데다 끊임없이 불평을 늘어놓아 불행한 부부생활에 상당한 역할을 했다고 기술되어 있다. 확실히 라킨의 후반 생애에서는 에바의 역할에 더 큰 의미가 부여된다. 가령 에바가 라킨이 독신으로 살기로 한 잠재적 동기를 제공하였다거나 그의 시에서 뮤즈 역할을 한 부분이 부각된다. 그렇지만 전반적으로 에바의 삶의 중요한 측면과 그녀의 성격을 형성한 경험은 애석하게도 간과되었다.

라킨의 전기문 내용에서 유독 찾아보기 힘든 부분은 에바 라킨의 직접적인 목소리다. 전기 작가 대부분은 그녀의 아들이 한 말을 포함하여 한정된 수의 간접적인 설명에 의존할 뿐이다. 여러 사례를 살펴보면 아들이 한 말은 기껏해야 모호한 수준이고 최악의 경우 신뢰하기 힘든 증언으로 드러난다. 상황이 이렇다 보니 독자는 에바를 한 인간으로 제대로 평가하고 그녀가 본질적으로 어떤 측면에서 얼마나 많이 아들에게 영향을 주었는지 제대로 파악할 수 없으며 어떤 면에서는 부정확한 판단을 내릴 수밖에 없다.

에바의 목소리가 담긴 것을 찾자면 그녀가 평생 동안 아들 필립과 다른 가족들에게 보낸 수천 통의 편지가 있다. 편지를 비롯해 다른 메모와 일기도 헐(Hull) 역사센터의 필립 라킨 기록 보관소에 함께 보관되어 있다. 에바가 남긴 이 자료들을 살펴보면 그녀가 어떻게 살았고 어떤 도전을 했고 무엇보다도 아들과의 관계가 어떤 특징을 띠었으며, 그 관계가 얼마나 중요했는지 흥미진진하게 통찰해 볼 수 있다. 그 기록 덕분에 우리는 에바의 목소리로 전해준 그녀의 이야기를 제대로 풀어낼 수 있다.

에바의 유년기와 결혼 생활이나 남편과의 관계에 대해서도 다룰 내용은 많지만 여기서는 그녀가 미망인이 된 시점부터 시작된 인생의 마지막 3분의 1 시기를 집중적으로 조명해 보도록 하겠다. 아마 틀림없이 이때가 필립 라킨과 어머니의 관계에서 가장 결정적인 시기이자 아들의 삶에 미친 어머니의 영향력이 가장 큰 시기일 것이다. 시드니 라킨이 1948년에 예순셋의 비교적 이른 나이에 암으로 세상을 떠나자 그의 죽음은 에바와 필립 각각에게도, 모자 관계에도 상당한 충격을 주었다. 처음에 두 사람은 필립이 대학 도서관에서 일하던 레스터에서 같이 집을 사서 지내다가 그가 1950년에 벨파스트로 가고 그 후 1955년에 헐에서 지내게 되었을 때 에바는 러프버러에서 혼자 살게 되었다. 물론 그 시절 대부분은 채 100미터도 안 되는 거리에 사는 딸 키티네 가족과 왕래하며 지내긴 했다. 딸은 나중에 몇 킬로미터 떨어진 큰 집으로 이사 가기 전에 수 년 간 같은 동네에 살았다. 딸이 가까이 살긴 했어도 에바가 아들 필립과 편지를 주고받고 아들이 자주 어머니 집에 들르면서 꾸준히 이어진 둘 사이의 소통은 에바가 살아가는 데 가장 중요한 부분을 차지했다.

'사랑하는 노친네에게': 대화

편지를 쓰는 행위는 어머니와 아들이 각자의 경험을 주기적으로 공유하는 수단이 되면서 모자 사이의 중요한 공통점을 형성하는 데 결정적인 역할을 했다. 두 사람은 대개 일주일에 두 번씩 꼬박꼬박 서로에게 편지를 썼다. 필립이 1941년에 옥스퍼드 대학에 진학했을 때부터 에바의 지력이 약해져 더는 필립의 편지와 엽서에 답장을 쓸 수 없어진 1970년대 중반까지도 서신 왕래가 이어졌다. 필립 라킨과 그의 어머니가 나눈 대화를 모은 여느 다른 책에서도 두 사람 각자의 일상을 사적이고 세세한 부분까지 다루진 않았다.

에바의 편지에서 엿보이는 문체뿐만 아니라 내용마저 필립의 글과 흡사한 경우가 많다. 보통 둘 다 자기 앞에 상대방의 이전 편지를 두고 편지를 쓰곤 했고, 대개 날씨 상태를 언급하면서 편지를 시작했다. 편지 내용의 틀을 잡을 때 상대방이 보낸 최근 편지를 토대로 했고, 평범하고 사소한 일들과 하루하루의 세세한 일과를 시시콜콜 많이도 전했다.(고장 난 가스난로 이야기, 이웃 지인과 곤란하게 마주친 일 등등.) 친밀하고 격의없는 호칭('사랑하는 놈에게', '사랑하는 노친네에게')뿐만 아니라 특유의 구어체 표현('왠지 ~할 생각이 들어서', '내가 ~ 얘기하고 싶어서')까지 그들이 서로에게 사용하는 언어도 꽤 닮아 있다. 주제 면에서 집중한 부분 역시 놀랄 정도로 비슷하다. 삶에 대한 우울하고 비관적인 태도까지 별반 다르지 않게 다루었다. "실버 라이닝(신체장애가 있어서 거의 집에서만 지내는 사람들을 대상으로 한 1950년대 인기 라디오 프로그램)을 들었어." 1952년에 에바가 쓴 내용이다. "40대와 50대에게 한 말이었어. 그 나이가 되면 바깥세상과 집 밖의 일이나 친구마저 큰 의미가 없는데 우리 내면의 자아가 더 중요하다고 그러더구나. 우리가 죽음과 마주하고 있다나. 썩 유쾌하진 않더라. 그럼 나 이 예순여섯은 어떻겠니?" 당연히 필립이라면 이 주제를 더 유려하게 표현할 수도 있었을 것이다. 분명 그가 더 흥미를 가졌을 법한 주제였으니까.

중요한 점은 그들이 서로 상대의 고뇌와 일상의 관심사를 '귀담아 들어주는 창구' 역할을 했다는 것이다. 필립이 어머니에게 쓰지 못할 내용은 없었다. 그의 인생에서 중요한 사건은 설령 적당히 감춘 형식으로라도 전부 언급했다고 한다. 특히나 그는 자기 인생에서 이성적인 애정을 느꼈던 중요한 여성에 대해서 낱낱이 이야기하곤 했다. 어머니에게 보내는 편지에 모니카 존스, 매브 브레넌, 베티 맥케레스 이야기가 자주 등장하고 간혹 어떤 편지에서는 세 명이 다 언급되는 경우도 있었다. 에바는 자기 아들이 이 여성들과 나눈 친밀한 우정에 대해 전혀 모를 수가 없었다. 하지만 여느 지혜로운 어머니가 그러하듯이 적절한 지점에 적당히 아들의 말을 되받은 의견만 전했을 뿐 말을 아끼며 자기 생각을 겉으로 드러내지는 않았다.

1960년대에 에바가 집에 전화를 설치한 후에는 매주 편지 왕래를 하면서 주기적으로 전화 통화도 겸하게 되었다. 서로 통화할 수 있는 여건이 마련되자 더 즉각적인 소통이 가능해지긴 했으나 편지를 주고받는 일정한 흐름은 전혀 지장을 받지는 않았다. 가끔은 먼저 전화로 대화를 나눈 터라 편지가 짧아지긴 했어도 오히려 이전 대화에서 어떤 부분을 수정하려고 추가 편지를 더 쓰게 되는 횟수가 늘어났다. 어쨌든 두 사람 모두 상대의 편지를 받는 데서 진정한 기쁨을 찾았고('전보 바구니에 있는 어머니의 파란 봉투를 보는 게 참 좋네요.' 필립이 1967년 3월에 쓴 글), 편지를 쓰기 위해 자리에 앉는 행위에서 늘 엄청난 카타르시스를 느꼈다. 1962년에 에바가 쓴 편지에 이런 심정이 잘 담겨 있다.

내가 오늘 저녁에 왜 너한테 또 편지를 쓰고 있는지 정말 모르겠구나. 아마 은 식기를 닦거나 오래 전에 끝냈어야 할 바느질감을 붙들고 있을 때인데 말이다. 아마 꽤 오랫동안 화요일 저녁은 '편지 쓰는 밤'이어서 그런가 봐. 아니면 다른 일을 하는 것보다 편지 쓰는 게 더 마음이 편해서겠지.

전기 작가들의 글에서 에바가 지적인 진지함이 부족하다고 추정한 내용이 자주 보이는 것을 감안하면 놀랍게도 사실 에바의 편지 중 많은 부분에는 '책을 좋아하는' 성격이 나타난다. 그녀는 박식했고 뭔가를 선택할 때 종종 대담한 면모를 보였으며 필립처럼 책을 아주 많이 읽었다. 예를 들어 에바는 1950년에 러프버러로 막 이사했을 때 이런 내용의 편지를 쓴 적이 있다.

여기서 공공도서관에도 등록했단다. 물론 책을 고르러 갈 때 '물 밖에 나온 고기' 같은 기분이 들지. D. H. 로렌스의 『말 타고 떠난 여자』 대출신청을 했는데 도스토예프스키의 『악령』은 빌릴 수가 없더구나. 지금은 책을 다섯 권 대출했어. E. M. 델라필드의 『아무것도 안전하지 않아』하고 『낙천주의자』야. 나머지 세 권은 심리학 책이고……

에바는 뜻밖에도 폭넓은 독서 취향을 보였고, 특히 자신의 힘든 처지를 반영하는 책에 관심이 많았다. '주말에 부츠에서 정말 재미있는 책을 샀단다.' 1953년에 필립에게 쓴 편지다. 'V. 새크빌-웨스트가 쓴『다 써버린 열정』이란 책인데 예전에 인도 총독이던 귀족 남편을 잃은 사랑스러운 노인네 이야기야. 여자 나이가 여든 다섯이었어. 그 나이에 남은 생애 동안 자기 삶을 살기로 계획하는 거야. 자식과 친척들이 놀랄 만큼 너무나 평화롭고 행복한 생활을 하면서 말이야. …… 내 생각에 네가 그 책을 좋아할 것 같구나. 난 단숨에 다 읽어 버렸거든.'

더구나 자신이 읽는 책에 대한 에바의 반응을 보자면 남편 시드니에 비해 훨씬 더 정서적으로 '몰입하는' 특징을 보인다. 시드니가 필립에게 보낸 편지에 표현된 정도를 보면 적어도 이러한 판단을 내릴 수 있을 것이다. 에바에게 독서는 정서와 더욱 밀접하게 연관된 행위인 반면에 시드니에게 독서는 더 지성 중심인 행위이거나 어쩌면 그저 지적인 습관을 들이고 싶어서 하는 일일 것이다. (어느 편지에서 에바가 꽤 노골적으로 시드니의 책에 대해 말한 부분이 나온다. 그의 책들이 너무 깨끗해서 '한번도 펼쳐본 적이 없어 보일 정도'라고 한다.) 따라서 필립의 정서적 감수성이 어머니의 영향을 직접적으로 받은 결과물이라 판단하고 싶은 기분이 든다. 필립은 1955년에 어머니에게 편지를 쓰면서 예전에 아버지가 쓴 편지글에서 아무것도 기억나는 게 없다고 말했다. '편지가 너무 짧고 무미건조했어요. 그렇지 않아요? 약간 빈정대는 뉘앙스도 있었고요.' 에바도 바로 동의했다. '그래, 그 양반 편지는 대체로 짧고 간단명료했지. 꼭 필요하지 않은 것에 쓸데없는 말을 보태는 법이 없었어.'

결혼생활에 대한 에바의 생각을 감칠나게 조금 엿볼 수 있는 글이 있다. 1952년에 그녀가 필립에게 '언제든 제때 양말이 꿰매져야 한다거나 필요할 때 식사가 준비되어야 하는 면에서 결혼은 확실한 보장이 되진 않을 게다. 단순히 그런 면에서 편안해지자고 결혼하는 것도 현명한 판단은 아닐 테고. 그에 못지않게 중요한 다른 일도 많단다.' 그리고 1953년에는 조지 버나드 쇼의 결혼관을 인용하기도 했다.

조지 버나드 쇼의 『예술가의 사랑』을 방금 다 읽었단다. 책에 이런 구절이 나오더구나. "아니다. 심장을 죽여서 계속 죽어 있게 만드는 게 바로 결혼이다. 심장에 지나치게 양식을 많이 먹이느니 차라리 굶겨 죽여라. 좋은 양식, 가령 음악 같은 양식만 먹이는 편이 낫다." 어떤 면에서 나도 그의 말에 동의하지만 내 생각에 사람은 나이 들어 혼자

있게 될 때 과거의 사랑과 낭만을 먹고사는 것 같아. 충실한 삶을 사는 편이 좋겠구나 싶다.

이러한 예는 에바가 많은 편지에서 자기 마음속의 감정이나 의도를 완전히 표현하지 않고 난제와 걱정거리에 정면으로 부딪히지도 않는 대신 종종 다른 사람들의 말을 인용하거나 당면한 문제를 단순히 암시만 하는 등 더 간접적으로 사안을 언급하는 방식을 전형적으로 보여준다. 그녀의 아들과 마찬가지로 더 깊은 의미를 지닌 많은 부분들이 풀리지 않은 채 남아 있다.

에바는 남편과 사별하고 혼자 생활하면서 타고난 신경과민 증세가 악화되었고 평생 극도의 불안감을 느끼며 사는 기간이 이어지다가 결국 1955년에 정신병원에 단기간 입원하기에 이른다. 그곳에서 전기 충격 치료를 받았지만 심리 상태가 호전된 기미는 보이지 않았다. 그녀의 편지와 매년 크리스마스에 필립에게 받은 작은 포켓용 일기에 적은 짧은 글을 보면 그녀가 얼마나 고군분투했는지 그 아픔이 주기적으로 고통스럽게 드러난다. 남편 시드니의 죽음 이후 여생 동안 에바는 잠을 잘 못자서 신경을 안정시키려고 수면제나 다른 약물에 의존해야 했다. 그녀의 불안한 신경 상태는 뇌우에 대한 극심한 공포로 표면화되어 나타났다. 혼자 살기 시작한 초기의 편지에는 전형적인 사별의 감정, 그리고 특히 죄책감과 후회가 강조되어 고통이 절절이 드러난다. 전부 1948년 5월에 쓴 편지 세 통에서 발췌한 다음 내용은 에바의 애절한 슬픔의 강도를 생생하게 대변해준다.

회한이 가득한 상심한 마음에 희망이란 게 있다고 생각하니? 키티와 너에게 내 걱정거리로 부담을 지우면 안 된다는 건 안다만, 이게 내가 평정심을 유지할 수 있는 유일한 방법이구나. 너희 둘 다 날 위해 이미 많은 걸 해줬는데 내 마음에는 깊은 후회가 가득하다. 너희 둘이 부디 날 용서하길 바란다.

나는 그토록 원하는 내면의 평화를 아직도 찾지 못했다. …… 필립! 부디 내 걱정은 하지 말거라. 아마 시간이 좀 지나면 마음이 더 안정될 수 있겠지. 진심으로 그러길 빈다.

네가 편지에 쓴 글을 읽어보고 한참을 생각했단다. 내가 걱정하는 게 진짜 죄책감이 아니라는 말에 나도 동의해. 끔찍한 회한이지! 네가 날 도와줄 수 있으면 좋으련만…… 어제는 정말 지독하게 비참한 기분이 들더구나 – 정말이지 빨리 마음이 평온해졌으면 좋겠다 – 달리 내가 뭘 어떻게 계속 해나갈 수 있을지 도무지 모르겠구나.

유년기 추억과 기억들

에바는 현재의 슬픔과 절망을 회피하려는 방편으로 행복했던 나날을 추억하는 글을 자주 썼고, 특히 에섹스에서 보낸 유년기 기억을 종종 떠올리곤 했다. 시드니가 세상을 떠난 직후 그녀는 자신의 전기에 실릴 만한 이야기를 집중적으로 쓰기 시작했다. 몇몇 경우에 대해 쓰긴 했지만 결코 유년기 이상으로 넘어가질 못했다. 그녀가 남겨둔 기억은 시골에 대한 애정과 근심 걱정 없는 이미지로 가득하다.

대체적으로 나는 아주 행복한 유년기를 보냈단다. 한쪽 벽이 옆집과 붙어 있던 우

리 집 뒤에는 푸줏간 주인 소유의 넓은 들판과 분리된 잔디밭이 있었지. 행복했던 수많은 여름날, 오빠와 내가 거기서 놀곤 했어. 가끔은 나비채로 나비를 잡으러 쫓아다니거나 꽃을 꺾어 꽃잎으로 요지경 상자를 만들기도 했거든.

필립이 어머니에게 보낸 편지에도 유년기의 기억이 담겨 있는 것을 보더라도 자신의 유년 시절을 '기억에서 사라진 따분한 일상'이라던 주장은 대체로 거짓이었음이 분명하다. 1974년에 그가 쓴 글을 보면 '코번트리에서 보낸 시절이 정말 자주 생각나요. 차들이 세인트 패트릭 도로를 오르내리곤 했죠. 저녁에 집에 오면 어머니가 과일을 고르고 있었어요. 구더기를 담을 물 한 컵을 두고서요. 불쌍한 구더기! 아버지가 뜨거운 파이를 얼마나 질색했는지 기억나세요? 그래서 늘 아버지 몫은 잘라서 식혀 두셨죠.'

함께 살 누군가가 있다면…

1950년대, 특히 필립이 벨파스트에서 지내던 시절의 편지에서 자주 눈에 띄는 특징은 에바가 혼자 생활하는 것을 염려하는 부분과 그녀가 누구와 살 수 있는지 궁금해 하며 그게 결국 필립이길 바라고 기대하는 마음이다. 이로 인해 필립이 느낀 딜레마는 그가 다른 사람들, 특히 모니카 존스에게 보낸 편지에 잘 기록되어 있고, 이 시기에 어머니와 주고받은 편지 속에 주요 화두로 등장하곤 한다.

에바가 혼자 생활하면서 겪은 스트레스와 불안감은 그녀의 편지에 고통스러울 정도로 뚜렷이 드러나 있고 지역 신문에 동거인을 구하는 미망인이라고 광고를 싣는 지경에까지 이른다. 에바가 집을 공유할 적당한 사람을 찾느라 괜한 힘을 쏟으며 만나본 다양한 사람들에 대해 설명하는 말은 당시가 바로 전후라서 남편을 잃고 홀로된 수많은 여성의 운명이기도 한데 그 내용이 슬프면서 웃기기도 하다. 그녀의 말에 아들이 얼마나 놀랐을지 쉽게 짐작이 간다.

내가 월요일에 펠 부인과 어떤 만남을 가졌는지 궁금해 할 것 같구나. 부인이 도착했을 때 난 좀 실망했다. 나보다 나이도 한참 들어 보이고 꽤나 촌스러웠거든. 부인의 남편은 러프버러 대학 기숙사의 정원사였어. 부인은 나이가 일흔 넷이었고 별로 내가 찾고 있는 사람은 아닌 것 같아. 곧 보게 될 새로운 두 사람은 희한하게도 둘 다 이름이 '갬블'이란다! 한 명은 남잔데 내가 낸 광고와 관련해서 내가 기꺼이 그 사람과 편지를 주고받을 수 있을지 몹시 궁금해 한단다. 그 사람이 서신 왕래는 사적이지만 고상한 일임에 분명하다고 말하지 뭐니!! 나는 분명 여성을 위해 임대광고를 냈기 때문에 아직 답을 안 했어.

이 상황이 필립에게 던져준 복잡 미묘한 딜레마는 1950년 11월에 모니카 존스에게 보낸 편지에서도 여실히 드러난다.

정말로 공감 능력이 있는 사람하고 같이 사시는 편이 나나 누나와 함께 사시는 것보다 어머니에게 더 낫겠다는 생각이 듭니다. 하지만 그런 사람을 찾을 가능성은 희박하네요 유랑자나 성가신 사람이나 야비한 인간을 찾을 가능성이 더 크지요 그런 자들은 일단 들어앉으면 강제로 내쫓기도 힘들 겁니다.

정체성 찾기

특히 1950년대에 쓴 에바의 편지에서 가장 인상적인 부분은 자신의 새로운 정체성을 구축하며 그것을 잘 감당하려고 힘겹게 고군분투하는 것이다. 당시에 미망인이라는 신분은 오늘날보다 훨씬 더 제약이 심했다. 그녀가 몰두했던 관심사와 활동은 영국 잉글랜드 중부 지방에 사는 중산층 '노부인'에게는 그리 놀랍지도 않은 일이지만, 라킨 가족이 이전에 생활하던 분위기나 그녀의 남편과 아버지가 전권을 휘두르던 환경에서는 꽤나 도전적인 일이었다.

그녀가 정체성을 키워가는 데 중요한 역할을 한 또 다른 요소는 할머니가 된 것이었다. 키티의 딸 로즈메리가 1947년 4월에 태어났고 에바가 키티의 집에서 가까운 곳에 살아서 주기적으로 딸을 도와줄 상황이 되어 아기를 돌봐주었고 키티의 남편 월터가 출장을 가거나 할 때 이따금 키티의 집에서 일손을 거들었다. (에바는 불안정한 신경과민 기질 때문에 자기 집으로 이사를 간 후에도 한참 동안 키티의 집에서 밤을 보낸 경우가 많았다.) 필립은 에바의 편지만 읽고서도 로즈메리가 성장하면서 해낸 일들을 모친이 대단히 자랑스러워하는 것을 충분히 짐작할 수 있었다. '보통 내가 아침을 먹을 때도 차를 마신 후에도 깡충깡충 뛰어 들어오곤 한단다.' 에바가 러프버러로 이사한 직후 1951년에 필립에게 쓴 편지 내용이다.

'어느 날은 집에 오더니 "불쌍한 우리 할머니, 정말 외로워 보여요. '할머니, 우울해요?'" 이러더구나. 솔직히 말해서 희한하게도 약간 우울하다는 기분이 들었거든.'

딸의 가족과 매일 접촉하는 것 말고 러프버러에서 에바의 삶은 지역

교회, 그리고 교회에 포함되거나 관련된 다양한 사교 모임을 중심으로 돌아갔다. 바느질 동호회와 여성 친목 모임에 들어갔고 휘스트 드라이브[29] 모임과 교회 자선 바자회에 참석했고 이런 활동을 통해 친구들 대부분을 만났다.

일요일 예배 출석은 에바가 십대 시절 이후 처음으로 하는 정기적인 활동이 되었다. 이러한 활동의 사교적 측면은 그 자체로 중요하기도 하지만 당연히 에바에게는 일종의 영적 의미와 결합된 것이기도 했다. 물론 이 과정에서 에바가 모호하거나 불확실한 느낌, 심지어 죄책감까지 느꼈을지도 모른다. 그녀는 어릴 때 이후 가지 않았던 성찬식에도 종종 참석했고, 《처치 타임즈*Church Times*》도 구독하며 간간이 기사를 오려 필립에게 보냈다. 필립은 불가지론자였음에도 어쨌든 그가 문제 삼고 싶었던 것은 어머니의 생활적인 면이 아니었기 때문에 러프버러에 갈 때면 가끔 어머니와 함께 예배에 참석하곤 했다.

실용 심리학

에바는 종교와 함께 '실용 심리학'에도 지대한 관심을 보였다. 이 분야는 제1차 세계대전의 여파로 심리학에 대한 관심이 급증하던 시기에 활발하게 진행된 대중적인 움직임이었다. 자기 계몽을 강조하는 이 학문의 목표는 특히 인간의 심리나 정신에 적용되는 과학적 이론을 정립하여 실질적으로 평범한 시민에게 도움이 되는 것이었다. 이 학문의 지지자들은 실용 심리학이야말로 더욱 성취감이 충만한 삶으로 나아가게 해

---

29 몇 사람이 상대를 바꿔가며 하는 카드놀이.

주는 핵심이라고 주장하였다.

에바는 전국적으로 심리학 클럽이 여럿 생겨난 가운데 러프버러의 심리학 클럽에 가입해 정기적으로 강연에 참석하고 종종 강연 내용을 자세히 편지에 적어 필립에게 보내주기도 했다. 이런 행사는 친목을 다질 수 있는 모임 장소가 제공되고 개인의 행복과 책임을 장려하면서 영감을 주는 대화가 오가는 가운데 다과가 곁들여진다는 면에서 어느 정도 교회 친목회와 유사한 성격을 지닌 모임이었다. 강연은 사람들의 마음을 흔드는 제목을 달고 진행되었다. '각기 다른 사람들, 다름의 이유', '참된 자아를 찾아 자유롭게 해주는 길', '성격과 자기표현', '긍정적 관점을 갖추고 유지하는 법'…….

에바가 교회 활동에 참여하면서도 심리학에 꾸준히 관심을 보인 이유는 동참하는 사람들과 모임의 활동이 겹쳐서였다. 레스터셔카운티의 여러 심리학 모임을 뒷받침한 주역은 레스터에 사는 매우 저명한 '실용 심리학자' 에디스 폴웰 박사였다. 박사의 아들 데니스는 레스터셔 주에서 활동하는 배우였고 에바와 필립이 꼬박꼬박 듣는 라디오 연속극 〈더 아처스*The Archers*〉에서 잭 아처를 연기해 유명해졌다. 에바는 폴웰 박사의 강연에 참석하는 것은 물론 불안감을 극복하는 데 도움을 구하려고 개인 상담을 받으러 가기도 했다. 애초에 이 상담은 필립이 레스터에서 에바와 함께 살던 시절에 어머니에게 제안했던 것이었다. 필립이 에바의 우울증에 도움이 될 만한 방법을 계속 찾고 있던 중이었다.

1949년 10월, 필립은 친구 짐 서튼에게 '어머니를 심리학자에게 보내볼까 생각 중'이며 '20개월이 지났는데 어머니가 전혀 나아질 기미도 안

보이고 어머니 상태가 우리 둘을 너무 고통스럽게 하고 있어.'라고 했다. 라킨이 1955년에 모니카 존스에게 보낸 편지에서 어머니의 정신 건강을 염려한 내용을 보면 폴웰 박사는 틀림없이 '가짜 심리학자'다. '어머니가 이 사람 저 사람을 찾아다니십니다. 이웃에게 갔다가 딸에게 갔다가 가짜 심리학자를 찾아갔다가 진짜 정신과 의사에게도 가시죠. 누구한테도 그다지 위안을 못 얻으시네요. 정말 걱정입니다.'

에바는 이렇게 심리학적 깨달음을 찾아가는 과정에서 이제는 아들에게 그 길을 권하게 되었다. 1951년 3월에 쓴 아홉 장에 달하는 편지에서 에바는 환멸을 느낀 필립의 심정에 대해 곰곰이 생각했다. (그가 벨파스트에서 '점토처럼 차디찬 우울감'에 도움이 된 좋은 친구들이 없어 슬퍼하며 에바에게 편지를 썼다). 에바가 필립에게 '있잖니. 난 네가 심리학 강좌에서 도움을 받을 것 같다는 생각을 떨칠 수가 없구나. …… 사람이 우울감의 저 끝까지 도달했을 때는 심리학과 종교가 마지막 남은 버팀목이란다.'

폴웰 박사는 에바가 참석하는 영성중심기도 모임인 '침묵 사역회'도 이끌었다. 에바는 어느 날의 모임에 관한 이야기를 편지로 필립에게 전했다.

폴웰 박사가 모임을 이끄는 가운데 열 사람이 함께하는 자리였어. 적어도 내겐 그 자리가 괴로운 체험이었다고 인정해야겠다. 숨 막힐 듯 엄숙한 분위기였지. 교회에서 경험한 것 이상이었어.(성찬식 때 빼고) 다들 눈을 감고 앉아서 기도를 하는데 우리 중 누구라도 그대로 잠이 든들 놀랄 일도 아니겠더라. 사실 내가 곁눈질로 슬쩍 보니까 회원 한 명이 거의 그럴 판이더구나. 우리가 이번 달에 기도해 줘야 하는 사람이 열두 명이야.

어머니의 편지에 필립이 보인 반응은 평소처럼 다정하고 사려 깊었다.

*침묵 사역회에 '잠꾸러기'가 있다는 소리에 엄청 웃었어요. 아무래도 침묵 기도가
어려운 일일 거예요. 그러니 정리된 공동 기도문이 관례화된 거겠죠. 특히 당장 급한
개인적 문제가 아닌 어떤 것에 집중하려면 상당한 훈련이 필요하거든요.*

유감스럽게도 종교와 심리학의 결합은 에바의 전반적 행복감을 개선
하는 데는 이렇다 할 역할을 하지 못했다. 다만 에바와 우정을 나누며 도
움을 주는 사람들과 함께하는 모임이 생겼다는 면에서 최소한의 성과는
있었다. 결국 에바는 과거의 기억과 자신의 양육 과정, 남편 시드니와의
관계에 사로잡힌 느낌을 받았다.

*도무지 이해가 안 되는구나. 내가 아무리 심리학 강연을 들으러 다니고 교회 행사
에 가도 늘 비참한 느낌이고 왠지 썩 내키지 않는 기분이란다. 그래도 내 생각에 심리
학은 정교한 학문인 것 같고 난 교회 가는 것도 좋고 사교 모임도 즐기긴 한다만, 어쩐
지 내 과거의 삶이 중간에 가로막고 서서 내가 그런 것들을 온전히 즐기지 못하게 하
는구나. (네 아버지가 뭐라고 생각하겠니?!!)*

순종적인 아들

필립이 어머니의 상태에 대해서나 자신이 해야 하는 일에 대해서 모

호한 반응을 보였다는 사실은 그가 다른 사람에게 보낸 편지에서 자주 드러났다. 그가 자필로 쓴 가장 부정적인 내용은 모니카 존스에게 보낸 편지에 고스란히 담겨 있다. 필립이 속내를 토로한 상대가 모니카였다는 건 놀랄 일도 아니다. 필립의 시간과 관심이 할애되는 대상이라는 측면에서 에바가 모니카에게 경쟁의식을 느낄 정도였다는 점을 감안하면 그렇다. 1954년에 모니카는 스무 쪽에 달하는 편지를 필립에게 썼다. 제발 에바와 살지 말라고 애원하는 편지였다. '빼앗기지 말아요! 당신 영혼을 강탈당하지 말아요!'하고 그녀가 간청했다. 필립의 반응은 어머니의 잘못을 인정하면서도 연민 어린 마음으로 어머니를 변호하는 쪽이었다. 하지만 한편으로는 어머니가 자신에게 미치는 영향력은 인정했다. '당신은 내가 아직 어머니를 떨쳐 버리지 못하고 내 또래의 여성에게 감정적으로 큰 관심을 두지 않는다고 말하는 것 같군요. 아마도 그럴 겁니다. 맞는 말로 들리네요. 하지만 그게 의지력으로 될 일은 아니에요.'

어머니와 아들 간의 편지 왕래에서 드러나는 것은 비록 필립이 무슨 일이 있어도 어머니와 사는 것만은 피하려고 굳은 결심을 했건만 불가항력적으로 에바를 향하게 되는 그의 태도가 근본적으로 의무감과 배려와 사랑에 근거를 두었다는 점이다. 에바의 편지에는 필립의 행동이 여러 가지 측면에서 에바에게 힘이 되었음을 보여주는 부분이 곳곳에서 드러난다. 필립은 에바의 집에 가서 잔손이 가는 이런저런 일을 처리해 주었을 뿐 아니라 멀리서 에바의 재정 문제를 관리하는 일을 돕기도 했다. 크리스마스에 필립이 다녀간 후 1952년 12월에 에바가 쓴 편지를 보면 그가 보여준 마음 씀씀이가 잘 드러나 있고 에바가 그에게 감사하는 마음과 화목한 가정을 바라는 마음도 엿보인다.

네가 여기 있을 때 해준 모든 일에 제대로 고맙다고 얘기하지 못한 느낌이야. 하루치 석탄을 가지러 석탄 창고에 들어가 보니 들고 가서 쓰기 편하게 석탄 조각이 딱 준비되어 있어서 어찌나 마음이 좋았든지. 게다가 이미 잘 쪼개서 작은 상자 가득 담아둔 장작도 아주 요긴하구나. 오늘 아침 주방의 불이 시원찮았을 때 그게 도움이 되었단다.

이런 것 말고도 좋은 게 수도 없지. 네가 가져 온 '차'와 네가 사준 예쁜 비스킷과 버터도 좋고, 네 덕에 생겨난 사뭇 다른 분위기와 너와 함께 나눈 대화와 네가 라디오에서 찾아준 재미난 프로그램은 말할 것도 없고, 외로운 노인네한테 전부 아주 흡족할 뿐이지. 모든 게 아주 고맙다.

두 사람의 관계에 존재하는 일종의 긴장감은 두 사람이 직접 만났을 때 더욱 분명해졌다. 필립은 에바가 미망인으로 혼자 지내던 시절 내내 꾸준히 정기적으로 '집'에 들렀다. 보통 두 사람은 주말을 함께 보냈다. 필립이 금요일 저녁 집에 도착하는 것으로 시작해 일요일 오후에 러프버러에서, 혹은 모니카에게 들르는 경우에는 레스터에서 기차를 타는 것으로 마무리되는 일정이었다. 주말만으로는 에바에게 턱없이 부족한 시간이었지만 에바는 그날을 손꼽아 기다렸고 그들이 쭉 참고 지내다가 가족 간의 충분한 친목을 나누는 기회를 놓치지 않았다. 둘은 가끔 근처 운하를 따라 산책을 하거나 영화를 보러 가곤 했다. 때로는 집에서 멀리 떨어진 곳으로 여행을 가기도 했다. 시드니의 친척이 살았고 그가 묻히

기도 한 리치필드도 자주 찾아갔다. 이 여행길은 1950년대에 여간 번거로운 여정이 아니었다. 왕복 도합 여덟 번이나 다른 버스를 갈아타야 했으니까.

필립의 주말 방문이 에바에게 큰 위로가 되었지만 두 사람이 상대방에 대한 걱정에서 완전히 자유로워지진 못했다. 어머니와 아들 모두 이 점을 예민하게 인지하고 있었고 그것 때문에 서로 미안해했다. '제가 같이 지내는 동안 더 마음 써드리지 못해 죄송해요.' 필립이 1966년 2월에 쓴 글이다. '제가 그렇게 인정머리 없는 놈은 아닌데 그냥 짜증이 나네요. 어머니는 집에 같이 살면서 일을 거의 다 해주고 이것저것 정리하고 절대 떠나지 않을 누군가를 간절히 원하시는 것 같아요. 하지만 그건 가능한 일이 아니에요. 안 그래요?' 같은 날 쓴 두 번째 글에서 그는 다시 그 주제로 돌아갔다. '이제 학교로 가려고 나설 참이에요. 어머니에게 짜증내는 내 모습을 보자니 제가 참 인품이 천한 놈이라는 생각이 들어요. 세상에나, 좋은 마음으로 하는 말인데 이 문제만 나오면 감정이 앞서네요.' 언제나 그랬듯 에바의 답은 필립을 달래고 용서하는 말이었다. '네가 인품이 천한 놈이니 어쩌니 하는 생각을 했다니 너무 마음이 아프구나. 제발, 제발 두 번 다시 너에 대해 그런 비참한 생각은 하지 말거라. 네가 좋은 마음으로 하는 말이고 언제나 내게는 더없이 좋은 아들이었다는 걸 내가 잘 안다. 난 네가 들르는 날이 너무나 기다려지고 네가 여기서 지내는 게 참 좋구나.'

이런 어려움에도 불구하고 필립 라킨이 그의 인생에서 다른 누구보다도 어머니를 깊이 사랑했음은 전혀 의심할 여지가 없다. 그에게 어머니가 필요했다는 점은 더더구나 확실해 보인다. 사실상 그들은 서로에게 서로가 '필요'한 존재였다. 특히 그들이 주고받은 편지를 보면 두 사람의 관계가 본질적으로 공생 관계이며 그 관계가 미치는 범위 내에서 서로의 영향력이 워낙 커서 많은 부분에서 두 사람 모두의 삶에 잠재된 일상의 원동력으로 작용했음을 충분히 짐작할 수 있다. 특히 두 사람이 떨어져서 생활한 27년간 이러한 특징이 잘 나타난다. 어떤 측면에서 필립의 인생에서 그의 결혼 승낙을 구한 두 여인 중 어느 쪽에게도 온전히 헌신하지 못하게 방해한 '또 다른 여인'으로 에바를 설명하고 싶은 마음도 생긴다. 결국 두 여인은 필립이 자신의 어머니 말고는 누구에게도 바칠 수 없는 헌신을 요구하는 침입자로 보이거나 관심을 구하는 경쟁상대로 비쳐졌을 것이다.

그리고 마지막……

1970년대에 접어들면서 에바가 혼자 사는 것을 감당할 능력이 현저히 줄어들어 필립과 키티에게 큰 걱정거리가 생겼다. 그들은 어머니에게 방문간호사가 필요하겠다는 생각을 했지만 실제로 뭔가 손쓰기도 전에 상황이 극적으로 돌아갔다. 1972년 1월, 에바가 쓰러져서 다리뼈에 금이 가는 사고가 일어났다. 에바는 병원에 잠깐 머물다가 레스터 바로 외곽에 위치한 시스턴의 베리스테드 요양원에 들어갔다. 그녀는 그곳에서 1977년 11월 세상을 떠날 때까지 머물게 된다. 안타깝게도 에바는 편지를 쓸 기력마저 급격히 떨어지기 시작하였다. 남아 있는 편지들은 소통하기 위해 안간힘을 써야 했던 고통스러운 과정을 잘 보여준다.

요양원 운영자는 사람들이 침대에서 창문 밖을 내다볼 수 있을 만큼 침실의 화장대를 낮게 해둘 정도로 거주자가 필요한 부분을 세심하게 신경 썼다. 그는 건물의 측면과 후면도 쾌적한 뜰이 유지되도록 노력했다. 하지만 모든 것이 흠 잡을 데 없이 운영되진 않았다. '그곳의 모든 면면이 건물만큼 쾌적한 수준이라면 좋을 텐데.' 1972년 4월에 필립이 키티에게 쓴 내용이다. 그는 어머니의 상태가 악화되는 것을 걱정했고 자신이 우려하는 부분을 운영자에게 편지로 전하기도 했다. '어머니가 이제는 글을 쓰실 수 없을 것 같습니다. 이따금 또렷이 말하기도 힘들어 하시고 이해력도 차츰 둔해지십니다. 좀 다른 사안이고 아주 사소한 문제인데 말씀드려도 될지 모르겠네요. 20호 라킨 부인 방에 램프 갓을 설치해 주실 수 있을까요? 그게 없으니 어떤 면에서는 기분 좋은 방인데 모양새를 망치는군요. 그리고 이제 흐린 날도 많은데 갓도 없는 전구는 너무 괴로울 게 분명합니다.'

필립은 어머니가 세상을 떠나기 직전까지 꼬박꼬박 어머니를 만나러 갔다. 보통 격주로 헐에서 먼 거리를 다니러 와서는 토요일이나 일요일 오후 내내 어머니와 시간을 보냈다. 중간에는 거의 매일 짧게 한 장짜리 편지를 써서 어머니에게 안부를 전했다. 해가 가면서 어머니의 인지 수준이 현격히 떨어지자 그는 편지 대신 동물과 왕실 사람들이 있는 알록달록한 사진엽서를 계속 보냈다. 간호사들이 에바를 위해 엽서를 스크랩북에 넣어주었다. 하지만 더 이상 대화를 나누기는 불가능해졌다. 에바 라킨은 평생 처음으로 답을 할 수조차 없었다.

그래도 에바는 필립이 주말에 자주 찾아오고 거의 매일 편지와 엽서를 보내준 덕에 기운을 얻어 요양원에서 5년 동안 그럭저럭 잘 지냈다. 1977년 4월, 필립이 러프버러에서 조카 로즈메리의 결혼식에 참석했고 피로연 후에 어머니를 만나러 갔다. 그는 그날의 방문을 키티에게 편지로 다음과 같이 설명하였다.

베리스테드에 꽃하고 커다란 석재 꽃병을 가져갔어. 여자분들이 아주 친절하시더라. 어머니는 방에 꽃 다섯 송이를 꽂아두셨는데 아주 기뻐하셨어. 꽃을 그다지 눈여겨보시진 않았지만. 어머니는 몸 상태가 괜찮으셨고 샌드위치와 케이크를 드셨어. 어머니가 나를 알아보고 미소도 지으시며 뭐라 말도 하시려고 했던 것 같은데, 이전처럼 뭔가 어긋났고 그래서 소통에 문제가 생겨서 걱정이야.

에바는 1977년 11월 17일 91세로 세상을 떠났다. 그녀의 묘비는 리치필드의 성미카엘 교회 부속 묘지에 있는 시드니의 묘비 바로 아래에 있는데 버려진 매장지의 웃자란 잎 사이에 묻혀 찾기가 거의 힘들 정도다. 어머니의 죽음으로 필립은 상실감에 빠졌다. 후에 그가 세상을 떠나기 전까지 남은 8년 동안 메모조차도 거의 적지 않았다는 사실이 눈길을 끈다. 어머니의 영향력이 마침내 사라진 것이다.

• 필립 폴렌(Philip Pullen)

영국 코번트리에서 나고 자랐다. 필립 라킨이 젊은 시절 자주 다니던 곳 대부분을 잘 안다. 스완지 대학교와 레스터 대학교에서 공부했고 교육사회학 박사 학위를 취득하여 오랫동안 고등 교육 기관에서 가르치는 일을 했고 'Her Majesty's Inspectors'(HMI)의 일원으로 10년간 근무했다. 필립라킨학회의 위원이며, 최근에는 헐에 위치한 역사문화센터에 있는 라킨의 방대한 기록을 참고하여 에바 라킨의 전기 연구를 진행하고 있다.

08

로버트 로웰,
샬롯의 거미줄에 걸리다

제프리 메이어스

로버트 로웰(Robert Lowell 1917-1977)

미국의 시인이다. 엘리트적인 배경 밖에서 자신의 정체성을 찾으며 실험주의 작가들의 영향에 힘입어 많은 시를 남겼다. 시집 『위어리 경의 성Lord Weary's Castle』으로 퓰리처상을, 『삶의 연구Life Studies』로 전미도서상을 수상했다. 그밖에도 『카바노프 가의 방앗간The Mills of the Kavanaughs』, 『죽은 연방군에게For the Union Dead』, 『노트북Notebook』 등의 작품이 있다.

로버트 로웰의 모계 쪽에서 가장 어마어마한 사람은 그의 외조부 아서 윈슬로였다. 노스캐롤라이나 주 윈스턴세일럼 출신의 키가 180센티미터가 넘는 자수성가한 백만장자이자 등산가인 이 사내는 슈투트가르트 대학과 매사추세츠 공과대학에서 교육 받았다. 금은 광산 기술자이자 지질학자였던 그는 콜로라도 주 텔류라이드에 리버티 벨 금광 회사를 설립했고 독일식 작업방식을 동원해 값비싼 광물을 땅 속에서 캐냈다. 로웰의 아버지 밥이 태평양으로 해상근무를 떠났을 때, 그의 외조부였던 세력가 아서 윈슬로가 사위이자 로웰의 아버지인 밥이 가족 내에서 맡은 역할을 모두 빼앗아 가버렸다. 아서는 자기 친아들이 죽은 후 어린 밥 로웰의 대리부가 되었고 밥은 윈슬로의 자식처럼 되었다. 아서 밑에서 일하던 농부와 운전사, 그리고 그의 아내조차 밥의 아버지를 언급할 때는 로웰의 외할아버지를 의미했다. 로웰은 「조부모*Grandparents*」라는 시에서 그의 어머니가 주지 않은 애정을 갈구하며 결혼 예식에 빗대어 이렇게 애원하였다. "할아버지! 저를 받아주세요. 저를 안아주세요. 저를 아껴주세요!"

로웰의 부모는 보스턴의 대단한 두 가문이 만난 부부였지만 누가 봐도 서로 맞지 않는 사이였다. 그의 어머니 샬롯은 자기 모친의 고향인 노스캐롤라이나 롤리에서 태어났다. 한때 고등학교 무도회의 퀸이었던 그녀는 가느다란 허리와 짙은 눈동자, 장밋빛 뺨, 다부진 턱, 백조 같은 목, 피라미드형으로 잘 다듬어진 머리를 자랑하는 외모로 조슈아 레이놀즈가 그린 18세기의 아름다운 귀족 같았다. 하지만 표정에 생기가 없고 목소리는 어울리지 않게 독특하였다. 로웰은 "어머니의 턱은 물소의 턱 같았다. / 지능은 박약하지만 의지는 강철 같았다."고 적었다. 그녀는 책이라곤 읽은 적이 없었고, 그는 어머니가 너무 멍청하다고 생각했다. 버릇 없이 자란 딸(헨리 제임스의 소설 『황금주발*The Golden Bowl*』의 매기 베르베르 같은 딸)에게 그녀 아버지의 어마어마한 재산은 모든 것을 최고로 누리게 해

주는 원천이었다. 소규모 부대 수준의 하인들, 예술 작품으로 가득한 대저택, 널찍한 '여름용 별장', 고급 자동차, 최신 유행의 옷, 여유로운 유럽 여행……. 로웰은 자기도취적이면서 자신감이 부족한 어머니가 친숙하고 안락한 주변 환경에 둘러싸여 사람들이 좋아해 주고 우러러봐 주는 기분을 느끼며 살 필요가 있었을 것이라고 썼다. 그녀의 오만함과 냉담함은 깊은 불안감에서 기인하였다고 볼 수 있다.

자기 분석을 잘하는 샬롯은 출간되지 않은 그녀의 자서전에서 자신의 어릴 적 성격을 혹평했다. 누가 봐도 평범한 밥 로웰을 받아들이는 과정에서 발동한 묘하게 얽혀 있는 복합적인 동기와 결혼생활의 긴장관계, 남편을 향해 커져가는 적대감도 날카롭게 분석하였다.

"어릴 적에 B양은 자의식이 강하고 내성적이고 공격적이었고 그리 정직하지 않았다. …… B양은 할 때가 되었다는 생각이 들어서 결혼을 했다. 상대 남자를 전혀 사랑하지 않았다. 그를 존경하지도 않았다. 하지만 당시에는 그 남자가 최선인 듯했다. …… 그녀가 느끼기에 그는 상냥하지도 재미있지도 존경스럽지도 않아서 결혼 후에 이 낯선 사내와 계속 함께 살아야 한다는 자체가 지독한 신경과민의 원인이 되었다. 그녀는 점점 잔소리가 심해졌고 이해심도 줄어들었다. …… 그녀의 남편은 그 상황을 도무지 이해할 수 없었다. 책임감은 없더라도 늘 친절했던 그는 아내가 반쯤 미친 거라고 생각했다."

밥의 친척은 신랄한 비난을 퍼부으며 그가 정말로 실속 없는 놈이라고 평했다. "밥에게는 못된 구석도 없고, 그렇다고 기발한 구석도, 웃기는 구석도 없어! 그래서 나는 그놈이 하는 말을 한마디도 못 들어주겠어. 그놈이 내 자식이라면 나는 그놈의 전두엽을 절제 수술해 버리고 뇌에다 피망을 채워 넣고 말 거야." 로웰은 어머니 샬롯이 나약한 남편, 밥으로는 대체할 수 없는 자신의 강력한 아버지에 대한 강한 애착과 결혼 생활에 감정적으로 공허함을 느낀 부분을 강조하면서 「열병을 앓으며 *During Fever*」라는 시를 썼다.

꼴사나운 애정 표현도 말다툼도 없이
체면이나 차리던 옛날이 끔찍하니
자유를 찾지 못한 여인이
여전히 프로이트 같은 아버지와 하녀를 두었던 시절이!

샬롯은 집안에서 매우 엄격하게 굴던 사람이었다. 하녀들이 먼지 하나라도 놓치는 법이 없도록 흰 장갑을 끼고 군대에서 점호하는 것처럼 가구를 점검하곤 했다.

물론 겉으로 훌륭해 보이는 보스턴 상류층 명문가의 이면에는 격렬한 다툼이 끊이질 않았고 집안사람 대부분이 밥의 경력에 촉각을 곤두세웠다. 로웰의 기억에 "어머니는 해군이라면 질색했다. 해군 단체도, 해군 급료도, 아버지가 한 해 걸러 한 번씩 새 기지나 함선으로 옮길 즈음 집을 들었다 놨다 하며 기계 해머질을 해대는 소리에도 진저리를 쳤다."

해군 공동체 내에서 그녀의 위치는 비교적 낮은 계급에 속해 있던 남편을 따라갈 수밖에 없었다. 밥의 군 동료들은 샬롯이 고위층 집안의 딸인 걸 알아보질 못했고, 그의 상관들은 샬롯이 꼬치꼬치 흠을 잡는 태도와 시비조의 행동을 꽤나 못마땅해 했다. 그녀는 자기주장을 쭉 정리해서 "귀부인처럼 말하기 시작한 다음, 뻣뻣하게 비틀거리며 뒤로 물러서곤 했다." 마치 자신의 위협적인 대규모 공세에 자기가 무너질까봐 두려운 듯 했다. 그녀는 활기 넘치는 밥의 친구 빌리 하크니스를 유독 싫어했다. 사사건건 그녀의 계획에 어깃장을 놓고 해군을 찬미해서였다.

밥은 샬롯을 기쁘게 해주려고 워싱턴에서 연줄을 동원했다가 보스턴에서도 계속 이어갈 수 있었던 경력(함선 건조, 공급, 수리, 유지 및 보수)에 흠집을 냈다. 게다가 벌금도 내야 했다. 그가 해군 전통을 어기고 '비콘 힐의 91번지' 리비어 가에 집을 구입하자 격노한 사령관 드 스탈 제독이 밥에게 매일 밤 찰스타운 해군 공창의 관사에서 지내라고 지시했다. 이 문제는 밥의 군 경력이 끝날 때까지 그를 괴롭혔다. 1925년에는 다른 제독이 밥에게 이렇게 말한 적도 있었다. "사령관은 기관 장교가 자신이 배정받은 구역의 공창에 거주해야 하며 관리 소홀로 시내에 산다면 임무를 제대로 수행할 수 없다고 믿는다."

샬롯은 남편에게 굴복하긴 했지만 리비어 가에 남는 것으로 작은 승리를 거두었다.(당연히 밥이 희생한 면이 있다.) 샬롯은 그가 집에 와서 식사를 하고 디너 재킷(부부는 저녁에 항상 옷을 차려 입었다)을 벗고 옷을 갈아입은 후에 그가 좋아하는 자동차 대신 한사코 야간 전차를 타고 공창으로 가라고 고집을 부려 밥이 두 손 두 발을 들게 만들었다. 에드워드 기번[30]

---

30   Edward Gibbon(1737-1794) 18세기의 유명한 역사서 저술가. 「로마제국 쇠망사The Decline and Fall of the Roman Empire」를 썼다.

의 아버지가 아들에게 스위스 여자와 약혼을 깨라고 강요했을 때 기번이 "나는 연인으로서 한숨지었다. 그리고 아들로서 뜻에 따랐다."는 말을 인용하면서 로웰은 "아버지는 한숨지으며 뜻에 따랐다."고 썼다. 기지 침상에 몸을 맡길 수밖에 없었던 밥은 아들을 장인어른과 아내에게 넘겨주었고 샬롯의 압도적인 존재감이 남편 밥의 공백을 메워 나갔다. 로웰은 '자전적 단편'에서 밥이 그에게 부성애를 보여 주지 않았고 자신을 윈슬로 가에 넘기면서 자신과 의절했다고 썼다. "언제나 아버지는 내가 마치 집에 방문한 어머니 쪽 친척인 것처럼 취급했다. 아버지는 나의 세례명과 애칭은 기억할 수 있었지만 웬일인지 내 성은 아버지의 기억에서 사라졌다. 아버지는 내게 무례한 말을 하거나 뭔가를 부탁하거나 아버지다운 말을 하느니 차라리 손톱을 하나하나 뽑히는 게 낫다고 했을 사람이다."

밥은 결혼생활의 행복을 빼앗긴 사람이기도 했다. 이를 두고 빌리 하크니스가 "꼬마 바비가 왜 외동인지 딱 알겠구만!"하고 능글맞은 소리도 했다. 샬롯은 어린 아들에게 부담을 안겨 주면서 아들을 자신의 감정적 소용돌이로 끌어들이고는 이렇게 외쳤다. "오 바비, 집에 남자가 있으니 정말 편안하구나." 로웰은 어머니의 대리 남편 역할을 거부하며 "난 남자가 아니에요. …… 난 아이라고요."라고 답했다. 샬롯이 처음에는 밥의 경력에 어뢰 공격을 가하더니 나중에는 아주 끝장내버릴 듯 그를 마른 부두에 서 있는 난파선으로 몰아갔다. 그의 제대로 된 마지막 직업은 찰스타운 해군 공창과 매사추세츠 공과대학 간의 연락원이었다. 1927년에 샬롯은 그에게 해군을 떠나도록 설득함으로써 치명타를 날렸다. 밥이 공개적으로 무너지는 과정을 지켜보면서 빌리가 비통한 심정을 이렇게 밝혔다. "밥 로웰, 우리 똑똑한 친구, 우리 동기 꼬맹이가 이제 '래틀-애스 랫츠' 리처드슨이나 마찬가지네." 해군을 떠나 서커스단의 언론 홍보 담당자가 된 사람에 빗대어 한 말이다.

군대의 규율을 지키며 맡은 바 의무를 다하고 안보와 위신을 중요하게 여기는 해군 생활을 떠나게 된 밥은 함선에서 뛰어내린 탈영병 같은 기분이 들었을 것이다. 그는 장래의 일을 걱정했고 비누 판매원으로서 유망한 직종에 종사하다가 이내 해고되었다. 그렇게 능력을 다 빼앗긴 밥은 자기 인생의 빈 시간을 채우기 위해 오랜 기간 필사적인 노력을 기울였다. 그는 모든 것을 깡그리 빼앗긴 신세가 되고 말았다. 제독이 그의 집을 빼앗았고, 샬롯의 애인이 그의 아내를 빼앗았고, 아내는 그의 경력을, 장인은 그의 아들을 빼앗았다.

로웰이 쓴 바에 따르면, 아버지 밥은 샬롯 때문에 수족을 다 잘린 신세로 전락해 아버지의 자격은 말할 것도 없고 성생활, 직업, 심지어 정체성마저 빼앗긴 후에 아무것에도 관심이 없는 데다 아내마저 빼앗긴 남편이 되어 "이름을 망각한 사람, 이 경우에는 자신의 이름을 잊어버린 사람처럼 자기 자신조차 경계하고 불신했다. …… 자신을 의연히 무존재한 존재로 만들려는 노력에서 비롯된 스트레스가 극심했다." 윈슬로 집안의 누구도 밥을 좋아하지 않았고 샬롯은 어린 바비에게 자기 아버지를 경멸하도록 가르쳐서 바비마저 서서히 망가뜨렸다.

부모를 향한 로웰의 분노는 그의 시에 연료로 작용했다. 「카바노프 가의 방앗간」의 여주인공은 부분적으로 샬롯의 모습을 담고 있으며 비꼬는 말투로 파멸을 초래한 남편의 결정을 비난하였다. "내 남편은 바보였네 / 해군에서 달아나다니 / 불명예가 여전히 열정더러 그를 정면으로 쳐다보았으면 싶었을 때 말이지." 『인생 연구』는 로웰의 가족에 관한 시에서 그의 정신 질환에 관한 시로 옮겨가는데 이러한 두 주제 간에 분명한 인과성이 있음을 단적으로 보여준다. 그가 쓴 애도의 시 제목인 「로웰 사령관Commander Lowell」은 역설적인 면을 담고 있다. 사실상 샬롯이 사령관이었고 밥은 자기 자신조차 제대로 지휘할 수 없었다. 아버지의 나약하고 쇠락한 모습을 비하하듯 그려낸 초상은 전도유망했던 밥의 과거와 절망적인 그의 미래를 대조해서 보여준다. 밥은 레버 브라더스 사에서 그에게 해군 월급의 두 배를 제안했을 때 욕조에서 '닻을 올려라 Anchors aweigh'[31]를 불렀다.

> 나는 금몰이 달린 그의 예복용 패검을 두고 잔소리를 늘어놓다가 움찔했네.
>
> 모든 치아에 치관을 새로 장착한 어머니가
>
> 나이 마흔에 새로 태어났던 까닭이라.
>
> 아버지는 뱃사람처럼 민첩하게
>
> 해군을 떠났고
>
> 어머니는 아버지의 재산을 양도했지.

샬롯은 밥이 군함 대신 욕조를 택하면서 권위를 포기하자 다시 기고만장해졌다. 밥을 협박하고 그것도 모자라 바비와 함께 떠나겠다고 으

---

31 미국 해군 군가

름장을 놓던 그녀는 논쟁이 오가던 리비어 가의 저택을 자기 손아귀에 넣었다.

피츠제럴드를 비롯해 헤밍웨이, 베리먼, 자렐 등 미국의 여러 현대 작가들은 드세고 위압적인 어머니를 두었다. 아버지는 나약한 사람이고 아예 부재한 경우도 많았다. 로웰이 바로 이런 사례에 딱 들어맞는다. 바비의 친구들 사이에서 샬롯은, 바비가 평생 동안 매료된 네로나 스탈린 같은 잔인한 폭군의 원형인 '괴물 같은 어머니'라는 평가가 지배적이었다. 바비는 샬롯의 거미줄에 걸린 신세였고 간혹 그와 어머니의 관계는 다소 잔인한 면에서 꽤나 웃길 때가 있었다. 밥이 관타나모에 배치되어 샬롯이 밥의 어머니와 스태튼 섬에서 지내는 동안 그녀는 임신한 사실에 한탄하며 바비가 태어나기 직전까지 아들의 존재를 거부했었다.

로웰이 세상을 떠나기 한 달 전에 출간한 마지막 책 『날이 갈수록Day by Day』(1977)을 보면, 원치 않는 결혼에 발목 잡힌 한 어머니가 뜻하지 않게 낳은 아들이 그를 평생 괴롭힌 지긋지긋한 상처를 드러내는 부분이 나온다. 로웰은 혈기 넘치는 시 「원치 않는Unwanted」에서 자신의 심리적 고통을 탐색했다. 이 시에서 만삭의 샬롯은 "내가 죽었으면 좋겠어, 죽었으면 좋겠어."하고 한탄하고 아들 로웰 역시 죽기를 바랐다. 로웰은 어머니라는 사람이 자기 자식에게 태어나길 바라지 않는다고 말하고 원치 않는 존재라는 극한의 공포감을 안겨 주는 것은 도저히 용서할 수 없는 일이라고 생각했다. 로웰의 사촌이 기억하기로는 로웰의 아버지도 자식을 별로 원치 않았다. 샬롯이 갓난아기를 밥에게 데려갔을 때, 밥은 "애가 세 살이 되면 데려와요."라고 말했다. 로웰은 "의학적 관점에서는 누구든 원치 않는 존재다. 성욕만이 우리의 유일한 아버지다."라는 별난 주장으로 아픔을 달래려고 했다. 원치 않는 존재라는 화두는 로웰에게 깊이 뿌리박힌 죄책감과 고통의 근원이었다. 그는 샬롯이 '사랑'이라는 이름으로 그를 삼켜 버렸지만 그녀에게는 진정으로 애정 가득한 본성은 어디에서도 찾아볼 수 없었다고 말했다. 샬롯은 옷에 주름지는 게 싫어서 로웰을 절대 무릎에 앉지 못하게 했다. 그래서 그는 결코 갖지 못했던 것을 늘 원했다. "나를 들어올려 품에 안아주는 어머니."

성격상 샬롯은 차분할 때마저도 줄곧 히스테리 상태였다. 로웰이 "어머니는 감정적 붕괴에서 멀어져 있던 사람이 아니었고……." 남편과 아들에게 무자비했다고 썼다. 그런데 바비의 어릴 적 기억에는 샬롯이 사회적 예의범절을 준수하면서 번득이는 재치를 보여주는 능력을 드러내는 독특한 일화가 자리 잡고 있었다. 어느 날 로웰이 집에 온 손님이 걸고 있던 목걸이에 달린 기껏해야 어금니 크기 만한 금이 간 상아 코끼리에 마음을 빼앗겨 그것을 달라고 졸랐다. 소원이 이루어지자마자 그는 냉큼 코끼리 상아를 삼켜버렸다. 어머니는 로웰의 취향이 라블레[32] 같다고 과장하며 "엄청나게 온화한 태도로 '바비가 코끼리를 삼켰네'라는 말을 되풀이했다." 그 코끼리가 로웰의 몸속을 통과해 밖으로 배출된 것을 분명히 확인한 후 샬롯은 역겨운 절차를 거치며 "단 한번의 순도 높은 억지웃음이 섞인 호흡으로 요강과 나의 장운동과 놀라운 코끼리를 단번에 언급해냈다."

바비는 부모의 열정에 흠뻑 젖은 느낌이었다. 아버지의 굴욕을 부끄

---

32 François Rabelais(1494–1553), 프랑스의 인문학자, 설화작가, 의학자이다.

러워하면서도 그의 나약함을 비웃던 그는 '어머니의 억압'에 저항하겠다고 결심했고 꼬마아이로서 어머니에 대한 반감이 처음 요동치는 것을 느꼈다. 로웰의 평생지기 블레어 클라크는 샬롯의 쉴 새 없는 잔소리를 기억하고 있었다.

"그는 너무 서툴고 너무 엉성하고 너무 버릇이 없었다. 그의 어머니는 '블레어가 얼마나 예의 바른지 봐라!' 같은 소리를 로웰에게 하곤 했다. 나는 그런 역할을 맡았다. 그게 그에게 도움이 되었기 때문이다. 나는 정말로 그 여자가 칼[33]에게 영향력을 행사하는 데 심리적으로 병적인 집착을 보였다고 생각한다. 집착하는 어머니, 그 집착에 동조하는 나약한 아버지를 둔 외동아들이 할 수 있는 게 뭐가 있겠는가! 바비에게는 두 가지 가능성이 열려 있었다. 반항하거나 도망치거나 …… 그런데 그는 둘 다 했다."

로웰은 아버지로부터 네 개의 왕조 이름[34]을 물려받았고 어른 '밥'과 구분하기 위해 아이 같은 이름 '바비'로 불렸다. 하지만 그는 예비학교에서 자기 이름을 '칼(Cal)'로 바꿨고 이러한 이름의 부정적인 연관성을 한껏 즐겼다. 'cal'은 'calculating(계산적인)', 'callow(미숙한)', 'callous(냉담한)' 같은 뉘앙스도 풍겼다. 칼리굴라(Caligula)는 사치와 성 도착, 잔악함으로 유명한 로마의 황제이자 미친 폭군이었다. 마녀의 아들 캘리밴(Caliban)은 셰익스피어의 『폭풍우_The Tempest_』에 나오는 잔인하고 사악한 괴수였다. '칼'은 광신적인 종교 개혁가 장 칼뱅(John Calvin)을 암시하기

---

33 로웰이 바꾼 자신의 이름이다.

34 그의 정식 이름은 Robert Traill Spence Lowell IV이다.

도 했고, 얄궂게도 1920년대에 칼이 어린아이였을 때 미국 대통령이었던 답답하고 재미없는 캘빈 쿨리지(Calvin Coolidge)도 연상시켰다. 그가 1936년 8월에 부모님에게 보낸 첫 편지를 보면 "어머니"(격식체)와 "아빠"(친근한 호칭)라는 용어를 쓰고 "칼"이라고 서명했다.

청년시절 그는 하버드 대학을 떠나려는 계획과 시인이 되려는 포부(샬롯은 이게 쓸데없는 꿈이라고 생각했다)를 두고 부모와 언쟁을 벌였다. 일자리를 찾지 않는 것과 대학교 1학년 때 앤 딕과 약혼한 것도 다툼의 원인이었다. 누가 봐도 그는 결혼하기에 너무 어렸고 미숙했고 불안정했으니 제정신인 부모라면 누구든 극구 반대했을 것이다. 샬롯은 바비가 제 힘으로 먹고살 수 없다는 걸 알아서 아들이 자신의 말을 거역하면 경제적 지원을 끊겠다고 협박했다.

로웰은 부모가 자기 인생에 간섭하는 것에 분노했고 그들의 "가짜 백베이[35]식 도덕성과 진짜 궤변"을 가차 없이 비난했다. 그들은 항상 로웰을 자신들이 생각하는 이미지의 틀에 맞추려고 애를 썼고 그의 친구들에게 미심쩍은 내용으로 편지를 쓰는 것도 모자라 그의 편지를 몰래 샬롯의 정신과 의사인 메릴 무어 박사에게 보내기까지 했다. 로웰이 자기 아버지를 한 대 쳐서 쓰러뜨린 것은 샬롯의 언어폭력에 맞먹는 신체 공격인 셈이었는데, 이때 샬롯은 차라리 무어 박사가 자기 아들을 정신병원에 보내 버리길 원했다.

4년 후에도 이런 다툼이 계속되던 중에 로웰은 샬롯에게 더 이상 자기 일에 간섭하지 말라고 또다시 경고를 했다. "어머니는 도대체 내가 어느

---

35 Back Bay 보스턴의 주택가

방향으로 가는지 모르겠다거나 내 방식이 어머니 방식과 다르다고 얘기하는데, 나는 그런 말을 들어도 아무렇지 않아요. …… 사람이 지성과 귀족적인 정신과 가문의 전통을 진지하게 받아들인다는 이유로 배척될 일은 거의 없잖아요." 그는 이렇게 말함으로써 도덕적으로 한 수 높은 위치를 차지했다. 샬롯은 로웰이 고분고분하고 순종적인 아들이 되길 원했지만 그는 도전적이고 반항적이었다. 바비의 부모는 탁월한 재능이 있는 아들을 두게 되리라는 기대 같은 건 전혀 하지 않았고 아들을 어떻게 해야 할지 갈피를 못 잡을 뿐이었다.

　로웰의 세 번째 부인 캐롤라인 블랙우드는 샬롯이 자기 아들의 뛰어난 자질을 알아본 적도 없고 그가 내놓는 결과물은 뭐가 됐든 싫어한다고 생각했다. 샬롯의 관점에서 성공한 아들이란, 하버드 대학의 학위를 따서 법조인의 경력을 갖고 잘나가는 클럽의 회원으로 활동하며 테니스도 잘 치고 상류 사교계 아가씨와 우아하게 춤을 추는 사람이었다. 로웰은 어머니가 그리는 이상적인 이미지와는 반대로 행동하기 위해 어머니가 원하는 것은 뭐든지 거부했고 심술 난 곰처럼 걸어다녔다. (가끔은 말할 때도 곰처럼 굴었다.)

　밥과 샬롯의 결혼생활 후반에 밥은 자기 아내에게 억압받는 삶을 수치스러워했고 샬롯은 불안하게 다가오는 공허한 삶을 두려워했다. 그녀는 활력이 넘치는 자기 부친 아서 윈슬로보다 밥이 남자답지 못하고 스스로 노예처럼 굴고 있다는 이유로 남편을 경멸하곤 했다. 샬롯은 기구한 운명의 남편을 조롱하는 것으로 평생 동안 불만을 표출하였다. 종종 그녀는 밥을 증기선과 라디오와 예전 전우밖에 모르는 '의지박약자'로

취급하였다. 집에 찾아온 손님들이 관심 있게 들을 준비가 되었을 때면 그녀는 "밥이 참 편안해 보이는 것 같지 않아요? 사람들이 저 사람을 레버 브러더스 사의 장의사라고 불러요. 아무래도 저이는 비누통하고 사랑에 빠진 모양이에요." 혹은 "밥은 미국에서 유일하게, 럭스 대신 아이보리 비누를 사는 게 범죄라고 진짜로 믿는 사람이에요."라고도 말했다. 로웰은 아이보리 비누의 광고 문구에 빗대어 자기 아버지의 (일인용) 침실이 "99퍼센트 순백색"이라고 장난스럽게 서술한 적이 있다.

전기 작가 데이비드 헤이만은 불모지 같은 그 집안의 분위기를 이렇게 기술했다. "슬프게도 로웰 부부는 서로 잘 맞지 않았음에도 충격적일 정도로 격식에 얽매여 있고 서로 사이가 소원했다. 샬롯은 계급적 관습에서 조금이라도 탈선할까봐 두려워했으며 집안의 사령관은 부모로서의 책임과 사회적 책임을 전부 기피했다." 밥은 나약했지만 바비를 향한 샬롯의 적대감을 어느 정도 자신이 흡수해서 방패막이 되어주었다. 샬롯은 자기 아들을 지진아 취급했고 신발을 신기 전에 양말을 신도록 알려줘야 한다는 의무감까지 느꼈다.

샬롯은 아들 바비를 폄하했고 자신의 욕심을 풀 대상을 남편에서 아들로 바꾼 후에는 기울어 가는 집안을 일으키기 위해 아들에게 의지했다. 바비는 샬롯의 공격에 저항하든지 아니면 아버지처럼 무력화된 존재가 되어야만 했다. 「사령관 로웰」에서 그는 아버지 밥이 선원으로서 항해에 젬병이었고 골프를 칠 때 퍼트를 성공하기까지 공을 네 번이나 쳤다는 점을 언급하면서 아버지의 미숙함을 강조했다.

로웰의 두 번째 아내 엘리자베스 하드윅이 기억하기로는, 외할아버지

원슬로도 비슷한 방식으로 바비의 미숙함에 극도의 실망감을 표했고 다음과 같은 말로 어린 바비에게 창피를 주었다. "한 해는 마르고 잘생겼다가 이듬해는 퉁퉁하고 음침해지는군. 총을 쏠 줄도 모르고 말도 못 타고 말이야. 뱀이나 짝짝이 양말 모은 것 말고 상이라고 탄 게 있냐? 요트에 타면 골칫거리만 되고." 로웰은 샬롯이 자기 아버지 원슬로의 경멸 기술을 온 집안에 그대로 주입했고 로웰의 유일한 실질적 성과가 낚시뿐이라고 생각한다며 불평했다. 어느 비평가가 언급했듯이 "로웰의 시에서 사납고 사악하고 해로운 여성들은 그의 어머니를 투사한 존재로서 (남편을 살해한) 클리타임네스트라³⁶ 같은 괴물처럼 보인다." 그는 가족에게 메인 주 캐스틴의 웅장한 저택을 남긴 인심 좋은 사촌 해리엇 원슬로가 '어머니보다 내게 더 나은 존재'로 느껴졌다.

그의 생애 후반에 쓰인 시 「원치 않는」에서 로웰은 샬롯과 메릴 무어, 이 두 사람과 자신의 관계를 두고 괴로워했다. 그런데 그가 대학생일 때, 자신을 임신한 어머니가 자신에게 품었던 적의에 대해 아직 몰랐을 시점에 무어가 로웰에게 사실 그는 원치 않는 자식이었다고 알려줌으로써 그의 위태로운 마음의 균형을 고의로 무너뜨렸다. 무어는 그저 바비를 격려하는 차원에서 하는 것이라며 자신과 샬롯이 협력해 바비에 관한 사례 연구를 하자고 제안하기도 했다. 바비의 정신 상태를 두고 샬롯이 내린 비전문가적 진단은 온통 잔인하고 상처를 주는 것뿐이었다. 샬롯은 권위 있는 칼 융이 "만약 댁의 아들의 상태가 당신이 설명한 그대로라면 그는 치료 불가능한 정신 분열증 환자"라는 말을 했다고 바비에

---

36 그리스 신화에서 미케네의 왕 아가멤논의 왕비. 정부 아이기스토스와 함께 남편을 죽이고 후에 아들 오레스테스에게 살해된다.

게 전했다. 무어 박사는 샬롯보다 아홉 살 연하였지만 그녀의 연인이 되었다. 로웰의 친구들은 의사인 무어를 어느 순간 슬금슬금 등장한 악역이자 돌팔이라고 묘사했다.

무어의 행동은 전문가답지 않고 비윤리적이며 어쩌면 범죄자 같기도 했다. 만약 의학계가 그 사실을 알았다면 그의 의사 면허를 당장 취소했을 것이다. 그는 부유한 환자를 불러들이기 위해 바비를 이용했다. 그는 자기가 담당한 환자인 샬롯과 동침했고, 무자격자인 샬롯에게 그의 환자 몇 명을 맡게 해 정신적 장애가 있는 사람들에게 '의사'(로웰이 샬롯을 이렇게 불렀다)가 정확하지 않은 정보를 주게 만들었다. 무어는 샬롯과 그녀의 미성년 아들을 동시에 치료했고 나중에는 바비의 약혼녀 앤 딕도 치료하고 싶어 했다. 그는 바비와의 상담 내용을 그의 어머니와 논의해 비밀 조항을 어겼다. (나중에 샬롯은 무어가 바비에 관해 누설한 내용을 바비에게 말했다.) 그리고 무어는 바비에게 그의 어머니가 그가 태어나길 원치 않았다는 말도 전했다. 샬롯과 무어의 주요 공격 대상이자 희생자이자 상처 입기 쉬운 영혼인 바비는 두 사람의 정서적 집중 포화에 옴짝달싹 못했다. 인정 많은 비평가 존 크로 랜섬은 무어가 "칼의 감수성에 무감각한 것이 너무 불쾌해서 나는 당장 자리에 앉아 그에게 아주 따끔한 말로 편지를 써 보내야겠다."고 생각할 정도였다.

어머니 샬롯을 비난한 사람은 로웰만이 아니었다. 그의 가까운 친구들이나 부인들 중 아무도 그녀에 대해 다정한 말을 남기지 않았다. 블레어 클라크도 매끈한 외모의 이면에 숨겨진 그녀의 발톱을 보았다.

"샬롯 로웰의 흰 장갑은 별나고 반항적인 외아들에게 승리를 쟁취하기로 결심한 냉혹한 두 손에 씌워졌다.…… 나는 그녀가 무시무시한 여자라고 생각한다. 냉정하게 말하면 극악무도하다. 나는 지난여름에 칼에게 그의 인생에 대해 이야기한 적이 있었다. '내 생각에 넌 가족이랄 게 없는 처지였어.' 그가 '아무래도 그런 것 같아. 끔찍한 사람들이었어, 너무나 끔찍해.'라고 말했다."

케니언 칼리지 친구였던 존 톰슨은 그녀를 안데르센 동화에 나오는 영구동토층의 나라에 사는 사악한 인물로 그리기도 했다. "샬롯은 냉정하고도 뻔뻔하게 자기 아들과 그의 친구들을 농락한 눈의 여왕이었다. 그의 아버지가 한 번은 저녁 식사를 해야 할 다섯 시 무렵에 와인 반 병을 주문했다." 샬롯의 무례한 성격을 한층 더 신랄하게 평한 앨런 테이트는 샬롯이 "어리석고 무신경하고 무례해서 친구가 없었다"고 딱 잘라 말했다.

로웰의 첫 번째 부인 진 스태포드는 샬롯을 "흉측한 샬롯"이라 명명했고 뇌가 아주 작은 신경증 환자라고도 불렀다. 두 번째 부인 엘리자베스 하드윅은 가난한 집안 출신으로 운 좋게 자신의 출신 배경에서 벗어났지만 로웰의 귀족적인 부모에게 별 감흥이 없었다. 샬롯이 스스로 꽤 안락하게 지냈던 편이라고 만족스러운 듯이 말하자 하드윅은 로웰 부모의 방종하고 공허한 삶의 방식을 다음과 같이 풍자했다. "그들은 얽히고설킨 한 쌍이었다. 외양이 번드르르하며 아주 조심스럽고 신중한 사람들이었다. 하지만 고급 침구와 실크 내의, 부드러운 쿠션, 적당히 부르릉대는 집안의 발동기에 매우 민감했다. 시부 밥은 아무리 시력이 좋고 치아가 건강하고 테니스 실력이 뛰어났으나 '단명'이라는 운명을 거스르진 못했다." 로웰의 아버지는 머리가 벗겨졌고 시력이 좋았던 반면, 아들은 머리숱이 많았고 근시였다.

샬롯은 끊임없이 로웰을 힐뜯었는데 아들의 아내와 애인이 하나같이 아들 혹은 그녀에게 부족하다며 흠을 잡았다. 진 스태포드는 로웰과 그의 외할아버지 윈슬로가 광업으로 돈을 번 콜로라도 출신이었고 두 사람 모두 독일의 대학에서 공부했지만 그 무엇도 샬롯이 쏟아내는 비난의 폭포를 피할 수는 없었다고 회고했다. 서부에서 부자가 되는 것은 괜찮지만 그곳 출신 여자와 결혼하는 것은 괜찮지 않았다. 샬롯은 특히 작가 며느리에 질겁했다. 쓰레기 같은 서부극을 쓰는 아버지와 질 낮은 하숙집을 운영하는 어머니를 둔 작가 며느리라니. 리차드 에버하트는 샬롯의 병적인 적대감을 극적으로 표현하며, 어떤 한 장면을 상상해서 풍자적인 시 한 편에 그려냈다.

그 형편없는 여자는 단념하거라. 그래야 돼!

너보다 못한 여자야. [사교계 명사] 인명록에도 없잖니.

서부 출신에다, 집안은 고려할 가치도 없어……

넌 그 여자를 단념해야 돼. 우린 그런 부류가 아니야……

또 끔찍한 여자구나.

작년[앤 딕]과 똑같구나.

유일하게 더 나쁜 건, 이번 애는 많이 배우기까지 했구나.

바비가 가까운 혈통끼리 만나는 보스턴의 결혼 관례를 거부하자 샬롯은 노발대발했고 스태포드에게 속물적인 비난까지 쏟아부었다. "너희 집안 얘기는 내 귀에 그저 지어낸 소리처럼 들리는구나, 진. 이 작은 지역에서 우리는 모두 8촌과 결혼하고 서로들 다 알고 지낸다." 스태포드는 시부모를 만나는 어색한 자리에서 쌀쌀맞고 격식 차린 인사를 건네받고 달갑지 않은 조언까지 들어야 했다. 그녀가 경제적 문제를 언급하자 아마 재산이 십만 달러밖에 남지 않았을 샬롯은 도와주지 않겠다고 선을 그었다. 스태포드는 성공을 거둔 첫 소설 『보스턴 모험Boston Adventure』(1944)에 대해서도 혹평을 들었다.

스태포드가 샬롯을 다음과 같이 설명한 적이 있다. "똑같은 훈계를 반복하고 도덕적 일반화를 펼치고 우리가 사는 방식을 너그럽게 봐주려고 하지 않고 과거의 모든 실수를 들춰낸다. 나는 어느 때보다도 속속들이 더욱 냉담하게 더욱 심하게 미움 받는다. …… 글을 써서 돈을 버는 누군가와 바비가 결혼한 것이 당연히 좋은 일이라고 다들 인정하는 판국에." 스태포드는 로웰의 행동을 단속하려고 애썼지만 샬롯은 로웰의 알코올 중독과 폭력성을 스태포드의 탓으로 돌렸다.

샬롯은 로웰과 결혼할 가능성이 있던 애인이자 워싱턴의 부유한 사교계 명사인 칼리 도슨의 꼬투리를 잡으려고 혈안이 되어 있었다. 앤 딕은 심리적 문제가 있었고, 스태포드는 콜로라도 출신의 하류층 여자였고, 거트루드 벅먼(또 다른 애인)은 뉴욕 출신의 유대인이었다. 그리고 도슨은 두 차례 이혼한 과거가 있었다. 강박적으로 깔끔떠는 어머니가 도슨이 지나치게 깔끔하다고 인정했을 때 그나마 칭찬을 이끌어낼 수 있었다. 하지만 샬롯은 도슨을 두고 "아는 게 아주 많은 사람이더구나. 현명한 사람이 아니라 아는 게 많은 듯 구는 사람 말이야."라고 말하며 뭔가 '개운치 않은 칭찬'을 건네기도 했다.

로웰이 엘리자베스 하드윅과 결혼했을 때 샬롯은 평소처럼 적개심을 표출하며 블레어 클라크에게 말했다. "그 여자애는 내가 엘리자베스를 '어울리는 짝'이라 생각하는지, '바비를 잘 보살펴 줄 거'라고 기대하는지, 진 스태포드 때랑 똑같이 내게 물어봤단다." 샬롯은 하드윅이 자기 의견을 고집한다고(다시 말해, 샬롯이 하는 말에 전부 동의하지는 않는다고) 느꼈지만, 하드윅이 예의가 바르고 본분에 충실한 며느리 역할을 한다고 인정했다. 로웰과 하드윅은 둘 다 샬롯의 비난을 들어야 하는 압박감을 참지 못하겠다고 넌더리를 냈다. 하드윅은 "L. 부인이 우리를 깎아내리고 짓뭉개는 무시무시한 현실"에 불만을 토로했다.

1951년에 로웰과 하드윅이 유럽에서 살고 있을 당시, 로웰은 최근에 남편과 사별한 지독히 까탈스러운 샬롯과 관광을 다니는 실수를 저질렀다. 여행하는 동안 샬롯은 로웰의 내면에서 최악의 모습이 튀어나오게 만들었을 뿐 아니라 어머니를 대하는 아들의 모습에서 어린애 같은 면이 돌출되게 만들었다. 로웰은 엘리자베스 비숍에게 보낸 편지에서 샬롯의 성격과 모자간의 쌍방 오해와 가차 없이 악화일로에 빠진 관계를 설명했다.

"어머니는 매사에 결정권을 휘두르고 완고하고 호기심이라곤 없고 보헤미안 기질과는 상극이면서 사치품이라면 어떻게든 손에 넣는 데 비범한 재능이 있는 여자입니다. 어머니는 2차 세계대전과 1차 세계대전 이전의 복무 기억들을 오래도록 우려먹고, 기차의 화장실에 휴지가 없으면 미국 대사에게 전화 거는 일도 아무렇지 않게 생각하는 그런 사람이에요. 음, 물론 최상의 조건에서도 나는 어머니를 이해할 수도, 어머니에게 나를 이해시킬 수도 없어요. 내가 열여덟 살 이후로 상황이 점점 더 나빠졌어요.”

그는 샬롯의 포악한 성격을 강조하면서 앨런 테이트에게 말했다. “우리는 서로의 머리 위에 돌덩이처럼 앉아 있었어요. 서로 억누르고 억눌리면서.”

1954년 2월에 샬롯은 이탈리아 리비에라의 라팔로에서 갑자기 뇌일혈 증세를 일으켰다. 그 당시에 신시내티에서 학생들을 가르치던 로웰은 보스턴, 뉴욕, 런던, 파리를 거쳐 먼 길을 돌아 날아갔다. 최종 목적지에 도착하기 전 오랜 친구 블레어 클라크를 만나러 파리에 들렀고 함께 술을 마시며 밤을 보냈다. 그러고는 밀라노로 날아갔지만 폭우 때문에 택시를 잡지 못해 중앙역으로 가는 전차를 탄 다음 드디어 제노바로 향하는 남서행 기차를 탄 후 다시 기차를 갈아타고 남쪽으로 32km 떨어진 라팔로로 향했다.

그는 도착하자마자 하드윅에게 편지를 썼다. 안경을 낀 반백의 간호사와 뜨거운 눈물이라는 공통의 언어로 교감하며 30분 동안 함께 울었다는 내용이었다. “어머니는 내가 도착하기 바로 한 시간 전에 두 번째 발작을 일으키곤 갑자기 돌아가셨어. 어머니는 내내 기억 속을 헤매고 있었으니 어차피 가망이 별로 없었다고 생각해. 어머니는 고통을 겪지 않았어. 자기가 어디 있는지 전혀 몰랐고, 병원에선 내가 오는 걸 어머니에게 알리지 않는 게 최선이라고 생각했대. 내 생각에는 어머니가 그럴 필요성을 못 느꼈을 거야. 상당히 고되네. 이탈리아어만 할 줄 아는 간호사와 오전에 같이 있었어. 우리 둘이 울고 또 울었지. 그러니까 어머니 시신이 있는 바로 그 병실에서 오전 내내 있었다고!" 의료진은 샬롯이 혈압이 높은 데다 동맥 경화가 있어서 집에 머물렀다고 한들 그리 오래 살지 못했을 거라고 말했다.

로웰은 긴 여정을 거쳐 어머니가 돌아가시고 고작 한 시간 후에 도착했다고 주장했는데 이 말은 극적인 효과를 위해 사실을 왜곡한 것이었다. 「라팔로에서 집으로 향하는 항해Sailing Home from Rapallo」라는 산문 초안에는 그가 도착했을 때 샬롯이 아직 살아 있었다고 나온다. "어머니는 검정색과 갈색으로 얼룩진 번쩍이는 창문 너머를 바라보며 누워 있었다. 어머니의 얼굴은 잠들었다고 보기에는 너무나 반듯하고 생기가 넘쳤다. 오른쪽 눈에 귓불 크기만 한 멍이 있었다." 사실 샬롯은 로웰이 블레어 클라크와 술을 마시고 있을 때 죽었다. 그는 서둘러서 제 시간에 맞춰 라팔로에 당도해 어머니를 만난 후 돌아가실 때 곁을 지킬 수도 있었는데 그러지 않고 파리에서 빈둥대며 시간을 보낸 것에 당연히 죄책감을 느꼈다. 하지만 그는 어머니가 험악한 상태로 살아 있는 모습을 보는 게 두려웠고 평안하게 돌아가신 후 병원에 도착하는 편이 더 낫다고 느꼈다. 로웰은 안도하면서도 엄청난 충격을 받았고 마구 쏟아지는 눈물을 주체할 수가 없었다.

샬롯의 죽음으로 로웰은 심연에 잠자고 있던 감정이 터졌고 자신의 시에서 어머니를 마음껏 규탄할 수 있게 되었다. 어머니에 대한 로웰의 추도시, 「라팔로에서 집으로 향하는 항해」는 빈정거리는 풍의 「사령관

로웰」보다 정서적으로 감동을 자아내고, 로웰이 느껴야 했던 슬픔과 그
가 더는 어머니에게 고통을 당하지 않게 되었을 때 실제로 느낀 안도감
사이의 묘한 대조를 보여준다. 이 작품은 역사적이고 신화적인 의미를
깊이 내포하고 있기도 하다. 로웰은 포악한 로마 황제들과 동일시하면
서 마치 네로처럼 "그의 어머니를 위한 죽음의 바지선"을 만들어낸 셈이
다. 어머니의 시신과 함께 집으로 향하는 항해를 하는 그는 마치 나룻배
에 망자를 싣고 스틱스 강을 건너 하데스에 이르는 카론 같았다. 큰 충격
을 준 샬롯의 죽음에 대해 쓴 산문 「불안정한 수조*The Unbalanced Aquarium*」
에서 로웰은 이탈리아인들이 자신의 슬픔을 이용해서 커다란 놋쇠 십자
가가 붙은 어머니의 못난 관 값을 과도하게 청구했다고 말했다. 어울리
지 않게 가톨릭교 분위기를 띠는 관이었지만 생전 어머니의 여왕 같은
존재감과 낭비벽에는 제격이었다. 사치품을 좋아하는 어머니에게 너무
좋은 것이란 없었던 터라 그녀는 아쉬운 대로 편안하게 자리를 잡았다.
마치 아직 살아 있는 듯한 모습이었다. 그녀가 "화물칸 일등석"을 타고
가는 동안 로웰은 술을 마시며 바다를 건넜다.

그는 블레어 클라크에게 보낸 편지에서 관에 적힌 어머니의 이름이
'샬롯 윈슬론(Winslon)'으로 잘못 표기되었다고 전했다. 그의 시에 담긴
내용이 더욱 설득력 있다.

어머니 관에 적힌 거창한 글자에서

로웰이 로벨로 잘못 적혔다.

시신은

이탈리아 은박지에 싼 파네토네처럼 싸여 있었다.

어쨌든 이탈리아어에는 'W'라는 글자가 없기 때문에 윈슬로든 로웰이든 잘못 표기되었을 가능성이 있다. 그는 향신료가 들어간 납작한 과일 케이크 판포르테(panforte)와 파네토네(panettone)[37]를 혼동하였다. 샬롯의 시신이 감싸져 있듯이 판포르테라는 빵은 보존을 위해 은박지에 싸여 있다.

하드윅은 친구에게 쓴 편지에서, 누가 봐도 불멸의 존재 같던 자기 시어머니가 "정말로 죽은 걸까?"하고 묻기도 했다. "감상적인 마음에서 하는 소리가 아니라 그토록 불가사의한 기력이 돌연 사라질 수 있는지 순수한 궁금증에서 하는 소리야. 나는 마음속으로 하루에 네 번씩 로웰 부인에게 경의를 표해서 이번 사건에 대한 깊은 불신을 갖고 있는 중이야." 샬롯의 성격에서 부정적인 면을 들자면 이루 헤아리기 힘들 정도다. 그녀는 늘 제멋대로 굴며 쉴 새 없이 불만을 토로하는 사람이었고 여행할 때 같이 다니기 끔찍한 동행자였었다. 나약한 남편을 끊임없이 조롱했고 늦은 밤에 말다툼을 벌여 어린 아들이 불안한 마음으로 깨어 있게 만들었다. 바비에게 고통을 주었고 사랑이라는 이름으로 그를 집어삼켰다. 불행한 결혼생활을 이어가면서 고분고분한 남편을 두고 아들의 친구들과 시시덕거렸고 그것도 모자라 애인들을 만나고 다녔다. 의사 밑에서 일하는 동안 의학 지식이 있는 척했고 환자들에게 조언을 해주기까지 했다. 그리고 자기와 가까운 모든 사람으로부터 멀어지게 만들었다.

---

[37] 밀가루를 발효시켜 건포도, 설탕에 절인 과일, 견과 등을 넣어 만든 이탈리아의 대표적인 빵.

샬롯의 죽음으로 로웰의 수입이 두 배가 되고 그에게 현금 5만 달러가 돌아갔지만 그녀의 진짜 유산은 재앙이나 다름없었다. 조용히 관에 봉인되어 냉동 상태로 은박지에 싸여 배의 화물칸에 실린 죽은 어머니가 더 이상 그를 괴롭힐 수 없는 그와 같은 순간에도 그녀는 또다시 아들의 정신적 붕괴를 재촉했다. 로웰은 어머니의 죽음 직후 하드윅과 헤어지고 잘츠부르크 연구 집회에서 강의를 하는 동안 만난 이탈리아 여인과 사귀게 되었다. 「어머니가 돌아가셨을 때*When Mother died*」에서 『공동 기도서*Book of Common Prayer*』를 인용해 이렇게 썼다. "나는 피로를 못 느끼고, 자신감이 하늘을 찌르고, 위협을 받는 동시에 위협적인 존재가 된 기분이었다. '마음의 고통에 시달리는 모든 사람'을 위한 (뉴욕의) 페인-휘트니 클리닉에 들어갔다." 평생 그를 괴롭힌 정신질환은 온화하고 재미없는 아버지가 아니라 변덕스럽고 불안정한 어머니로부터 물려받은 것이다.

로웰은 중년이 되어서도 생전 자신을 안아 주지도 사랑해 주지도 않은 어머니에게 원치 않는 존재였다는 사실에 여전히 불안감을 느꼈다. 그는 사랑을 보상받으려는 듯 여러 여자를 전전했다. 하지만 이 여자들에게 그가 가혹하게 대했던 부분은 어떤 면에서 보면 어머니를 향한 일종의 복수였을 것이다. 그는 샬롯이 그에게 주지 않았던 사랑을 얻어내고 싶어 했을 뿐 아니라 그들을 지배함으로써 아버지의 굴종을 조금이라도 보상받고 어머니로부터 억압받았던 기억을 삭제하기로 결심했다. 평생 끔찍하게 고통 받았던 로웰에게 시는 자신의 감정적 격량을 표현하고 잠재우는 도구가 되었다. 시인 로버트 프로스트가 말했다시피 "작가가 울지 않으면 독자도 울지 않는다."

• 제프리 메이어스(Jeffrey Meyers)

54권의 책을 썼다. 그 중 31권은 14개 언어로 번역되었고 6개 대륙에 출간되었다. 2012년에 호주 국립도서관에서 전기에 관한 강연을 했다. 근작으로는 『*Remembering Iris Murdoch*』 (2013), 『*Thomas Mann's Artist-Heroes*』(2014), 『*Robert Lowell in Love*』(2016), 『*The Mystery of the Real: Correspondence with Alex Colville*』(2016) 등이 있다.

2부

작가의 회고

Autobiography

01

어머니의 말:
회고록

이언 매큐언

내가 글은 어머니처럼 쓰지 않지만, 말은 꽤 오랫동안 어머니처럼 하며 살았다. 어머니 특유의 소심한 화법이 나의 화법에도 영향을 끼쳤다. 가만 보면 자신이 하는 말의 지평 안에서 자신 있게 앞으로 나아가는 사람들이 있다. 가령 런던 사투리, 하구 영어[38], 영국 표준 영어, 밸리 걸[39]의 말투를 쓰는 이들은 자신의 전문 분야에서 그 영역의 주인답게 남을 의식하지 않고 편안하게 성큼성큼 나아간다.

나의 어머니는 전혀 그런 부류의 사람이 아니었다. 어머니는 자신이

---

38 영국 템즈 강 하구 일대에서 퍼져나간 영국 젊은 층의 구어체 영어.

39 Valley Girl 1980년대 초반 미국 샌 페르난도 밸리에 살던 10대 소녀들. 독특한 유행어와 재잘거리는 말씨가 특징이다.

하는 말의 어엿한 주인이 된 적이 단 한번도 없었다. 복잡하고 어려운 영어의 울타리 내에서 밀려난 데다 그에 따른 불안감을 안고 살다보니 어느새 어머니는 언어 자체를 마치 면전에서 터져 버릴 수도 있는 문자 폭탄 같은 것으로 여기게 되었다. 말 폭탄 말이다. 나는 어머니의 조심성을 물려받았다. 아니 어릴 적에 그 부분을 배웠다고 하는 편이 더 정확하겠다. 예전에는 이런 면을 떨쳐버리는 게 평생의 과업이라는 생각을 하곤 했었는데…… 이제는 그게 불가능할 뿐더러 불필요하다는 걸 안다. 자신이 가진 자산으로 일해야 한다는 것도.

"오늘 차가 엄청 많네, 그치?"

나는 어머니를 태우고 칠턴힐즈로 들어서서 자연보호지구로 가는 중이다. 거기서 같이 슬슬 걸어 다니다가 보온병에 담은 차와 샌드위치를 나눠 먹을 참이다. 때는 1994년, 당시만 해도 요즘 어머니의 정신을 앗아가는 혈관성치매가 처음으로 조짐을 보이기까지 아직 한참 남은 시점이다. 소심하게 넌지시 꺼낸 어머니의 짧은 말에는 딱히 대꾸가 필요하지 않다.

"저기 소들 좀 봐." 그러고 나서 "저 소들하고 저기 까만 녀석 좀 봐봐. 저놈 정신 나간 모양이야. 그르치?"

"응, 그러네요."

내가 열여덟 살 무렵 덜 무뚝뚝하고 덜 소원하게 굴겠다고 또다시 마음을 다잡으며 어쩌다 한 번씩 집에 들렀을 때 이런 종류의 대화가 반복되면 나는 슬슬 조용히 절망감에 빠지거나 짜증이 밀려와서 결국에는 정신적으로 극심한 질식 상태에 이르게 되어 가끔 핑계거리를 대고 집에 들르는 횟수를 줄였다.

"저 위의 양들 좀 봐라. 쟤들이 언덕에서 안 떨어지는 게 웃기지 않니? 안 그르냐?"

어쩌면 젊은 혈기가 사그라져 내 속에 남아있지 않거나 진정한 포용력이 마음에 고루 퍼진 모양인데, 이제야 난 어머니가 나와 함께 밖에 나가서 같이 뭔가를 볼 때 느끼는 커다란 행복감을 그저 말로 표현하는 것임을 이해하게 된다. 말의 내용은 상관없다. 관건은 나눔이다.

내가 50대 중반에 어머니와 함께 기차로 런던 주변의 여러 주를 다니느라 여행길에 올랐던 기억이 떠오른다. 매번 우리의 여정은 목적지의 역 승강장에서 어머니가 핸드백에서 수가 놓인 향기로운 손수건을 꺼내 혀에 살짝 눌렀다가 젖은 모퉁이를 뭉쳐서 내 얼굴 어딘가에 갖다 대는 것으로 끝나곤 했다. 내 얼굴에 있는 '얼룩'을 지운다는 생각이었을 텐데 나는 그게 정말 있었다고 믿진 않았다. 우리가 만나게 될 어머니 친구나 이모, 고모, 숙모를 위해 나는 항상 말끔하고 건강한 얼굴을 하고 있어야 했다.

기차는 구식이었다. 복도가 있고, 가죽 끈을 잡고 여는 창문이 있고, 먼지투성이 칸막이 객실에서 모르는 사람과 으레 정중한 대화를 나누는 승객들이 있는 기차였다. 한번은 어떤 숙녀가 객실에 들어왔는데 어머니에게는 사회적 지위가 상당한 사람으로 보였음에 틀림없다. 두 사람은 대화를 나누기 시작했고 나는 어머니의 목소리가 사뭇 달라져서 놀랐던 기억이 난다. 어머니는 자기 나름의 정확한 화법을 구사하기 위해 안간힘을 쓰면서 딱 필요한 만큼 문장을 덜어냈다.

나는 수년 후에 아버지가 사병에서 장교로 임관되었을 때 예전에 기차에서 본 변화의 과정을 또다시 목격했다. 장교 중에는 두 부류가 있었다. 중산층 출신으로 샌드허스트[40]에 다녀온 부류, 일반 사병에서 진급하여 소령 이상으로 계급이 올라간 적이 없는 부류가 있었다. 부모님 친구들은 전부 두 번째 부류에 속했다. 장교 식당에서 모임이 있어서 어머니가 대령의 부인과 대화를 나눌 때면 어김없이 상류층 특유의 목소리가 나오기 시작했다. '예이스(yais)', '네이스(naice)'처럼 모음을 왜곡해서 발음하고 인심 좋게 'h' 발음을 남발하며 다른 데서 빠져나간 몫을 채워 넣곤 했다. 그런데 가장 주목할 점은 어머니가 이런 자리에서는 전방에 놓인 자잘한 언어의 덫을 일일이 경계하며 거의 애처로울 정도로 아주 천천히 말을 했다는 것이다.

나는 열한 살 때 아버지가 배치되어 있었던 북아프리카를 떠나 학교 문제로 영국으로 왔다. 어느 기준으로 보나 울버스톤 홀은 신기한 곳이었다. 그곳은 좌파 지방정부가 옛날식 중산층화 방식으로 꽤 성공적인 실험을 거둔 결과물이다. 학교에는 퍼블릭 스쿨[41] 특유의 과시적인 요소가 자리하고 있었다. 아담 스타일[42]의 건물, 어마어마한 운동장, 럭비 경기장, 친절하고 속물스러운 교장 등등…… 하지만 이런 기풍은 대개 중등학교 수준이었던 런던 중심부 출신 노동자 계층의 소년들이 유입되면서 꽤 멋지게 훼손되었다. 나 같은 군인 자녀(전부 사병에서 장교로 임관된 아버지를 둔 자식)들이 어느 정도 있었고 보헤미안처럼 자유분방한 중산층

---

40 Sandhurst 영국 육군 사관학교 소재지

41 영국, 특히 잉글랜드의 기숙 제도식 사립 중고등학교

42 19세기 후반, 영국의 신고전주의를 대표하는 건축가 아담 형제가 확립한 양식

집안에서 온 소년들도 극소수 있었다.

나의 10대 초반 시절, 배움의 폭이 넓어지자 내게 배어 있었던 어머니 특유의 눈에 띄는 특징이 점점 씻겨 나갔다. 주로 문학적 접촉을 통해 서서히 영향을 받은 셈이다. 열네 살 때 나는 아이리스 머독[43]이 출간한 소설에 매료된 독자다. 그레이엄 그린[44]의 작품도 읽었다. 차츰 '아모것도', '어뜬 것', '자격정', '해걸', '굴둑' 같은 말도 사라졌고 이중부정어나 잘못 붙인 복수형도 자취를 감추었다.

때때로 나는 스스로를 단속했다. 대학 준비 과정 첫 해에는 훌륭하고 성실한 중산층 부류인 절친한 친구 마크 윙-데이비에게 내가 'done'이라고 틀리게 말할 때마다 'did'라고 크게 말해 달라고 부탁했다. 아주 친절하게도 마크는 나를 위해 그렇게 해주었다. 하지만 어느 날 오후 역사수업 중에 그가 큰 곤란을 겪었다. 나는 교황 그레고리오 7세의 대담한 개혁에 관해 준비한 글을 진지하게 발표하고 있었는데('성직 매매 근절' 같은 말에 억양을 붙여 말하는 게 어찌나 좋은지), 마크가 성실하게 'did'라고 속삭여 주었다. 역사 과목을 담당하는 인정 많은 웨일스인 와츠 선생님은 롤링 스톤스의 드러머 찰리 와츠와 놀랍도록 닮은 구석이 없어서 우리가 일부러 찰리라고 불렀는데, 그날 수업 시간에 마크가 무례하게 잘났다는 듯이 구는 행동을 하자 불같이 화를 내셨다. 나는 마크가 교실에서 쫓겨나지 않도록 자초지종을 설명해야 했다.

그런데 이렇게 말과 글을 수정하는 것은 피상적이고 상대적으로 수월

---

43 Iris Murdoch(1919~1999) 영국의 소설가 겸 철학자. 『그물 속에서』, 『적과 녹』, 『천사들의 시대』 등을 썼다.

44 Graham Greene(1904~1991) 영국의 소설가. 『권력과 영광』, 『사건의 핵심』, 『점잖은 미국인』 등을 썼다.

한 과정이었다. 이러한 수정 과정은 부모 세대가 받지 않았던 교육을 받은 자식들이 기어코 문화적 이탈의 노정에 나서려고 작정하는 이야기, 즉 영국의 전기물에서 익숙하게 보이는 이야기와 닮은 구석이 있었다. 흔히 듣기로는 그러한 과정이 불화를 일으키며 고통을 안겨준다고 한다. 하지만 지금 내게는 그 이상이 있는 것 같다. 적어도 작가에게는 득과 실이 다 존재한다. 고국을 떠난 망명 생활은 당연히 고통스러운 경험이지만 작가는 그 경험을 통해 제2의 언어와 생산적인 관계, 혹은 적어도 긍정적인 도전을 던져 주는 관계에 돌입할 수 있다. 이보다는 약한 버전이지만 그래도 사회적 위치의 이동을 경험하는 일종의 내부적인 망명도 하나의 사례로 들 수 있다. 영어라는 언어의 계층에서 겹겹이 쌓인 언어의 밀도를 통과할 때 특히 잘 나타난다.

　나는 1970년에 진지하게 글을 쓰기 시작했을 때 어머니의 화법을 전부 혹은 대부분 털어냈을 테지만 어머니의 기본적인 태도와 신중함, 자신 없어 하는 분위기를 여전히 조금은 갖고 있었다. 많은 작가들은 일단 시험 삼아 문장을 쭉 펼쳐 둔다. 어떤 문장이 나오는지, 문장이 어떤 방향으로 나아가는지, 어떤 식으로 구성되는지 알아내기 위해서다. 나는 손에 펜도 쥐지 않은 채 앉아서 머릿속으로 문장의 골격을 잡는 편인데 끝지점에 다다라서는 시작 부분을 잃어버리는 경우도 많았고, 확실하게 완성될 때라야 문장을 적어 두곤 했다. 그리고 미심쩍은 눈으로 문장을 응시했다. 이게 정말 내가 하려던 말이었을까? 내 눈에 보이지 않았던 오류나 모호한 뜻이 포함되어 있었을까? 혹시 문장이 나를 우롱하고 있었던 걸까? 수 시간에 걸친 노력 끝에 나오는 만족감은 거의 없다시피 했다. 밖에서 보면 이렇게 더디고 주저하는 모습이 예술적인 신중함으로 보였을지 모른다. 나는 내 모습을 그런 식으로 나타내거나 다른 사람들이 나를 그렇게 표현해 주는 게 좋았다. 사람들이 내가 쓴 산문의 '단단한 표면'이 괜찮다고 말할 때 나는 기뻤다. 그 표면 안에 나는 뭔가를 숨길 수 있었다. 사실 나의 방식은 일면 사교적인 부분에서 애매한 태도를 나타냈다. 훌륭한 문학적 대화가 오가는 자리에 내가 끼긴 했지만 그런 대화는 어머니의 언어나 '그리 멀지 않은' 어린 시절에 내가 쓰던 언어로 진행되지는 않았다. 내가 흡사 기차에서 내 방식대로 말하듯이 지껄이기 시작하면 내 머리 위에서 거인들의 목소리가 우르릉거렸다.

물론 어머니와 자연보호지구를 방문한 후 1994년에 쓰던 공책에 베껴 둔 말에는 대화할 때 배어나는 어머니의 따뜻함, 그 특유의 정서적 어조가 전혀 느껴지지 않았다. 1970년 여름 어느 날, 위 수술 후 회복 중이던 어머니를 데리러 아버지와 내가 밀뱅크 군병원에 갔다. 관례적으로 장교나 그 배우자는 일반 사병이나 그 배우자들과 다른 병동을 쓰게 되어 있었다. 우리가 밖으로 나오는데 어머니가 있던 병실 바깥 복도에서 울고불고 떠들썩한 광경이 벌어졌다. 이등병과 상등병의 젊은 아내들인 환자 열두 명이 – 그들 말대로라면 – 지금껏 그들의 문제를 경청하고 현명한 조언을 건네준 분에게 작별 인사를 하고 선물을 주려고 모였다. 그 여자는 회복기에 접어들자 분명히 자기 병실을 나왔을 것이다. 그녀는 예전에 병장의 아내였고 그 전에 첫 번째 결혼 때는 이등병의 아내였다. 아마도 다른 사병 병실에 있는 젊은 여자들 틈에서 더 편안함을 느꼈을 것이다. 마음 편히 자신의 진가를 발휘할 수 있는 처지에 있기도 했다. 그곳에서는 말을 하다 위기에 빠질 일이 거의 없었다.

내가 여섯 살 때 우리 가족이 싱가포르 군 숙소에서 살던 시절이 있었다. 어머니가 친구와 함께 있는 동안 내가 눈에 띄지 않게 소파 뒤 바닥에 축 늘어져 있기를 얼마나 좋아했는지 기억이 난다. 나는 이런 저런 주제를 넘나드는 친밀한 수다를 가만히 듣곤 했다. 대화 주제는 대체로 두 범주로 나뉘었다. 다양한 수술 사례와 누군가의 나쁜 짓거리에 관한 것이 대부분이었다. 차마 볼 수 없을 정도로 얼마나 심각하고 피가 낭자한 수술이었는지, 메스 아래에서 살점이 어떻게 되었는지, 수술 후유증이 어땠는지 등등. 장담컨대 그런 이야기들이 나의 첫 단편소설에 잠재의식적인 동력으로 작용했을 것이다. 그리고 세상에 그토록 많은 나쁜 사람들에 관한 이야기를 듣다보니 어머니와 어머니의 친구들은 항상 좋은 편에 있는 사람들이라 내가 정말 운 좋은 여섯 살이구나 하고 안도의 한숨이 절로 나왔다.

울버스톤에서 두 번째 학기를 보낼 때 심부름 때문에 교장선생님 비서에게 간 적이 있었다. 사무실은 비어 있었고 기다리는 동안 나는 책상 위에 내 이름이 적힌 비공개 성적표가 있는 것을 우연히 보게 되었다. '지독하게 수줍음을 많이 탐', '말 한마디를 끌어내기도 힘듦', 그리고 우려스럽게도 '친밀한 아이'(사실 선생님은 '은밀한 구석이 있는 아이'라는 뜻으로 썼을 것이다)라고 적혀 있었다. 나는 그 단어(intimate)의 뜻을 반만 알고 있었다. 당연히 상대가 있어야 친밀함이 성립되는 법이다. 나는 사전에서 단어를 찾아보고 두 번째 뜻에서 비밀스럽다는 의미가 있음을 알게 되었다. 나한테 비밀 같은 건 없었지만 실제로 나는 일대일로 만날 때라야 편하게 이야기하는 사람이었다. 나는 연극에서 연기를 한 적도, 수업 시간에 말을 한 적도 없었고 아이들 무리에 섞여 있을 때도 좀처럼 목소리를 높이지도 않았다. 나는 친해져야 혀가 풀리는 사람이라 진정한 절친을 찾기 위해 항상 예의주시했다.

반면에 아버지는 친구들 무리에서, 특히 좌중을 웃길 수 있을 때면 주도권을 잡길 좋아했다. 그러니 나는 대화 방식 면에서 어머니 쪽에 훨씬 가까웠다. 내가 처음 쓴 단편들을 보면 나는 독자 내면의 귀에다 나의 입술을 최대한 가까이 대고 말하고 싶어 했다. 이러한 이야기들은 인위적인 친밀감을 풍자한 것에 가까웠다. 나는 처음으로 공개적인 무대에 입장하면서 일련의 미친 화자들에게 끔찍한 비밀을 제공하려고 너무나 필사적으로 노력했다. 너무 오랫동안 혼자 있었던 사람들처럼 내 이야기 속의 화자들은 할 말이 많았다. 나는 그들이 하루에 수백 마디 말로 실토하도록 몰아붙이면서 문학적 관습 안에서 내가 나의 과거로부터 자유로워지고 있다고 생각했다.

나는 첫 번째 인터뷰에서 자신의 유년기를 지나치게 극화하는 작가들에게 재미를 못 느꼈다고 분명히 말했다. 이야기를 만들어내는 것이 관건이다. 그래서 나는 지어냈다. 표현을 제대로 하지 못하는 난처해하는 망설임을 도구 삼아, 은밀하게, 나의 어머니의 언어로 말이다.

나의 어머니 로즈 무어(Rose Moore)는 1915년에 올더숏의 군사 기지 근처 애쉬에서 태어났다. 외할아버지는 도장공 겸 장식가였다. 나의 첫 기억 중에는 외할아버지를 만나러 간 장면이 남아 있다. 결핵으로 죽어가는 외할아버지가 위층 침실 중에서 큰 방에 누워 계셨다. 1950년대 초반에 찾아간 그 집은 어머니가 어린 시절에 살던 그대로였다. 불이 안 켜진 가파른 중앙 계단, 가스등, 습기와 가스 냄새가 나는 음침한 부엌, 쓰지 않는데 그나마 밝은 앞쪽 응접실, 씻을 물을 데우기 위해 매주 월요일에 불을 피우는 큰 구리솥이 있는 식기실 등등. 뜰에는 자두나무 한 그루와 보기흉한 구덩이 위에 자리한 목조로 된 옥외 변소가 있었다. 그 너머에는 농부 메이휴의 초원이 '돼지 등짝'으로 불리는 낮은 산등성이로 뻗어나갔다.

로즈는 5남매 중 맏이였다. 로즈의 어머니는 마지못해 주부로 사는 사람이었고, 맏이에게 동생들을 봐주라고 맡긴 후 올더숏까지 걸어가 윈도우쇼핑을 하며 돌아다니길 좋아한 골초였다. 열네 살에 학교를 그만둔 어머니 말에 따르면 외할머니 무어는 열여섯 살 때 아일랜드에서 대학 교육을 받은 다음에 영국으로 왔다. 사람들이 몇 살에 대학에 가는지, 몇 살에 대학을 마치는지 어머니에게는 별 의미가 없었다. 어머니는 자기 어머니가 어디서 자랐는지, 출신 배경이 어떤지 알지 못했다. 글래스고의 고반에서 자란 나의 아버지 역시 혈통에 대해서 잘 몰랐다. 아버지의 부모님은 두 분 모두 시에서 운행하는 전차 기사였고, 두 분의 부모님은 스털링 지역에서 일하던 농장 일꾼이었다. 아버지가 들은 내용은 그게 다였다. 별로 특이한 부분도 없고 뿌리를 찾기도 힘든 집안이라는 점이 우리 가문의 특징이라면 특징이다. 나 스스로도 족보에 전혀 관심이 없다. 교구 기록부[45]를 뒤지고 돌아다닐 마음도 없다. 두세 세대를 거슬러 올라가면 땅이 있을 테고 대부분 힘든 삶이 나올 게 분명하다. 하지만

---

45 교인들의 출생, 혼인, 사망 관련 내용을 기록한 문건

그게 누구 땅인지, 정확히 어떤 삶이었는지는 잊혔다. 아니, 애초에 알려진 적도 없는 것들이다.

어머니 로즈는 영양실조 때문에 구루병이 생겼다. 1918년에 그녀의 아버지가 전쟁에서 막 돌아온 후 부모님과 찍은 사진에서 로즈는 다리에 부목을 대고 있다. 가난이 뼈를 공격한 것이다. 로즈의 세대에 비슷한 계층의 다른 많은 사람들이 그랬듯 그녀도 이십대에 치아를 전부 잃었다. 내가 어렸을 적에 어머니의 의치는 밤이면 어머니 침대 곁 큰 유리컵에 곰덫처럼 숨어 있던 아랫니, 윗니 의치 한 세트로 기억되는데 늘 어머니를 애먹였다. 술술 말하지 못하게 만드는 또 하나의 장애물이었던 셈이다.

1930년대 중반에 로즈는 가옥 도장업자 어니스트 워트와 결혼했고, 나의 이부형 짐과 이부누나 마지가 태어났다. 로즈는 '그 시대의 무지함'을 설명하기 위해 이러한 이야기를 자주 들려주었다. 그녀는 첫 아이의 산기를 느꼈을 때 '이게 내 엉덩이로 나오겠구나'라고 생각하며 겁에 질렸다는데 깜짝 놀란 산파가 그녀의 잘못된 생각을 바로잡아주었다. 어니스트는 매력 있는 사람임은 분명했으나 가족을 잘 건사하는 훌륭한 부양자는 아니었다. 그는 며칠이고 몇 주고 종적을 감출 때가 많았다. 로즈의 말로는 그가 산울타리 아래에서 살았다는데 그녀도 자기 남편이 해준 말만 곧이곧대로 듣고 그렇게 알고 있었을 것이다. 이따금 경찰이 그를 데려오곤 했다. 그때까지 로즈와 두 아이는 '교구에 의지해(과거의 빈민구제법 하에 제공되는 것으로)' 먹고살았다. 그 후 십여 년 뒤 복지 제도가 생기기 전까지도 그렇게 살았다.

어니스트는 북프랑스 상륙개시일[46] 이후에 복부 부상을 입어 1944년
에 세상을 떠났다. 1947년에 로즈는 특무상사 데이빗 매큐언과 재혼했
고 이듬해에 내가 태어났다. 결혼사진에는 어머니의 긴장 가득한 모호
한 미소가 담겨 있다. 나의 아버지도 열네 살 때 학교를 그만두었다. 가
난한 집안 형편 때문에 장학금마저 포기할 수밖에 없었고 4년 후에 클
라이드 연안에서 일을 하다가 실직해 모병 사무소를 찾게 되었다. 유감
스럽게도 그는 정규 교육을 제대로 받지 못해, 타고난 지능을 꽃피우지
도 못한 채 평생 살아가야 했다. 아버지 주변에는 항상 좌절과 권태의 기
운이 감돌았다. 아버지는 인정 많은 사람이었지만 위압적인 면도 있었
다. 글래스고 노동자의 삶을 살며 선술집을 드나들고 하사관 식당을 즐
겨 찾는 그런 사내였다.

아버지의 알코올 중독 때문에 어머니는 고통스러웠지만 감히 아버지
에게 대들지 못했다. 어머니는 언제나 아버지를 무서워했고 나도 마찬
가지였다. 내가 비교적 빨리 사춘기에 접어들었을 때 영락없이 어머니
같았다. 말을 워낙 잘 못해서 아버지의 강철 같은 확고함을 제압하기에
는 역부족이었다. 어쨌든 나는 기숙학교에서 지냈고 십대 중반부터는
방학을 해외에서 친구들과 보내는 게 다반사였다. 그 후에 나는 부모님
곁을 떠나버렸고 나의 암울한 생각들을 비축해서 소설에 담아냈다. 특
히 『시멘트 가든』에 나오는 아버지 캐릭터를 비롯해 내 소설 속에 등장
하는 아버지들은 다정하게 그려지지 않았다. 아버지와 나 사이에 가장
심각한 충돌이 벌어진 시점은 몇 년 후 이십대이던 내가 부모님을 만나

---

46 제2차 세계대전 때 영미 연합군이 노르망디에 상륙한 날. 1944년 6월 6일.

러 독일에 갔을 때였다. 어머니는 하루 종일 집에서 가구를 닦는 일 말고는 아무것도 할 게 없었다. 어머니가 오후 일거리로 부대원에게 스릴러 소설을 빌려주는 조그만 병영 도서관 운영을 제안 받았을 때 아버지가 어머니 대신에 그 일을 거절했다. 일을 하러 나가는 아내를 두면 자신이 안 좋게 비쳐진다는 것이 아버지의 확고한 생각이었다. 우리 부자 사이에 심각한 의견 대립이 벌어지고 2년 후에 그 건이 다시 언급되었는데 세월이 흐르면서 아버지는 기세가 점차 누그러졌다.

이십대에 나는 종종 아버지로부터 어머니를 지켜주었다. 적어도 지켜주려고 애를 쓰거나 어떻게든 어머니의 뜻을 제대로 알리려고 노력했다. 내 글쓰기에 미친 영향은 상당히 직접적이었다. 하지만 당시에는 그 연관성을 명확히 감지하지 못했다. 1971년에 『여성, 거세당하다*The Female Eunuch*』를 읽고 뜻밖의 발견이라고 생각했다. 1970년대의 페미니즘은 우리 가족의 삶 중심부에 엉켜 있는 문제들을 향해 직접적으로 말을 걸었다. 여성의 정신이 해방되면 세상이 치유되리라는 낭만적인 생각이 내 머릿속에서 점점 커져 갔다. 내 소설의 여성 캐릭터는 남성에게 부족한 모든 장점을 총합한 존재가 되었다. 다시 말해 나는 펜을 손에 쥐고 나의 어머니를 해방시켜 줄 작정이었다.

때는 2001년 봄, 나는 밖에서 같이 점심을 먹으려고 양로원에 로즈를 데리러 간다. 이따금 그녀는 내가 누구인지 정확히 알아볼 때도 있고 나를 그저 자기가 잘 아는 누군가로 알 때도 있다. 어쨌거나 로즈는 별로 개의치 않는 것 같다. 식당에서 그녀는 늘 말하던 주제로 돌아가곤 한다. 부모님을 뵈러 애쉬의 오두막집에 다녀왔다고 한다. 아

버지가 몸이 아주 편찮아 보였다는 말도 한다. 그녀는 아버지를 걱정한다. 로즈의 어머니는 양로원에 있는 그녀를 만나러 올라올 예정인데 버스 삯이 없어서 우리가 돈을 보내야 한단다. 로즈의 아버지가 1951년에 돌아가셨고 어머니는 1967년에 세상을 떠났다는 말을 로즈에게 굳이 할 이유가 없다. 달라질 게 아무것도 없다. 가끔 그녀는 간식거리를 비닐봉지에 챙겨 넣는다. 우유 한 통, 빵 한 덩이, 초콜릿 바를 넣고 세탁 바구니에 있던 속바지도 몇 개 챙긴다. 그녀는 코트를 입고 애쉬로, 스미스 오두막집으로, 자신이 자랐고 그녀의 어머니가 기다리고 있는 집으로 갈 예정이다. 이 귀향길은 어쩌면 죽음을 준비하는 것처럼 보이겠지만 그녀는 세세한 부분까지 진지하게 생각하고 있고 최근에는 이미 애쉬에 다녀왔으며 곧 다시 가야 한다고 믿고 있다. 그녀가 점심을 먹으며 하는 말이, 자기가 정말 원하는 건 어머니가 양로원의 자기 방으로 찾아와 당신의 딸이 괜찮은지 직접 보는 것이라고 한다.

그 후 나는 그녀를 차에 태우고 런던 서쪽 교외의 거리를 돌아다닌다. 이게 그녀가 원하는 것이다. 가만히 앉아서 노스홀트에서 노스 해로우로, 그린포드로, 유유히 다니며 구경하고 이것저것 가리키며 보여주는 것이 전부다.

"오오! 이러고 다니는 거 정말 좋네. 뭐랄까, 나 좀 봐봐. 아주 레이디 먹[47]처럼 돌아다니잖아!"

우리가 폭우 속에서 A40을 따라 노스홀트 공항을 지나갈 때 그녀가 잠이 든다. 그녀는 언제나 새처럼 가냘프고 신경이 예민해서 예전 같으면 낮에 잔다는 건 생각지도 못했을 일이다. 과거에 그녀는 자잘한 걱정이 많았고 불면증에 시달렸다. 머잖아 그녀의 모든 기억이 사라질 것이다. 그녀의 어머니에 대한 기억, 뜰에 자두나무가 있는 애쉬의 집에 대한 기억 등등 뒤범벅이 된 기억마저도 서서히 진행되는 죽음이다. 그녀

---

47   Lady Muck '잘난 체하는 여성'을 뜻하는 말

는 곧 나도 마지도 짐도 알아보지 못할 것이다. 치매가 그녀의 기억을 비워 버리면서 그녀에게서 말도 앗아가기 시작할 것이다. 이미 그녀의 기억에서 빠져나간 간단한 명사들도 있다. 먼저 명사가 사라지고 다음으로 동사가 사라질 것이다. 언어 다음에는 신체 조정력, 그리고 모든 운동 신경이 기능을 잃을 것이다. 나는 그녀가 말하는 것은 사소한 말투든 구절이든 어떤 것도 놓치지 말아야 한다. 이내 다 사라질 테니까. 내가 어릴 적 내내 잊어버리려고 애쓰던 어머니의 말이 더 이상 세상에 없게 된다. 로즈는 점심 식사를 하는 동안 생기 넘치고 즐거워 보였지만 내게 그 순간은 여느 때처럼 슬픈 오후 시간이었다. 내가 그녀를 만나러 갈 때마다 그녀의 모습이 조금씩 사라진다. 하지만 작으나마 내가 감사히 여기는 한 가지가 있다. 그녀가 곤히 잠들고 와이퍼가 차의 앞유리를 닦느라 수고하는 동안 나는 그녀가 한 말, '아주 레이디 먹처럼 돌아다니잖아!'를 생각하지 않을 수 없다. 그런 말을 들은 지가 언제였던가! '레이디 먹!!' 그러고 보니 '쓰레기(muck) 있는 곳에 돈이 있다.'는 속담도 생각난다. 분명 내가 1930년대나 40년대에 썼지 싶다. 다시 써야겠다. 지금 마무리 중인 소설에 어울린다. 넣어야겠다. 그러면 그녀가 그 말을 했다는 것을 내가 늘 기억하게 되리라. 그녀의 말을 구사할 줄 아는 캐릭터가 이제 막 살아 움직인다. 고마워요, 로즈. 이 말을 들려줘서, 그리고 다른 말들도 전부요.

• 이언 매큐언(Ian McEwan)

단편집 2권(『첫사랑, 마지막 의식First Love, Last Rites』, 『In Between the Sheets』), 소설 15권(『시멘트 가든The Cement Garden』, 『이노센트The Innocent』, 『이런 사랑Enduring Love』, 『암스테르담Amsterdam』, 『속죄Atonement』, 『토요일Saturday』, 『솔라Solar』, 『체실 비치에서On Chesil Beach』, 『칠드런 액트The Children Act』, 『넛셸Nutshell』『The Comfort of Strangers』, 『The Child in Time』, 『Black Dogs』, 『The Daydreamer』, 『Sweet Tooth』) 등을 썼다. 「이미테이션 게임The Imitation Game」, 「위험한 아이The Good Son」, 「이노센트The Innocent」, 「체실 비치에서On Chesil Beach」, 「칠드런 액트The Children Act」, 「The Ploughman's Lunch」, 「Sour Sweet」를 비롯해 여러 영화 각본을 쓰기도 했다. 1998년에 『암스테르담』으로 맨부커 상을 수상했다.

02

숙명과 같은
'끈질긴 환영'

앤서니 스웨이트

나는 외동이었다. 어머니에 대한 기억은 전시 중이었던 1940년 6월 미국으로 피난가기 전과 1944년 6월 무렵인 내가 영국으로 돌아온 후, 두 시기로 나눌 수 있다. 외동아이로 태어나 자란 첫 번째 시기에 나는 어머니와 아주 가까웠다. 나중에는 물론 어머니를 아주 좋아하고 확실히 공경하는 마음이 있긴 했어도 가깝다는 느낌은 조금 덜했다. 어머니는 따뜻하고 총명한 여성이었다. 술에 찌든 무책임한 아버지와 나약한 어머니를 두고 힘든 환경에서 어린 시절을 보낸 어머니는 오로지 나의 아버지와 나만 바라보며 살았다.

아마 어머니 입장에서는 실망스러울 수도 있는데 내가 어머니를 생각할 때 가장 강렬하게 떠오르는 느낌은 구십대의 연로한 여인일 뿐이다. 이런 느낌은 다음에 나오는 시에 담겨 있는 감정 그대로다. 아흔일곱이 다 되어 어머니가 돌아가실 무렵과 그 직후에 쓴 시다.

죽음의 고통

지금 그녀 곁에 있는 것은 일종의 무료함

죄책감과 고통의 쓰라림 속의 지루함

자유를 좇는 나의 유치한 고뇌

사라진 지 오래. 이제 나는 기다리네

그녀에게 자기만의 고독을 기억나게 해주기를

그곳에서 다른 종류의 권태를 좇아갈 수 있기를

억울할 일 없는 일상과 모든 의무적인 제약에서

훌훌 벗어나네. 그녀는 의연히 묵묵히 감수하네

이제 다가올 것들

먼저 눈이 멀겠지. 그리고 다음 수순을 누군들 알까

폐가 질식하고, 몸이 마비되고, 섬망 상태에 이를까

하나가 지나가면 다음 게 뒤를 따르겠지

우린 서로에게 쾌활함을 연출하네

추억을 나누고 이름을 기억해내네

육십 줄의 아들과 나이 구순의 어머니

지루한 생명 유지 놀이를 하노라니

지켜보다

자신의 시간이 소진되고 있는 연로한 어머니들, 시간은 개의치 않으니

끊임없이 시계를 쳐다본다. 마치 시간이 어떻게 흐르는지

이해하지 못하겠다는 듯

정시에 식사가 나오고 매일 다른 간병인이

와서 일을 맡을 때도

그런 순간에도

그들은 시계를 보고 보고 또 보고

거듭 거듭 거듭 자신의 시계를 보느니

시간이 어떻게 흐르고 흐르고 흐르는지 어리둥절하다는 듯이

식사가 정시에 나오고

매일 다른 식사가 나와 먹을 때도

나이든 어머니는 여전히 살아 있고

시간은 개의치 않으며 계속 빠져나가고

최악의 말

최악의 말, 상처를 주는 말

당신이 쓰지 않는 말

당신은 그 말을 쓰길 두려워한다. 그게 상처가 되니까

그리고 그게 상처가 될 걸 당신이 아니까

그래서 당신은 다른 종류의 말을 계속 쓴다

그건 듣기 좋은 말이다. 적어도 용케 넘어갈 말이다

인생살이 더 편하게 하는, 만사에 기름칠하는 말이다

그런 말이 용케 넘어가는데 누구도 알아채지 못한다

그 순간이 오기 전까지

최악의 말이 당신에게 필요한 바로 그 말인 순간, 그 말이 효험을 보이니

끔찍한 진실을 말하는 최악의 효험이 나타나는 순간까지

허나 너무 늦었다. 당신은 그 말의 효험을 잃고 말았으니

메시지

내 지갑에 간직해둔 그걸 꺼낸다

다시 읽어본다. 도로 넣는다. 이 종이 조각

봉투 조각에 적힌, 지워져버리고 흐릿해진

다급한 말들이 당신의 가방에 처박혀 있는 걸 발견했다

분노와 고통과 미칠 듯한

몰이해로 가득한 절규

당신의 익숙한 손처럼 멍하게 만드는

당신이 쓴 글의 수신인, 당신의 아들

이미 나는 그 글을 수차례 읽었다

전부 다 외우고 있다. 하지만 그 말들을

내 글에서 되풀이할 수도, 소상히 풀어낼 수도 없다

슬픔이 그 말의 의미를 가리운다. 당신을 덮친 뇌졸중이 가리우듯이

어떤 일이 벌어졌는지를, 어떤 일이 뒤따랐는지를

나는 종이를 꺼내 글을 따라간다

또다시, 다시 한번 더. 잦아든 무한의 절규

나한테 왜 이런 거냐? 날 꺼내다오

절규

안 죽었어, 아직 안 죽었다고

잘려나간 절규처럼

외침이 내게 돌아온다. 그녀의 음성으로

그야말로 공포다. 이런 느낌

불가능한 회귀

밤마다 막을 길 없는 존재감으로 채워진 미래

하지만 나는 안다. 그녀가 죽었음을. 내가 원했다

나 역시 원했다. 어째서 그녀가 이렇게 울부짖어야 하나

이토록 맹렬하고, 구슬프게, 밤마다

그리워해달라고 재촉하는

끈질긴 환영처럼

안 죽었어, 아직 안 죽었다고

바람 한 줌

'바람 좀 들여보내 줄래'

당신의 작고 연약한 몸을 침대에 밀어 넣던

이른 그날 밤 당신이 세상을 떠나기 일주일 전

당신이 한 그 말이 거듭 되풀이되어

내 귀에 들리고 뇌리에 떠오른다

희망이 기지개를 켜는 듯했던 그 말

상쾌한 기운을 방안에 들이면

열린 창문으로 새 날이 빛을 데려오고

태양이 예전처럼 떠오를 때까지는

고통이 내리 쫓겨나가 있을 듯이

하지만 그건 습관처럼 나온 말

당신은 늙고 고단했다. 바람 한 줌으로도

빛 한 줄기로도 그 어떤 것으로도

당신이 거기 누워 있는 동안 침대에 드리우는 어둠을 물리치진 못했다

• 앤서니 스웨이트(Anthony Thwaite)

옥스퍼드 대학교에 재학 중일 때 작품을 발표하여 일찍이 시인으로 두각을 나타냈다. 2007년에
『시선집Collected Poems』이 나왔고 최근에는 84세에 쓴 『외출Going Out』이 출간되었다. BBC 라디
오 프로듀서였으며, 《Listener》, 《New Statesman》, 《Encounter》의 문학 담당 편집자였다. 1950
년대 중반 일본 도쿄 대학에서 강의한 것을 비롯해 여러 나라에서 강단에 선 경험이 있다. 시 부
문에서 OBE(대영제국 4등훈장)를 받았고, 아내 앤과 함께 왕실문학협회 회원으로 활동중이다.
이스트앵글리아 대학교에서 명예 학위를 받았고, 필립 라킨의 시와 편지를 편집한 연구서로 헐
대학교에서 명예박사 학위를 받았다.

03

엄마와의
끝없는 동행

캐서린 에어드

애초에 엄마와 같이 살 마음은 없었다. 그건 불가항력적인 일이었을 뿐이다. 내가 열여덟 살 때, 그 당시 내가 독립하는 게 가능했던 가장 이른 기회가 바로 그 무렵이었다. 집을 떠나 아버지의 뒤를 이어 에든버러 대학교에 가려고 단단히 벼르고 있었다. 나는 단 한번도 수술에 마음이 끌린 적이 없었지만 거기서 의학을 공부해서 일반의나 내과의사가 될 생각이었다. 이러한 목표를 두고 학교에서 대학 준비 과정 첫 해를 밟을 때 화학, 물리학, 생물학을 메인 코스로 공부하고 곁다리로 라틴어도 배웠다.

하지만 그렇게 술술 풀릴 운명이 아니었다. 누가 그랬던가! '신을 웃기고 싶다면 너의 계획을 말해 드려라.'라고 내 경우에 딱 들어맞는 말이다. 열여섯 살이 되고 반년이 더 지났을 때 나는 아주 심각한 신장 질환을 앓고 있다는 진단을 받았다. 나중에야 '신장 증후군'이라는 이름이 붙게 되는 병이었는데, 그때는 '엘리스 타입 투(Ellis Type Two)'로만 알려져 있었다. 당시에는 치료법이 없어서 나를 담당한 모든 의사들이 극히 비관적인 시각으로 경과를 지켜보았다. 의사들이 하는 말은 질병 치료보다는 환자를 관리하는 데 치우쳐 있었다. 고단백 식이요법(신장 때문에 손실된 단백질을 보충할 목적)이 좋으냐, 저단백 식이요법(기능에 문제가 생긴 장기의 단백질 처리 과정에서 부담을 줄일 목적)이 좋으냐를 두고 각 장점에 대해 지난한 논의만 벌였다.

이렇게 어머니는 병든 딸을 책임지게 되었고 그 후 내가 회복될 때까지 오랜 세월 내 곁을 지켜주셨다. 사실 어머니가 여든다섯의 나이로 돌아가실 때까지 나는 일평생 어머니와 함께 집에서 지냈다. 아버지 역시 돌아가실 때까지 그랬다. 어머니가 죽음과 질병에 비교적 익숙한 사람이었다는 사실은 내가 아팠을 때 큰 도움이 되었을 것이다. 어머니는 간호사 교육을 받았을 뿐 아니라 여러 형제자매와 가족을 잃은 경험이 있었다. 남자형제 중 한 명은 1차 세계대전 때 전사했고, 한 명은 뇌종양(어머니와 아버지의 약혼식 날 아버지가 그 외삼촌의 병을 진단했다.)으로, 또 한 명은 네 살 때 결핵으로 세상을 떠났다. 결혼한 자매 한 명은 폐렴으로, 아버지는 패혈증으로 돌아가셨다. 이 두 사람은 항생제가 출현하기 훨씬 이전에 세상을 떠났다.

아득히 먼 그 시절에는 일반 진료를 하는 의사가 주로 집에서 따로 진료실을 두고 업무를 보았다. 말하자면 우리 가족은 일터에서 먹고 자고 한 셈이었으니 환자들의 병은 거의 대부분 가족 모두 잘 아는 주제였고 일상적인 대화의 일부였다. 저녁식사 자리에서 진지하게 오가는 임상 치료 이야기는 찰스 디킨즈의 『피크위크 클럽 유람기*Pickwick Papers*』에 나오는 두 의학도 봅 소이어와 벤자민 앨런의 대화를 연상시켰다. 이 소설에서 소이어 씨가 '식욕을 돋우는 데 해부만한 주제는 없다.'고 말한다. 나는 식사 시간에 해부 이야기가 나온다고 입맛을 잃지는 않는 환경에서 자라났다. 범죄 소설가가 되기에는 아주 유익한 조건이었다.

집에 꾸준히 방문객이 드나든 것도 도움이 되었다. 건강, 경제력, 행복 지수 등 다양한 면에서 천차만별의 다른 환경에 처한 남녀노소가 식탁에서 차를 마시는 모습을 언제든지 볼 수 있었다. 나의 어머니는 붙임성이 대단한 사람이었는데 사교 활동 자체에는 그다지 관심이 없었다. 이런 환경에서는 누군가의 시간과 관심이 정말로 중요하다는 인식이 끼어들 자리가 없었다. 우리 집에는 현실과 동떨어진 '사색의 공간'이란 게 아예 없었다. 창작 활동을 할 신성한 공간 따위는 전혀 존재하지도 않았다. 이런 집안 분위기 속에서도 내가 키워 나갔던 중요한 자질 한 가지가 있는데, 아무리 숱한 방해를 받더라도 글을 쓰는 법을 터득했다는 것이다. 완곡하게 표현해 일상생활 중에 벌어지는 크고 작은 사건 때문에 한쪽으로 밀려났던 일을 상황이 허락되기만 하면 당장 아무런 원망 없이 다시 시작할 수 있었다는 뜻이다.

어머니는 워낙 충격적인 일을 많이 겪으며 자란 터라 모든 것들을 일정한 거리를 두고 보게 되었고 어머니 생각에 심각한 실수 앞에서는 그보다 덜한 일쯤이야 그저 법석 떠는 것에 불과했다. 거기다 환자가 호소하는 고통을 냉정하게 대하는 의료계 전반의 자연스러운 성향까지 더해졌다. 이 말은 곧 내 소설 속 사건에 대한 굉장히 극적인 반응은 관찰을 통해 묘사되었다기보다는 상상으로 그려져야 했다는 뜻이다. 소설이 요구하는 것이 무엇이든 간에 극적인 드라마란 게 실생활에서는 아예 없었다.

어머니와 나의 오랜 관계를 설명할 때 분명히 짚고 넘어가야 하는 부분은 요구 사항이 많은 부모에게 손발이 묶인 순종적인 딸이 등장하는 모녀 관계가 아니었다는 점이다. 반듯하게 묶인 앞치마 끈이 등장한다거나 '엄마가 제일 잘 알아'와 같은 분위기는 없었다. 나는 빅토리아 여왕의 막내딸 베아트리스 공주 같은 처지가 아니었다. 마지막 자식을 발치에 두기로 마음먹은 엄모(嚴母)의 끊임없는 시중에 응하면서 왕가의 어머니에게 엄청나게 혹사당하는 신세로 꼼짝없이 붙들려 있지는 않았다는 뜻이다.

어머니는 내가 태어날 때 감동적인 글을 쓴 적은 있었지만 불쌍한 베아트리스 공주 같은 고분고분한 필경사나 사후 검열관은 필요 없었다. 아주 건강했고 직접 할 수 있는 능력이 있었으니 대필을 해줄 비서도 필요 없었다. 사실 아버지가 일을 할 때 어머니의 도움이 절대적이었다. 더구나 결혼 안 한 딸을 평생 집에 붙들어 두고 싶다는 생각 따위는 하지 않았을 것이다. 그런 말은 한마디도 한 적이 없었다.

오랫동안 와병 생활을 하며 어머니가 절실히 필요했던 사람은 바로 나였다. 어머니가 나이 들고 나약해져 우리의 역할이 바뀌고 내가 어머니를 돌보게 된 것은 한참 나중의 일이었다. 연로한 부모와 함께 살며 집에서 일할 때 얻는 뜻밖의 이득이 있다. 멀리 떨어져서 가족의 상충하는 요구사항에 대처하려고 애쓰느니 차라리 곁에서 살피는 보호자가 되는 편이 충격이 훨씬 덜하다는 점이다.

내가 이러한 오랜 관계 속에서 특별하게 얻었다고 생각하는 부분은 무엇보다도 어머니의 절제된 유머 감각을 파악한 것이었다. 확신컨대 이 덕분에 내 글쓰기가 지금까지 풍자의 방향으로 나아갔을 것이다. 어머니의 영향력은 아주 은근하게 작용했고 어머니의 유머는 예리한 귀에만 포착되었다. 어머니가 거의 눈에 띄지 않는 테크닉으로 아버지를 능숙하게 다루는 과정이 내 눈에는 유독 잘 보였다. 뭔가 희한한 이유로 아버지는 자신이 집안의 가장이며 자신이 한 말은 군말 없이 이행된다고 철석같이 믿고 있었다. 자신의 실상이 그렇지 못하다는 것은 의심조차 하지 않았다.

그때나 지금이나 확신이 잘 안 서는 부분이 있다. 어머니가 직접적인 의견을 입 밖에 내는 경우가 드물었기 때문에 다양한 주제에 대한 어머니의 생각을 여전히 잘 모르겠다. 어머니는 논쟁을 매우 싫어했고 아무리 이론적인 사안이라 해도 언쟁에 휘말리는 법이 없었다. 아버지가 너무나 소중하게 여기는 수많은 '원칙의 문제'를 어머니는 차분하게 깎아내리며 결국 그런 문제는 전혀 중요하지 않다고 주장하면서 대치 국면의 기미가 보이는 무엇이든 간에 의견을 피력하는 것은 늘 거부하곤 했다. 기대할 부분이 아주 많지 않느냐고 아버지가 끊임없이 주장한들 어머니는 변함없이 냉정을 유지했다.

이런 생활이 아주 마음 편하기는 했지만 작품 안에서 모방할 만한 좋은 논쟁적 대화를 찾는 나 같은 범죄 소설가에게는 당연히 전혀 도움이 되지 않았다. 어쨌든 등장인물이 서로 의견을 달리하고 법에도 맞서 반대 의견을 펼치는 것은 탐정 소설의 본질이며 그런 충돌은 경찰서의 어떤 형사 주인공에게 사건의 실마리를 제공하는 과정 아닌가!

내가 이런 면을 염두에 두고 글을 쓸 때 다행히도 바로 가까이에 아버지가 있었다. 아버지는 누군가가 언급할 만한 내용에 대해 언제든 논의가 가능한 자문 역할에 제격이었다. 특히 의학적 문제와 약제, 물리학 분야에서 도움을 받았다.(아이작 뉴턴은 아버지에게 아주 중요한 사람이었다.) 어쨌거나 누구든 언쟁을 벌이기 마련이지만 어머니는 생전 그러질 않았다. 사실 우리 모녀의 의견이 심각하게 충돌한 사안은 오직 하나뿐이었다. 내가 집에 들인 엄청난 분량의 책이 문제였다. 어머니가 적어도 거실은 책으로 걸리적거리지 않아야 한다고 누누이 말했지만 어머니 살아생전 그 뜻은 이뤄지지 않았다. (지금도 거실은 그 모양이다.)

나는 선천적으로 직관이 뛰어난 사람과 오랜 세월을 함께 살았는데도 어머니가 모든 역경을 딛고 올바른 판단을 내리는 모습을 볼 때마다 항상 놀랐다. 그래서 나는 작품 활동 후반기에 들어서면서부터 내 소설 속 가상 인물의 행동이 철저히 논리에 부합해야 하고 그들이 본능이나 직관에만 의존해서 결론을 내리지 않도록 상당히 주의를 기울여야 했다. 그리고 내가 나이가 들어 어머니의 말년이 어떠했는지 생각하면서 작품 속 인물들의 반응과 행동이 비정상적으로 제약받지 않도록 신경 써야 했다.

1939년 9월 3일, 전 국민이 그랬듯이 우리 가족도 라디오를 켜고 네빌 체임벌린 수상이 국가의 전시 상황을 알리는 말에 귀를 기울이던 중에 거의 곧바로 공습경보가 울리는 소리를 들었다. 아버지는 아홉 살이 된 나와 일곱 살이 된 남동생을 어머니에게 맡기고 즉시 의료 지원을 하러 떠났다. 특별히 전쟁에 관심을 보이거나 크게 놀라지도 않았던 나와 동생은 뜰에 가서 놀고 싶다고 말했다. 어머니는 반짇고리를 꺼내더니 만약에 우리가 폭격을 당하면 우리 시체를 식별해야 할 경우를 대비해 우선 우리 셔츠에 이름표를 꿰매 둘 거라고 말했다. 어머니는 이미 전쟁 중에 뒤섞인 시체들을 본 적이 있었기 때문이다. 우리 남매는 어머니가 이름표를 다는 동안에도 조바심을 내며 기다리다가 이름표가 완성되자 얼른 뛰어나가 놀았다.

우리 부모님은 자식을 과잉보호하지 않았다. 이후 전쟁 중에 우리 집에서 환자가 아이를 사산했을 때 우리 남매에게도 그 아기를 보여 주면서 죽음은 두려워할 게 아니라고 알려 준 분들이다. 그 밖의 다른 사건에 대한 어머니의 반응 역시 보통사람의 예상을 벗어나기 일쑤였는데, 만약 새내기 작가가 자기 작품을 위해 일반적인 인간 행동에 관한 자료를 수집 중이었더라면 우리 어머니의 반응은 그다지 도움이 안 되었을지도 모른다.

한번은 이런 일이 있었다. 어머니가 동네 장터에 장을 보러갔을 때 모르는 여자가 머리부터 발끝까지 어머니 옷장에 있던 옷을 입고 어머니를 향해 걸어오는 모습이 보였다. 보통사람 같으면 그 옷을 입은 사람에게 따져 물으며 당장 경찰서로 가자고 길길이 화를 내거나 혹시 자신이

제정신이 아닌가 의아해 했을 텐데 어머니는 그 여자가 집에 와서 해명할 때까지 그냥 기다려주었다.

그 여자에게는 그럴 만한 이유가 있었다. 어느 부부가 연락선을 타고 가다가 강물에 빠져 우리 아버지가 그 여자를 집으로 데려왔고 그녀는 몸을 말린 후 시내에 가서 남편과 자신이 입을 새 옷을 사려고 어머니 옷을 빌려 입었던 것이다. 이처럼 더없이 절제된 어머니의 반응은 매사에 합당한 이유를 따져봐야 한다는 어머니의 확고한 신념을 보여주는 좋은 사례였다. 물론 공연히 소란을 피우지 말아야 한다는 믿음도 있었다.

아버지가 주는 생일선물에 대한 반응도 예측하기 어려웠다. 한번은 아버지가 어머니에게 백지수표를 주면서 아버지의 전 재산만큼도 괜찮으니 원하는 대로 금액을 채우라고 말했다. 어머니는 문제를 일으킬 수 있는 제안이라고 딱 잘라 말하며 사양하였다. 만약 어머니가 큰 금액을 적으면 아버지는 어머니가 욕심이 많다고 생각할 테고 적은 금액만 적으면 어머니가 원하는 모든 것을 이미 가졌다고 생각할지 모른다고 말했다. 재미있는 언쟁이 한참 오간 후에 결국 어머니는 백지수표를 찢어버렸다.

내가 어머니 슬하에서 확실히 배운 한 가지 지혜는 바로 적당히 속임수를 쓸 줄 알아야 한다는 것이다. 이것이 탐정 소설을 쓰는 데 아주 귀중한 자질임은 두 말할 필요도 없다. 누구 때문인지 정확한 대상은 절대 거론되지 않았지만 나를 부엌에 들이지 않으려고 작정한 듯 음식 재료가 꽁꽁 숨겨져 있었고 조리 도구도 똑같은 장소에 두 번 이상 똑같이 비치된 적이 없었다. 나중에 내가 더 넓은 공간에서 벌어지는 정교한 상황을 '이탈리아인 같은 섬세한 손길'로 다룬다는 찬사를 받았을 때 나는 그 공을 누구에게 돌려야 할지 정확히 알고 있었다.

나는 어머니가 아버지를 손바닥 보듯 훤히 알고 있었던 것처럼 나에 대해서도, 나의 사고방식에 대해서도 아주 잘 알고 있었다고 인정할 수밖에 없다. 내가 어머니를 이해하는 것보다 훨씬 더 세세하게 말이다. 범죄 소설 쓰기 원칙에 따르면 초반의 도입 부분인 3장 안에 살인범의 정체를 알려주는 충분한 단서가 제시되어야 한다는데, 나는 이 원칙을 엄격히 고수하며 글을 썼고, 어머니는 이 초반 3장을 꼭 읽곤 했다. 딱 3장까지만 말이다. 그러고는 살인범 이름을 종이에 적어서 내가 못 보도록 봉투에 넣어 잘 밀봉해 두었다. 몇 달 뒤 내가 정식으로 원고를 마무리한 후에 우리 모녀가 유난스레 격식까지 갖추며 함께 봉투를 개봉해서 확인해 볼 때면 어머니가 지목한 바로 그 악당이 언제나 범인으로 드러났다. 어머니가 돌아가신 후 나는 이런 순간이 너무나 그리워졌다.

• 캐서린 에어드(Catherine Aird)
20권이 넘는 탐정소설과 단편소설집을 쓴 작가다. 대부분의 작품에 탐정 C. D. 슬론이 등장한다. 캔터베리켄트 대학교에서 명예 문학학사 학위를 받았고, 대영제국훈장을 받았다. 큰 성공을 거둔 콜셔 연대기뿐만 아니라 다수의 지역 역사서 시리즈를 쓰고 편집했다. 이스트켄트에서 시골 생활을 즐기며 살고 있다.

04

'그녀를 다시 내게
데려다 주오'

앤 스웨이트

W. E. 헨리[48]의 작품에서 빌려온 이 제목은 내가 어렸을 때 어머니가 보내준 책에 있는 명구의 일부분이다. 그 책은 1942년에 제인 카턴이 '엮고' 파버앤파버에서 출간한 『아이의 화환*A Child's Garland*』이었다. 내가 그 해 크리스마스에 책을 받았을 때 어머니와 나는 19,000킬로미터 넘게 떨어져 있었다.

나는 이 책이 그리 유명하지도 않고 오래 전에 잊힌 책이라고 쓸 참이었는데 아이패드로 확인을 해보는 게 낫겠다는 생각이 들었다. 알아보니 아마존에서 표지가 있는 것은 5.49파운드에 주문 가능했고 표지 없

---

48 William Ernest Henley(1849~1903), 영국의 시인, 비평가

는 것은 그보다 낮은 가격으로 이베이에서 살 수 있었다. 《타임즈》지의 기자인 제인 카턴이 여덟 살이던 자기 딸 폴리를 위해 시와 성경구절(시편 23편 포함)을 모아 책으로 엮어낸 것이다. 폴리와 남동생이 1940년 여름에 캐나다에 갔던 바로 그 무렵에 나는 남동생하고 어머니와 함께 부모님의 고향인 뉴질랜드로 향하는 훨씬 긴 여행길에 올랐다. 우리가 영국을 떠난 이유는 폭격을 피하기 위해서였기도 하고 그 위험했던 여름에 적군의 침공이 임박한 것 같아서였다.

75년이 넘는 세월 동안 폴리와 그녀의 어머니가 문득문득 궁금해지는 순간이 찾아오곤 했다. 놀랍게도 요즘 같은 인터넷 세상 덕분에 60goingon16이라는 누군가의 블로그에서 두 사람의 목소리를 듣게 되었다. 그 블로그로 바로 연결된 BBC의 제2차 세계대전 기록보관소에는 대서양을 사이에 둔 두 사람이 남을 의식하는 듯 딱딱한 목소리로 나눈 대화가 담겨 있었다. 그 블로그 운영자는 중고품 가게에서 우연히 『아이의 화환』을 발견한 후 호기심이 생겨 관련 내용을 조사하게 되었다고 한다.

내가 가진 이 책에는 어머니의 필체로 쓴 '앤 바바라 해롭, 마스든 스쿨, 웰링턴, 1942년'이라는 글과 아버지가 덧붙인 '크리스마스'라는 글이 적혀 있었고, 아래쪽에는 이 책이 나 같은 어린아이가 읽기에 적합하다는 의미를 전달하듯 선생님이 자기 이름의 머리글자를 휘갈겨 쓴 게 눈에 띄었다. 그때 나는 열 살이었다. 어머니가 뉴질랜드에서 우리를 남겨둔 채 군대 수송선에 몸을 싣고 위험한 귀환 여정에 올라 런던에 있는 아버지에게 돌아간 지 거의 1년이 지났을 시점이었다. 어머니는 혹시 자기가 바다를 건너다 사고라도 당하면 우리에게 편지를 전해 달라며 이모에게 편지를 한 통 남기고 떠났다. 어머니가 탄 배는 태평양을 건너 파나마 운하를 통과한 후 미국의 동부 연안을 따라 항해하여 캐나다에서 대서양을 건너는 호송 함대에 마지막으로 합류하게 되었다. 이 여정은 그야말로 용기가 필요한 어려운 결정이었다. 또다시 3년 반이 지나고 전쟁이 끝난 후에야 어머니를 다시 만날 수 있었다.

우리 가족이 서로 떨어져 지낸 세월이 긴데도 오래도록 상처 없이 살아남을 수 있었던 것은 가족 모두 글을 쓰는 데 피해를 주지 않았다는 사실 덕분이었다. 내 남편 앤서니도 미국에서 어린 시절을 보낼 때 오랫동안 어머니를 보지 못했다는 점에서 우리 부부는 유대감을 느꼈다. 우리 둘 다 생각하기를, 이렇게 가족과 떨어져 있었던 시기가 오히려 우리를 강인하고 독립적인 사람으로 만든 것 같다. 전쟁이 지속되던 5년 동안 수백 통의 편지(나중에는 항공 축사 우편[49])와 수많은 책 소포가 대양을 가로질러 오갔고 그 중에는 사고로 바다에 빠진 것들도 있었다.

『아이의 화환』은 내게 특별히 중요한 책이다. 내가 아주 좋아했던 소설(메리 에블린 앳킨슨[50]이 쓴 많은 책)과는 달리 이 책은 영문학 입문서 같은 역할을 했다는 생각이 든다. 나는 이 책에서 익숙한 몇몇 시와 성경 이야기를 읽었는데 무엇보다도 훗날 일생 동안 내게 크나큰 의미로 다가올 많은 작가들의 글도 접할 수 있었다는 점에서 의미가 더 크다. 가령 에

---

49   서류를 축사해서 공수한 후 다시 확대 복사해서 배달하는 것

50   Mary Evelyn Atkinson(1899-1974). 영국의 아동작가. 「로켓 가족」 시리즈로 유명하다.

드워드 리어[51], 알프레드 테니슨[52], 블레이크[53], 브라우닝[54], T. S. 엘리엇[55] 같은 작가들, 그리고 셰익스피어까지…….

제인 카턴이 이탤릭체로 쓴 주석은 어린이 독자의 이해를 도와주었고, 어머니도 나름대로 메모를 덧붙이기도 했다. 어머니가 연필로 쓴 그 내용은 지금까지도 선명히 남아 있어서 마치 책 표지 외에는 잉크로 책에다 글을 남겨서는 안 된다고 강조하는 듯하다. 어머니가 쓴 글 중에는 질문이 자주 눈에 띄었다. '너는 이걸 어떻게 생각하니?'나 '이러한 점을 배우고 싶니?' 같은 것들이었다. 블레이크의 「예루살렘」 옆에는 '이 시에는 아름다운 곡조가 있단다.'라고 쓰여 있었다. 기억을 떠올리게 하는 내용도 있었다. 어머니가 E. 네스빗[56]의 이름 다음에는 'D.가 모은 모든 책을 쓴 사람'이라고 덧붙여 놓았다. 내 동생 데이빗이 영국 집의 자기 책장에 네스빗의 책을 잔뜩 채워 두었었다. 내가 분명히 말할 수 있는 것은 나의 어머니가 다른 많은 어머니들처럼 나를 책의 세계로 이끌어주었고 내 안에 독서를 사랑하는 마음과 글을 쓰고 싶은 욕구를 불어넣었다는 사실이다.

어머니가 내게 준 또 한 가지 큰 선물이 있다. 그 덕분에 나는 전기 작가로서 큰 도움을 받았다. 어머니는 내게 빅토리아 시대의 사람들을 소

---

51 Edward Lear(1812~1829), 영국의 시인, 화가 겸 아동문학가. 「넌센스 시집」이 대표작이다.

52 Alfred Tennyson(1809~1892), 영국의 시인. 「인 메모리엄」 등을 썼다.

53 William Blake(1757~1827), 영국의 시인, 화가, 신비 사상가. 「결백의 노래」, 「밀턴」 등을 쓰고 화가로서 단테 등의 시와 구약성서의 「욥기」 등에 삽화를 그렸다.

54 Robert Browning(1812~1889), 영국의 시인. 「리포 리피 신부」, 「안드레아 델 사르토」 등을 남겼다.

55 Thomas Stearns Elliot(1888~1965), 영국의 시인 겸 평론가, 극작가. 「황무지」 등을 썼고 1948년에 노벨문학상을 수상했다.

56 Edith Nesbit(1858~1924), 영국의 아동문학가, 시인.

개시켜 주었고 그래서 나는 자연스레 그들을 역사책에나 존재하는 머나먼 과거의 인물이 아니라 우리와 똑같은 시대에 존재하는 사람처럼 여기게 되었다. 어머니는 빅토리아 여왕이 1901년에 세상을 떠났을 때 생후 7개월이 채 안 되었지만, 어머니의 아버지(1863년생)와 어머니가 제일 좋아하던 이모 윈(1886년생) 모두 회고록을 썼으니 나의 어머니도 가족의 역사에 둘러싸인 사람이었다. 어머니는 1923년에 뉴질랜드를 떠났을 때 그간 읽었던 많은 이야기 속에 등장한 온갖 빅토리아 시대 사람들과 같은 세계에 살고 있음을 실감했다. 영국인 여관 주인, 제빵사, 경비원, 스코틀랜드인 재봉사, 선원, 농부……. ('신사'라는 표현으로 기록된 사람이 있었다지만 그건 어디까지나 나의 아버지 입장이었다.)

어머니가 헌신적으로 모신 외할아버지는 나의 양쪽 조부모님과 마찬가지로 뉴질랜드 태생이다. 예전 세대는 모험을 감수할 수밖에 없는 이민자가 많았다. 어머니가 어렸을 때 외할아버지는 어머니가 다니던 초등학교의 교장선생님이었고 그 때문에 모든 자식들이 편치 않은 시간을 보내야 했다. '잘해야' 한다는 끊임없는 요구가 어머니 마음에서 떠나지 않은 것도 거기서 이유를 찾을 수 있다. 그 요구는 어머니를 통해 내게도 전해졌다. 어머니의 열여섯 살 때 일기를 보면 '겸손하고 경건하고 도움이 되는 사람'이 되고 싶어 했다. 잘하는 것으로는 충분하지 않아 어머니 힐다는 모든 면에서 최고의 모습을 보이기 위해 애써야 했다. 1914년 크리스마스에 어머니의 이모 윈이 1년 전에 출간되었던 『폴리애나 Pollyanna』라는 책을 어머니에게 주었다. 어머니는 그 책에 깊은 감명을 받았다. 삶에서 중요한 것은 뭔가를 잘하느냐, 혹은 적어도 최고가 되느냐 하는 문제가 아니라 모든 것을 최대한 잘 활용해야 한다는 것이었다.

다행히 얼마 후에 어머니는 '학교가 멋지다', 새로 부임해 온 테니스 선생님 '왓슨 선생님도 멋지다'라는 글을 남겼다. '선생님이 나를 사랑해 주었으면 좋겠다.' 여자애들이나 여자 선생님을 향한 사랑은 고통을 자초할 수는 있지만 절대 죄책감을 불러일으킬 일은 아니다. 힐다는 그런 열렬한 마음의 이면에 잠재적인 성적 관심이 담겨 있으리라는 생각은 전혀 하질 못했다. 그녀는 여자애들과 비교적 교우 관계가 좋았다. 고등학교와 대학교에서 여자 친구들을 아주 많이 사귀었고, 지구 반대편에서 오랫동안 편지를 주고받으며 친밀한 관계를 유지하면서 영국이나 뉴질랜드에서 이따금씩 직접 만나 다시금 우정을 다지곤 했다.

평생 독실한 기독교인이었던 사춘기 시절의 어머니는 자기 자신이 '끔찍하게 불만스럽다'고 썼다. 어머니는 다른 사람들을 위해 뭔가를 더 해야 하며, 사람들을 양과 염소로 구분하는 일에 대해서는 (어머니가 다니던 교회에서 많은 사람들이 그랬듯) 걱정하지 말아야 한다고 느꼈다. 어머니는 '세상 사람들은 정직하고 진실하며 깨끗하고 용감하고 주변 사람들에게 상냥해지고 싶어 하지 않은가?'라고 생각하였으며, 어머니는 교회 신자와 비신자 간의 차이가 '항상 눈에 띄지는 않는다'고 느꼈다. 이렇게 느낀 데는 힐다가 그 당시의 저명한 불가지론자 조지 엘리엇의 작품을 읽고 있었다는 사실이 어느 정도 연관되어 있었을 것이다. 어머니가 평생 절친하게 지낸 많은 친구들은 기독교인이 아니었다. 하지만 어머니는 자신이 원하는 여성의 모습을 갖추려면 오직 하나님의 도움으로 가능하다고 느꼈다. '품위 있고 친절하고 인정 많고 후하고(내가 많이 가졌으니 많이 나눌 줄 알고) 신실하고 우쭐대지 않고 매사에 넓게 볼 줄 알고 명랑하고 다정하고 성실하고 참되고 고상하고 허세 부리지 않는' 여성 말이다.

예사롭지 않은 목록이었지만, 어머니가 돌아가신 후에 많은 사람들이 내게 쓴 편지를 보면 정말로 어머니는 열여섯 살 적에 되고자 했던 그런 여성이었음이 드러났다. 사람들의 글에는 어머니가 다른 이들의 삶에 지대한 관심을 쏟았고 자기 자신의 삶도 열정적으로 꾸려갔다는 내용이 부각되어 있었다.

어머니는 대학 신입생 시절 호기심과 열정을 억누르려고 애썼다. 남자들과의 관계는 여자들과의 관계보다 훨씬 복잡했다. 어머니는 스스로 정한 규칙 목록을 적어 두었다.

-충동적으로 행동하지 않는다. 생각하고 말한다.

-남자가 제안하는 무엇에도 관심을 두지 않는다.

-너무 친하게 굴지 않는다. 즉, 조용하게 가만히 있는다. 남자들이 주저 없이 내게 다가오게 해준다. 단, 그들이 원할 경우 그렇게 하고, 원치 않으면 강요하지 않는다.

-남자들이 어떤 사안에 대해 내게 의견을 구하지 않으면 내 생각을 굳이 알리지 않는다. 즉, 남자들이 궁금해 하게 만든다!

-늘 자제력을 잃지 않는다.

-제안에 즉각 응하지 않는다.

-사적인 감정이 섞이지 않은 철저히 객관적인 대화를 한다.

-남자가 질문하지 않도록 주제를 바꾼다.

-아무리 말하고 싶어도 내 생각을 그들에게 말하지 않는다.

-내가 원하는 것을 생각하지 않는다. 자기만족은 상대방의 이익을 희생시키는 경우가 많다.

-남자들이 나에 대해 확신하지 않게 한다. 계속 추측하게 만든다.

-그들을 나의 확신 속으로 끌어들이지 않는다.

-다른 사람들 일을 논하지 않는다. 다른 여자나 남자는 언급조차 하지 않는다.

-행동 규칙을 논하지 않는다.

-일반적인 주제에 관해서만 말한다. 일, 스포츠, 책, 음악…….

-흥분할 일이 있더라도 겉으로 드러내지 않는다.

힐다는 1919년에 루크 군, 그레이 군, 파크 군, 페트리 군, 그리고 다른 사람들 열두 명과 함께 댄스 플로어를 빙빙 돌면서 이상한 대화를 나눴음이 분명하다. 나의 아버지는 동갑인 힐다와 열여섯 살 적부터 함께 테니스를 쳤고 7년 후에 그녀와 결혼했는데 춤꾼은 아니었다.

나는 2009년에 오타고 대학 출판부에서 출간한 『좁은 길: 뉴질랜드 가족 이야기 *Passageways, the Story of a New Zealand Family*』에 부모님의 이야기를 담았다. 이제는 나와 어머니의 관계에 대해 더 생각해 봐야 한다. 나는 어머니가 나를 얼마나 원했는지 알고 있다. 1928년에 런던 북부에 있는 부모님 집으로 어머니의 부모님이 방문하셨다. 그날 밤 외조부모님이 뉴질랜드로 돌아가기 전에 힐다가 이런 글을 남겼다. '어머니가 가르쳐 줘서 앤 바바라의 숄 가장자리에 코바늘뜨기를 했다.' 나는 처음으로 어머니 힐다의 일기를 읽으면서 내가 태어나기 4년 전인데 내 이름이 있는 것을 보고 충격을 받았다. 힐다는 뱃속에 딸이 있다고 확신했다. 그해에 그녀가 사랑하는 자기 어머니와 특별히 가깝게 지낸 관계를 두고 기분 좋은 내용을 남긴 것 같았다. 하지만 7개월 후에 아이는 사산이 되었다. 아들이었고 부모님은 아이에게 '존'이라는 이름을 지어주었다.

어머니가 돌아가신 후 나의 오빠가 출간한 회고록에 어머니의 슬픈 사연이 담겨 있다. '그 당시 내가 아이를 보는 것조차 허락해 주지 않았다. 불쌍한 앵거스는 작은 하얀 상자를 가지고 웨스트 햄스테드에 있는 가장 가까운 공동묘지로 가야 했다. 택시를 타고 혼자서 말이다.' 그리고 이렇게 덧붙여 있었다. '그래도 그 후 4년 사이에 데이빗을 얻고 다음에 앤 바바라를 얻게 돼 참 다행이었다. 그래서 나는 따지고 보면 정말 복 받은 사람임을 절실히 깨닫는다.' 60년이 지난 후라도 그처럼 극도로 낙천적인 어조를 유지하기란 분명 힘든 일이었을 것이다.

힐다는 자신의 회고록에 『은혜를 입은 삶A Privileged Life』이라는 제목을 붙인 다음 1969년에 펜을 들고 90세에 세상을 떠나기 3년 전인 1987년에 펜을 놓기까지 18년이 넘는 세월 동안 쓴 '문득문득 떠오르는 기억을 3만 단어'로 소개했다. 물론 나는 어머니가 1942년에 뉴질랜드에서 우리 남매를 남겨두고 아버지에게 돌아가기로 한 중대 결심에 대해 쓴 부분에 특히 관심이 갔다. 그때 우리에게 어머니가 필요했던 것보다 분명히 아버지에게 어머니가 훨씬 더 필요했음을 지금은 충분히 공감할 수 있을 것 같다. ('나는 더 이상 앵거스와 떨어져 있어선 안 된다고 다짐했다.'고 어머니가 썼다.) 나는 그런 선택을 할 수 없었을 테지만 그게 현명한 선택이었다고 이해하고 싶다. 데이빗과 나는 평화로운 나라에서 잘 자라면서 매주 집으로 장문의 편지를 보냈다.

우리는 1945년 7월 5일 선거일에 영국으로 돌아왔다. 어머니는 우리 가족의 문제를 가볍게 언급하고 넘어갔다. '짐작했던 대로 우리는 다시 정상적인 가정생활로 돌아가기까지 다소 어려움을 겪었다.' 나는 거의 열세 살이었고 스스로 다 자랐다고 생각했다. 물론 그렇지 않다는 증거는 수도 없이 많았다. 그런 와중에도 나는 열네 살 때 쓴 첫 소설「역에서 당신을 만나다_Meet you at the station_」를 1948년에 (교지가 아닌) 《엠파이어 유스 애뉴얼_Empire Youth Annual_》 잡지에 발표했다. 도둑맞은 마오리족 보물에 관한 이 소설에는 F. H. 코번트리가 그린 상당히 화려한 삽화가 들어있었다. (이 작가는 아버지가 쓴 『잉글랜드와 마오리 전쟁_England and the Maori Wars_』의 인상적인 표지를 그리기도 했다.) 나는 이 소설을 써서 정식으로 원고료를 받았다. 출판사(P. R. Gawthorn Ltd) 사무실이 있던 러셀 광장은 파버 출판사에서 그다지 멀지 않다. 『아이의 화환』을 출간한 그 출판사는 나중에 20년 넘게 나의 책을 출간하게 된 곳이었다.

이듬해인 1949년에 어머니가 유일하게 쓴 책 『뉴질랜드의 젊은 여행자_The Young Traveller in New Zealand_』가 피닉스 하우스의 출간 시리즈 중 한 권으로 출간되었다. 어머니가 어떻게 의뢰를 받게 되었는지 모르겠지만 어머니는 오랜 세월 일기를 적으며 글쓰기에 단련된 사람이었고 어머니가 책을 낸 게 나로서는 더없이 좋은 일이었다. 피닉스 하우스의 시리즈는 이미 10개국을 다뤘는데 아직 일본에 관한 책은 없었다. 우리 부부가 옥스퍼드대를 졸업한 후 남편 앤서니의 첫 업무 때문에 일본으로 가게 될 것을 알았을 때 어머니가 나를 자신의 편집자와 만나게 해주었다. 일본에서 반 년 정도 지냈을 즈음 한두 챕터 글을 써서 보내달라는 제안을 받았다. 피닉스 하우스에서 글을 마음에 들어 하면 계약을 체결하기로 했다.

나의 첫 번째 책 『일본의 젊은 여행자The Young Traveller in Japan』는 우리가 영국으로 돌아간 해인 1958년에 출간되었다. 우리 첫째 딸에게 바치는 책이었다. '일본에서 태어났고 언젠가 이 책을 읽게 될 에밀리 제인에게.' 이 책을 필두로 그 후에 많은 책이 나왔다.

지금에야 드는 생각인데 그때부터 나의 어머니는 당신이 품었을 꿈은 제쳐두고 내가 작가로서 성장하도록 힘을 북돋아 주고 지원하는 데 전력을 쏟은 것 같다. 육아를 도와주고 내 원고를 읽어주고 내가 훨씬 수월하게 작가가 될 수 있도록 길을 터주었다. 나는 어머니에게 빚진 게 너무 많다.

어머니는 아버지와 사별한 후 오랜 세월 혼자 살았다. 나이 들어서(지금의 나보다 젊은 나이에) 노리치의 캐시드럴 클로즈에 있는 애비필드의 집으로 이사를 갔다. 남부 노퍽에 있는 우리 집에서 멀지 않은 곳이었다. 어머니는 회고록 작업을 하면서 자신의 삶을 되돌아보며 얼마나 복 받은 인생이었는지 깨달았다. 글을 쓰고 책을 읽고 정원을 가꾸고 음악을 듣고 여행을 다니고 지구 반대편과 이곳에 모두 친구와 가족을 두고 있는, 자신이 원하던 그런 삶을 살았다는 사실을 실감했다.

나는 1990년에 이런저런 이유로 대서양을 여섯 번이나 건너야 했다. 어머니가 '나는 나의 삶과 인생을 살았다. 이제 너도 네 인생을 최대한 즐겨야 한다.'고 한 말을 내 머릿속에 새긴 것이 얼마나 큰 도움이 되었

는지 기억난다. 어머니 생전 마지막 해에 『밀른: 그의 인생_A. A. Milne: His_
Life』이 출간되었다. 나는 이런 헌사를 남겼다.

헌신적인 나의 부모님
A. J. 해롭과 H. M. 해롭을 기리며.
『곰돌이 푸Winnie-the-Pooh』가 처음 출간되었을 때
아버지가 어머니에게 그 책을 주시고
수년 후 마침 딱 맞는 시점에
내게 읽어주신 것을
특히 감사드린다.

이 에세이에서 나는 어머니를 생전의 활기차고 정열적인 사람으로 내
마음속에 다시 불러오려고 노력했다. 어머니는 87세에 뇌졸중을 겪고
난 다음 건강이 점점 안 좋아졌다. 우리 모녀는 차라리 어서 어머니의 생
이 다하기를 바랐다. 나는 어머니가 부탁한대로 시편 23편을 계속 읽어
드렸다. 어머니가 '죽음의 음침한 골짜기로 다닐지라도 해를 두려워하지
않을' 수 있도록……. 그 시편 구절은 내가 오래 전에 『아이의 화환』에서
처음 알게 된 성구였다. 어머니는 1990년에 나의 생일인 10월 4일에 돌
아가셨다.

• 앤 스웨이트(Ann Thwaite)

한동안 일본에서 교단에 서기도 하면서 평생 작가로 살았다. 오랫동안 아동 도서를 썼고 그에 관한 평론도 썼다. 그간 남편 앤서니와 도쿄, 리치몬드 어펀 템즈, 벵가지, 테네시 주의 내슈빌에서 살았는데 지난 45년 동안은 이스트앵글리아의 노픽에 정착해 살고 있다. 그녀가 쓴 전기 다섯 권 모두 극찬을 받았다.(〈프랜시스 호지슨 버넷(Frances Hodgson Burnett)의 전기〉, 1990년에 화이트브레드 올해의 전기상을 받은 〈A. A. 밀른(Milne)의 전기〉, 시인의 아내 〈에밀리 테니슨(Emily Tennyson)의 전기〉, 1985년에 더프 쿠퍼상을 받은 〈필립 헨리 고시(Philip Henry Gosse)의 전기〉와 〈에드먼드 고시(Edmund Gosse) 부자의 전기〉) 밀른의 생애를 다룬 『굿바이 크리스토퍼 로빈*Goodbye Christopher Robin*』은 영화로도 제작되었고 문고판으로 출간되기도 했다.

05

어머니와
친구들

리브 린드버그

아무리 계속 남아 있는 말이라 할지라도 그것은 내가 정확히 혹은 완전히 기억하는 말은 아니다. 나는 그 모든 말을 수차례 읽고 또 읽었다. 어머니의 일기와 편지에 있는 말을, 어머니의 시에 담긴 말을, 나의 아버지와 협력자 관계로 선구자적 비행사로서 비행한 예전 이야기에 남아 있는 말을, 어머니의 베스트셀러 『바다가 준 선물*Gift from the Sea*』에 있는 말을, 보통은 어머니가 피하는 형식이었던 반쯤 자전적 소설 한두 권에 담겨 있는 말을……. 나 역시 세월이 지난 후에는 그런 형식의 소설을 피했다. 소설을 쓰는 일은 우리 모녀 누구에게도 아주 마음 편한 문학 활동은 아니었다. 아마도 우리가 무엇을 쓰든 간에 어김없이 우리의 삶과 너무 비슷해서 소설은 쓸데없이 남을 속이는 것 같았으니까.

　내게 아주 익숙한 말이라 할지라도 그것은 내가 어머니에 대해 기억하는 말이 아니다. 대신 그것은 어머니의 무조건적 사랑의 존재감이자, 내 인생에서 가장 강력한 요소로 남아서 나를 둘러싼 일종의 울타리다.

　나의 아버지가 대다수 사람들에게 관심의 대상이었을 때 내 세상의 진짜 중심은 아버지가 아니라 어머니였다는 사실이 내게는 영원한 수수께끼였다. 린드버그 부부에게 매료된 사람들에게 아버지는 영웅이자 위인이자 눈부신 스타, 그 자체였다. 그런가 하면 다른 시각으로는 추방자이자 정치적 표적이었고, 누군가의 눈에는 반유대주의자였다. 물론 내 눈에는 그렇게 보이지 않았다. 내가 생각하기로는 그 당시에 아버지가 제2차 세계대전 전에 반간섭주의적 발언을 했고, 반유대주의라는 비난을 받았지만 정작 아버지는 '반유대주의'가 무슨 뜻인지도 몰랐다. 어떤 면에서 그런 사람의 특징이 드러나 보였는지 아버지는 짐작조차 못했다. 어머니는 알고 있었다. 어머니가 아버지에게 말했지만 아버지는 어머니가 하는 말을 정확히 이해하지도 못했다. 이런 일이 아버지에게는 비일비재했다. 어머니가 아버지에 대해 내게 말해 준 것은 아버지 인생에서 어떤 시기에 '남의 말이 아니라 오로지 자신의 목소리에만 귀를 기울였어'였다. 그 덕분에 아버지는 1927년에 대서양 횡단 비행에 성공했고 그로 인해 세계대전 전에 물의를 일으켰던 그 연설을 하기에 이르렀다.

　나는 어머니의 말에 귀를 기울였고 그 말을 알아듣고 이해할 수 있다고 생각했다. 어머니의 음성도, 어머니가 사용하는 말도 좋아했다. 어머니는 내 주변에서 "저(one)"라는 단어를 사용해서 자신을 지칭하는 유일한 사람이었다. 가령 "저는 절대 모르죠."라거나 "제가 자주 느끼는 바로는……" 이렇게 말했다. 어머니는 "God"을 말할 때도 "가앗"이 아니라 "걷"으로 숨소리를 섞어 존경을 표하는 유별난 발음으로 표현하곤 했다. 어머니가 하는 말은 우리가 사는 코네티컷 인근 교외 지역의 다른 어머니들이 하는 말과는 다르게 들렸다. 어머니의 낮은 목소리에는 비음이 없었고 듣기에 좋았다. 학교에서 친구들 중에는 어머니가 '영국식 억양'이 있다고 우기는 애도 있었지만 그 애들의 말은 틀렸다. 어머니는 굴곡 없는 정직한 음성으로 말하는 사람이었다. 물처럼 맑고 투명한 목소리는 내 모든 질문에 답을 해주고 모든 갈증을 해소시켜 주었다.

어머니가 나와 우리 가족에게 하는 말 외에 다른 여자들과 나누는 대화를 통해서도 나는 매년 어머니에 대해 더 많이 알게 되었다. 그 대화들이 처음에는 알쏭달쏭하게 들려서 나의 흥미를 한껏 돋우었다. 주고받는 말이 내 귀에 들리기는 하는데 완전히 이해할 수는 없었다. 어느 날 코네티컷 집의 거실에서 찻잔을 두고 대화가 벌어졌다. 그 자리에 함께한 여자들 두세 명은 롱아일랜드 해협을 내다보며 얼그레이나 랍상소우총[57] 차를 마시고 버터 바른 토스트의 삼각형 귀퉁이를 조금씩 뜯어먹으면서 차 탁자를 사이에 두고 남편 얘기, 자식 얘기, 책 얘기, 일 얘기를 주거니 받거니 했다. 이들의 대화가 가끔은 웃음으로, 가끔은 한숨으로 잠깐씩 끊어졌다.

이 여자들 중에 내가 좋아하는 사람이 있었다. 그 중 한 명은 어머니의

---

57 중국 푸젠성에서 나는 홍차. 정산소종(正山小種)이라는 차 이름의 영어식 발음

편집자 헬렌 볼프였다. 1930년대에 남편 쿼트 볼프와 나치 독일에서 빠져 나온 사람이었다. 쿼트 볼프는 자신의 회사 쿼트 볼프 출판사에서 프란츠 카프카의 책을 낸 첫 출판인이기도 했다. 볼프 부부는 독일을 떠난후 이탈리아와 프랑스에서 살다가 1941년에 아들 크리스티안 볼프를데리고 미국으로 건너왔고 현재 아들은 유명한 현대음악 작곡가가 되었다. 헬렌과 쿼트는 함께 판테온북스 출판사를 세운 후 파스테르나크의『닥터 지바고*Doctor Zhivago*』와 어머니가 가장 사랑하는 책『바다가 준 선물』을 출간했다. 헬렌 볼프와 나의 어머니는 절친한 친구가 되었다.

볼프 부인은 정말로 특유의 억양을 지닌 사람이었다. 영국식 억양이아니라 독일식 억양 말이다. 그녀도 따스함과 유머와 지혜가 가득 담긴낮은 음성으로 말했고 아이와 개를 포함해 그녀가 말을 거는 모든 존재의 마음을 끄는 일종의 안정감을 풍겼다. 우리 집에 있던 어린 독일 셰퍼드는 종 특유의 온갖 예민한 성질을 보여 주던 녀석이었는데 헬렌 볼프곁에서만큼은 신경을 곤두세우지 않았다.

그녀가 말했다. "난 동물한테 다가가지 않아. 그 녀석들이 나한테 오게 해주지." 정말로 동물들이 그녀에게 다가갔다. 다른 언어로 글을 썼으며 세계 곳곳에서 온 작가들도 마찬가지였다. 헬렌 볼프가 다양한 배경의 작가들과 협업했던 것을 두고 내가 짐작하기로는, 그녀가 작가들에게 자신의 의견을 강요하지 않았을 뿐더러 뛰어난 지성과 속 깊은 배려로 그들을 대한 덕분에 작가들에게서 최고의 결과물을 이끌어냈을 것이다. 《뉴욕타임즈》에 실린 그녀의 부고에 그녀가 다음과 같이 말했던 인용구가 실렸다. "작가들의 창의적 노력 앞에 항상 열린 마음으로 임해야 해요. 전적으로 수용하는 자세여야 합니다."

어머니에게 헬렌은 완벽한 편집자이자 어머니의 글을 사랑하는 친구였지만 비평이 필요할 때는 주저하지 않고 비평했다. 한번은 예전에 나의 어머니가 할머니에게 보낸 편지에 대해 헬렌 볼프가 이렇게 평했다고 한다. "이건 어머니만 좋아할 편지네!" 그래서 두 사람은 일기와 편지를 엮어서 내려고 계획하던 책에서 그 편지를 빼버렸다.

나는 두 사람이 함께 있다는 자체만으로도 마음이 평온해졌다. 비록 나의 어머니와 볼프 부인이 주고받는 말을 내가 이해하지 못하고 두 사람이 인용하는 작가(파스테르나크, 릴케, 귄터 그라스)나 책을 알지 못했지만 그래도 두 사람의 대화 자체는 내게 평화로운 분위기에 젖어들게 했다. 마치 내가 따뜻하고 잔잔한 얕은 바다에서 노는 동안 그 두 여인이 멀지 않은 곳에서 함께 헤엄을 치며 내가 아직 몸을 담그지 못한 미지의 물질 안에서 수월하게 둥둥 떠다니는 느낌이었다.

내가 좋아한 또 다른 어머니의 친구는 사뭇 다른 분위기를 풍기는 어니스틴 스타델이었다. 언니와 나는 그녀를 '미스 스타델'이라고 불렀는데 나는 그런 신비로운 사람에게 어울리도록 존경의 의미를 담아 '미스타델'이라고 한 단어로 붙여서 묘하게 발음을 하곤 했다. 그녀는 미들섹스 가(街) 데리언 지역자치구에 있는 섭정시대풍 대형 건물인 'DCA 하우스'에서 방과 후 발레 수업을 했다. 내 기억에 그녀는 동화 속 공주처럼 아름다웠다. 파스텔톤의 얇게 비치는 천으로 된 긴 스카프를 머리띠처럼 묶고 레오타드를 입은 요정의 대모랄까! 그녀는 학생들에게 음악과 춤과 기분 좋은 웃음소리를 전해 주었을 뿐 아니라 우리가 아무리 어리고 서툴더라도 학생 한 명 한 명을 한없이 다정하게 대해 주었다.

나는 내가 다녔던 지역의 어린이 수업만 알고 있었는데 어니스틴 스타델은 뉴욕 대학교에서 무용 비평도 가르쳤고 코네티컷 체셔에는 댄스 스튜디오도 갖고 있었다. 그녀는 현대무용 분야의 선구자 역할을 한 사람이었다. 호세 리몽[58], 도리스 험프리[59]와 함께 공연도 했고 도리스 험프리와 마사 그레이엄[60]의 무용 기법에 관한 책과 무용 전문지의 서평도 썼다.

그녀는 원래 러시아의 연극연출가 테오도르 코미사르제프스키[61]와 결혼해서 딸(타냐)과 두 아들(크리스토퍼, 베네딕트)을 두었다. 크리스토퍼는 내 또래였다. 나는 그 애가 아주 잘생겼다고 생각했고 한동안 남몰래 짝사랑했는데 마음고생을 할 만큼 자주 보지는 못해 차라리 다행이었다.

코미사르제프스키 씨는 1954년에 세상을 떠났다. 몇 년 후에 스타델은 존 체임벌린과 재혼했다. 작가이자 보수적인 칼럼니스트인 그는 아내와 사별했고 두 딸은 스타델과 함께 무용을 공부한 사이였다. 존과 어니스틴 사이에는 아들 존이 태어났다. 그는 나중에 내 어머니의 장손 라스 린드버그와 절친한 친구가 되었다.

구십대의 연로한 어머니가 생의 막바지에 이르러 몸이 꽤 약해지고 어니스틴과 존도 한참 더 젊거나 강건하지 않았을 때인데도 세 사람은 코네티컷에 있는 어머니 집에서 자주 만나 차를 마셨다. 그들이 함께 있

---

58 Jose Limon(1908~1972) 멕시코 태생의 무용가 겸 안무가. 리몽 테크닉을 만들었다.

59 Doris Humphrey(1895~1958), 미국의 현대무용가 겸 안무가

60 Martha Graham(1894~1991), 미국의 무용가. 데니숀무용단에서 활약했다.

61 Theodore Komisarjevsky(1882~1954), 처음에 모스크바에서 활동하다가 나중에는 런던에서 크게 활약했다.

는 모습이 보기가 좋았다. 당시에 어머니가 말도 별로 없는 데다 무슨 생각을 하는지 아무도 몰랐지만 오랜 친구들이 예전처럼 대화를 나누는 모습은 참 보기 좋은 장면이었다. 존 역시 말수가 적었던 반면 어니스틴은 밝은 기운과 아름다움과 주변 모든 사람들에게 아낌없이 나눠주는 놀라운 에너지로 방을 가득 채웠다. 그녀는 모든 것을 가능하게 보이도록 만드는 재주가 있었다. 한번은 이 모임에서 그녀가 애정 어린 눈으로 나를 보며 대단한 비밀이라도 알려주듯 "존하고 내가 네 어머니를 유럽으로 데려갈 생각이야!"하고 말했다.

나는 이 계획이 전혀 현실적이지 않고 도저히 실행 불가능하다는 것을 알고 있었는데도 내 심장은 희망으로 두근두근거렸다. (당시에 어머니의 생사가 내게도 다른 사람에게도 '업무'적인 문제로 다가오던 시점이었다. 어머니의 시간표와 일일 계획을 관리하고 어머니를 돌보는 간병인과 업무를 나누는 것들이 이제는 24시간 내내 가동되는 일이었다.) 어니스틴과 존과 어머니, 이 세 사람이 함께 자유로이 해외여행을 간다고 생각하니 머릿속에서 주테[62] 동작을 한 기분이었다. 어느 한 순간 나는 그게 가능하다고 믿지 않았을 시점이었는데, 어니스틴이 춤을 추는 게 어떤 의미인지 내게 다시 보여주는 듯한 사건이었다.

그리고 내가 좋아하던 어머니의 친구는 나의 이모 콘과 숙모 마고였다. 콘 이모의 정식이름은 콘스탄스 모로 모건인데 어머니보다 일곱 살 어렸고 모로 집안의 세 딸(엘리자베스, 앤, 콘스탄스) 중 막내였다. 콘스탄스 또는 콘은 똑똑한 학생이었다. 스미스 칼리지를 수석으로 졸업한 재원

---

62 발을 차올리는 경쾌한 도약 동작

이었다. 나중에 이모는 15년간 스미스 칼리지 이사회에 몸담았는데 4년은 회장으로 재직하였다. 이모가 쓴 일기를 보면, 나의 어머니가 정보든 지성이든 다른 학문적 사안에서든 늘 동생에게 양보했다는 내용이 나온다. 아버지가 처음 어머니를 비행에 동행시키기 직전에 어머니는 이렇게 말했다.

"나 대신에 콘이 이런 걸 경험해야 할 것 같아. 그 애가 나보다 비행기에 대해 훨씬 해박하거든."

이게 바로 어머니가 자기 자매들에게 보인 태도였다. 어머니는 자신이 자매들보다 뒤처지는 사람이라 여겼고 콘이 자기보다 더 똑똑하고 더 노련하고 더 유능하며 정치적이고 지적인 사안에서 훨씬 더 최신 정보에 밝다고 확신했다. 그런가 하면 엘리자베스는 더 아름답고 더 세련되고 더 재치 있고 더 침착하고 남자 문제를 다룰 때 훨씬 더 능숙했다. 어머니는 아버지를 처음 만나고 난 후 일기에 침울한 글을 남겼다. 아버지가 1927년 12월에 멕시코에서 모로가의 세 딸을 만났을 때 다른 모든 남자들이 그렇듯이 보나마나 엘리자베스에게 끌렸을 것이라고 어머니는 확신했다.

사실 아버지는 그렇지 않았다. 그는 엘리자베스가 아니라 앤에게 끌렸고 나중에 비행기를 타러 같이 가자고 청한 사람은 콘이 아니라 앤이었다. 어머니에게는 분명 이상한 일이었을 것이다. 이번만은 자신이 선택된 사람임을 깨닫고는 사고 체계에 큰 충격을 받다시피 했다.

내가 어머니의 언니 엘리자베스 모로를 좀 더 알 기회가 있었다면 좋았을 것이다. 엘리자베스는 어린이들을 가르치던 교사였고 몬테소리 교육법을 초기에 제안한 사람이었다. 그녀는 웨일스 태생의 외교관 오브리 모건과 결혼했는데 서른 살이던 1934년에 폐렴이 악화되어 결국엔 심장 질환으로 세상을 떠났다. 몇 년 뒤에 오브리는 엘리자베스보다 한참 어린 동생 콘과 결혼했다. 콘은 네 아이의 엄마가 되었고 오브리의 동료이자 협력자로서 제2차 세계대전 당시 영국 정보부와 관련된 일을 했다. 두 사람은 워싱턴 DC와 런던에서 영국 당국을 위해 미국 언론의 자료를 모으고 조사했다. 전쟁이 끝나고 콘과 오브리는 워싱턴 주의 리지필드에 정착해 자기네 땅에서 젖소를 키우고 목재를 수확하며 살았다. 그들은 농장을 '새로운 곳'을 뜻하는 웨일스어 "플라스 네위드(Plas Newydd)"라고 불렀다.

나는 여름에 한두 번 그곳에 들렀다. 콘 이모가 족히 수십 명은 되어 보이는 젊은 남녀들에게 식사를 차려 주던 모습이 기억난다. 대학생들과 이모네 집안 친구들이었는데 건초를 모으고 그 계절에 일손이 필요한 허드렛일을 도와주러 농장에 온 사람들이었다.

"글을 읽을 줄 알면 요리도 할 줄 아는 거야." 이모는 주방으로 일을 도우러 와서 감탄의 눈으로 바라보는 젊은 여자들(조카들, 딸들의 대학교 룸메이트와 친구들)에게 쾌활하게 말했다. 그 사이에 젊은 남자들은 들판에서 오브리 이모부와 일을 했다. 이런 역할 분담은 당시에 여전히 일반적인 것이었다. 남자는 바깥일을 하고 여자는 집안일을 하는 것이 당연하게 받아들여졌다. 그때 농장에서 일하던 남녀보다 몇 살 어렸던 나는 그저 손님으로 플라스 네위드에 들러 그곳에서 진행되는 모든 일을 직접 보았다. 그곳은 낮에는 온종일 열심히 일하고 저녁마다 맛있는 음식을 먹고 문학이나 철학, 국제 문제에 이르는 모든 주제를 망라하는 수준 높은 대화에 집중하는 분위기가 조성되던 집이었다. 여름에 이렇게 보내는 한 주 동안 그곳에 있는 사람들이 전부 셰익스피어 축제에 참석하기 위해 오리건의 애슐랜드에 가기도 하고 낮에는 로그강에서 고무 튜브를 타러 가기도 했다. 내 인생의 한 시기를 이 사람들과 함께 누렸다. 나는 누구보다도 콘 이모를 존경했고 흠모했다.

매년 이모는 '동쪽'으로의 여행길에 올랐다. 어머니는 아시아가 아니라 뉴잉글랜드[63]를 뜻하는 말로 이렇게 표현했다. 이모는 종종 스미스 칼리지의 일과 연관되어 있던 이 여행 기간 중에 한동안은 코네티컷의 우리 집에 머물곤 했다. 이모의 큰 자식들은 집에 남아 있거나 기숙사에 있었는데 막내딸 마거릿 에일리네드 모건은 꼭 데리고 다녔다. 마거릿을 잘 아는 사람들은 '에일리네드'라고 불렀다.(두 번째 음절에 강세가 붙어 발음되는 웨일스어 이름이다.) 나보다 다섯 살 어린 이종사촌 에일리네드는 다섯 살 때 복잡한 발레 스텝을 이해하였고 제대로 해내는 데다 길버트와 설리반의 오페레타 가사를 전부 암송하는 실력을 보여 나를 깜짝 놀라게 했다.

그러는 사이 어머니와 이모는 기나긴 위원회 모임(콘 이모)이나 책과의 씨름(어머니)을 마친 후 함께 시간을 보냈다. 두 사람은 이야기를 나누며 보통 달콤한 것보다는 드라이한 것으로, 대개 페드로 도메크 같은 호박색 셰리주를 홀짝거렸다. 이 시간에 사촌과 내가 아래층으로 내려가면 셰리주는 아니지만 함께 뭔가를 먹을 수 있었다. 크래커가 담긴 작은

---

63 미국 동북부의 메인, 뉴햄프셔, 버몬트, 매사추세츠, 로드아일랜드, 코네티컷 등 6개 주를 포괄하는 지역

접시 몇 개와 우아한 웨지 모양의 고다 치즈가 있었고 가끔은 발라 먹는 와인 체더치즈가 작은 갈색 도자기 그릇에 담겨 있기도 했다. 나중에 내가 좋아하게 된 치즈는 사가 블루치즈였다. 허브를 곁들인 부르생치즈는 맛이 순한 듯했지만 그다지 나쁘지 않았다. 내가 자라는 동안 어머니의 집안에서 컸다는 이유만으로 얼마나 많은 치즈를 먹었는지 간혹 궁금해질 때가 있다.

대화의 주제가 자식, 남편, 책, 일이었다가 어느새 심도 깊은 교육 문제나 시사 문제, 국제 문제 등으로 옮겨 가곤 했다. 여러 이름이 언급되었다. 아마 스미스 칼리지 총장 맨던홀이나 유엔사무총장 다그 함마르셸드, 혹은 민주당 정치인 애들레이 스티븐슨이 거론되었던 것 같다. 특히 스티븐슨은 어머니가 아주 동경하는 정치인이어서 아버지가 어머니의 영향을 받아 스티븐슨이 1952년에 대통령에 출마했을 때 그에게 투표할 정도였다. 아버지는 원래 공화당에 표를 주던 사람이었고 그때까지만 해도 대통령 선거 때 민주당에 표를 던진 적이 한 번도 없었다. 그런데 투표일 전날 어머니가 아버지의 침대 옆 탁자에 스티븐슨의 에세이집을 한 권 두면서 꼭 읽어보라고 권했다. 아버지는 어머니의 청대로 책을 읽었고 다음날 아침에 스티븐슨에게 투표했다. 나중에 아버지가 말하기로는, 스티븐슨의 책을 읽고 난 후 그가 유능하게 나라를 이끌 수 있겠다는 확신이 들었다고 했다. 이 이야기를 아버지에게 직접 들은 나는 다시 한 번 어머니가 참으로 영향력 있는 여성이라는 생각을 하게 되었다.

어머니와 콘 이모는 둘 다 체격이 작고, 키도 150센티미터 조금 넘는 정도였다. 두 사람을 설명할 때 "자그마하다"거나 "매력적"이라고 표현하거나, '아주 작음'을 뜻하는 단어, 혹은 아무리 존경받는 여성이라 해도 그 당시 대부분의 여성이 차지한 축소된 위치를 암시하는 다른 여러 단어를 쓰는 경우가 많았다. 어머니의 일기를 보면 어머니는 자신을 지칭하기를, "내 생각에 역사상 가장 미숙하고 가장 낯을 가리고 가장 심하게 남의 시선을 의식하는 청소년"이라고 했고, 어머니의 다른 글에도 자기비하가 가득하다. 무신경한 독자라면 어머니의 성격이 수줍음이 많고 과묵하고 심지어 나약하다는 인상을 받게 될 수도 있다. 허나 사실은 전혀 다르다.

모로가의 딸들은 교육을 잘 받았고 아주 예의바르게 자랐기 때문에 주제넘게 나서거나 다른 사람 특히 남성, 그리고 남편 같은 중요한 사람에게 속해 있는 것으로 보이는 영역을 침범하는 일은 절대 없었다. 하지만 어머니와 콘 이모는 나중에 사촌이 그들을 설명할 때 쓴 표현대로 '작은 거인'이었다.

미국 여성이 아직 투표권을 갖지 못했던 시절에 태어난 두 사람은 각자의 길에서 여성의 발전을 위해 열의를 다한 투사였다. 어머니는 비행에 도전하는 선구자로서, 글을 쓰는 작가로서 자기 길을 묵묵히 걸어갔고, 이모는 여성의 고등 교육을 위해 평생 열정적으로 헌신했다. 두 사람은 내가 아는 사람 중에 가장 강인한 사람이었다.

또 다른 거인은 나의 삼촌 드와이트 모로 주니어와 결혼한 마고 숙모였다. 그녀는 콘 이모의 친한 친구였는데 젊은 배우였던 두 사람이 함께 버몬트에서 브래틀보로 섬머 씨어터라는 극단을 시작했을 때 드와이트를 만났다. 마고 숙모와 드와이트 삼촌은 1946년에 이혼하기 전까지 세 명의 자녀(스티븐, 페이스, 콘스탄스)를 두었다. 숙모는 이혼 후에도 평생 모로 가문과 가까이 지냈고 특히 콘 이모나 나의 어머니와 친밀한 관계를 유지하였다.

평생 불교도였던 마고는 캘리포니아 오하이 밸리에 있는 신지론자[64] 집안에서 언니와 함께 성장했다. 그녀와 두 번째 남편 존 윌키는 일곱 자녀로 가정을 이뤄 뉴욕 카토나에서 살았다. 우리 가족이 살던 코네티컷에서 차로 한 시간이 채 안 되는 곳이었다. 나중에 그 가족은 뉴욕 시에도 아파트를 한 채 마련했다. 그곳에는 우리가 건물로 들어갈 때 우리를 맞이한 도어맨과 마고의 아파트로 곧장 문이 열리는 엘리베이터가 있었다. 매번 숙모는 엘리베이터가 다 올라올 때까지 복도에서 기다리다가 우리가 도착하면 활짝 웃으며 반가이 맞아주셨다.

마고의 아파트에는 밝은 불빛과 아름다운 가구, 그림, 책이 가득했다. 어머니는 그곳에서 목요일마다 사람들을 만났다. 어머니가 '나의 그룹'이라며 챙기던 그 모임은 함께 책을 읽고 책에 대해 이야기를 나누는 여자들의 모임이었다. 나는 그 대화의 현장에 있지는 않았지만 어머니는 어떤 이야기가 오갔는지 모임 후에 내게 말해 주었다. 매주 진행된 그 모임과 관련해서 내 머릿속에 떠오르는 이름은 크리슈나무르티, 토마스 머튼, 데이비드 스타인들-라스트 수사, 낸시 윌슨 로스 등이다. 모두 내게 종교와 영성과 동양의 지혜를 상징하는 인물이다. 이 모임은 만날 때

---

64 신지학(神智學 신앙이나 추론으로는 알 수 없는 신의 심오한 본질이나 행위에 관한 지식을, 신비적인 체험이나 특별한 계시에 의하여 알게 되는 철학적·종교적 지혜 및 지식)을 따르는 사람.

마다 명상으로 시작했을 것이다. 내가 알기로는 마고가 명상을 하던 사람이었다. 그녀가 제단을 마련해 둔 작은 방은 내가 화장실을 가려고 지나다닐 때 경건한 마음이 드는 동시에 뭔가 거북하기도 했던 곳이었다. 그 방의 벽에는 태피스트리 장식이 있고 그 앞에는 방석 하나, 꽃병 하나가 바닥에 놓여 있었다. 벽에 부처님 그림이 있었던 것도 같다. 어쩌면 코끼리 머리를 한 힌두교의 신이자 행운의 신으로도 알려진 가네쉬였을지도 모른다. 나는 가네쉬를 좋아하던 마고 숙모가 돌아가시기 몇 년 전에 내게 주신 자그마한 가네쉬 상을 아직도 소중히 간직하고 있다.

그 모임에 속한 여자들은 전부 대단히 지적이고 예의 바르고 차림새가 훌륭했다. 좋은 냄새도 났다. 특히 마고 숙모가 그랬다. 숙모는 콘 이모나 어머니처럼 체구가 작지 않았다. 당당하고 근사한 외모에 아주 좋은 향기가 나는 사람이었던 것 같다. 나는 구십대의 숙모가 우아한 흰색 바지에 진분홍색 실크 블라우스를 입고 샤넬 넘버5 향기를 은은하게 풍기던 모습을 기억한다. 숙모는 항상 밝은 색의 촉촉한 립스틱을 발랐는데 그렇다고 해서 사람들에게 인사할 때 정열적으로 입 맞추는 걸 그만두지는 않았다. 나는 어렸을 때 볼에 찍힌 마고 숙모의 립스틱 자국을 하루 종일 자랑스레 달고 다녔다.

그녀는 모르는 사람이 없을 정도였다. 모든 세대의 뉴욕 사교계 대표부터 연극계 인물과 세계 각지의 영성 지도자까지 모든 사람이 친한 친구였다. 한번은 마고 숙모의 친구이기도 한 내 오랜 친구가 전화로 숙모 얘기를 해주었다. 두 사람이 뉴욕 시에서 열린 달라이 라마의 강연을 들으러 같이 가서 프로그램이 시작하기 직전에 자리를 잡고 앉았다. 달라이 라마가 미소를 지으며 무대에 올라 강연을 시작하기 전에 자애로운 눈길로 청중을 쭉 훑어보다가 입을 열었다. "잠시만요. 인사해야 할 사람이 있네요." 그가 무대를 떠나 좌석 사이 통로를 걸어 내려오더니 마고 숙모가 앉아 있는 곳으로 와서 애정을 담아 그녀를 포옹한 후 돌아서서 통로를 따라 걸어 무대로 올라가 강연을 시작했다. 내 친구가 경외심과 놀라움이 섞인 눈으로 숙모를 살펴보자 숙모는 웃으며 무심하게 말했다. "오, 별일 아니야. 저 사람 꼬마였을 때부터 알았어."

이들이 바로 어머니가 평생 동안 만나온 사람 중에 내가 가장 잘 아는 여자들이다. 물론 다른 여자들도 많았고 남자들도 있었다. 오랜 친구들과 새로 만난 친구들이 어머니를 만나러 오곤 했다. 특히 아버지가 부재중일 때였는데 그런 날이 종종 있었다. 남자 방문객 중에는 오래 전부터 조종사였던 영국인도 있었고, 부모님의 비서였던 여자가 소개한 젊은 의사도 있었다. 그는 부모님의 비서가 데이트했던 남자였다. 간혹 어머니의 여자 친구들의 남편도 어머니를 만나러 왔는데 부인과 동행하지 않은 채 왔다. 내가 보기에 다들 아주 점잖은 사람 같았다. 나는 그들을 조용한 "숭배자"라고 생각했다. 그런데 오랜 세월이 지난 후에 어머니가 내게 말해 주기를, 어머니와 아버지가 시험 비행차 그린란드에 잠시 들렀던 1930년대 초에 그 영국인 조종사를 알게 되었고 그가 어머니를 만나러 오가던 어느 날 어머니에게 "내가 늘 당신을 흠모했다는 걸 당신이 꼭 알아야 합니다."라고 말했다고 한다. 어머니는 내게 이 이야기를 하면서 안절부절못하는 것 같았고 그의 깊은 애정에 대해서는 꿈에도 몰랐다고 누누이 말했다. 나는 별로 믿지 않았다. 어머니는 언제나 아주 예뺐고 자주 외로워했다.

어머니를 만나러 온 모든 남자들 중에 내가 제일 좋아했던 사람은 뉴욕 컬럼비아장로병원 의사 다나 애칠리였다. 그는 우리 부모님을 다 아는 친구였고 아버지가 돌아가시기 전에 병을 앓을 때 아주 능숙하고 세심하게 아버지를 치료해주었다. 애칠리 박사는 눈이 반짝반짝 빛났고 머리가 새하얐다. 그는 아이들과 이야기할 때 잘 웃는 편이었지만 너무 과하지는 않았고 어머니를 숭배하는 게 아니라 아주 좋아하는 것 같았다. 나는 이 점이 마음에 들었다.

나는 그의 아내를 만난 적이 없었고 아마 몸이 아픈 사람이겠거니 했다. 그런 아내를 둔 다나 애칠리와 남편이 자주 집을 비웠던 나의 어머니가 1950년대 어느 시점에 이르러 연애를 한 게 거의 확실하다는 사실을 나는 어른이 되어서 알게 되었다. 만약 연애사가 진행되던 당시에 혹은 몇 년 뒤 내가 십대였을 때 그 얘기를 들었다면 믿지 않았을 것이다. 아마 그 나이대의 사람들이 법적인 배우자든 다른 사람이든 누군가와 사랑을 나눈다는 게 상상이 안 되었을 테니까. 지금, 그 일을 생각하면 정말로 믿겨질 뿐더러 어머니와 애칠리 박사 두 사람이 잘했다 싶은 마음이 들기도 한다. 나는 아버지가 이 시기에 어머니 말고 다른 여자들과 여러 번 만났다는 사실을 최근에 알게 된 후, 어머니가 한 남자와 애정 어린 우정을 나눈 사실을 별 거리낌 없이 받아들일 수 있었다. 나의 어머니에게 애정을 보인 점을 내가 어릴 때부터 고마워했던 남자와 어머니가 나누던 그 우정이 어떤 형태였든 간에 충분히 납득된다.

어머니 주변의 여자들과 몇몇의 남자들이 전부 어머니의 말에 귀를 기울이고 어머니와 이야기를 나누고 사랑으로 어머니에게 힘을 북돋아 주었으며 오랜 세월에 걸쳐 어머니의 생각을 은밀히 공유하는 사이였음을 알 수 있다. 그들은 아무리 딸이라고 해도 나 혼자라면 알 수 없었을 어머니의 모습을 내게 보여주었다. 그들은 전기 작가보다도 더 진실하게, 나의 관점이나 어머니의 글을 읽는 다른 독자들의 관점보다도 더 진실하게 어머니를 볼 수 있는 눈을 갖게 해주었다. 절친한 친구가 보는 관점은 독자나 학자, 또는 혹시나 있을 숭배자나 험담꾼이 보는 관점과 다르다. 가까운 친구는 즐거울 때나 괴로울 때나, 또는 그저 평범한 순간일지라도 평생 동안 순간순간 우정이라는 틀 안에 함께하는 존재다.

어머니가 더 이상 뉴욕까지 운전을 할 수 없어서 마고 숙모를 만나러 가기 힘들어지자 숙모는 차와 기사를 보내 어머니를 태워다 주곤 했다. 어느 날 어머니가 헬렌 볼프의 아파트 건물에 도착해서 자기가 지금 어디에 있는지, 누구를 만나러 왔는지 몰랐던 때가 있었는데 도어맨이 어머니를 알아보고는 곧바로 헬렌의 집으로 안내했다. 어머니와 콘 이모는 생의 마지막 순간까지 전화로 통화를 했고 어머니는 평소답지 않게 말 그대로 "무슨 말을 해야 할지 몰라서!" 거의 얘기를 하지 못했다. 내가 평생 들었던 말이 계속 들렸다. "아니야, 얘."와 "그래, 얘." 그리고 내가 좋아하는 말 "어머, 얘!"도 간간이 들렸다. 이런 말을 들으면 마음이 아주 편안해졌다.

이제는 나도 내 친구들과 주기적으로 만난다. 책을 읽고 이야기를 나누는 여자들과 함께하는 나만의 '그룹'을 비롯해 한 달에 한 번씩 만나 무엇이든 각자 진행하는 일에 대해 이야기를 나누는 작가 모임, 그보다

규모는 작지만 가끔씩 만나 한잔 하는 모임도 있다. 이 모임의 친구들은 중병을 앓는 남편을 두었을 때 만나서 그때부터 인연을 쭉 이어왔다. 지금은 남편들 대부분이 상태가 좋아졌지만 우리는 계속 종종 만나고 있다. 우리는 남편과 자식 이야기를 하고 가끔은 손주 이야기, 일 이야기, 책 이야기도 한다. 대화에 간간이 웃음이 끼어들고 가끔은 한숨 소리에 이야기가 잠시 그치기도 한다. 우리의 대화는 우리가 여기에 함께 있음을, 서로 아끼고 있음을 고스란히 보여준다. 나의 어머니와 친구들이 오래 전에 만났던 것처럼 우리도 서로에 대한 공감과 관심으로 함께 모이고, 우리가 지금 무엇을 하는지도 모르는 채 서로에게 자신이 누구인지를 조곤조곤 말해준다.

• 리브 린드버그(Reeve Lindbergh)

비행사 겸 작가 앤 모로 린드버그(Anne Morrow Lindbergh)의 딸이다. 1945년에 태어나 코네티컷에서 자랐다. 1968년에 래드클리프 대학을 졸업하고 버몬트로 이사해 세인트 존스베리 근처에서 작가인 남편 냇 트립(Nat Tripp)과 살고 있다. 그녀의 작품은 《New York Times Book Review》, 《The New Yorker》, 《The Washington Post》 등 여러 잡지에 실렸다. 아동 도서와 성인 도서를 아울러 스무 권 넘는 책을 쓰기도 했다. 과거의 가족사와 현재의 시골 생활에 관한 책 『Two Lives』가 2018년에 출간되었다.

06

어머니의
책상

마사 올리버-스미스

나의 어머니 마사 베이컨은 책상 앞에 등을 쭉 펴고 똑바로 앉아 글을 썼다. 우리 가족이 북동부의 로드아일랜드에서 서부의 캘리포니아로 갔다가 동부의 보스턴과 뉴욕시에서 한동안 살다 다시 돌아가는 등 온 나라를 지그재그로 다니며 하도 많이 이사를 다녔던 터라 책상은 그때그때 달라졌다. 우리가 어디에 살든 대여하거나 중고품으로 산 책상이 놓여 있던 방은 따로 문이 없었어도 어머니에게 글을 쓸 만한 약간의 사적인 공간을 제공했다. 가지런히 쌓아둔 종이와 공책으로 덮인, 반쯤 사적인 공간에 자리 잡은 어머니의 책상은 우리 가족이 적어도 당분간은 한곳에 정착했다는 신호였다.

1953년부터 1958년 사이에 우리 가족은 나의 외할아버지가 살았던 로드아일랜드의 피스데일과, 어머니가 잡지에 글을 쓰고 편집하는 일을 찾은 뉴욕 사이를 왔다 갔다 하며 세 차례나 이사를 했다. 우리 가족이 이곳저곳으로 옮겨다니게 된 데는 어머니가 작가로서 일했다는 점과 어머니의 결혼 상태가 결정적 역할을 했다. 어머니는 처음에 먹고살기 빠듯한 예술가이자 대학원생인 나의 아버지 필립 올리버-스미스와 결혼했고 그 다음에는 역시나 고생을 달고 사는 작가인 나의 첫 의붓아버지 칼튼 맥키니와 결혼했다.

만약 어머니가 실직 중이거나 남편과 별거 중이면 어머니와 나, 오빠 토니, 여동생 피파는 로드아일랜드로 돌아가 외할머니와 함께 지냈다. '도토리 저택'이라 부르던 할머니 집은 황폐한 빅토리아풍 대저택이었다. 외할아버지의 부유했던 부모님이 아들이 결혼할 때 손수 지어준 그 집은 우리 식구가 도시를 떠나 몸을 누일 안식처였다. 우리 아이들은 여름마다 찾아가 지내던 곳에 돌아가 계속 머물 수 있다는 사실에 마냥 기뻐했다.

외할아버지 레오나르드 베이컨(Leonard Bacon)은 1930년대와 1940년대에 시인이자 번역가로 활동한 문학인이었고 1941년에는 시로 퓰리처상을 받기도 했다. 모더니즘이 진행되면서 할아버지의 명성은 서서히 빛을 잃었지만 그는 전성기 무렵 자기만의 소우주나 다름없는 대저택을 관할하는 영주였다. 가족과 친구들이 믿고 찾는 안식처인 도토리 저택은 한때 문학 모임과 파티가 자주 열리던 장소였다. 대공황 이전에는 유행에 맞춰 집을 유지할 돈과 여력이 있었지만 1954년에 할아버지가 돌아가실 무렵에는 집이 황폐해졌고 가족 신탁 기금이 서서히 그러나 가차 없이 줄어들면서 돈이 부족해졌다.

우리 아이들은 숲과 들판으로 둘러싸인 그곳을 좋아하기만 했지 점점 쇠락해 가는 상황은 거의 알아채지 못했다. 우리가 메이메이라고 불렀던 다정하고 온화한 외할머니 마사 스트링햄 베이컨은 다락방부터 지하까지 4층 전체와 여기저기 있는 수십 개의 방과 좁은 복도, 희한하게 각진 공간 전체를 조용히 관장했다. 할머니는 우리가 마음대로 집 안밖을 돌아다니게 해주었다. 우리는 진짜 집이라고 여긴 그곳에서 마음껏 숨바꼭질을 하거나 자전거를 타고 시내에 가거나 숲에서 길을 잃었다 찾았다 하며 재미있게 지냈다.

우리는 도시의 고급 사립학교에서 장학금을 빌미로 끊임없이 쏟아내는 충고와 그에 따른 제약에서 해방되어 마을의 다른 아이들과 함께 지역 공립학교를 즐겁게 다녔다. 이런 삶이야말로 정확히 우리가 원하는 것이었다. 물론 공립학교를 경멸했던 어머니는 우리를 뉴욕의 사립학교에 붙잡아 두려던 모든 노력이 다시 한번 물거품이 되자 깊은 실망감에 빠지긴 했다.

짐작컨대 우리가 짐을 싸서 로드아일랜드의 피스데일로 다시 이사 가는 것이 어머니에게는 패배처럼 느껴졌을 것이다. 어머니가 절대 혼자 힘으로는 우리 식구가 도시에서 살아갈 만큼 충분한 벌이를 할 수 없었을 테니 거처할 곳을 찾아 미망인인 자기 어머니에게 의지할 수밖에 없었다. 우리는 어머니가 새로운 직장을 찾거나 부부 문제가 해결될ㅡ아마도 새 남편을 만날ㅡ때까지 피스데일에 머물곤 했다. 그렇게 상황이 바뀌면 우리는 다시 온갖 제약이 난무하는 도시로 이사 갔다. 어머니는 우리가 어디에 살든, 무슨 일이 벌어지든 간에 책상에서 글을 썼다. 프리랜서 일거리가 없으면 자신의 소설이나 시, 기사, 서평, 어린이책을 썼다. 언제 어디서든 어머니가 글을 쓸 때면 어머니의 책상이 곧 어머니의 집이었다.

1956년, 도토리 저택: 평생 남은 흉터

어머니의 책상은 여닫이 판자가 항상 열려 있는 구식 목제 비서용 책상이다. 거실 맨 끝 구석에 처박혀 있는 책상은 칸막이 역할을 하는 커다란 윙체어에 가려져 있다. 여기에 몸을 숨긴 어머니는 아이들이 현관을 들락거리고 복도를 지나 거실로 쉴 새 없이 뛰어다니는 야단법석을 피할 수 있다. 시야에서 벗어난 구석진 공간에 자리 잡은 어머니는 일상생활의 온갖 소동이 벌어지거나 말거나 별로 개의치 않는데 꼭 필요하다 싶으면 아예 그곳을 벗어나기도 한다. 그런 일은 거의 일어나지 않았지만……

우리는 어머니의 책상에 있는 물건은 아무것도 손대지 말아야 하는데도 나와 여동생은 왠지 책상에 마음이 끌린다. 엄마가 다른 어딘가에서 집안일을 하거나 볼일을 볼 때 우리는 책상에 있는 것들을 뒤져보길 좋아한다. 책상의 책장 맨 위 칸에는 할머니, 할아버지의 사진과 우리 셋의 사진이 자리 잡고 있다. 어머니가 글을 쓰는 동안 그 사진들이 어머니를 가만히 바라보는 모양새다.

책장 아래쪽 칸에는 서류와 봉투를 놓는 자리와 좁은 서랍 몇 개가 붙어 있다. 그 중에는 온갖 잡동사니로 가득한 비밀스러운 서랍이 하나 있다. 거기에는 남북전쟁 당시 서배너의 친척이 보낸 오래된 편지부터 할아버지가 1차 세계대전 때 입은 군복의 금속 단추, 할아버지가 애지중지하던, 종종 다른 방 서랍으로 흘러갔다 다시 돌아오곤 하는 새를 부르는 호각, 만년필 펜촉, 종이 집게, 붉은 가죽으로 된 이태리제 빈 반지 상자, 할머니의 거북이 껍질 머리핀 몇 개 등등이 있다.

어머니가 책상 앞에 있을 때 우리는 엄마를 방해하면 안 된다는 것을 너무도 잘 알고 있다. 어머니는 손으로 초고를 쓴 다음 몇 시간, 며칠, 혹은 몇 주 동안 끊임없이 타자로 원고를 친다. 어머니는 우리의 말에 귀 기울이지 않는 데 이미 익숙해져 있고 반대로 우리는 어머니의 끈질긴 주의력의 범위를 다각도로 조정하는 법을 터득하였다.

간혹 나는 글쓰기에 대해서 어머니에게 이야기해 보려고 시도한다. 열 살인 나는 하늘을 묘사하는 데 어울리는 완벽한 단어를 찾아냈다. 부드러운 소리가 나고 물결 같은 리듬이 담긴 단어다. 나는 이 단어를 써먹을 수 있는 시도 한 편 썼다. 일상적인 대화에서 듣게 되는 평범한 단어는 아니다. 나는 내가 쓴 시에 마음이 너무 들떠서 어머니에게 보여주려고 책상 앞에 앉은 어머니를 과감히 방해하려고 시도한다. 어머니가 타자기에서 몸을 살짝 돌린다. 내가 불쑥 내민 것을 제대로 눈에 담기까지 시간이 잠깐 흐른다. 줄 진 공책에서 찢은 종잇조각이다.

종이를 받아 든 어머니가 마치 고대 북유럽의 룬 문자로 적힌 고대의 세계지도를 보듯이 내 글을 응시한다. 종이에 집중된 어머니의 눈이 재빨리 글을 읽어 내려가는 동안 나는 칭찬을 기다린다. 어머니는 나를 쳐다보고 고개를 약간 흔들더니 배우였던 시절에 습득한 흔들림 없는 영국식 억양으로 말한다. "귀여운 내 딸. 하늘에 관한 시에는 '심청색 (cerulean)'이란 단어는 절대 쓰지 마." 내가 하늘에 관한 시를 쓰긴 했는데, 리듬이 담긴 푸른빛의 그 단어 말고는 기억나는 게 하나도 없다. 곧바로 그 시를 잃어버렸거나 쓰레기통에 냅다 버렸으니까.

하지만 수십 년 후에도 어머니가 책상에서 타자를 치며 온전히 열중해 있던 모습은 생생히 기억이 난다. 어느 날 오후, 어머니가 소설 한 권을 붙들고 작업 중이었던 것 같다. 내가 고작 몇 년 전에야 읽게 된 그 책일 것이다. 꼿꼿이 앉아 있는 어머니의 가느다란 손가락이 타자기 자판에 얹혀 있고 어머니는 부동자세로 앉아 롤러에 먹지가 덧대진 반쯤 빈 종이를 응시한다. 나는 어머니를 세 번 부른다. 처음에는 조용히, 그러다 나중에는 거의 소리치듯…….

"엄마!"

"응?"

어머니가 고개를 돌려 나를 본다. 나는 족히 몇 분간 참을성 있게 어머니 바로 옆에 서 있었는데도 어머니는 나를 보기는커녕 내가 있는지조차도 몰랐다. 나는 도움이 필요할 만큼 피를 철철 흘리는 위급 상황이었지만 어머니의 집중력이 만든 두터운 막을 뚫기 위해 인내심을 가지고 기다린다. 나는 어머니를 지켜보는 게 좋다. 가만히 바라보는 게 너무 좋다. 어머니가 예뻐서, 내가 어머니를 그리 자주 보지 못해서 그렇다. 어머니는 좀처럼 붙들어 두기 힘든 사람이다. 출판사 관계자를 만나든가 어머니가 쓰는 책이나 기사에 필요한 자료를 찾으러 대도시의 도서관에 들러야 해서 뉴욕이나 보스턴에 가느라 집을 자주 비우기도 한다.

어머니의 시선이 마침내 내 얼굴에 제대로 안착하지만 어머니는 나를 알아보지 못하는 것 같다. 피가 흐르는 내 손가락을 아직 알아채지도 못한다. 어머니가 글을 쓸 때 방해하면 안 된다는 건 나도 안다. 우리 입이나 귀에서 피가 나지 않는 한 책상 앞에 앉은 어머니를 방해하지 않는다는 게 불문율이다. 상처 난 내 손가락이 자격을 충족시키길 바랄 뿐이다. 나는 서재에 있던 가위의 한쪽 날로 석회수 병의 코르크를 억지로 밀어 넣으려다가 손가락을 찔렀다. 여동생과 나는 식료품 저장실에서 찾아낸 알코올 액체와 이것저것 잡다한 것을 섞어 마녀의 혼합 음료를 조제중이다. 핏방울이 뚝뚝 줄기차게 떨어져 조각마루 바닥에 조그마한 웅덩이가 생겨난다.

"애야, 그게 뭐니?"

"피가 나요."

"오, 넌 정말, 성가신 애구나!"

이쯤에서 어머니에게 나를 욕실로 데려가 피를 씻고 상처에 붕대를 감아 달라고 부탁해야 하나? 나는 말없이 기다린다. 피가 흐르는 내 손가락을 어머니의 눈이 주시하는 순간이다.

"너 안 죽어. 얼른 뛰어가서 반창고 찾아 봐."

나의 피투성이 손가락은 어머니의 집중을 흩트리기에는 자격 미달임이 분명해진다. 어머니는 타자기로 다시 몸을 돌리기 전에 심청색 눈동자로 모호하지만 다정하기도 한 시선을 내게 던진다.

내가 거의 60년 후에 이 글을 자판으로 치는 동안 가느다란 하얀 초승

달 모양의 흉터가 있는 나의 오른손 검지가 심청색(cerulean)의 "U"자를 두드린다.

우리가 뉴욕에 살던 시절 어머니의 책상은 작은 직사각형의 필기용 테이블이었다. 각종 원고 뭉치, 먹지가 든 납작한 상자, 손으로 원고를 써 둔 줄쳐진 황색 용지 묶음, 그리고 타자기가 테이블 위를 채웠다. 거실 맨 끝에, 리버사이드 드라이브와 브로드웨이 사이 116번가의 잿빛 수직 공간을 내려다보는 창문 아래에 놓인 그 책상은 칠이 벗겨진 채 실용성만 발휘하며 어머니의 밥벌이 도구 중 하나로서 소임을 다했다.

신들린 듯 글쓰기에 집중하던 어머니는 퇴근 후에 밤마다, 그리고 사무실에서 집으로 가져온 업무나 간간이 들어오는 프리랜서 일을 하면서 주말마다, 열심히 글을 썼다. 식구들이 줄기차게 거실을 드나들었지만 침투 불가능한 투명 장벽이 어머니를 보호하는 듯했다. 그래서 우리가 침입할 수도 없고 그 방에 있다는 존재 자체도 영향을 끼치지 못하는 것 같았다. 이제 나는 그 본보기를 아무리 거부하려 한들 작가인 동시에 엄마가 된다는 의미가 오래 전부터 내 안에 각인되었으며 내가 그 의미에 길들여졌음을 깨닫는다.

1958년, 뉴욕: 가리글리아노 강둑에서

평일 이른 아침마다 어머니는 뉴욕 아파트의 닫힌 내 침실 문에서 두 걸음 떨어진 주방을 분주히 누빈다. 어머니가 지난밤 나온 설거지거리를 씻고 커피를 내리는 동안 물 흐르는 소리와 접시 부딪히는 소리가 나의 아침 잠 꿈속으로 스며들어온다. 어머니가 내 방 문을 열면 커피 향이

가미된 샤넬 넘버5의 향이 방안으로 실려와 끈덕지게 구중중한 냄새를 풍기던 방 안 분위기를 바꿔준다. 나는 어머니의 향을 들이마시는데 눈은 여전히 감겨 있다. 매일 아침 어머니는 귀 뒤에 향수를 조금 바른다. 그 향이 아스라이 달큰한 유령처럼 하루 종일 어머니 주위를 따라다닌다. "일어나 얘야!" 어머니의 쨍한 목소리가 날아든다. "발딱 일어나!"

나는 그 가짜 영국식 억양이 오늘 아침에는 평소보다 더 쨍하다는 감이 온다. 요사이 어머니가 쓰는 "비스킷"이니 "페트롤"이니 "쉐쥴"[65]이니 하는 말에 살짝 짜증이 난다. 어머니의 말투가 내 신경을 거스른 적은 없었는데…… 우리 가족 중에 아무도 그런 억양으로 말하는 사람이 없다는 것을 안 친구가 내게 물었을 때 나는 어깨를 으쓱하며 어머니가 그렇게 말하는 방식을 좋아하는 것뿐이라고 말해 주었다. 이제 나는 그 말투가 창피하고 어머니가 창피하다는 느낌이 든다. 어머니는 누군가가 억양에 대해 물어올 때면 웃으며 대답을 툭 던진다.

"자기야, 순전히 허세부리는 거야."

커피 향과 향수 향을 뚫고 쓰레기 냄새가 좁은 복도에서 퍼져 들어온다. 업무용 승강기 쪽으로 난 문 뒤에 웅크리고 있는 쓰레기가 범인이다. 예전에 메이드의 숙소로 사용했던 공간인 내 방으로 그 악취가 자주 날아든다. 나의 사적인 안식처를 완성시키는 것은, 밤이면 주방 싱크대와 연결된 수도관에서 나와 벽을 따라 놀러 다니는 바퀴벌레들로 붐비는 조그만 사각형 욕조와 변기가 딸린 초소형 욕실이다. 나는 바퀴벌레도 악취도 별로 개의치 않는다. 그 방은 오로지 나만의 공간이니까. 엄마는

---

65 각각 '쿠키', '휘발유', '스케줄'을 뜻하는 영국식 표현.

내가 열두 살이 되고 오빠가 집을 떠나 기숙학교로 갔을 때 이 방을 쓰도록 허락했다. 그제서야 나는 더 이상 여동생과 방을 같이 쓸 필요가 없었다.

눈을 뜬다. 엄마가 문간에 서 있다. 눈썹이 가지런히 정리되어 있고 선홍색 립스틱이 칠해진 그날의 출근용 얼굴이 완벽하게 준비를 끝낸 상태다. 엄마는 블루밍데일스 백화점 염가 판매 코너에서 산 부대자루 같은 베이지색 '색드레스'[66]를 입고 있다. 어머니가 카피라이터 겸 편집자로 일하는《하퍼스 바자*Harper's Bazaar*》지에서 극구 추천한 작년의 최신 유행 스타일이다. 어머니는 패션 부서가 아닌데도 유행에 맞춰 옷을 입어야 한다. 색드레스의 치맛단이 너무 좁아서 어머니는 게이샤처럼 종종걸음으로 걸어 다녀야 한다.

나는 어머니가 다시 내 방 문간에 나타날 때까지 계속 침대에 뭉개고 있다. 어머니는 출근하기 전에 여동생을 버스 정류장에 데려다 주려고 이제 막 나갈 참이다.

"공주님, 우리 이제 나간다. 오늘밤엔 줄리에타가 자기 책 때문에 나랑 같이 작업하러 여기 올 거야. 칼튼은 깨우지 마. 간밤이 악몽 같았거든. 딱하기도 하지. 라디오도 켜지 마. 그이 신경 쇠약이 도질 수도 있어."

나의 의붓아버지 칼튼은 신경과민에다 불면증에 시달린다. 그는 밤새도록 담배를 피우고 버번을 마시고 소설을 쓴다. 구겨진 채 바닥에 널브러진 종이뭉치를 보아 하니 그의 집필에 크게 진전이 있는 것 같진 않다. 보통 그는 내가 하교할 때까지도 계속 집에 있는데 요즘에는 별로 그렇

---

66   sack dress 체형에 맞추지 않고 부대 자루같이 넓게 만든 풍성한 여성용 드레스

지 않았다. 최근에 그가 밤새 밖에 있다가 한쪽 눈에 멍을 달고 부은 입술로 집에 온 적도 있다.

엄마는 립스틱이 뭉개지지 않도록 손끝으로 키스를 날린다. 어머니와 여동생이 나간 후 나는 라디오를 켠다. "그를 아는, 아는, 아는 건 그를 사랑하는, 사랑하는, 사랑하는 것……"[67]. 나는 등을 대고 누워 양팔을 뻣뻣하게 쭉 펴서 마치 메트로폴리탄 박물관의 석관 안에 있는 척한다. 오늘은 내가 장학금을 받는 여학교에서 휴이트 선생님이 맡은 '숙녀 수업'에 가는 대신 박물관에나 가보고 싶다. 나는 이 학교에 소속감이 느껴지질 않는다. 매디슨 가와 파크 가 사이에 위치한 학교 주변에 사는 부잣집 여자애들이 드글거리는 학교다. 장학금을 받는 다른 여자애들 말고는 내가 반 아이들과 할 말이 별로 없다. 버뮤다 제도에서 휴가를 보내고 수요일 저녁마다 바클레이 무용 학교에 다니는 그런 애들과 무슨 할 말이 있겠나!

나는 수학 시험을 통과하려고 아등바등하기를 관뒀기 때문에 학교 가기가 싫어 죽겠다. 풀을 뻣뻣하게 먹인 새 교복을 입고 다니는 여자애들도 싫다. 내 교복은 학교 지하실에서 중고물품을 판매할 때 구입한 거라 축 늘어지고 해졌다. 리버사이드 드라이브에 있는 우리 아파트에서 학교까지 기나긴 통학길에 갑자기 덜컹거리는 버스에 실려 가는 동안, 내가 직접 아침 식사로 차려 먹은 뜨거운 카페오레와 딱딱한 바게트가 뱃속에서 요동치는 것도 끔찍한 노릇이다. 88번가의 메트로폴리탄 박물관을 지날 즈음 버스에서 내려 버릴까 하는 생각은 매번 하는데 한 번도

---

67 미국 혼성 팝 그룹 테디 베어스의 곡 'To Know Him is to Love Him'

실행에 옮기지 못했다. 아직까지는.

아침에 버스 통학길에 오르는데 문득 궁금해진다. 어머니는 《하퍼스 바자_Harper's Bazaar_》 잡지사에서 하는 일을 생각할 때, 내가 학교를 생각할 때처럼 욕지기가 나는지. 어머니는 이미 소설 두 권과 시집 여러 권을 써서 출간한 터라 잡지사 일이 자기에게는 너무 지루하다고 투덜댄다. 얼마 되지도 않는 분량의 가십성 글을 써야 하는데다 보수는 쥐꼬리만 하고 생색도 나지 않는다. 어머니는 칼튼과 결혼하고 풀타임으로 일을 하는 반면 그는 집에서 책을 쓰기 때문에 엄마는 자기 책을 쓸 엄두도 못 냈다.

요즈음 어머니는 주말과 저녁 시간 대부분을 『강 건너의 아이』라는 제목의 제2차 세계대전 관련 이탈리아어 회고록 번역에 할애한다. 어머니는 플로렌스에 살던 어린 시절에 이탈리아어를 배웠다. 나의 외할아버지가 이탈리아에서 글을 쓰려고 가족을 전부 데리고 이사를 갔을 때다. 어머니의 가족은 이탈리아를 좋아했지만 무솔리니가 1932년에 권력을 장악하자 그곳을 떠났다. 어머니는 그때 이탈리아를 떠나서 너무 슬펐다고 내게 말했다. 이탈리아어를 절대 잊어버리지 않은 어머니는 그 덕분에 지금 가욋돈을 벌곤 한다.

어머니는 컴컴한 골목이 내려다보이는 창문 밑에서 일을 한다. 햇빛이 찬란한 날에도 온갖 검댕과 그림자 때문에 한 번 걸러진 빛이 얼룩덜룩하게 어머니의 책상과 회고록 원고에 내려앉는다. 어머니가 각 장마다 내용을 들려줘서 나는 그 이야기를 아주 잘 안다.

1943년, 연합군이 이탈리아를 침공했을 때 저자 줄리에타 달레산드로는 어린 딸 안나와 2년간 헤어져 있었다. 안나는 가리글리아노 강변 지역이 미군에게 넘어갔을 때 강 건너에 사는 할머니를 만나고 있었다. 줄리에타는 독일군 진영에 발이 묶였지만 산을 오르고 독일군과 지뢰밭과 히틀러 친위대와 연합군의 폭격을 용감히 뚫은 후 강을 걷거나 헤엄쳐 건너 안나를 찾으러 갔다.

줄리에타가 회고록 번역 작업 때문에 우리 아파트에 오자 나는 이 용감하고 예쁜 여인에게 반해 나도 모르게 빤히 쳐다본다. 나의 어머니가 나를 되찾기 위해 차디찬 진흙 밭에서 철조망 밑으로 기어가고 지뢰가 가득한 꽁꽁 언 들판을 가로질러 기어가는 모습을 머릿속에 그려 보려고 애쓴다. 내가 안나라고 상상한다. 줄리에타가 마침내 찾아냈을 때 도서관에서 책을 읽고 있던 아이, 안나가 되어본다. 책에서 고개를 든 안나의 눈에 두 팔을 활짝 편 어머니가 보였다. 나는 어머니가 내 앞에 두 팔을 활짝 펴고 서 있는 모습을 그려본다.

내가 학교에서 돌아오면 보통은 칼튼이 아직도 쉰내 나는 파자마 차림으로 거실의 낡은 안락의자에 앉아 기다란 검은 홀더에 담배를 뻐끔거리면서 버번 잔의 얼음을 달그락거리고 있다. 오늘 오후에 내가 집에 들어오니 그의 인기척이 없다. 엄마가 6시에 집에 올 때도 줄리에타가 번역 작업을 하러 들를 때도 그는 아직 귀가 전이다.

내 짐작에 엄마는 분명 속상할 텐데도 밝은 얼굴을 하고 있다. 나와 여동생에게 "딴 데 가서 놀아."하고 말하지만 나는 조용히 수학 숙제를 하는 척하며 뭉그적거린다. 엄마는 소용돌이꼴 팔걸이가 달린 낡고 불편한 청색 실크 소파에 줄리에타와 함께 앉아서 커피 테이블에 원고를 쫙

펼쳐 두고 있는 동안 나의 존재는 잊어버린다.

두 사람은 『강 건너의 아이』 원고를 휙휙 넘겨보면서 이탈리아어로만 이야기한다. 그들의 유려한 음절이 내 귓전으로 굴러들어온다. 나는 한 마디도 알아듣지 못하지만 음악 같은 이 언어가 좋다. 두 사람은 가끔은 진지하다가 가끔은 웃기도 하고 몸짓도 해가면서 원고를 꼼꼼히 읽는다. 오늘 하루가 어땠는지 이야기를 나누는 여학생들의 모습을 연상시키는 두 사람이다.

줄리에타가 떠난 후 어머니는 재빨리 고도의 걱정 모드로 돌아선다. 칼튼이 가끔 오후에 시간을 보내는 웨스트엔드바에 전화를 거는 어머니의 떨리는 목소리가 들린다. 나는 어머니가 평정심을 잃기까지 얼마 안 남았음을 소리로 짐작할 수 있다. 바텐더가 칼튼이 몇 시간 전에 웬 젊은 남자와 나갔다고 전한다. 천상 배우인 어머니는 한숨을 내쉬며 도리질을 하고 억지웃음을 쥐어짠다. "다행이네. 짓궂은 양반 같으니라고! 내일쯤 신의 진노를 맛보고 싶은 모양이야."

어머니가 쥐어짠 쾌활함은 영 설득력이 없다. 그가 아침에도 집에 없다면 어머니는 지난번처럼 경찰에 전화할 것이다. 어머니는 나를 침실로 들여보내기 전에 숙제에 대해 묻는 걸 깜빡한다.

내 방에서 들어보니 미친 듯한 타자 소리가 희미하게 들린다. 어머니는 칼튼을 걱정하는 와중에도 글을 쓴다. 아마도 회고록 작업이겠지. 어떻게 어머니는 히스테리의 꼭대기에 도달했다가도 그리 쉽게 일에 집중하는 모드로 바뀔 수 있는지 놀랍기만 하다. 아마도 다른 사람의 사연에 대해 생각하면 도움이 되나 보다.

축음기에서 음악이 흘러나온다. 파블로 카잘스가 연주한 바흐의 첼로 모음곡이다. 나는 어머니가 듣는 클래식 음악이 진짜 싫다. 내 방의 문턱 너머로 스멀스멀 기어들어와 두통을 일으킨다. 나는 특히 첼로 모음곡에 질색한다. 첼로의 활이 현을 만날 때 나는 소리가 사람의 흐느낌처럼 들려서다. 그 소리를 듣다보면 나는 마치 꼼짝없이 소리에 사로잡혀 울음을 그쳐야 할 이유도 방법도 모른 채 속절없이 울고만 있을 것 같은 기분이 든다.

이유는 모르겠는데 요즘 나는 어머니가 좋아하는 것은 뭐든 싫어지기 시작했다. 바흐도, 오페라도, 통밀빵도, 먼지 맛 나는 버석한 이탈리아 쿠키도, 조지 엘리엇도……. 어머니는 내 아홉 살 생일 선물로 『플로스 강변의 물방앗간*The Mill on the Floss*』을 사주었다. 나는 조지 엘리엇이 책을 출판하기 위해 남자 이름을 쓴 여자라는 것을 알고 흥미를 느꼈지만 책을 다 읽지는 못했다. 읽으려고 애는 썼으나 채 다섯 페이지를 넘기지 못했다.

엄마는 책을 선물하고 몇 개월간 내게 책이 마음에 드느냐고 묻곤 했다. 나는 바보 같이 어깨만 으쓱하다가 결국에는 마지막 장으로 건너뛰어서 매기 털리버라는 이름의 어떤 여자가 자기 오빠와 강에 빠져 죽는다는 걸 확인하게 되었다. 작은 활자로 꽉 차서 글만 많고 그림은 하나도 없는 그 두꺼운 책한테 내가 지고 말았다.

요즘 나는 학교에서 책읽기 과제로 나오는 것 말고는 엄마가 '쓰레기'라고 욕하는 걸 읽는다. 《모던 스크린》, 《트루 컨페션즈》 같은 잡지에 푹 빠져서 베이비시터로 번 돈으로 잡지를 사서는 침대 매트리스 밑에 숨겨 둔다. 나는 어머니가 경멸하는 모든 것에 저절로 끌린다. 원더브레드 빵으로 만든 볼로냐 샌드위치, 껌 씹기, 로큰롤…… "그를 아는, 아는, 아는 건 그를 사랑하는, 사랑하는, 사랑하는 것……" 내가 잠이 드는 시간에도 칼튼은 여전히 집에 들어오지 않았다.

나는 희미하게 들리는 이상한 소음에 잠이 깬다. 밤의 암흑과 고요를 통해 침투한, 소리라기보다는 묘한 감각에 더 가깝다. 타자 소리와 음악은 멈췄는데 뭔가가 있다. 나는 침대에서 일어나 복도로 나가 칼튼의 빈 작업실로 들어간다. 바닥에 놓인 담배꽁초 가득한 위스키 잔을 넘어뜨리지 않도록 조심하면서 거실로 이어지는 프렌치 도어[68] 쪽으로 움직인다. 어머니가 어둠 속에서 노란 쿠션을 무릎에 안고 소파에 앉아 있는 모습이 보인다.

116번가 가로등 불빛이 한 줄기 흘러나와 어머니의 책상을 가로질러 창백하고 여린 분위기로 어머니를 감싸 안는다. 어머니가 쿠션을 끌어다 얼굴에 대고 흐느낀다. 쿠션에 파묻힌 울음소리가 나를 깨운 것이다. 나는 어머니가 관객에게 재미를 선사하는 차원에서 극적으로 버럭 역정을 내고 연극적인 히스테리를 부리는 모습을 목격한 적이 많지만 이런 식으로 우는 모습은 처음 본다. 어머니의 마음이 갈가리 찢기는 듯한 모습을 보면서 어머니의 세계가 무너지고 있음을 실감한다. 어머니는 칼튼이라는 재앙을 피한 척하지 못한다.

마음 같아서는 당장 문을 열고 어머니에게 달려가 안아주고 싶다. 어머니 곁을 지키며 다 괜찮아질 거라고 말해 주고 어머니를 슬픔에서 구해내고 싶다. 하지만 두렵다. 어머니의 가면이 벗겨져 민낯이 고스란히 드러나 있다. 어머니가 나를 밀어내며 "딴 데 가서 놀아, 얘야."라고 말할까봐 두렵다. 어머니의 슬픔이 방안을 가득 채운다. 강처럼 범람한 이 슬픔을 건너 어머니에게 다가갈 길을 찾을 수 없다. 나는 슬픔에 사로잡혀 꼼짝도 못하는 어머니를 남겨둔 채 돌아서서 살금살금 어둠을 거슬러 나의 작은 방으로 돌아온다.

　나는 아주 어렸을 적에 절대로 작가는 되지 않겠다고, 나의 어머니 같은 엄마는 되지 않겠다고 맹세했다. 내가 어머니를 두 가지 소인(訴因)에 의거해 판결을 내려 버렸고 의식하지 못한 채 나 자신에게도 형을 선고한 셈이다. 나의 다짐이 어떻게 실행되는지 어머니에게 보여주겠다는 결심 하에 대학을 1년 다닌 뒤 때려치웠고 아직 십대였을 때 결혼해서 세 아이를 낳았다. 이십대 후반에 이혼을 하고 재혼한 후 넷째 아이를 낳았다. 아이를 낳고 키우며 정신없는 세월을 보내던 어느 시점엔가 내가 어머니보다 더 나은 부모인 척하는 얄팍하고 거짓된 자기만족은 내 삶을 채우기에 역부족임을 깨달았다.

　나는 아이들이 아직 꽤 어렸을 때 학사 학위를 마치기로 결심했다. 그런 다음 영문학 학사 학위를 따기 위해 장학금을 받으며 대학원까지 다녔다. 신입생 작문 수업을 준비해서 가르쳐야 했고 물론 글도 써야 했지만, 그런 종류의 글쓰기는 셈에 들어가지 않는다고 나 자신을 합리화했다. 내가 아는 한 학문적 글쓰기는 시나 소설을 쓰는 것과는 다르다. 나는 어머니가 했던 일을 하는 게 아니었다.

　워킹맘으로서 아이들을 계속 지켜보며 사소한 일로 필요할 때든 심각한 긴급 상황이 벌어질 때든 언제나 도움을 줄 수 있도록 가까이에서 아이들 곁을 지키기로 다짐했다. 끊임없는 방해에도 어느 정도 익숙해졌고 웬일인지 잃어버린 문장이나 끊겼던 생각의 꼬리를 회복하는 능력이 생겼다. 나는 "내 어머니와 같지 않다."는 데 여전히 자부심을 느꼈다.

이제 와서야 내 아이들은 내가 과제 마감을 앞두고 있었을 때 나의 관심을 끌기가 어려웠다는 말을 딱히 아무런 원망의 기색도 없이 꺼내놓는다. 내가 학위 논문을 마치려고 죽을둥살둥 하던 여름의 기억도 되살아나게 해준다. 나는 어떻게든 아이들을 수영 수업과 축구 교실과 드라마 수업에 보내며 살긴 했지만 사실 아이들에게 온전히 집중하지 못했다.

아이러니하게도 나는 대학원 수업을 들을 때 조지 엘리엇의 작품을 많이 읽었고 그 중 하나인 『미들마치Middlemarch』에 관한 석사 논문까지 썼다. 나는 『플로스 강변의 물방앗간』에 관해 어머니와 이야기를 나눌 기회가 좀처럼 없었다. 당시에 우리는 정반대편에 있는 도시에 살았고 내가 논문을 쓸 즈음에는 어머니가 암에 걸려 그런 이야기를 할 상황이 아니었다. 우리 모녀의 전화 통화는 아이들 문제, 그리고 어머니가 병원에서 겪은 경험에 대해 내게 들려주던 정교하고 극적이고 어쩐지 재미있기도 한 사연뿐이었다. 어머니는 내가 학위를 마친 이듬해에 돌아가셨다.

아이들이 자라고 한참 후, 내가 교수직에서 은퇴할 즈음에야 비로소 원래 나란 사람은 글을 쓰려고 했으며 과거에도 현재에도 작가라는 사실을 깨달았다. 나는 어머니가 부모로서 유죄라며 어릴 적에 품었던 분노를 떨쳐버리긴 했지만 여전히 어머니에게 판사 노릇을 하였고 나 자신에게 부과한 형을 감형하려고도 하지 않았다. 나를 작가라 부르길 거부했다. 나는 여전히 나 자신에게 벌을 주는 동시에 어머니가 오롯이 자기 모습으로만 살았다며 비난하고 있었다. 이젠 그칠 때가 되었다. 나는 마음의 문을 열었다. 처음에는 그저 좁은 틈 정도였다. 시를 썼다.

몇 년간은 나 자신에게 시를 쓰도록 허락했다. 그 다음에는 책을 한 권 썼다. 예술가였던 나의 외할머니에 대한 회고록이었다. 지금 쓰는 것은 작가이자 어머니였던 나의 어머니에 관한 글이다. 나는 이 책을 쓰기 위해 예전에 하지 않았던 뭔가를 해야 했다. 어머니의 책을 읽었다. 그리고 어머니의 시와 기사문, 에세이, 서평은 물론 아동서 네 권도 읽었다. 편지도 읽었다. 내가 간직하고 있던, 어머니가 내게 쓴 편지 몇 통과 로드 아일랜드의 여러 기관에 보관된, 다른 사람들과 주고받던 수많은 편지들을……

나는 60대 전에는 어떻게든 어머니의 글을 읽지 않으려고 피해 다니기만 했다. 어머니의 목소리를, 어머니의 글 속에 생생히 살아 있고 강력하게 뿜어져 나오는 어머니의 수많은 목소리를 감당할 자신이 없었던 까닭이다. 이제는 어머니의 작품에 풍덩 뛰어들어 편지를 읽으며 크게 탄성을 지르고 문장을 음미하는 나 자신을 발견하기에 이르렀다. 어머니의 소설과 문체에 찬사와 비판을 함께 보내고, 어머니의 영리한 자기 비하적 유머에 웃음을 터뜨리고, 어머니가 편지 안에서 얼마나 무신경하게 굴 수 있는지 놀라기도 한다. 요즘 우리 모녀는 어머니가 살아 있었을 때보다 더 많이 대화를 나누고 세월을 넘나들며 원고 안에서 서로에게 말을 건넨다.

어머니와는 다르게 나는 책상에서 일을 하지 않는다. 주로 식탁이나 침대에서 글을 쓴다. 주방에서 나는 식탁 위에 있는 온갖 것들에 둘러싸여 있다. 책, 광고 우편물 더미, 소금통 후추통과 공간을 공유하는 잡지, 쌍안경, 설탕 그릇, 열쇠, 시들어 가는 꽃이 담긴 꽃병 등등.

나는 글을 쓰는 동안에는 주변의 어질러진 물건도, 남편도, 집 안팎을 헤매고 다니는 개와 고양이도, 뉴스를 전하거나 음악을 들려주는 라디오 소리도 감지하지 못한다. 글을 쓰다가 한 번씩 운동 삼아 위층 아래층을 뛰어 오르내릴 수 있도록 빨래를 돌리고 다른 자잘한 집안일을 해서 스스로 쉴 수 있는 짬을 만든다. 책상으로 쓰이는 식탁은 내 아이들이 어렸을 때부터 오랫동안 글쓰기 공간으로 내가 선택한 자리다. 여기야말로 내가 가장 편하게 글을 쓰는 곳이다.

침대에서 글을 쓰기를 좋아하는 것도 또 다른 오랜 습관에서 비롯되었다. 지속적인 방해를 받지 않고 나만의 사유와 생각 속으로 깊이 들어간답시고 가족을 등지고 숨어 있지 않은 척 스스로를 합리화하는 마음에서 나온 습관이다. 지금도 나는 필요할 때면 여전히 일감을 들고 침대로 향한다. 집필 초안 단계에 주로 그렇게 한다.

남편이 커피를 타러 아래층으로 내려가 일과를 시작한 후에 나는 베개를 몇 개 쌓아 등을 기대고 무릎을 굽히고 앉아서 흰 복사용지의 받침대로 쓰이는 큰 책을 무릎에 얹은 다음 검은색이나 파란색 볼펜으로 종이에다 손으로 글을 쓴다. 잠옷 차림으로 땀을 흘리면서 이디스 워튼[69]

---

69   Edith Wharton(1862~1937). 미국의 소설가. 「순수의 시대」를 발표해 여성 최초로 퓰리처상을 수상했다.

과 교신하며 열심히 글을 쓰다 보면 종이가 침대에서 바닥까지 미끄러져 내린다. 허락된 시간이 다 되거나 글이 막혀 진도가 더 나가지 않을 때까지 그렇게 글을 쓴다.

내가 원하기만 하면 소음이나 방해거리에서 벗어나 2층의 내 서재에서 글을 쓸 수도 있다. 그 공간은 다양한 집필용 작업대, 사무용품이 가득한 서랍, 충분한 콘센트, 좋은 조명이 완벽히 갖춰져 있고 사과나무와 흙길과 우리 집 진입로 너머 아름다운 숲이 보이는 기분 좋은 전경도 있다. 하지만 웬일인지 나는 진짜 집필용 책상에 앉아 작업에 집중한 적이 없다. 이것 역시 내가 어머니와 같지 않은 소소한 차이 중 하나다.

• 마사 올리버-스미스(Martha Oliver-Smith)
로드아일랜드 태생이다. 작가, 학자, 예술가가 나온 집안에서 태어났다. 리노 네바다 대학교에서 문학 석사 학위를, 버몬트 예술대학에서 예술 석사 학위를 받았다. 36년간 고등학교에서 영어를 가르치고 칼리지에서 작문 강의를 하다가 은퇴 후 전기 회고록 『마사의 만다라*Martha's Mandala*』 (2015)를 썼다. 그녀의 외할머니가 예술가로서 정신 질환과 싸우던 삶을 그려낸 책이다. 그녀는 지금 버몬트에서 남편과 살면서, 작가였던 어머니 마사 베이컨에 관한 회고록을 쓰고 있다.

07

현명한
어머니

레이첼 하다스

나의 어머니는 어떤 사람이었을까? 내가 아래에 인용할 두 단락은 어머니가 1964년에 먼로 리프[70]의 1936년 고전을 라틴어로 번역한 『황소 페르디난도*Ferdinandus Taurus*』라는 책을 위해 나의 언니 베스가 쓴 발문이다. 2000년에 데이비드 R. 고딘 출판사에서 『페르디난도』가 재발간되었고 언니와 내가 따로 후기 같은 글을 썼다. 언니 베스가 이렇게 썼다.

엘리자베스 챔벌레인 하다스(Elizabeth Chamberlayne Hadas 1915-1992)는 교사, 독서가, 번역가, 어머니였다. 이 역할들은 그녀의 삶에서 제각각 분리된 것이 아니

---

[70] Munro Leaf(1905-1976), 미국의 아동문학 작가

었다. 그녀는 내가 아는 사람 중 첫손에 꼽히는 독서광이었다.(여기서 한마디 더 보태자면, 베스 언니가 이 말을 많이 한다. 언니는 근 50년간 편집자로 일해 왔다.) 그녀는 나와 여동생에게 큰 소리로 책을 읽어주었다. 그녀가 읽어주는 게 뭔지 우리 자매가 이해할 수 있기 훨씬 전부터였다. 우리 자매가 한 명은 작가로, 한 명은 출판인으로 평생을 책에 바치게 된 건 결코 우연이 아니었다. ……

엘리자베스 하다스는 가르치는 사람이 될 만한 환경에서 자랐다. 그녀의 아버지인 고전학 교수 루이스 챔벌레인은 그녀가 아주 어렸을 적에 세상을 떠났다. 두 딸을 양육해야 하는 현실에 직면한 그녀의 어머니 베시는 버지니아주 리치몬드의 세인트캐서린스쿨에서 교사로 일했다. 베시와 어린 두 딸은 교내에서 살게 되었는데 아마 기숙사 학생들을 감독하는 조건으로 교내에 거주했던 것 같다. 엘리자베스는 세인트캐서린스쿨에서 브린모어 대학으로 진학하였고 졸업 후에는 세인트티모시스쿨에서 라틴어를 가르쳤다. 마침내 그녀가 여학교 너머의 세상을 바라보는 데 관심을 갖게 되었다. 전쟁이 한창 진행 중일 때 뉴욕으로 가서 모지스 하다스와 결혼한 후 두 딸을 낳았고 1959년까지 딸들을 키우며 집에 머물러 있다가 교직생활로 돌아가 또 다른 여학교 스펜스스쿨에서 라틴어를 가르쳤다. 그곳에서 계속 학생들을 가르치다가 교편생활을 마무리했다.

베스는 핵심적인 내용을 경쾌하고 산뜻하게 정리하고 있다. 이토록 간명한 정리 속에는 많은 부분이 생략되었다는 뜻이 담겨 있다. 우리 어머니의 삶에서 빼놓을 수 없는 저명한 고전학 교수 두 명, 즉 어머니의 아버지인 루이스 파크 챔벌레인과 우리의 아버지였던 모지스 하다스에 대해서도 할 말은 아주 많다. (자식이 두 살일 때 죽은 아버지가 자식의 삶에서 거론

될 만한 이야기가 있긴 할까? 그렇기도 하고 아니기도 하다.) 하지만 나는 어머니 곁에 머물면서 어머니 이야기를 더 하고 싶다.

망자는 자기 생각을 털어놓지 않는다. 그런데 나의 어머니는 살아 있는 동안에도 속내를 드러내지 않는 데 탁월한 재주가 있었다. 더군다나 언니가 언급하였다시피 우리 어머니야말로 상상 가능한 범위 내에서 첫손에 꼽히는 책벌레임에도 엘리자베스 챔버레인 하다스라는 사람은 종이로 된 족적을 별로 남기지 않았다. 아니, 그런 것 같지는 않다. 어머니가 장장 4반세기 동안 스펜스스쿨 학생들을 위해 상세하게 쓴 (거의 에세이 수준의) 수많은 성적표를 생각해 보라. (지금은 거의 분실되었지만) 어머니가 쓴 편지들은 또 어떠한가? 하지만 이 여인이 세상 누구보다도 논리 정연한 점을 감안하면 빈약한 기록이다.

나는 말을 걸어도 아예 대꾸를 하지 못할 사람이 아닌 한 학생들에게 '책이란 무엇일까요?'라는 질문을 자주 던진다. 아버지가 1966년에 돌아가시자 나는 아버지의 목소리를 듣고 싶어서 아버지가 쓴 책에 의지해야 했다. 책에는 심각하게 개인적인 내용은 전혀 없었으나 생전의 아버지에 대한 나의 기억이 점점 희미해졌던 까닭에 그렇게 글로 남은 기록이 소중해졌다. 40년도 더 지난 후에 내가 아버지가 세상을 떠나셨을 때만큼 나이를 먹기도 했고 새 애인과 내가 각자의 돌아가신 아버지에 관한 기록, 가령 나비넥타이, 그루초 막스, 길버트와 설리반를 향한 두 아버지의 애정 따위를 비교하고 있었기 때문이기도 해서 다시 한번 더 아버지의 글을 찾아본 적이 있었다.

그런데 지금 여기서 다시 아버지 모지스에 대해 쓰고 있다. 내 오랜 친구 리디아 데이비스가 이렇게 말한다. "물론 더 주목받던 분은 너의 아버지셨지. 한 공간의 에너지를 자기 쪽으로 죄다 모아들이는 분 같았다니까. 너의 어머니는 그런 걸 개의치 않으신 것 같아. 워낙 무던하고 아주 침착한 분처럼 보였어." 하지만 오늘 2017년 어머니날, 어머니가 돌아가시고 25주기 기일까지 일주일을 앞둔 시점에 나는 어머니 생각에 빠져 있고 어머니가 점점 더 알쏭달쏭한 사람으로 느껴진다.

문서상의 흔적이 부족한 데다 마감까지 겹쳤다. 거기다 내 기억은 놀랄 정도로 듬성듬성 비어 있다. 사실 어머니에 대한 거의 모든 구체적인 기억은 알고 보니 잘못되어 있었다. 또 다른 문제는 내가 사랑하는 고인을 소환하고 기리고자 할 때, 혹은 모든 감정이나 생각을 정확히 포착해 표현하려고 할 때 당연히 나는 산문이 아니라 운문에 의지한다는 점이다. 비록 모지스가 엘리자베스보다 전면에 드러난 시간이 더 많다지만 내가 쓴 애가(哀歌) 모음에서 조금씩 내용을 모아서 정리할 수도 있을 것이다. 내가 시를 슬쩍 끌어다 써서 글을 마치게 된들 여기서 쓸 방식은 산문일 수밖에 없다.

언니가 설명한 부분에 나타나다시피 어머니가 1945년에 모지스 하다스와 결혼해서 산 21년 세월을 다양한 여학교 생활의 중심에 있는 일종의 섬처럼 볼 수도 있다. (어머니가 도서관원으로서 처음에는 의회도서관에서, 그 다음에는 뉴욕공립도서관에서 일한 기간도 포함되어야 한다.) 어머니는 여러 여학교 중 마지막으로 스펜스스쿨에서 1984년에 은퇴했을 때 그 전해에 태어난 유일한 손주인 나의 아들 조나단을 거의 전담하다시피 하는 할머니가 되었다. 어머니는 조나단이 여덟 살 때 돌아가셨다. 아들은 무엇을 기억하고 있을까? 그가 쓴 글이다.

리지[71] 할머니에 대해서는 드문드문 기억이 난다. 버몬트 집에 할머니가 계시던 기억("뭔가 얼룩덜룩한 엄청난 팬케이크"를 만들거나 심지어 그 시절에 옛날식 전기 프라이팬에 베이컨을 만들던 모습), 리버사이드 드라이브 아파트에서 소파에 앉아 내게 톨킨 책을 읽어 주시던 기억, 내게 큐브 스테이크와 우유를 먹이시던 기억……. 할아버지의 시계(내가 지어낸 기억이 아니라면)와 실내 운동용 자전거가 아파트에 있던 기억도 난다. 할머니의 고양이들도…… 한편으로 리지 할머니는 어디에 계셔도 워낙 조심스러워서 어느샌가 사라져 버릴 것 같다. 조심조심 걸어서……

1층짜리 리버사이드 아파트의 어딘가 침울한 분위기는 리디아 데이비스가 1986년에 쓴 "방해 신호 다섯 가지"에 잘 담겨 있다. 리디아네 가족은 우리 가족과 친하게 지낸 집안이었다. 아마 1982년 여름에 리디아가 우리 아파트에서 얼마간 시간을 보냈을 것이다.

그녀는 다이닝룸에서 책장 한쪽으로 멀찍이 기울어진 채 너무 오랫동안 흉하게 쭉 뻗어 있어 이젠 책 표지가 제 모습을 잃고 뒤틀려 있는 무거운 책들을 똑바로 세운다. 거실에도 유리문이 달린 책장이 하나 더 있다. 책장 위에는 초침이 어떤 지점을 지날 때마다 쉿 하는 소리를 내는 시계가 놓여 있다. [조나단이 자기가 기억한다고 생각한 할아버지의 시계가 이것일까?] 이제 그녀는 복도를 걸어 내려가면서 손에 닿는 책들을 좀 더 정리한다. 복도는 길고 어둑하며 꺾인 데가 많아서 모퉁이를 돌 때마다 통로

---

71 엘리자베스의 애칭인 리즈(Liz)의 변형

는 더 넓어지고 이 복도가 그녀에게는 간혹 끝없이 길게 느껴진다.

1950년대에 버몬트에서 여름을 보낸 시절부터 나와 친구가 된 신디 큄비는 "이미지가 기억에 고정되어 있다는 게 재미있지 않은가?"라고 쓴다. 조나단의 기억 속에서 할머니가 자기에게 음식을 먹이고 책을 읽어준 부분은 사실인 것 같다.(상상으로 만들어진 할아버지의 시계와는 다르다.) 나중에 조나단이 말하길 할머니가 『호빗The Hobbit』의 베오른에 관한 부분을 읽어준 기억이 나는 것 같다고 했다. 어머니의 어머니, 그러니까 나의 외할머니 엘리자베스 만 챔벌레인에 대한 나의 기억 중에는 (그나마도 점점 희미해져서 얼마 안 남았지만) 에드워드 리어[72]의 『올빼미와 새끼고양이(The Owl and the Pussycat)』를 읽어주는 장면이 있다. 할머니가 버지니아 억양으로 멋들어지게 으르렁거리는 소리를 내던 기억이 난다.

나는 어머니와 내 아들 조나단을 동시에 떠올리면 아들이 아기였을 때 버몬트 집의 정원에서 어머니가 조나단을 안고 다니며 꽃에 이름을 붙여주던 기억이 난다. 조금 후에는 조나단을 내 어깨나 어머니 어깨에 목마를 태우고 함께 흙길을 걸어 내려가던 장면이 떠오른다. 조나단은 어머니의 백발을 헝클어뜨리며 "하무니 머리칼"이라고 말하거나 어머니의 안경을 만지며 "하무니 앙공"이라고 말했다. 그보다 전에, 어머니가 조나단을 안고 웨스트엔드 가 아파트의 긴 복도를 걸어갈 때(어머니 집에도 복도가 길었다), 조나단이 고개를 들어 할머니 어깨 위의 천장에 붙어 있는 전등불을 보면서 생애 첫 단어를 내뱉은 것 같다. "부! 부!" 어머니는

---

[72] Edward Lear(1812–1888). 영국의 시인, 화가 겸 아동문학가. 『넌센스 시집』 등을 썼다.

철자를 틀리는 법이 없었고 정원에 관심이 많았고 책을 사랑하였다.(가족이 다 그렇긴 하다.) 조나단은 할머니의 이런 면을 그대로 물려받았다. 특히 책 사랑, 책에 관한 기억은 끝이 없다. 『페르디난드*Ferdinand*』, 『공주와 고블린*The Princess and the Goblin*』, 『영 비지터스*The Young Visiters*』, 『호빗*Hobbit*』, 『소공녀*A Little Princess*』, 『인형의 집을 지켜라*Racketty-Packetty House*』 등등.

어머니가 내게 읽어주진 않았지만 좋아하시던 책, 그래서 나중에 나도 좋아하게 된 책은 『킴*Kim*』이며, 어머니가 읽어주었고 내가 나중에 읽고 또 읽었던 책은 『오만과 편견*Pride and Prejudice*』이다. 베스 언니는 어머니가 『이상한 나라의 앨리스*Alice in Wonderland*』를 읽어주던 기억이 난다고 하는데 나는 기억이 전혀 없다. 그건 어머니가 아니라 아버지였다. 어머니는 디킨스의 동화 『마법의 생선뼈*The Magic Fishbone*』를 맛깔나게 읽어주는 것을 유난히 좋아했다. 어쨌든 책은 우리 집의 공용어였다.

어머니는 작가라기보다는 주로 독자였지만 간간이 책 작업을 했다. 『황소 페르디난드*Ferdinand the Bull*』를 번역한 후에는 한동안 『이솝 우화*Aesop's Fables*』를 라틴어로 번역했다. 이 작업은 끝내 마무리되지는 못했다. 1966년에 아버지가 세상을 떠나 작업이 중단되었을 것이다. 그 전인 1960년에는 『그리스도의 생애*The Life of Christ*』라는 작지만 알찬 책(사실 이 책은 커피 테이블에 놔두는 널찍하고 큰 책으로 만들어졌어야 했다)의 편집 작업을 했다. 성경의 복음서 구절과 그 내용을 설명하는 미술 작품이 포함된 책이었다.

어머니가 글을 더 많이 쓰지 않아서 아쉽다. 적당한 자극이 주어지고 어머니의 주된 관심 주제, 특히 문학(고전은 말할 것도 없고)과 예술사 분야만 맡겨진다면, 엘리자베스 여사의 박식함이 한껏 발휘되었을 것이다. 어머니는 언제나 모든 질문에 답을 아는 것 같았다. 베스 언니는 이런 자질을 물려받았다. 베스가 퀴즈쇼 〈제퍼디〉에 나가겠다는 포부를 밝히는 것도 우연이 아니다. 우리 가족 모두가 베스라면 훌륭하게 문제를 맞힐 테고 우리 엘리자베스 여사 역시 많은 분야에서 맹활약했을 것이라고 확신한다.

신디 큄비는 우리 어머니에 관한 추억담을 나누면서 질문에 답할 줄 아는 어머니의 뛰어난 자질을 언급했다. "내가 보기에 (엘리자베스는) 항상 어떤 질문에도 천부적으로 믿을 만하고 박식하고 논리적인 답을 내놓는 것 같았어. 평온함과 유능함이 고이 모여 있는 오아시스 같은 사람이었지." (신디는 "가벼운 남부 억양도 차분한 분위기에 한몫했어."하고 덧붙인다.) 라틴어 판 『페르디난도』의 매력적인 대사 "남는 것은 현명한 어머니야. 비록 암소라 할지라도."가 떠오른다. '현명한'이라는 단어는 엘리자베스에게 잘 어울린다. 엘리자베스의 의붓아들인 데이비드의 딸, 데비 하다스는 자기도 모르게 이 형용사를 그대로 쓴다. "혹시 문제가 있다면 현명한 조언을 (남들 모르게) 해주실 거야."

신디 덕에 다시 생각난 그 대화는 1950년대 후반과 1960년대 초반 사이 어느 여름날 버몬트 집의 비좁은 주방에서 벌어졌다. 어머니가 우리 가족 넷, 어머니 의붓아들 데이비드의 가족 넷, 우리 가족과 친한 큄지네 가족 넷을 위해 저녁 식사를 준비하던 중이었을 것이다. 어머니는 요리에 별로 소질이 없었다. 나의 아버지가 어머니에게 요리하는 법을 가르쳐 주는 상황이었으니까. 두 분 사이에 S. C.라는 이니셜을 두고 늘 하던 농담이 기억나는 것 같다. 어머니는 사우스캐롤라이나에서 태어났는데 아버지는 S. C.가 '사워크림(sour cream 요리용 크림)'을 뜻하는 거라고 우기던 기억이 난다.

식사를 대접해야 하는 사람이 열두 명, 그 중 여섯은 아이들, 심지어 둘은 의붓아들 데이비드의 아내 한나의 아이들인 꼬꼬맹이 유아, 거기다 신디의 어머니이자 우리 어머니가 아끼는 친구인 메리 조는 비좁은 주방을 들락날락거리면서 차분하고 이성적인 말을 해도 모자랄 판에 아무 말이나 계속 던지며 정신을 쏙 빼고 있는 상황에 열두 명분 식사를 준비하는 (이렇게 말로 표현하기도 벅찬) 이러한 위업은 내가 『황소 페르디난도』의 후기에서 "나의 어머니는 어떤 일도 괜히 어렵게 만드는 법이 없었다."고 썼을 때 딱히 염두에 둔 일은 아니었을 것이다. 어쨌거나 그날 일은 위업이나 다름없다. 리디아 데이비스는 나의 어머니를 '차분하고 평온한' 사람이라고 부른다. 그런데 어머니는 동시에 여러 가지 일을 하는 중에도 포기할 줄 모르고 집중력을 발휘하는 사람이기도 했다.

내가 어렸을 때를 돌이켜보면 어머니가 그렇게 동시에 여러 가지 일을 하는 것에는 그저 집안 살림을 하고 두 아이를 키우는 일뿐 아니라 우수 학교에서 라틴어를 가르치는 일도 포함되어 있었다. 오랜 세월 동안 어머니가 가르친 수많은 학생들은 어머니에게 헌사를 쓸 수도 있고 어쩌면 쓰고 싶을 수도 있다. 어머니는 교사로서 많은 사람들을 감동시켰다. 어머니가 교실 밖에서 만난 어린 사람들 대부분, 다시 말해 가족들이 어머니에게 가르침을 받은 것도 사실이다. 데비는 나의 어머니 엘리자베스가 "나의 철자법이나 필체가 더 나아지도록 도와주시는 데 주저

하지 않는 분이었다. 내가 '내일'이라는 단어의 철차를 틀렸다고 편지로 알려 주신 일도 기억이 난다. 감사편지의 중요성을 다시금 따끔하게 일러 주셨던 편지도 기억난다."

아이에게 어떤 책을 주어야 하는지, 몇 살에 줄지를 가늠하는 정확한 판단을 내릴 때도 어머니의 현명함이 발휘되었다. (나는 이러한 재능을 물려받았다고 생각하고 싶다. 물론 정도는 훨씬 약하지만.) 어머니가 내게 준 책 중에 오래도록 감명을 안겨준 것은 시선집 두 권이었다. 루이스 언터마이어[73]의 『매직 서클The Magic Circle』, 존 홀랜더[74]와 해럴드 블룸[75]의 『비와 바람The Wind and the Rain』이다. 열한 살이나 열두 살 쯤에 시집을 받았다. 어머니는 내가 시를 좋아하는 줄 알았을까? 확실하다. 내가 시인이 되려는 것도? 아마도.

그런데 이런 책이나 시는 어머니 당신이 좋아해서 나도 좋아할 거라 생각했다. 『공주와 고블린』에 나오는 총명한 등장인물 (현조[76])할머니가 자신과 이름이 같은 어린 공주 아이린에게 '이름이란 남에게 거저 주는 동시에 간직할 수도 있는 것'이라고 설명해 주었다. 이 설명은 책에도 그대로 해당된다. 로버트 프로스트가 "시가 만들어 내는 상징"에 썼다시피 "상징은 사랑에도 똑같이 적용된다."라는 말이 떠오른다. 그것을 건네고, 전달해 주고, 간직할 수도 있다.

정확히 어떤 책을 아이들에게 주어야 할지를 정하는 어머니의 분별력

---

73 Louis Untermeyer(1885–1977), 미국의 시인

74 John Hollander(1929–2013), 미국의 시인 겸 문학비평가

75 Harold Bloom(1930~), 미국의 문학비평가, 예일대학교 석좌교수

76 고조부모의 부모

은 여자아이에게만 해당되었던 것일 수도 있다. 어머니는 두 살 때 아버지를 여의었고 남자형제가 없었다. 베스 언니가 언급했다시피 어머니가 몸담은 세계는 주로 여학교로 둘러싸여 있었다. 언니는 우리 어머니가 "너희가 다 아들이었으면 내가 뭘 어떻게 했을지 모르겠구나."하고 말한 기억이 난다고 한다. (남부사투리를 쓴 어머니의 억양을 더 잘 살려서 내가 살짝 수정하자면 "늬들 다"라고 하였을 거다.) 어머니보다 열다섯 살 연상인 아버지는 공 던지기나 활동적인 운동에 영 취미가 없었고 언니와 내가 다 여자아이라서 다행스러워 했다. 어머니도 안도하긴 마찬가지였다. 에드워드가 다음과 같이 쓴 글이 있다. "(할머니 엘리자베스는) 사내아이들하고 뭘 해야 할지 잘 몰랐다. 아버지(엘리자베스의 의붓아들 데이비드)가 언뜻 그런 말을 비쳤는데 수긍이 갔다."

어머니가 남자아이들과 뭘 해야 할지 알았든 몰랐든 간에 에드워드가 힘들었던 소년기에 의지한 사람은 바로 엘리자베스였다.

나의 부모님이 헤어졌을 때 나는 할머니에게 장문의 편지를 썼다. 내가 뭐라 했는지는 하나도 기억나지 않지만 성인 남자가 되려는 어린 소년의 마음에 뭐가 있었든 간에 진지하게 편지를 썼던 기억이 난다. 웬일인지 나는 할머니가 세상에서 가장 꼿꼿하고 분명한 사람이라고 생각했고 어쩐지 그 점이 위로가 되었다. 내가 할머니와 연락하던 동안은 할머니가 나에게 그런 영향을 끼쳤다. 돌이켜보면 그런 판단이 엄청 과장된 듯하다. 할머니는 여느 누구와 마찬가지로 인생의 문제에 부딪히면 당황했던 것 같다. 하지만 당시에 할머니는 내 삶에서 독보적인 존재였다. 할머니는 유대인이 아니었고 고민에 시달리는 사람도, 상스럽거나 들뜨는 사람도 아니었다. 할머니는 정중하고

차분한 내용으로 내게 답장을 주셨다. 한편으로 조금 위로를 받았고 다른 한편으로 내
가 말하는 게 뭔지 (그게 뭐였든 간에) 할머니가 이해하는 것 같지 않아 약간 상처를
받은 기억이 난다. 하지만 마음을 진정시키는 일은 할머니의 특기였다.

에드워드의 여동생 데비도 비슷한 맥락으로 쓴 글이 있다. "아무도 나
를 이해하지 못할 때 엘리자베스 할머니야말로 왠지 나를 이해해 주는
것 같은 분이었다. 내가 십대, 이십대 시절에 할머니가 내게 베푼 다정함
이 그 힘겨운 시절을 이겨내도록 완충 작용을 했다."

에드워드는 엘리자베스의 새손자였고, 데비는 새손녀였다. 이제 나도
새할머니이니 우리 어머니의 후손으로 여길 수 있는 최근에 태어난 아
이가 나의 새손녀다. 2017년 1월에 태어난 이 여자아이 이름은 카밀라
다. 내가 그 이름을 제안했다. 우리는 그 아이가 여자애라는 걸 알았고 C
로 시작하는 이름을 지어야 했다. 아이 어머니의 이름이 C로 시작해서
다. 아이 아버지의 고국 가이아나의 관습이 그렇다. 내가 제안한 이름에
다들 동의했다. 이제 4개월 된 카밀라는 내가 이름을 지어준 이후로 내
게 일종의 은혜를 갚고 있다. 그 아이가 나를 다시 「아에네이스*Aeneid*[77]」
의 세계로 돌려보냈다. 거기에는 결혼 전 성이 카밀라인 전사가 나온
다. 그때부터 나는 여태 제대로 파헤치지 못했던 수수께끼 같은 세상이
펼쳐진 이 시대를 초월한 시에 푹 빠져서 이름을 지어준 덕을 보고 있
다.(유급 휴가 중이라 시간이 있기도 하거니와) 지금까지 전부 「아에네이스」에
나오는 구절과 관련 있는 27편의 시를 썼다. 나는 이렇게 나온 작은 책

---

[77] 로마의 시인 베르길리우스의 장편 서사시. 트로이의 용사 아이네이스의 모험담을 그린 시

자에 『카밀라를 위한 시』라고 이름 붙일 것이다. 카툴루스[78]는 "이 어여쁜 작은 책자를 누구에게 선사할까?"라고 쓴다. 내 책을 받을 사람은 바로 카밀라다. 우리가 함께 보낼 시간은 잠깐일 것이다. 아이는 나에 대해 별로 기억하지 못할지도 모르나 시는 읽을 수 있을 것이다.

나의 어머니도 이 시를 읽을 수 있다면 좋으련만⋯. 허나 자라서 작가가 된다는 것은 더 이상 자신의 부모를 위해 글을 쓰지 못한다는 사실을 받아들이는 법을 배우는 과정이기도 하다. 내가 최근에 완성한 에우리피데스의 이피게네이아 희곡의 시 번역본을 나의 아버지와 어머니가 읽었으면 좋겠다. 하지만 내가 이런 번역 작업을 아버지의 그늘 안에서 아버지의 전통에 따라 아버지를 통해 해냈거나, 카밀라를 위한 시를 나의 라틴어 선생님인 어머니의 전통과 혈통 안에서 어머니를 통해 써냈을지 몰라도 완전히 같은 것은 아니다.

어머니, 할머니, 새어머니⋯. 나의 어머니에게 부여된 이름 중 마지막 것은 문화적으로 얽힌 응어리를 동반한다. 1992년의 어머니 추도식 때 나의 이복형제이자 어머니의 의붓아들인 데이비드가 나의 어머니와 처음 만났을 때 이야기를 들려주었다. 그는 나의 어머니가 자신의 어머니를 불행하게 만든 걸 알고 있었던 터라 만나기 전부터 싫어할 준비가 되어 있었다. 하지만 끝내 자기 아버지의 두 번째 부인을 싫어하기가 불가능했다. "사악한 계모 역으로 엘리자베스는 딱한 수준의 실패작이었다."

엘리자베스는 책을 선별해서 주거나 질문에 답해 주는 데 뛰어났지만 질문을 받지 않는 한 자발적으로 의견을 내놓거나 정보를 주는 일은 거

---

78 Catullus(84?−54? B.C.), 로마의 서정시인

의 없었다. 에드워드는 엘리자베스가 여동생 데비의 글을 봐주던 일을 기억한다. "데비가 잘못 사용한 어떤 문구를 보고 엘리자베스가 아주 답답해 한 모습은 의외였다. 평소에 그분은 대단히 침착한 사람이었으니까." 그나저나 잘못 사용된 문구가 무엇이었을까? 그러고 보니 신디 큄비가 어머니의 타당하고 박식하고 논리적인 대답을 언급할 때 애초에 그런 답이 나온 질문은 무엇이었을까? 그 비좁은 버몬트 집 주방에서 오가던 대화는 무엇에 관한 것이었을까? 데비가 정확히 엘리자베스의 "아름답고 정갈한 필체"라고 표현한 편지에는 어떤 내용이 있었을까? 지난해에 내린 눈처럼 모든 게 사라져 알 길이 없다.

하지만 어머니가 내게 해준 대답 두 가지는 내 기억 속에 각인되어 있다. 두 가지 모두 내가 어머니의 전화 통화를 우연히 듣고 나서 계속 물어보며 괴롭힌 경우였다. 둘 중 더 쉬웠던 질문(물론 전혀 쉽지 않지만)이 나온 시점은 어머니가 아버지와 함께 나가는 친목 모임에 참석하지 못한다는 핑계를 대는 내용을 들었을 때였다. 나는 두 분이 그날 저녁에 다른 계획이 있는지 몰랐던 터라 어머니가 전화를 끊자마자 다른 일이 있냐고 물었다. 어머니는 생각에 잠긴 듯 잠시 말이 없다가 사실을 털어놓았다. "얘야, 그건 사회생활에 필요한 거짓말이었어."

훨씬 더 답하기 어려웠던 질문은, 어머니가 목소리를 낮추고 나의 이모부이자 어머니의 형부인 클링커에게 하는 말을 엿듣고 내가 "엄마, 메리 이모한테 무슨 일 있어?"하고 물은 것이었다. 또다시 잠시 정적이 흐른 후 이윽고 어머니 입에서 진짜 답이 나왔다. "목을 맸어." 내가 아마 열두 살 때였지 싶다. 여기서 눈에 띄는 점이 있다. 정직, 투명, 정교한 간

명성….

　내 기억에 어머니는 자신의 문제 많은 언니 메리에게 느끼는 감정이 있었을 텐데 그것을 누구에게든 별로 이야기한 적이 없었고, 내게 한 이야기도 없었다. 그리고 사랑하는 남편이 죽었을 때도 자신의 슬픔에 대해서 말을 아꼈다. 에드워드는 "모지스가 세상을 떠난 직후에 그녀가 몰래 우는 모습을 한 번 본" 기억이 난다고 한다. 그리고 그녀가 모지스와 처음 함께했던 시절(모지스는 1942년에 컬럼비아 하계 학교에서 엘리자베스의 라틴어 작문 교사였다)의 훨씬 더 어린 엘리자베스에게 모지스가 돌아가는 상상을 한단다. "나는 엘리자베스가 젊고 모지스가 [첫 번째 아내와] 결혼했을 때 그녀가 틀림없이 모지스와 비슷했을 거라는 생각을 종종 한다. 그렇게 내성적이지는 않았을 것으로 짐작한다."

　'스스럼없는 모습'. 엘리자베스에 대한 신디 큄비의 기억 중에는 1963년에 벌어진 비밀스럽고 거의 꿈같은 짤막한 뜻밖의 장면이 남아 있다. 아버지가 돌아가시기 3년 전에도 어머니는 젊은 생기를 고이 간직하고 있다. "길게 땋은 머리를 하고 있던 아주머니의 모습을 지금도 눈앞에 그릴 수 있어. 아주머니가 너희 아버지하고 리버사이드 드라이브의 아파트 침실에 함께 계시던 모습을 한 번 봤어. 두 분이 신문을 읽으며 커피를 마시고 있었는데 아주머니한테 빛이 나더라고. 아주머니의 긴 머리가 그렇게 나풀거리는 걸 유일하게 본 날이었어. 두 분 모습은 아주 아름다운 가정의 이미지 그 자체였지."

　내가 기억하는 건, 일요일 아침마다 나와 언니 베스는 둘이 같이 쓰는 방에서 종이인형 놀이를 하고 부모님은 늦잠을 자던 장면이다. 그런데 침대에 커피가 있었나? 어머니가 커피를 내려서 침대에 있는 아버지에게 갖다 주고 다시 침대에 들었나? 상상하기 힘들지만 분명 그랬을 것 같다. 우리의 유년기 기억과 관련해서 자주 그렇듯 언니가 이 장면을 나보다 더 확실히 기억할 것 같다. 언니에게 물어봐야겠다. 그런가하면 신디가 직접 보았고 절대 잊지 못하는 그런 일이 정말 있을 수도 있다. 베스 언니와 나는 종이인형에 푹 빠져 있거나 나중에는 숙제를 하느라 바빠서 한 번도 알아채지 못한 일들 말이다.

엘리자베스는 모지스가 세상을 떠난 후 26년을 더 살았다. 라틴어를 가르치고, 버몬트에서 여름을 나고, 새손자 에드워드가 컬럼비아 대학 학생일 때 친절하고 후한 집주인 노릇을 하고, 새손녀 데비가 들를 때면 항상 반갑게 맞이하고, 두 사람의 아버지와 그의 새아내는 물론 두 사람의 어머니와도 연락을 하며 지내고, 조나단과 함께한 짧은 8년간 그에게 헌신적인 할머니가 되어주었다. 나는 어머니의 묵묵한 침착성이야말로 쓸쓸함이 자주 엄습했을 오랜 세월을 견디게 한 불변의 원동력이었다고 생각하고 싶다. 어머니와 나는 이 기간 동안 함께 많은 시간을 보냈다. 나의 가족은 리버사이드 드라이브 460번지에서 남쪽으로 고작 1마일 남짓 떨어진 곳에 살았다. 그런데 어머니에 관한 나의 기억 중 가장 가슴 아픈 것은 이전 기억이다. 어릴 적 기억뿐만 아니라 아버지가 돌아가신 당시의 기억이 있다. 이 기억 중 하나가 글과 연관되어 있다는 건 놀랄 일도 아니다.

아버지가 돌아가신 직후 어머니가 내게 글을 보냈다. 타키투스[79]가 장

---

79 Tacitus(55?–c. 120), 로마의 역사가, 웅변가, 정치가

인어른에게 바친 헌사인 『아그리콜라_Agricola_』의 한 부분을 라틴어와 영어로 적어 보낸 글이었다. 나는 요 근래 타키투스의 지혜로운 위로의 말을 다시 읽으면서 몇 가지 부분에서 가슴이 먹먹해진다. 첫째, 나의 어머니야말로 위로가 필요한 상황이었다는 점이다. 어머니는 자신에게 도움이 되었던 것을 내게 주었지만 어머니 자신의 감정은 전혀 드러내지 않았다. 둘째, 어머니가 열일곱 살짜리 딸에게 로마 역사가의 글을 보내는 게 꽤 특이한 일이라는 점이다. 셋째, 이 구절이 예전에 나의 아버지에게 해당되었듯이 이제는 나의 어머니에게 적용된다는 점이다. 어머니는 내가 기꺼이 닮고 싶은 롤모델이었다. 내 나이가 거의 칠순이고 이제 나도 할머니(또는 새할머니)인 까닭에 내가 그 옛날 어머니가 이 글을 보낸 고민 많은 사춘기 소녀일 때보다는 말년의 어머니와 훨씬 더 공통점이 많다.

다음은 몇 부분에서 성별만 조금 고친 그 구절이다.

현자들이 단언하듯이 만약 의인의 영(靈)을 위한 대저택이 있다면, 위대한 영혼은 육체와 함께 소멸되는 게 아니라면, 오, 어머니, 고요히 편히 쉬십시오! 슬픔과 비탄이 죄가 되는 가운데 당신의 가족인 우리를 나약한 회한과 비굴한 애도에서 돌이켜 당신의 미덕을 가만히 생각해 보도록 부르십시오. 우리가 더 나은 방식으로 당신을 기리게 하십시오. 탄복하고 끊임없이 칭찬하며, 혹시 우리의 능력이 허락한다면 당신의 본(本)을 따르는 것으로 당신에게 존경을 표하게 하십시오. 그것이야말로 진정한 경의요, 당신의 영혼과 가까운 영혼들의 진정한 애정입니다. 당신의 딸에게…… 나는 그녀가 끊임없이 자신의 언행을 심사숙고하고 육체적 실존보다는 정신적 실존을 소중히 여김으로써 어머니에 대한 기억을 경외하라고 말하겠습니다. …… 인간이 지닌 얼굴의 형상은 얼굴 자체와 마찬가지로 연약하고 금세 소멸하는 것이지만, 영혼의 본질은 영원하며 타인의 재료와 기술로는 결코 포착할 수도 없고 표현할 수도 없습니다. 오로지 당신 자신의 삶에서 당신을 통해서만 가능합니다.

— 아그리콜라 46

내가 시인으로서 진가를 발휘하기 시작한다는 느낌이 들기 시작할 무렵, 어머니가 내게 주입한 문학에 대한 사랑과 깊은 친밀감이 마치 요리사인 내게 주어진 훌륭한 재료여서 어쨌든 내가 그것을 시로 가공해낸다는 생각이 가끔 들었다. 원재료로 요리를 한다는 이러한 개념이 아직까지는 잘난 체하는 주제넘은 소리로 들리기도 한다. 어머니의 영혼이 지닌 본질적인 기질인 인내와 신중함, 너그러움, 그리고 현명함은 원재료가 아니었다. 그보다는 운 좋게도 내가 그런 품성을 물려받았다고 하는 편이 맞는 표현인 것 같다. 사실 전부 아주 불완전한 수준으로 물려받긴 했다. 인내심은 딱한 수준에 불과하다. 나는 그런 기질을 요리한 게 아니었다. 내가, 혹은 본성이 그것들을 다소 다르게 재결합했다. 그런 게 DNA가 하는 일 아닌가?

나는 타키투스가 육체적 존재의 모습이 존재 그 자체와 마찬가지로 "연약하고 금세 소멸한다"고 되새겨 주어서 좋다. 나는 어머니가 돌아가시고 얼마 후에 쓴 시에서 우리가 물려받는 자산 중에 유형의 것과 불멸의 것을 나눠서 따져보는 생각들을 다음과 같이 표현했다.

내 어머니의 유산을 말하면서

그것을 쌓아 두거나 셈하거나 가늠하여

양으로 따질 수는 없네

어머니가 내게 남긴 것 중에

눈에 보이는 모든 것들을 지금 이 순간에

내게서 말끔히 벗겨내

남는 것은 정다운 오랜 시간뿐이네

책 읽어주는 어머니의 목소리에 담긴 평온이 어루만져 주네

호기심 가득한 어린 내게

어머니가 열어 보인 책의 왕국

내가 안전하고 자유로이 노닐게 해준 천국

누구 하나 곁에 없을 때조차

어김없이 내 귀에 들리는 목소리가

동행하던 온 우주이어라

내가 아들에게 읽어 주면서

예전에 내가 너무나 행복하게 어머니에게 받았던

그 사랑을 꼭 그대로 건넬 수 있는 그것, 책이여!

－『빈 침대』의 "갑절의 유산" 중에서(Wesleyan University Press, 1995)

• 레이첼 하다스(Rachel Hadas)

시집으로 『*Slow Transparency*』, 『*The Empty Bed*』, 『*The golden road*』, 에세이집으로 『*Merrill, Cavafy, Poems, and Dreams*』, 『*Classics*』, 회고록으로 『*Strange Relation: A Memoir of Marriage, Dementia, and Poetry*』 등 많은 작품을 쓴 작가다.

최근에 나온 시집은 『Questions in the Vestibule』(2016, Northwestern University Press)다. 에우리피데스의 『*The Iphigenia Plays*』 시 번역본이 2018년에 출간되었다. 구겐하임 보조금, 미국예술과학아카데미 문학상, 폴거 셰익스피어도서관의 O. B. 하디슨 시문학상을 받았다. 러트거스 대학교 뉴어크캠퍼스 영어과 교수 이사회에 속해 있다.

08

'어머니는 일하러 가신다네'

−어머니에게 바치는 헌시−

리타 도브

나는 어머니에게 옷과 관련한 수많은 기술을 배우며 자랐다. 다림질하는 방법, 내 옷을 직접 수선하고 바느질하는 방법 같은 것……. 어머니는 우선 손수건, 그 다음으로 베갯잇 다림질부터 가르쳤다. 내가 열에 강한 평평한 침대보 다림질을 터득하자 어머니는 주름치마와 합성섬유의 세계로 나를 인도했다. 내가 정복한 최정상은 바로 소매였다. 그 다음은 바느질과 관련된 기술이었다. 떨어진 단추 달기, 옷단에 표시하기, 곧 만들 옷(서클스커트, 스프링코트, 퍼프소매 블라우스와 피나포드레스)에 알맞은 직물 고르기, 그 다음은 지하실에 있는 탁구대(아버지가 만든 규격 사이즈)에다 옷본을 효율적으로 배치하기, 뒤이어 재단하고 핀으로 고정하기, 그리고 (드디어!) 간절히 기다리던 싱어 재봉틀의 신비를 경험하는 비법을 전수받기······.

나와 형제자매들은 언제나 옷차림이 훌륭했고 어머니의 기적 같은 작업 성과물에는 어김없이 찬사가 쏟아졌다. 어머니는 낡은 코트 안감으로 부활절 드레스를 만드는 요술을 부리는가 하면 코트를 자그마한 블레이저와 조끼로 나누어 재탄생시켰다. 나는 사춘기에 접어들면서 점차 자유를 누리게 되어 단순한 스타일에다 내 나름대로 마음껏 변화를 줄 수 있었다. (핫팬츠와 네루 스타일 칼라를 단 큰 조끼까지.) 이렇게 만든 결과물에 엄청 뿌듯함을 느꼈다. 친구들이 내가 그 옷들을 디트로이트 같은 어딘가 이국적인 곳에서 산 줄 알았을 때 특히 그랬다.

나의 어머니 엘비라 엘리자베스 도브는 1924년에 오하이오주 애크런에서 태어났다. 어머니의 부모님은 노동자 계층이었다. 빈곤한 남부 시골 지역에 살던 미국인 수천 명이 오대호를 따라 군데군데 흩어져 있던 공장에서 아메리칸 드림을 좇게 되었고 그 대규모 이주 열풍이 낳은 산물이 바로 나의 외조부모님 같은 노동자들이었다. 그들은 식탁에 음식을 올리고 가족의 몸에 뭐라도 걸치게 해 주는 것 말고는 큰 꿈도 없이 그저 열심히 일만 했다. 직접 정상을 목격하리라는 기대 없이 후손이 대대로 나아갈 길을 이끌었다. 그들은 억울해 하지 않았다. 그저 현실적이었을 뿐이다. 그들 나름의 괜찮은 삶을 살았다.

4남매 중 맏이인 어머니는 공교육을 받았다. 두 번 월반한 후 고등학교 졸업장을 받았고 열여섯 살에 하워드 대학교에 전액장학금을 받고 들어갈 기회를 얻었다. 하지만 놀랄 만큼 일찍 꽃피운 어머니의 재능은 안타깝게도 넘을 수 없는 벽에 부딪히고 말았다. 범죄가 만연하는 수도의 길 한복판에서 열여섯 살 소녀가 혼자서 제 갈 길을 잘 찾아갈 수 있을까? 어림도 없다! 어머니의 부모님은 다른 면에서는 다정하고 마음이 넓었지만 맏딸에게 험한 일이 생길까 두려운 나머지 연합전선을 구축했다. 어머니는 너무 어렸고 게다가 여자였다. 엘비라는 장학금을 포기해야 했다.

　나는 이 이야기를 처음 들었을 때 대학 진학을 계획 중인 고등학교 2학년생이었다. 어머니의 모험이 좌절되었던 바로 그 나이였다. 깜짝 놀랐다. 어떻게 조부모님은 어머니가 그토록 특별한 기회를 포기하게 만들 수 있었을까? 최소한 어머니는 인종을 대표하는 자랑스러운 인물이 될 수도 있었을 텐데! 나의 독선적인 십대의 머리로는 어머니가 경제적 생존을 위해 의지할 수밖에 없던 집에서 배운 기술(실업학교 학비 때문에 재봉사로 일했는데 실업학교 역시 다음 단계로 오르는 데 필요한 비서 업무 능력을 얻고자 거친 과정이었다)조차 왠지 더럽혀진 것처럼 보였다. 내가 소중하게 여기는 옷 만드는 기술은 어머니가 성별 때문에 포기해야만 했던 미래를 자꾸 떠올리게 했다. 다정한 음성으로 내게 뭔가를 상기시켜 주는 어머니의 보조개를 보고 있으려니 어머니는 내가 당황할 정도로 재미있어했다. 하지만 어머니가 애크런을 떠나 워싱턴 D.C.로 갔더라면 이 까무잡잡한 어여쁜 소녀는 나의 아버지를 만나지 못했을 것이다. 어머니의 지성미에 마음을 홀딱 빼앗긴 데다 탁구로도 코가 납작해졌을 그 남자를……

　나는 70년대 초반에 싹을 틔우기 시작한 페미니스트로서 이러한 모순된 상황을 받아들이는 법을 배워야 했다. 나는 어머니가 잃어버린 기회가 낳은 산물이었다. 나와 같은 인종이 겪는 고군분투와 나의 조부모가 처했던 하층민의 삶과 성별의 속박을 넘어서는 끊임없는 도전의 여정에서 사다리의 다음 칸을 오르는 것은 이제 내 순서였다. …… 나는 작가가 되어서 이 도전을 망칠 수는 없었겠지. 그렇지? 그렇겠지?

어머니는 일하러 가신다네

ABC 실업학교 가는 길
값을 치러준 건 행운의 표지판이니
'수선, 자격증 있는 여자 재봉사, 자세한 내용은 안에서 문의'
소매 만들기 시험, 그녀의 소매, 주름 잡힌 적 한번 없던
봉긋한 적도 매끈한 적도 없던
레그 오 머튼도 래글런도 아니었던
그녀의 소매, 필요한 건 젖은 천
스팀다리미로 완벽히 모양을 잡으려면

그건 오후 작업이었네
저녁마다 삯일로 돈을 벌었네
기관차 씽씽 소리 닮은 발판 달린 기계
빨려들 듯 미끈한 태피터 천을 따라
숲처럼 두툼한 벨벳 천을 따라

불 켜진 바늘 길이 움직였네

이제 발판이 노래했네

내가 아네, 내가 안다네……

그리고 다시 날이 밝고 아침 내내 꼬박

사무실 기계에 붙어 딸깍딸깍 딱딱

또 다른 여정은 더욱 빡빡

언제까지 계속될지 막막

실수 없이 재깍재깍

단어 백 개를 돌파해야 할 시각

더 이상 장보기를 미루지 않을 때까지

그 파란색 구두를 살 때까지

• 리타 도브(Rita Dove)

1987년 시 부문 퓰리처상을 수상했고, 1993년부터 1995년까지 미국의 계관시인으로 활동했다. 수많은 시집을 쓴 그녀의 근작은 『Sonata Mulattica』(2009), 『Collected Poems 1974–2004』(2016)이다. 단편소설, 장편소설, 희곡도 출간했고 편집자로서 『The Penguin Anthology of Twentieth-Century American Poetry』도 출간했다. 2011년에는 오바마 대통령에게 국가예술훈장을, 1996년에는 클린턴 대통령에게 국립인문학훈장을 받았다. 버지니아 대학교의 영어과 교수로 재직하고 있다.

09

풀
그림자

앤드류 모션

나의 아버지 리처드는 양조업자였다. 아버지는 사무실이 스미스필드에 있어서 에섹스 북부에 있는 우리 집에서 매일 런던까지 출퇴근했다. 그래도 아버지가 자신을 '시골사람'으로 자처하는 데는 이유가 있었다. 이를테면 '평온하고 고요한' 분위기, 호젓함, 예전 방식의 생활 등등 시골다운 것들이 아버지 삶의 동력이었기 때문이다. 아버지는 그와 반대되는 것은 불신하거나 경멸했다. 어머니 질리언은 비스콘필드에서 일하는 지역보건의의 딸이었는데 특별하게 두드러진 면이 없는 사람이었다. 어머니의 부모님은 구식이긴 했지만, (아들은 대학에 보냈는데 딸은 남아프리카의 친척 집을 방문하러 가는 여행 정도면 됐지 그 이상의 고등교육은 필요 없다고 결정한 분들이었다.) 딸이 대도시의 더 자유로운 생활을 잠깐 엿보는 것을 막을 도리도, 이유도 없었다. 한 세대만 지나도 저절로 알게 될 생활이었다. 어머니는 똑똑하고 재미있고 씩씩한 사람이었고 친구도 잘 사귀는데다 예쁘기까지 했다. 하지만 시대가 시대인지라 어머니는 스물두 살의 아버지와 결혼했을 때 아버지가 사는 방식을 온전히 받아들였다. 그렇게 시골 문화에 빠져들었다. 개를 데리고 산책을 다녔고 제물낚시하는 법을 배웠다. (아버지는 아주 솜씨 좋은 낚시꾼이었다). 말도 다시 타기 시작했다. 조랑말 타기는 어머니가 어린 시절에 소소하게 즐기던 취미이기도 했다. 어머니는 사냥도 시작했다. 아버지가 사냥에 열정이 남달랐기 때문이다. 그리고 또 뭐가 있었지?

우리 부모님의 삶은 자식들에게 상당 부분 여전히 수수께끼로 남아 있다. 내가 확실히 아는 것이라고는 어머니가 내게 글 읽는 법을 가르쳤고 자장가를 불러 주었고 나를 아주 응석받이로 키웠다는 사실이다. 나보다 2년 반 뒤에 태어난 남동생도 그렇게 컸다. 그리고 아버지 역시 어머니의 손을 필요로 하는 사람이었다. 어머니는 아버지를 위해 집안일을 했고, 아버지가 퇴근해서 오면 식탁에 저녁을 차렸고, 아버지의 말까지 운동시키곤 했다. 어머니가 주변에 살던 가무잡잡한 얼굴의 난잡한 동네 농사꾼들과 시시덕거렸던가? 아마도 그런 것 같다. 바람을 피웠던가? 의심스럽긴 하다. 어머니는 모든 면에서 아버지의 뜻에 맞추기 위해 미숙한 청춘의 삶을 포기했지만 내가 아는 한 두 사람은 행복하게 살았다.

하지만 어머니가 많이 편찮으셨던 걸 보면 뭔가 잘못되었던 게 틀림없다. 내 동생 키트가 태어났을 때 어머니는 브루셀라병에 걸려 1년 동안 침대 신세를 졌다. 우리 할머니의 가정부이자 예전에 어머니의 유모였던 루비가 나와 동생을 돌봐주었다. 나는 이 시기의 기억이 전혀 없는데 그렇다고 그것이 내게 아무 영향도 미치지 않았다는 뜻은 아니다. 어머니가 건강을 회복하고 내가 어머니를 독립적인 사람으로 서서히 인식하게 되면서 나는 왜 사람들이 하나같이 어머니의 병이 '어머니를 허깨비로 만들어 버렸다.'고 말하는지 알 것 같았다. 어머니는 재미있으면서 '여린' 사람이었다. 소심하진 않지만 연약했다. 그리고 금세 피곤해했다. 매일 점심 식사 후에 한 시간 정도는 쉬어야 했다. 게다가 이런 저런 이유로 약을 달고 살았고, '쇠약해지지 않으려면 밥을 다 먹으라'는 소리를 끼니때마다 아버지에게 들었다. (아버지의 말투는 다정했다.) 아마도 이런 환경에서 자랐으니 나 역시 약간 '여린' 정체성을 무의식적으로 키운 것 같다. 아버지는 나와 동생에게 '좀 강해져라'라고 늘 잔소리를 해댔지만, 솔직히 어머니가 사는 방식이 은근히 깜짝 놀랄 만한 구석이 있어서인지 왠지 마음이 가고 더 좋아 보였다.

내가 일곱 살 때 부모님이 나를 예비학교로 보내버린 후에는 상황이 더 심란해졌다. 매사에 그랬듯 아버지가 앞장서서 벌인 일이라는 데 의심의 여지가 없지만 어머니가 아버지를 거들었던 것도 분명했다. 내가 집을 떠나는 것을 어머니도 나만큼 싫어했다는 건 나도 알고 있었다. 우리의 이별은 둘 모두에게 가슴 아픈 일이었다. 나를 강하게 키우려는 방법으로 택한 그 길은 재앙 그 자체였다. 학교는 공포의 아수라장이나 다름없었다. 남자한테 껄떡대는 늙고 따분한 인간들이 돌아다니고, 일과처럼 두들겨 패는 야만적인 나날이 이어지고, 인정머리 없는 분위기에서 권태와 어리석은 짓들이 난무했다. 살갗이 한 겹 더 생겨 단단해진 게 아니라 몇 겹 잃어버린 기분이 들었다. 학교를 다니긴 했지만 딱히 뭘 배웠다고 할 만한 게 없었다. 원래 나는 삶이란 불행이 간간이 끼어드는 즐거운 것이라고 생각했는데, 이제는 삶이란 즐거운 일이 가끔 끼어드는 불행이라는 쪽으로 바뀌었다. 나는 5년 형기가 끝났을 때 신중하고 수줍음 많던 아이에서 성마르고 우울한 아이로 변해버렸다.

그나마 문명의 기운이 훨씬 강하게 풍기는 공립학교에서 2년 더 교육을 받은 후에야 비로소 내 지성의 불이 깜빡이기 시작했다. 나는 점점 자신감이 생겼다. 이 무렵부터 책을 읽기 시작했다. 책 읽는 것도 학교 특유의 기운이 묻어나는 일이긴 했어도 어머니 역시 내가 책 읽는 것을 좋아했다. 사실 어머니는 내가 관심을 갖는 갖가지 새로운 모든 것들을 좋아했다. 내가 말 타기를 그만두고 싶다고 말했을 때 어머니는 개의치 않았다. 어머니는 나를 데리고 호두까기 인형 공연을 보러 간 적도 있었다. 줄리어스 카첸이 베토벤 곡을 연주한 음반도 사주었다. 어머니는 최근에 가입한 독서모임에서 받은 아이리스 머독의 『종The Bell』을 내가 읽고 싶어 하는지도 궁금해 했다. 어머니가 내 나이 때 즐겨 읽었던 프랜시스 톰슨과 루퍼트 브룩의 시도 읽으라고 사주었다. 내가 그때 보고 있던 초기 페이비언 협회[80]의 글을 잘난 체하듯 바꿔 쓴 긴 편지를 어머니에게 보냈을 때조차(루퍼트 브룩에게 심취한 나머지) 어머니는 마치 친구가 보낸 글처럼 똑같이 길게 답장을 써서 보냈다.

1968년 봄과 여름, 파리에서 자갈들이 허공을 가르며 이리저리 날아

---

80   Fabian Society 1884년에 런던에서 설립된 단체. 버나드 쇼, 웨브 부부 등이 이끌며 점진적인 개혁을 주장했다.

다닐 때[81] 나는 모든 중대사에 있어서는 어머니가 내 편에 있음을 확신했다. 반면 구체제를 온전히 지키기 위해 전쟁에서 싸웠던 아버지는 내 편이 아니었다. 로큰롤, 장발, 여자 같은 옷차림, 반란을 일으키는 학생들, 좌파 정치……. 아버지는 이 모든 것들을 혐오했다. 그렇다고 우리 부자를 영원히 적대적 관계로 몰아넣을 정도는 아니었다. 아버지는 그렇게까지 하기에는 너무 내성적인 사내였지만 끊임없이 우리 사이가 좀 껄끄럽다고 느끼게 만드는 사람이긴 했다. 그리고 어머니와 내가 이제 한 팀이 되었으며 아버지가 구축한 시골 생활의 맞은편에 있는 예술적인 삶의 거품 속에서 우리 모자가 유유히 떠다닌다는 확신을 갖게 만드는 사람이었다.

어머니는 그 거품 속에서도 여전히 연약했다. 사실 너무나 연약했다. (나중에 말할 그 사건이 있기 전) 마지막 세 번의 여름 동안, 동생 키트와 내가 긴 방학을 맞아 학교에서 돌아왔을 때 어머니는 선열(腺熱) 진단을 받아 몸져누웠다. 그 말은 곧 우리 형제가 날마다 많은 시간을 어머니의 침실에 조용히 앉아 있는 사이에 어머니의 병세가 심해졌다 나아졌다 했다는 뜻이다. 그러다 어머니가 세 번째 호전되었을 때 이제는 내가 골골할 차례가 되었다. 나는 관절염이 생겨서 한동안 깁스를 해야 했고 병원에서 수술을 두 번 받고 급기야 학교에 머물러 있어야 했을 오랜 시간 동안 꼼짝없이 집에 있는 신세가 되었다. 만사가 괴롭고 지루한 나날이었지만 좋은 점도 있었다. 수 개월간 어머니도, 시간도 온전히 내 차지였다. 나는 음악을 들었다. 책을 읽고 또 읽고 줄기차게 읽었다. 시를 쓰

---

81 68혁명(1968년 5월 프랑스에서 일어난 사회변혁운동) 당시를 말한다.

기 시작했다. 당시에는 이 모든 것에 심리적 원인이 작용했을 수도 있다는 생각은 전혀 하지 못했다. 그런 게 있으리라고 짐작하기에는 내가 너무 무지하고 순진했다. 물론 너무 나 자신에게만 몰두한 면도 있었다. 뒤늦게 깨닫긴 했지만 그때 어떤 상황이었는지 확실히 알게 된 것 같다. 나는 부모님에게 물려받은 것들과 절연하기 위해, 특히 아버지와 결별하기 위해 아플 수밖에 없었다. 그리고 어머니는 건강할 때 우리에게 받은 관심보다 더 많은 관심이 필요해서 아파야만 했다.

어머니나 내가 병을 앓던 그 수개월이 내 인생을 설계하는 데 중요한 역할을 했다. 내가 본격적으로 글을 쓰기 시작했고 덕분에 그 이후로 내 삶이 쭉 그 노정을 따라갔기 때문이기도 하고, 내가 생각하고 말하는 모든 것이 어머니의 생각과 말로 인해 활기를 띠었기 때문이다. 우리 모자에게 '불운'이 닥치지 않았더라면 일어나지 않았을 일이라 우리를 찾아온 기구한 운명의 별이 감사하기만 했다. 그 별이 비춰 주는 빛은 묘하게도 특권 같은 느낌을 전했다. 마치 우리 모자를 제외한 나머지 세상(건강한 자들의 세상)이 다른 볼일을 보는 동안 우리는 '우리만의 것들'을 소중히 간수하는 공모자 같은 기분이 들게 하는 별이었다.

나는 1969년 여름에 학교로 복귀했다. 몸이 치유되었고, 정신적으로 변화된 기분이었다. 그 학기가 끝나자 우리 가족은 매년 함께하는 휴가를 보내려고 포르투갈로 날아갔다. 아버지는 바위에 걸터앉아 큰 소리로 교황에 대한 불만을 토로했다. 어머니와 나는 아니나 다를까 식중독으로 병이 났다. 그 후 나는 다시 학교로 돌아갔고 상급시험[82] 대비 두 번

---

82 영국의 대입 준비생들이 치르는 과목별 시험

째 해를 맞이하면서 흡사 내 인생이 달려 있다는 듯 영어 수업에 뛰어들었다. 그리고 방학이 되면 집으로 갔다. 그때……

어머니에게 사고가 났을 때 나는 친구와 같이 있었고 아버지는 직장에 있었기 때문에 정확히 무슨 일이 일어났는지 상황을 종합적으로 판단하기가 힘들었다. 크리스마스와 신년 사이 목요일 오전에 어머니와 동생 키트가 여우 사냥에 나섰다. 한낮의 어느 때쯤 어머니가 숲 사이로 말을 몰고 가다가 도랑에 빠지지 않으려고 훌쩍 뛰어넘어야 했다. 어머니의 말(이름은 세레나데였다)이 그만 발을 헛디뎠다. 어머니는 밭갈이 된 들판을 질주하는 동안 꼼짝 않고 매달려 있다가 결국에는 시멘트 길을 건너다 바닥에 굴러 떨어졌다. 어머니의 안전모가 벗겨져서 머리가 부딪히면서 심각한 뇌손상을 입었다. 어머니를 떨군 세레나데가 계속 질주하다가 키트를 지나치는데 빈 등자[83]가 빈 안장에 세차게 부딪혔다. 이때 키트는 처음으로 불상사가 뭔지 알게 되었다.

나는 어머니의 사고에 대한 글을 많이 썼다. 내가 1976년부터 출간하기 시작한 모든 책에는 그 사고에 관한 시가 있다. 내 유년기의 회고록 『혈통In the Blood』에서 그날 일어난 일을 자세히 설명하고 있다. 2018년 봄에 발표한 장편시에는 어머니의 더딘 죽음에 관한 이야기뿐만 아니라 그 후 오랜 세월 뒤에 돌아가신 아버지의 이야기도 담겨 있다.

사연은 이러하다. 사건 이후 어머니는 3년간 무의식 상태로 누워 있다가 그 후 6년은 이도 저도 아닌 상태로 보냈다. 마침내 어머니는 조금씩 말도 하고 고개도 약간 돌리고 오른손을 겨우 들 수 있게 되었다. 어머니

---

83 말을 타고 앉아 두 발로 디디게 되어 있는 물건. 안장에 달아 말의 양쪽 옆구리로 늘어뜨린다.

는 먼 과거의 일은 어느 정도 기억했지만 근래의 일은 별로 기억하지 못했다. 어머니는 의사들이 이런 저런 방법을 찾는 것에 맞춰 여러 병원을 전전하다가 '더 링크스'라고 불리는 쳴름스퍼드 병원의 한 부속병원에 드디어 정착했다. 그곳은 불치의 환자를 돌보는 전문 병원이었다. 어머니는 1년에 수차례 폐렴에 걸렸고 발병할 때마다 아버지와 나와 동생은 이제 끝이라고, 어머니가 곧 돌아가실 거라고 단념하곤 했다. 하지만 어머니는 돌아가시지 않았다. 그러다 사고가 난 후 9년째 되던 해에 바윗덩어리 같은 우울증의 무게에 억눌린 어머니의 가슴으로, 어머니를 가엾게 여긴 폐렴이 다시 찾아온 그 가슴께로 마침내 턱이 뚝 떨어졌다.

당시 어머니의 사고에 심리적인 문제가 원인으로 작용했을까? 나는 어머니가 예전에 앓은 병환에 그런 요소가 있었다는 심증이 있어서 이와 같은 의문이 든다. 그 사고는 어머니가 자신을 향한 주변의 관심이 부족하다고 느껴 다시 관심을 얻으려는 또 다른 위험한 무의식적인 노력의 일환이었을까? 어머니가 돌아가시고 난 후 수 년 간 내 머릿속에는 이런 질문들이 내내 이어졌다. 당시에 나는 오로지 사실에만 관심을 두었다.

어머니의 얼굴을 화염처럼 완전히 뒤덮은 멍. 삭발한 머리(뇌의 혈전을 제거하는 수술을 받기 전에 어머니의 머리는 아름다운 금발이었다). 약물로 인해 살찐 몸속으로 서서히 사라져 버린 날렵하고 깡말랐던 모습. 침해당한 사적인 자유 – 산소마스크, 목구멍에 꽂힌 튜브, 자루가 달려 이불 밑에서 꿈틀대는 또 다른 튜브들. 선의로 하는 간호사의 진부한 말(절대 목소리를 낮춰 말하는 법이 없고 항상 반쯤 고함소리 같은 말). 어머니 병실의 후끈한 공기와 악취와 소음…….

외면하고 싶은 때가 많았다. 그건 용서할 수 없는 일이었을 것이다. 더구나 적어도 처음 3년 동안 우리 가족은 어머니가 갑자기 눈을 뜨고 다시 평소 모습으로 돌아올지도 모른다는 희망 속에 살았다. 그래서 방학이면 날마다, 학기 중이면 주말마다, 대학 입학 전에는 갭이어[84] 시기 대부분을, 대학 입학 후에는 방학 내내, 학기 중에는 집에 들를 때마다, 나와 동생은 어머니 침상 옆에 앉아 손을 잡고 어머니에게 말을 하면서 우리가 하는 말을 들을 수 있는지 궁금해 했다. 아버지도 매일 저녁 런던의 직장에서 퇴근하고 집에 와서 똑같이 했고, 총 9년의 세월 동안 불과 며칠만 그러지 못했다. 나는 그때도 지금도 아버지야말로 성인처럼 헌신을 다했다고 생각한다.

내가 대학 시절을 보내던 첫해 어느 날 드디어 어머니의 눈이 떠졌다. 그 순간 나는 마치 잠자는 숲속의 공주가 살아난 모습을 보고 있는 동화 속 왕자 같은 기분을 느꼈다. 다만 그렇게 극적인 변화가 단숨에 일어나진 않았다. 흐린 정신과 망각의 세계에서 맑은 정신과 기억의 세계로 이동하는 과정은 더디고 힘겨웠다. 끝내 기억은 완전히 돌아오지 않았다. 다른 측면에서 뭔가 복잡한 상황이 연출되기도 했다. 한편으로 어머니는 지금 이렇게 살아 있고 우리와 삶을 나눌 수 있어서 기뻐했다. 다른 한편으로는 이제 자신에게 가능성이 얼마 없고 다시는 가능성이 없으리라는 사실을 알고 충격을 받았다.

어머니에 대한 희망을 놓치지 않은 아버지는 대형 포드 밴을 구입해

---

84   gap year 영국에서 고등학교를 졸업한 후 바로 대학에 진학하지 않고 쉬면서 다양한 경험을 쌓는 한 해.

서 테일 리프트(tail lift)가 있고 어머니를 들것에 실어 태울 공간이 있는 일종의 구급차로 개조했다. 그리고 어머니와 전담 간병인이 지낼 공간으로 쓰면 되겠다 싶어서 집에다 작은 부속 건물을 만들었다. 하지만 의사들은 절대 허락하지 않았을 것이다. 어머니의 손상 정도가 너무 심했다. 어머니는 간병인의 도움보다는 전문적인 간호가 거의 24시간 필요했다. 어머니가 손꼽아 기다린 시간은 일요일 점심 식사를 하러 주말에 집에 가는 일정이었다. 반면에 매번 집에 와서 지내는 시간을 온전히 즐기지 못하게 만들만큼 어머니가 너무나 두려워한 것은 그날이 저물 무렵 병원으로 돌아가야 한다는 사실이었다. 일요일 오후 시간을 보내다 어느덧 저녁이 되었을 때 어머니 얼굴에 드리워졌던 표정을 절대 잊지 못하겠다. 들것에 누운 어머니는 아버지의 눈을 올려다보며 집에 있게 해달라고 애원했다.

어머니가 돌아가셨을 때 집안끼리 아는 친구들이 우리 가족에게 이제 벗어나서 다행이라고 말했다. 무슨 뜻으로 한 말인지는 알았지만 그런 생각을 했다는 자체가 참으로 유감스럽고 지금도 가슴 아프다. 그 말은 어머니가 빠져 있던 깊디깊은 고통의 동굴을 채우려고 우리 가족이 안간힘을 쓰며 어머니에게 쏟은 사랑을 평가절하하는 것처럼 느껴진다. 그리고 생의 마지막 순간까지 아름답고 용감한 사람으로 남아 있던 어머니를 제대로 인정하지 않는 말이다. 어머니는 아예 의식이 없었을 때에도, 사후의 암흑세계에 있던 순간에도 여전히 나의 어머니요, 내 동생의 어머니요, 아버지의 아내였다.

어머니가 내 삶에 끼친 영향이 무엇인지 내가 가만히 자문해 볼 때 떠오르는 대답은 크게 두 가지로 정리된다. 하나는 사고를 당하기 전 어머니의 삶이 미친 영향과 관련이 있다. 그때 나의 상급시험 영어 선생님, 중등학교 시절 절친한 친구, 그리고 어머니가 나를 시의 세계로 인도해 주어 내가 시에 빠져들게 되었다. 다른 하나는 사고 후의 어머니의 삶과 어머니의 죽음 이후가 미친 영향과 관련이 있다. 이 부분은 내가 죽을 때까지 뇌리에서 떠나지 않을 주제가 되어버렸다. 그것은 내가 감사한 마음으로 인정하는 어떤 행운의 별빛 덕분에 보이는 주제요, 내가 혼자라는 것과 혹시 내가 성공하든 실패하든 온전히 내 노력에 의한 성공과 실패일 수밖에 없다는 것을 확신시켜 주는 불행의 별빛으로 인해 보이는 주제이기도 하다.

  수년 전, 나는 그 사건의 여파에 대해 모든 것을 털어놓는 데 또다시 실패했음을 의식하며 그쯤에서 마무리했었지만 최소한 이야기의 대략적 얼개는 정해졌다는 느낌은 들었다. 그러다 2015년 봄에 이제 영국을 떠나 미국에서 새로운 삶을 막 시작하려던 시기, 내가 몰랐던 뭔가를 말해 준 이메일 한 통이 도착했다. 현재 스코틀랜드 북부에 사는 어느 사냥터 관리인이 보낸 것이었다. 그는 나의 유년기 회고록 『혈통』을 읽었는데 내가 어머니의 사고에 대해 잘못 알고 있는 부분이 있어서 놀랐다고 했다. 나는 그 자리에 없었기 때문에 다른 사람들이 해준 말을 믿었다고 설명하는 답장을 보냈다. 그 사람은 어떻게 더 많은 사실을 알고 있을까? 그가 다시 보내준 답장에는 어머니가 낙마하는 장면을 봤다는 얘기가 있었다. 내가 그의 이야기를 더 듣고 싶어 했을까? 당연히 그랬다. 나는 더 알고 싶다고 말했고 사소한 것이라도 모두 이야기해 달라고 부탁했다. 그 일에 대해 정확히 알고 싶었다.

당시에 그가 고용된 사냥터의 잔디밭 집결지에서 일어난 일이었다. 그 날 아침 그의 임무는 말을 탄 사람들에게 마실 것을 돌리는 일이었다. 사람들이 일단 추운 아침을 견딜 힘을 얻으면 사냥개들이 움직이기 시작했다. 개들이 출발하고 말 탄 사람들이 슬슬 뒤를 따를 때 그는 한편에 서 있다가 어머니의 말이 어떤 것 때문에 뒷걸음질치는 모습을 봤다. 풀밭에 그늘진 부분이 있었다. 아마 경계벽 울타리가 꽂혀 있었던 데라 얕게 움푹 팬 곳이었을 것이다. 세레나데가 순간 뒷발로 서자 말을 잘 다루던 어머니였지만 속수무책으로 당했다. 어머니가 뒤로 쓰러졌다. 어머니가 바닥에 떨어지자 세레나데가 발길질을 해대 편자가 어머니의 모자 바로 아래 왼쪽 머리를 쳤다. 사냥터지기가 어머니에게 달려가 무릎을 꿇고 앉았다. 의식을 잃은 채 누워 있는 어머니의 양쪽 귀에서 피가 흘러나왔다. 사냥터지기는 무릎을 꿇은 상태로 어머니의 모자를 벗겼다. 의사가 어딘가에서 나타나(그는 사냥감의 발자국을 추격하는 사람들 무리에 있었다) 길쭉한 가방을 열었다. 하지만 구급차를 부르는 전화를 한 것 말고는 아무것도 한 게 없었다. 구급차가 순식간에 도착해 어머니를 첼름스퍼드의 병원으로 이송했다.

이 모든 상황을 안다고 달라지는 게 있을까? 내 입장에서는 그렇다. 우선 첫째로, 사실은 사실로서 의미가 있다. 사실을 안다는 자체가 좋다. 그리고 다음으로, 진실을 안 덕분에 어머니에게 생긴 일이 그저 불운이었다는 나의 생각에 한층 더 힘이 실린다. 누구에게든 일어날 수 있고 자주 일어나는 그런 일이었던 것이다. 확실한 삶의 법칙, 즉 삶의 무작위성을 포함하는 그런 일이었다. 어머니는 누구도 납득 못할 위험을 감수하며 시골 들판을 거칠게 질주한 게 아니었다. 세레나데는 느릿느릿 걸어가고 있었을 뿐이다. 녀석을 위협하는 엄청난 장애물 따위는 없었다. 풀밭에 드리워진 그늘이 있었을 뿐……

• 앤드류 모션(Andrew Motion)

1999년부터 2009년까지 영국의 계관 시인이었다. '시 아카이브(Poetry Archive)'의 공동 설립자다. 현재 존스홉킨스 대학교에서 후학을 양성하며 볼티모어에 살고 있다. 그의 부모님을 위한 책 한 권 분량의 애가 『에섹스 클레이Essex Clay』가 2018년 봄에 출간되었다.

10

가벳 아주머니의
책상

데이비드 업다이크

지금 내가 앉아 있는 데서 200미터도 채 안 떨어진 공간에 어머니가 혼자 계신다. 우리가 '헛간'이라고 부르는 구조물이지만 사실 고미다락에 더 가깝다. 큰 방 하나, 작은 부엌, 욕실, 장작 난로가 있고, 도로와 그 너머 습지가 내다보이는 창문이 여러 개 달려 있는 곳이다. 오랫동안 남에게 세를 주었던 공간이다. 그 전에는 집안에 크고 작은 변화가 생기면서 가족들이 썼다가 이제는 어떻게 처리해야 할지 모르는 많은 개인 물품과 사진을 그곳에 보관한다. 이른 아침인데도 어머니는 점심을 먹으러 온다는 누나를 벌써부터 기다리고 있다. 이따가 두 사람은 차를 몰고 북쪽으로 가서 버몬트의 여름별장에 갈 계획이다. 산길 중턱에 있는 그

별장은 대공황 시기에 어머니의 부모님이 200달러를 주고 구입한 집이다. "2000달러 아니고요?" 내가 물었더니 어머니는 200달러라고 다시 한번 힘주어 말했다. 오래된 멋진 농가형 주택이다. 여전히 온수도 안 나오고 난방도 최소 수준인 집이다. 어머니는 어릴 적부터 여름마다 그곳에 갔다. 십대 때도, 하버드대 4학년생의 아내가 되어서도, 딸을 낳고도, 아들을 낳고도, 4남매의 엄마가 되어서도 그곳을 찾았다. 우리 가족의 발이 되어준 스테이션 웨건을 타고 매년 여름 찾아가 일주일간 머물렀다.

어머니는 1년 중 일주일을 뺀 나머지 기간에는 여기 해안가 지역의 조수가 드나드는 강어귀의 바닷가에 있는 하얀색 큰 집에 살고 있다. 어머니 생각에는 몇몇 친구들이 이사 가서 사는 시내의 주거단지에 사느니 여기가 나을 것 같았다. 어머니의 남편 밥은 두 사람이 30년 넘게 같이 쓴 침실에서 1년 반 전에 세상을 떠났다. 당시에 어머니는 골반에 금이 가서 고생하며 아직 회복 중이었는데도 아버지가 돌아가신 직후에 일주일에 한 번 물리치료를 해주러 오는 한두 명을 제외하고 다른 재택 건강 보조원과 방문 의료진을 전부 돌려보냈다. 상황이 그랬던 2015년 겨울은 수십 년 만에 찾아온 최악의 겨울이었을 것이다. 어마어마한 폭풍이 찾아왔고 뒤이어 하나가 더 닥쳤다. 몇 번이나 어머니를 시내에 있는 누나네로 피신시켜야 했다. 폭풍이 지나가고 진입로의 복구 작업이 끝나고 인도도 정리되고 전기가 다시 들어와서 어머니가 돌아가기에는 어느 정도 안전해질 때까지 기다려야 했다.

그때 어머니는 여든다섯이었고 지금은 여든일곱이다. 1년 전에 또 낙상 사고로 엉덩이 골절상을 입어서 한두 달은 병원에 있다가 그 후에 재활 치료까지 받고서야 집에 돌아왔다. 어머니는 더 이상 운전대를 잡지 않는다. 장을 보러 가거나 집 근처에 볼일이 있으면 자식들이나 다른 사람들의 도움을 받지만, 요리나 청소는 거의 다 혼자서 해낸다. 진공청소기가 무거워서 내가 집에 들를 때 하는 일 중 하나가 층별로 청소기를 끌고 다니는 것이다. 어머니와 비슷한 연배의 친구분들은 다들 시내에 산다. 건강이 좋은 친구도 있고 그렇지 않은 친구도 있다. 어머니는 종종 '한잔'할 자리를 마련해 친구들을 부른다. 치즈, 크래커, 올리브, 그리고 술 한두 잔……. 어머니와 친구들은 이런 식으로 여전히 서로를 챙기며 각자의 집 바깥에서 사교생활을 이어간다.

나는 일주일에 한두 번 정도 50~60킬로미터 운전을 하고 도시에서 벗어나 어머니와 하루를 보낸다. 반나절을 함께 보낼 때도 있고 밤에 들를 때도 간혹 있다. 장을 보고 잔심부름을 하며 어머니를 도와드리고 아버지 말대로 '일거리를 찾아 근처를 돌아다니며' 자잘한 일을 해드리곤 한다. 그게 아니면 그저 어머니 곁에 있어 주는 것을 포함해 뭐든 도움이 되는 일을 하려고 애쓴다. 고독은 어머니가 말없이 전투를 벌이는 대상이기도 하다. 나는 보통 점심 식사 후에 떠나는데 문간에서 손을 흔들어주며 내가 있는 동안 크든 작든 도움이 되었던 것에 고맙다고 말하는 어머니의 모습을 보면 뭉클해진다. 그렇게 어머니 집을 떠나 다시 도시의 내 삶으로 돌아간다. 예전에는 여기서 살아도 좋겠다는 생각을 한 적도 있었다. 한 주의 절반은 여기서 지내고 나머지 절반은 내가 사는 시내에서 지내면 될 것 같았다. 하지만 지금은 의문이 든다. 나는 더 분주하고 더 범세계적인 세상에 속해서 지내야 할 사람이라는 생각이 든다. 아버지가 어딘가에 썼듯이 '사람들이 있는 곳'에 섞여 살아야 할 것 같다. 어머니 집이 있는 여기가 도회지만큼 멋진 곳이긴 해도 전혀 다채롭지도 않고 범세계적이지도 않은 곳이라는 사실은 변함없이 그대로인 데다 내게는 약간 비현실적이고 내가 살고 싶은 세상이 아닌 까닭이다.

집 내부는 멋지고 고상하다. 벽에는 어머니가 그린 그림이 곳곳에 걸려 있다. 아름다운 실내 장식이자 풍경화를 겸하고 있다. 창문이 액자처럼 담아낸 풍경도 있다. 습지와 숲 가장자리, 그 너머의 물가가 창틀에 담겨 한 폭의 풍경화가 된다. 어머니는 대학에서 그림을 그렸고 나중에 1년 동안 옥스퍼드 대학의 러스킨 드로잉 스쿨에서 계속 그림을 그렸다. 그곳에서 어머니는 갓 결혼한 남편과 대학 졸업 후 일 년 장학금을 받고 그림을 그리고 관련 공부를 했다. 그러다 어머니의 젊고 똑똑한 남편 존이 바다 건너 잡지에 한 편 두 편 글을 발표하게 되었다. 《뉴요커The New Yorker》지에 시와 단편소설이 실리고 나중에는 「장안의 화제」 섹션 글도 기고했다. 그해 4월에 아이가 태어났다. 나의 누나 엘리자베스다. 2년 후에 다시 뉴욕에서 아이가 하나 더 태어났다. 바로 나다. 어느새 예술가로서 어머니의 삶은 자식을 키우는 엄마라는 정체성과 남편의 출세에 뒷전으로 밀려났다. 부모님은 뉴욕을 떠나기로 했다. 어딘가 부풀려져 있고 지나치게 자의식이 강하며 경쟁이 난무하는 문학계를 떠나 보스턴 북부의 아담하고 쾌적한 소도시로 이사를 갔다. 두 사람이 예전에 몇 년간 신혼 시절을 보낸 곳이었다. 아이 둘이 더 태어났고 아버지는 꾸준히 명성을 유지했다. 어머니는 가끔 데생이나 회화 수업을 받기도 했지만 본격적으로 그림을 그릴 만한 시간도 에너지도 심리적인 여유도 부족했다. 세월이 지난 후에 어머니가 이런 말을 했다. "그런 재능으로 내가 어떻게 경쟁하겠니?" 나는 아버지가 어머니에게 그림을 그리고 데생을 하고 수업을 들으라며 용기를 북돋웠을 거라고 믿지만, 아버지는 본인 표현대로 '말을 쏟아내면서' 아내와 자식 넷을 부양하느라 집필 생활에 몰두할 수밖에 없었다.

자식이 많은 젊은 부부이니 이것저것 챙겨야 하는 사회생활로 바쁜 나날이 이어졌다. 칵테일파티, 만찬, 남들 하는 정도는 해야 하는 운동(테니스, 스키, 골프, 일요일 오후 배구 경기), 그 후에 누군가의 집에서 열리는 칵테일파티……. 2월에는 메인 주의 산으로 단체 스키 여행을 갔고, 여름에는 조부모님이 사시는 버몬트와 펜실베이니아로 일주일간 여행을 다녔다.

지금 내가 생각하기에도 부모님은 어찌나 거침없으셨던지! 내가 고작 두세 살 때 우리 가족은 겨울 한두 달간 카리브 해의 작은 섬에 가서 살았다. 카리브 해의 태양이 아버지의 건선에 마법 같은 효험을 발휘하고 환경 변화가 작가에게 좋다는 이유에서였다. 당시에 앵귈라 지역에는 호텔이 없었다. 자동차나 백인도 찾아보기 힘들었다. 우리 가족은 사방에 현관이 있는 목조 건물 2층에서 지냈고, 데이지와 셀마라는 젊은 동네 여자 두 명이 음식을 하고 부모님을 도와 아이들을 돌봐주었다. 아버지가 집에 남아 글을 쓰는 동안 우리는 해변으로 어슬렁어슬렁 한참을 걸어 다녔다. 집 뒤에는 소금을 채취하는 바다가 있었고 길 반대편에는 조개껍질이 지천인 반반한 해변이 길게 이어져 있었다. 멋지게 생겼지만 비바람을 맞아 많이 상한 현관에서 내 발에 큼지막한 나무 조각이 박혔을 때 아버지가 면도날로 솜씨 좋게, 하지만 아프게 발에서 조각을 꺼내주었다. 우리 부모님은 대서양과 카리브 해 사이에 있는 이 작은 섬에, 이렇다 할 병원도 없는 이곳에, 어린 자식 셋을 데리고 올만큼 용감하고 대담했다. 최근에 내가 어머니에게 그때 두 분이 어떻게 앵귈라를 선택했느냐고 묻자, 어머니는 어느 친구가 언급한 곳이기도 했고 두 분이 찾을 수 있는 가장 저렴한 곳이었다고 대답했다.

2년 후, 역시나 겨울에 우리 가족은 프랑스 남부로 또 한 번 가족 여행을 떠났다. 이번에는 돌배기 여동생까지 아이가 네 명이었다. 우리는 레오나르도 다빈치라는 원양 여객선을 탔다. 갑판에서 지브롤터[85]와 탕헤르[86], 그러니까 유럽과 아프리카가 다 보였다. 깐닥거리는 작은 배에 탄 남자들이 우리 아래쪽 바다에 나타나 스카프와 기념품을 팔았다. 밧줄로 전달되는 돈과 상품이 흔들리는 대각선 방향으로 오갔다. 프랑스에 도착한 우리 가족은 앙티브[87] 위쪽 산비탈 높은 곳에 있는 집을 빌렸다. 아버지는 2층에서 글을 썼고 우리는 아래쪽 정원에서 놀았고 어머니는 그림을 그렸다. 이번에는 파스텔화와 아름다운 유화를 그렸다. 어머니는 그때 그린 유화를 레이버인베인 가에 있는 집 벽장에 보관해 두었다. 그 그림을 왜 어딘가에 걸어두지 않았냐고 물으니 어머니는 아쉬운 목소리로 "아직 완성된 게 아니야."라고 답했다.

그때 우리 가족이 프랑스를 찾은 목적은 지중해의 태양 때문이었다.

---

85 Gibraltar 스페인 남단에 있는 영국령의 반도

86 모로코 북부의 주. 지브롤터 해협에 면해 있다.

87 Antibes 프랑스 동남부 니스 서남쪽의 항구 도시

뿐만 아니라 아버지와 어떤 여자 사이를 갈라놓을 어머니의 의도도 깔려 있었다. 아버지는 시내에 사는 한 여자에게 홀딱 빠져서 어머니와 이혼하고 그 여자와 재혼할 작정이었는데 마지막 순간에 마음을 접고는 식솔을 데리고 유럽으로 떠났다. 이 시기에 쓴 아버지의 단편소설을 살펴보면 실연으로 상사병을 앓으며 한탄하는 한 사내가 보인다. 물론 아이의 눈으로 봤을 때 그 사내는 충분히 행복해 보였다. 그럼, 어머니는 어땠을까?

나는 프랑스에서 지내는 동안 겪은 가슴 아픈 일 한 가지를 기억 속에 간직하고 있다. 어느 날 무슨 이유에서인지 나 혼자 어머니와 앙티브에 잠깐 다녀올 일이 있었다. 돌이 많은 해변과 차가운 바다 옆에 위치한 그곳에서 나는 회전목마를 태워달라고 졸랐다. 차갑게 언 말에 올라 계속 도는 동안 한 바퀴 돌 때마다 어머니를 쳐다봤는데 어머니는 내가 아니라 진한 푸른빛이 감도는 회색 바다를 바라보며 깊은 생각에 잠겨 있었다. 나는 어머니가 보이는 순간마다 회전목마에서 뛰어내려 어머니의 주의를 딴 데로 돌리고 깊은 생각에서 끌어내 다시 내게로, 현재로 돌아오게 만들고 싶었다. 어머니가 지금 빠져 있는 음울한 생각에서 끌어내고 싶었다. 드디어 회전목마가 멈추자 나는 어머니에게 달려갔다. 그냥 얼른 차를 타고 우리가 사는 언덕 비탈의 집으로 돌아가고 싶었다. 내 형제들 말고 나만 수년 후에 들은 이야기가 있었다. 나는 부모님의 부부 문제를 알고 있었다. 어느 날인가 어머니가 정찬용 접시 하나를 박살낸 직후 내가 주방에 들어가 무슨 일이냐고 묻자 "네 아빠가 우릴 버리고 해링턴 부인과 결혼하고 싶댄다!"하는 답이 돌아왔다.

우리 가족이 1968년에 1년 동안 영국에서 살던 시절이었다. 이번에는 여자를 피해서 간 게 아니라 나의 반 친구들이 해맑게 내게 알려준 '추잡한' 책, 『커플Couples』 덕분이었다. 아버지는 영화 판권료를 두둑히 받았다. (결국 영화는 제작되지 않았다.) 유명해졌을 뿐 아니라 영국의 리젠트 파크에 있는 비싼 집을 임대하고 자식들 전부를 사립학교에 보내고 신형 시트로엥 스테이션 웨건(나중에 배에 실어 미국으로 가져와야 했던 차)을 구입할 만큼 부유해졌다.

이즈음 나의 형제자매들은 회화와 데생 등 그림에 재능을 보였고, 남동생은 '스컬피'라고 불린 재미있게 생긴 작은 동물 모형을 만들기 시작했다. 어머니는 우리의 작품을 아낌없이 칭찬하고(어떤 경우에는 너무 과하다 싶었다), 집에다 전시하고, 계속 해보라며 자신감을 북돋우어 주고, 미술이 평생 추구할 가치가 있는 것으로 느끼게 해주었다. (심지어 나도 한 때는 데생을 하곤 했다. 나중에 미술에 대한 관심이 옮겨 가 더욱 사실적인 매체인 사진을 손에 잡기 전까지는) 어머니의 일곱 손자 중 한 명인 소이어 업다이크가 버몬트 대학교를 갓 졸업하고 최근에 졸업 파티를 할 때 어머니가 축하 건배를 제의하며 그가 어떤 직업을 갖게 되든 그의 작품이 '꽤 훌륭하기' 때문에 예술 활동은 계속 이어가기를 바란다는 말을 했다.

어머니의 격려 덕분에 결과적으로 우리 자식들은 전부 현재 어느 정도 예술가로서의 삶을 살고 있다. 남동생 마이클은 디자이너 겸 조각가이고, 누나는 화가 겸 교사, 여동생 미란다는 늦게 꽃을 피운 전업 화가다. 나는 부업으로 글을 쓰는 전업 영어 교사로 살면서 사진도 찍는다. 가끔 보수를 받기도 하니까 이 또한 부업인 셈이다. 물론 아버지도 시각

예술가 겸 작가였는데, 사실 아버지의 어린 시절 진짜 꿈은 만화가였다. 아버지의 어머니는 중년에 《뉴요커》지와 다른 매체에 단편소설을 발표하기 시작해서 나중에 『매혹*Enchantment*』과 『약탈자*The Predator*』라는 단편집으로 묶어낸 야심만만한 현역 작가였다. 『매혹』은 할머니가 60대였을 때 출간되었고, 『약탈자』는 돌아가신 후인 1989년에 나왔다.

　1974년에 부모님이 따로 살게 되었다. 우리 가족이 겪은 우여곡절과 정신적 충격은 그 당시 아버지가 쓴 단편소설에 연대순으로 잘 기록되어 있다. 부모님은 결국 2~3년 후에 이혼했다. 그래도 두 사람은 결혼생활을 하며 어떤 부침을 겪었든 간에 22년을 함께했다. 아버지가 아주 착실한 대학생이었다가 아버지 세대에 미국에서 가장 중요한 작가 대열에 오르게 된 그 세월 동안 어머니는 가정을 안정적으로 건사했다. 요리하고 청소하고 집안의 대소사를 챙기고 자식을 키우고 아버지가 부탁하면 작품을 읽고 조언을 해주며 온갖 수고를 마다하지 않았다. 더구나 어머니는 아름답고 매력적이고 다정하며 아버지처럼 지적인 사람이었다. 아버지의 '소설'에 다른 부부관계가 더 있다고 암시되는 것을 보고도 어머니가 크게 불평하지 않았다니 믿기지 않는다. 아버지는 모름지기 예술가란 부수적인 상처에 구애받지 말고 자기 자신에게 진실해야 한다고 어딘가에 썼다. 20년이 넘는 세월 동안 어머니는 자신의 예술적 야심과 아름다움을 추구하려는 소망을 아버지의 꿈으로 승화시켰다.

　나는 부모님의 별거와 이혼의 소용돌이 속에서(한편으로는 여자 친구의 응원과 변화된 가족 상황에 자극을 받기도 했지만) 다소 뜻하지 않게 글을 쓰기 시작했고 더욱 뜻밖에도 이십대 초반에 단편소설을 몇 편 발표했다. 늘 그랬듯 부모님은 격려를 아끼지 않았다. 어머니는 내 작품인 「사과 *Apples*」를 읽은 후에 "그래, 그것 참 완벽한 이야기구나."라고 말했다. 나는 이야기란 게 완벽할 수 있다고 믿지도 않고 이 소설이 완벽하다고 생각하지도 않지만 어머니의 칭찬이 고마웠다. 진짜 문제는 내가 사실 한 번도 글을 쓰고 싶다거나 작가가 되겠다는 열망을 품은 적이 없었고 어렸을 때는 사진에 훨씬 더 관심이 많았던 데다 어머니가 내 사진을 집에 걸어두었다는 사실이다. 아버지는 매번 내 크리스마스 선물로 소설책이 아니라 사진 관련 책을 주었고 아마도 내가 그랬듯 사진이 비교적 전도유망한 예술가의 길이라고 느꼈을 것이다. 어쨌든 우리 자식들은 각자가 찾은 분야에서, 혹은 그 분야가 어느새 우리를 찾아온 지점에서 나름의 성공을 거두었다. 나는 글쓰기 덕에 가르치는 일을 하게 되었고 지역 대학에서 영어를 가르치는 전임 교수직을 얻었다. 천직과도 같은 이 일은 내가 행복하게 정착한 직업이기도 하다.

어머니가 재혼한 키 크고 성실한 영국인은, 어쩐지 인디애나 출신에 파이프 담배를 즐겨 피우는 잘생긴 유니테리언교 목사였던 외할아버지를 생각나게 하는 사람이었다. 그는 어머니를 아주 좋아했고 어머니에게 사랑과 칭찬을 아낌없이 안겨주는 것은 물론 어머니의 그림에도 찬사를 보냈다. 그는 매일 아침 일곱 시에 집을 나서서 기차역에 내려 오후 여섯 시나 일곱 시가 되어야 귀가해, 어머니가 성인이 되고 난 후 처음으로 그림을 그릴 수 있는 시간과 심리적 여유를 갖게 해준 사람이기도 했다. 어머니는 일층에 잘 쓰지 않던 방의 벽을 헐고 작업실을 차렸다. 이 공간은 향후 35년 넘게 오롯이 어머니만의 방, 어머니의 화실이 되었다.

어머니는 오십대에 처음으로 시내 미술관에서 작품을 전시했고 단독 전시회도 몇 차례 열면서 작품을 판매하기 시작했다. 어머니가 칠순이 되었을 때 우리 자식들이 어머니의 모교 래드클리프 대학의 슐레진저 라이브러리에 있는 화랑의 큐레이터에게 연락해 첫 전시일에 가족과 친구들이 참석하는 대규모 연회를 여는 1인 여성 '회고전'을 기획했다. 어머니는 뉴잉글랜드인다운 절제된 방식으로 조용히 속으로 짜릿해 했던 것 같다.

그 일이 있은 후 17년이 흘렀다. 어머니는 계속 그림을 그리고 작품을 전시하고 판매해왔다. 다만 남편의 병 수발을 하고 두 차례 낙상 사고를 당해 골반에 금이 가고 엉덩이뼈가 부러지는 바람에 속도가 더뎌지긴 했다. 어머니는 야위었지만 이번 여름에는 기력이 점점 좋아졌고 여전히 아름답다. 그리고 내가 차츰 깨닫게 된 바로는 회복력이 대단하고 강인한 사람이다. 어머니가 살았던 시대에는 대학 학위가 있든 없든 그 세대의 여성이라면, 직업을 갖고 돈을 벌어야 하는 남편을 위해 안정되고 안락한 환경을 제공하고 가능하면 자녀들의 운동 경기 행사에도 참석해야 했다. 어머니는 두 남자를 위해 그런 삶을 살았다. 첫 번째는 유명한 미국 작가 존 업다이크였고, 두 번째는 미국으로 이주한 영국인 로버트 웨더럴이었다. 교양 있고 상냥하고 지적 호기심이 강한 대학 행정관이었던 그는 진로 상담소 소장으로 일했다. 2년 전에 로버트가 세상을 떠난 후부터 어머니는 해변의 이 집에서 혼자 살면서 평생에 처음으로 다른 누군가를 보살피지 않고 지낸다. 어머니는 같은 세대의 가족 중에 마지막으로 남은 사람이기도 하다. 어머니의 부모님, 이모 앙투아네트 대니얼스, 어머니의 유일한 자매 앙투아네트 페닝턴 피스크, 그리고 남편 로버트 등 남은 가족들이 세상을 떠나기 전까지 모두 어머니가 간호하고 돌봐주었다.

2017년 5월에 어머니의 동창회가 열렸다. 1952년에 래드클리프 대학을 떠난 뒤 65주년이 되는 해에 열리는 행사였다. 오가는 길도 만만치 않을 테고 비용을 지불한 티켓이 아직 도착하지 않는 등 세부 계획과 관련해 모든 것이 어머니에게 큰 부담이었지만 5월 어느 날 비오는 눅눅한 아침에 우리 일행은 "가짜 뉴스"를 주제로 다루는 오전 행사에 참석했다. 행사 후에는 큰 천막에서 점심 식사를 하는 동안 PBS의 앵커우먼 주디 우드러프와 지난겨울에 61세의 나이로 세상을 떠난 그웬 아이필의 시상식이 있었다. 짓눌린 풀 냄새가 풍기는 큰 천막 공간에서 팔십대, 칠십대, 그리고 그보다 한참 아래 연배의 사람들, 문득 생각해보니 이제 막 육십대에 들어선 비교적 젊은 내 또래 세대의 여성들에 둘러싸여 앉아 있자니 뭉클해졌다. 주디 우드러프가 그웬 아이필에 대한 이야기를 하고 가까운 친구와 동료가 감동적인 헌사를 하자 내 눈에 눈물이 고였지만 부디 어머니가 알아채지 않기를 바랐다. (내가 아는 한 어머니 눈은 젖어 있지 않았다.) 어머니는 적어도 겉으로는 극기심이 대단한 사람이라 나는 어머니가 실제로 우는 모습을 본 기억이 전혀 없다.

옛날에 외할머니는 우리 가족이 버몬트의 여름별장에서 일주일을 보낸 후 스테이션 웨건에 짐을 챙길 때마다 눈물바람이었고 우리가 어마어마한 소나무숲 모퉁이를 돌아 나무들이 시야에서 사라질 때까지도 눈물을 훔쳤다.

어머니가 이 집에서 스스로 정한 임무 중에는 어머니 가족의 물건들 (편지, 사진, 서류)을 살펴보고 래드클리프의 슐레진저 라이브러리에 기부할 것을 정하는 일이 있다. 내가 들를 때면 어머니는 종종 뭔가를 보여주거나 물건에 얽힌 이야기를 해준다. 캘리포니아에 사는 내 사촌이 최근에 보낸 물건(사촌의 어머니가 갖고 있던 것들)이 든 상자는 어머니가 여력이 될 때 살펴본다. 과거의 물건들을 꼼꼼하게 살펴 추려내고 편지를 읽고 세상을 떠난 지 수십 년이 된 사람들의 사진을 물끄러미 바라보는 과정은 감정적으로 고된 일이다. 오래 전에 세상을 떠나 다시는 만날 수 없는 누군가가 지금 여기 사진 속에 있다. 멋진 베란다에 포도 넝쿨이 덮인 정자 아래의 고리버들 의자에 예쁜 아기가 앉아있다. 그리고 얼마 지나지 않아 바로 그 사람이 아름다운 스물다섯 살 여인이 되어 무릎에 예쁜 아기를 안고 있다. 나의 어머니의 어머니다. 내가 어릴 적에 알던 그 사람 말이다. 누구든 이런 일을 오래 하다보면 지치기 마련이다. 그럴 때면 이 물건들이 원래 자리에 들어가 있다가 한 번씩 산책을 나오곤 하는 상자 속에 전부 다시 넣어두고 머리를 식힐 필요가 있다.

어느 날 아침, 어머니와 내가 편지들을 훑어보던 중에 어머니가 최근에 찾은 편지 한 통을 내게 보여 주었다. 어머니의 어머니 엘리자베스 엔트위슬 대니얼스가 1908년 12월 31일에 그녀의 외할머니에게 보낸 편지였다. 어머니의 시력이 그다지 좋지 않고 나아질 기미가 보이지 않아 내가 편지를 소리 내어 읽어드렸다.

나의 외할머니는 여덟 살인가 아홉 살 때 캘리포니아의 소살리토에 있던 부모님을 만나러 갔다. 외할머니의 아버지가 소살리토에 주둔한 해안경비함의 선장이어서 부모님이 그곳에 머물고 있다. 가족들이 거기서 가벳 부인이라는 사람과 겨울을 나던 중이다. 물론 그 후 3년 안에 외할머니가 양친을 다 잃게 되리라는 걸 당시 알 도리가 없다. 아버지는 해상 사고의 후유증으로, 어머니는 여동생 출산 후에 세상을 떠나게 될 운명이다. (여동생도 그때 어머니와 같이 세상을 떠난다.) 그 후 외할머니는 언니 앙투와네트와 함께 자랐다. 외할머니의 외할머니와 이모 폴리가 매사추세츠 색슨빌의 집에서 두 자매를 키웠다. 나는 편지를 읽으면서 시간이 묘하게 뒤범벅된 기분을 느낀다. 여든일곱의 어머니에게 편지 한 통을 소리 내 읽어주고 있다. 아홉 살인 외할머니가 지금으로부터 108년 전쯤인 1908년에 아마 오십대였을 그녀의 외할머니에게 쓴 편지를……

할머니께,

즐거운 성탄절 보내셨길 바랄게요. 그리고 새해 복 많이 받으세요. 미리 편지 못 보내서 죄송해요. 저는 지금 가벳 아주머니의 책상에서 편지를 쓰고 있어요. 우리 방에는 편지를 쓰기에 적당한 곳이 없거든요. 우리 가족은 가벳 아주머니 방에 크리스마스 트리를 두고 있었어요. 저는 선물로 파치지 게임, 인형 세트, 작은 상자에 든 분홍색 머리 리본, 조그만 거울, 브라우니 카메라, 기도 책을 받았어요. 저는 성가대에서 노래를 할 거예요. 이제 더 얘기할 게 생각 안 나서 이만 편지를 마칠게요. 할머니의 귀염둥이 엘리자베스가 사랑을 담아 보내요.

1908년 12월 31일 목요일

캘리포니아 소살리토에서

추신: 다른 식구들한테는 나중에 편지 쓸게요.

고개를 들어보니 어머니가 미소를 짓고 있다. 순간, 상황이 바뀐 게 아닌가 하는 기분이 든다. 모든 게 정지된 기분인 것 같기도 하다. 마치 어머니가 편지 속에 있는 이 아이의 어머니인 것 같다. 그 반대가 아니라…. 어머니가 계속 조용히 미소를 머금고 있다. 어머니가 입을 열어 현재 시제로 말한다. 마치 어머니의 어머니, 그리고 우리를 사랑으로 길러준 이 모든 여인들 – 어머니들, 딸들, 할머니들, 이모들, 고모들 – 이 전부 여기에, 어쩐지 옆방에, 혹은 그리 멀지 않은 어딘가에 여전히 있다는 듯 말한다.

"정말 착한 아이네!"

• 데이비드 업다이크(David Updike)
보스턴 록스버리 커뮤니티 칼리지의 영어과 교수다. 단편집 『*Out of the Marsh*』와 『*Old Girlfriends*』를 썼다. 그의 단편소설과 에세이는 《뉴요커》, 《뉴욕타임즈 매거진》, 《뉴스위크》, 《더 존 업다이크*The John Updike*》에 실렸다. 청소년 소설인 『Ivy's Turn』과 아동 도서 여섯 권을 썼다. 매사추세츠 주 케임브리지에서 아내 왐부이와 아들 위슬리랑 같이 산다.

11

어머니의 장례식
안내지

팀 팍스

〈1면〉 (표지)

성 빌립과 야고보 위튼 교구 교회(SS Philip & James Parish Church Whitton)

빌립은 예수의 다섯 번째 제자였다. 오천 명을 도대체 어떻게 먹이느냐고 예수에게 물었던 제자가 바로 그였다. 이 부분에서 그는 나의 어머니와 다르지 않았다. 어머니는 기적의 도움을 받지 못하는데도 사람들을 어떻게 먹일지 걱정하며 거의 평생을 보낸 사람이다. 어머니는 암으로 오랫동안 힘겹게 투병하다 돌아가셨지만, 장담컨대 만약 기회가 온다면 빌립처럼 십자가에 거꾸로 못 박히길 원했을 것이다. 이 거꾸로 된 자세로 아주 설득력 있게 설교하는 것을 들은 박해자들이 십자가에서 내려주겠다고 하지만 거절한 그 빌립처럼 나의 어머니도 황소고집이었을 것이다.

야고보는 예수의 동생인 의인 야고보(가톨릭에서 사실은 예수의 사촌이라고 주장하는 인물이다. 사촌이 아니면 성모 마리아가 어떻게 처녀성을 간직할 수 있었겠는가?) 혹은 세베대의 아들이자 똑같이 예수의 제자인 요한의 형제 야고보, 혹은 알패오의 아들인 또 다른 제자 (사실은 글로바의 아들 야고보로 알려지기도 한) 야고보일 것이다. 하지만 성 빌립과 야고보 위튼 교구 교회 웹사이트에는 어떤 야고보를 뜻하는지 아무런 언급이 없고 왜 전 세계적으로 기독교 교회의 수호성인으로 빌립과 야고보의 이름이 자주 짝으로 붙게 되었는지 명확한 설명도 없다. 두 사람의 축일이 같다는 사실 말고 알려진 게 없다. 가톨릭 전통으로는 5월 3일, 영국 성공회 전통으로는 5월 1일이 축일이다. 이 전통은 우리 안내지에 적힌 예식 날짜가 11월 말이니까 이제 별로 중요해 보이지 않는다. 성 빌립과 야고보 교회는 영국 성공회 교회이긴 한데, 촛불과 성수가 중요해 어떤 면에서 거의 가톨릭교와 비슷한 고교회파다. 성직자였던 나의 아버지 같은 저교회파는 확실히 아니다.[88] 중간 이름이 야고보인 아버지는 촛불과 향, 사도신경을 암송할 때 제단 쪽으로 얼굴을 돌리는 것을 마술과 다를 바 없는 미신으로 생각했다. 게다가 희한하게도 그런 예식을 건방진 상류층의 특권으로 여기기도 했다. 아버지가 봐왔듯이 그들은 아마 가난한 사람들이 구원을 받

---

88   고교회파(high Anglican)는 초대교회 이후 교회의 전통을 중시하고, 저교회파(low Anglican)는 종교 개혁의 성과를 강조한다.

든 말든 안중에도 없고 자기들은 태어날 때부터 구원받았다고 생각하는 부류라 영국 교회의 복음 사역에 늘 걸림돌 같은 존재였다. 아버지가 돌아가신 후 어머니가 인생의 마지막 30년간 저교회가 아니라 고교회(성 빌립과 야고보 위튼 교회)에 출석했다는 사실은 죽은 남편의 원칙을 저버린 게 아니었다. 어머니도 그 원칙에 열렬히 동의했지만 원칙의 문제라기보다는 혼자 된 몸으로 다니기에는 이 교회가 집과 가까웠다는 점이 중요하게 작용했다. 사실 보잘것없고 초라한 그 집에는 항상 종교 서적과 성경이 쌓여 있고 벽에는 곳곳에 성경 구절이 붙어 있었다. 아버지의 사진 옆에는 이런 글귀가 있었다.

죽음이 도사리고 있어도
그대를 그리스도와
다른 편으로
갈라놓지 못하는도다
그대가 그리스도와 함께하고
그리스도가 나와 함께하시는도다

그렇게 지금까지
우리가 함께하는도다

빌립과 야고보라는 성인의 이야기는 접어두고 교회 자체만 보자면 1860년대에 준공된 예스러운 이 석조 건물에는 고풍스런 작은 첨탑과 작은 신도석 등이 있어서인지 한 400년 전에 지어진 것처럼 보이고 싶어 하는 열망이 엿보인다. 성 빌립과 야고보를 오랜 전통의 교회 이름 후보 중에 흔쾌히 발탁했던 것과 같은 식으로 고대의 원형을 기꺼이 따라 한 특징은 전혀 없어 보인다. 그렇다고 이 교회가 불쾌한 장소라는 말은 아니다.

위튼은 1930년대에 트위크넘과 하운즈 중간에 위치한 마을 근처에 개발된 별 특징 없는 교외 지역이다. 비좁은 막다른 골목 끝에 있던 집 말고는 딱히 할 이야기가 떠오르지 않는 곳이다. 아버지가 돌아가시고 핀칠리의 목사관을 비울 수밖에 없었을 때 집 없는 신세가 된 어머니가 국교재무위원회 연금기금에서 3분의 2만큼 보조를 받아서 살 만한 저렴한 집을 찾아낸 곳이 그 골목 끝이었다. 어머니 장례식 때 조문객을 태우려고 장례 차량 두 대와 영구차가 왔을 때 후진해서 도는 데 상당히 애를 먹었던 곳이 바로 그 막다른 골목이었다. 형과 누나와 내가 40년간 두 번째 재회했던 그때, 함께 첫 번째 차량에 오른 우리는 다들 손에 장례식 안내지를 한 부씩 쥐었다. 거기에는 이렇게 적혀 있었다.

성 빌립과 야고보 위튼 교구 교회

기념 및 감사 예배

(여기에는 70대 후반의 어머니가 청록색 카디건과 검은색 베레모 차림으로 기분 좋은 미소를 머금고 있는 $2'' \times 2\frac{1}{4}''$ 크기의 사진이 있다.)

조안 엘리자베스 팍스

1922~2013

　안내지 어디에도 장례식이라는 단어는 보이지 않는다. 물론 모든 사람이 그 행사를 장례식이라고 말하긴 했다. 이런 식으로 말이다. "내일이 어머니 장례식이야." "존, 오는 길이 아무리 힘들더라도 엄마 장례식에는 진짜 꼭 와야 해." 어머니는 다음 주 토요일인 11월 30일에 아흔한 번째 생일을 맞을 수도 있었을 텐데, 웬일인지 10월 초에 이번 생일을 축하받을 수 있을지 모르겠다고 내게 말했다. 사실 어머니는 우리가 지금 손에 쥔 장례식 안내지 내용을 몇 달 전에 써두었다. 어디에도 장례식이라는 단어가 없는 이유는 어머니가 그 말을 넣지 않기로 했기 때문이다. 죽음에 격통이 따르지 않음을 고집스레 보여주는 게 중요했다.

　조안 엘리자베스라는 이름 등등 글귀 뒤로 세피아색 종이의 색이 바랜 배경에는 노란 장미 두 송이가 보이는 둥근 사진이 있다. 존 형은 미국에, 나는 이탈리아에, 이렇게 '사내 녀석들'(나와 형)은 해외에 살아서 남편과 함께 장례식 준비를 모두 책임진 누나가 주 화환으로 노란 장미를 선택했고 그래서 장례식 안내지 표지에도 장미가 실렸다. "노란 장미가 흰 백합보다는 훨씬 덜 우울하잖아." 누나의 설명이다. 누나는 가능하면 예식 후에 이 노란 장미를 챙겨오고 싶다고 말한다. 꽃에 든 비용 때문이기도 하지만 화장터에서 시들게 놔두고 오면 도리가 아닌 것 같아서다. "그래, 백합은 영락없이 장례식에 있다는 생각이 들게 하지." 대서양을 건너 막 도착한 형이 이죽거린다. 좀 놀랄 일이긴 하다. 형이 전화를 받고 선뜻 장례식에 오겠노라 하고, 지금 이렇게 우리 셋이 장례 차량에 타고 있다니! 이 와중에도 운전기사는 인내심을 갖고 좁은 골목에서 기다란 차량을 돌리고 있다. 장례식 안내지 표지면 아래쪽을 보니 장미 사진이 담긴 둥근 테두리 바로 안쪽에 이탤릭체 대문자로 이렇게 적혀 있다.

GOING HOME TO GLORY [89] *(천국 본향으로 가다)*

　내 기억에 이 문구는 드와이트 D. 아이젠하워의 손자 데이비드가 자기 할아버지에 대해서 쓴 전기 제목이었다. 'glory'가 정확히 무슨 의미일까? 장소? 영묘한 기운? 찬양? 어머니가 어떻게 그곳으로 돌아간다고 하는지 나는 잘 모르겠다. 'glory'는 단어의 강조된 발음이 정작 단어가 나타내는 어떤 의미보다 더 큰 실재성을 띠는 것 같다. 그리고 어머니에게 집(home)은 뭘 의미할까? 위튼 월로우덴 클로즈 5번지인가? 아니, 그 전인 핀칠리 하이 로드 658번지? 블랙풀 킹스코트 드라이브 163번지? 아니면 일반적으로 봐서 혹시 어머니의 집은 어머니가 자라고 전쟁을 겪은 런던 남서부의 치즈위크일까? 더 넓게 봐서 어머니가 한두 번 선교 여행을 갔을 때를 제외하고 평생을 살았던 나라, 세계에서 가장 문명화되고 가장 아름답고 가장 좋은 나라라고 어머니가 굳게 믿었던 영국일까? 단, 히드로 공항으로 향하는 비행경로 바로 아래에 위치한 월로우던 클로즈의 상공을 뒤덮는 제트 엔진 소음에 귀가 멀 지경이고, 어머니

89　기독교 장례예식 안내지라 '천국 본향으로 가다'의 의미로 실은 문구인데 저자는 'glory'와 'home'의 사전적 의미를 따지며 생각을 이어간다.

의 차고를 매입해 자신의 차고와 하나로 만들고 싶어서 어떻게 하면 어머니가 차고를 사용하기 어렵게 만들지 오만가지 방법을 궁리하는 이웃 사람이 있긴 했지만……

어쨌거나 지금 우리는 호화로운 장례 차량 안에 타고 있다. 특유의 후한 마음씨와 앞날에 대한 배려가 가득한 우리 어머니가 자신의 죽음으로 인해 남은 가족이 경제적인 부담을 지는 게 싫어서 한두 해 전에 미리 비용을 지불한 장례차다. 어머니는 관을 포함한 통상적인 장례비용까지도 당연히 빼놓지 않았다. 지금 저 앞에 가는 영구차에 보이는 관 말이다. 저 관속에는 조금 이따 성 빌립과 야고보 위튼 교회를 거쳐 천국 본향으로 가는 어머니가 있다.

알고 보니 우리 삼남매가 지금 처음으로 다 같이 저 관을 실물로 보게 되었다. 물론 며칠간 고인 접견을 위해 방부 처리한 시신이 안에 들어 있는 채로 전시되어 있긴 했다. 어머니는 미리 지불한 장례비용에 방부 처리 비용은 포함시키지 않았다. 촛불과 향을 질색한 데다 시신을 존경의 대상, 여차하면 숭배의 대상으로 만든다는 생각에도 반감이 있어서였다. 어머니에게 머리, 어깨, 몸통, 팔다리는 껍데기에 불과했다. 어머니는 그 껍데기를 훌훌 벗고 천국으로 – 뭔지 모를, 어딘지 모를 거기로 – 향할 것이다. 우리가 저마다 열렬한 소망의 주춧돌로 삼을만한 말을 간직하는 것은 중요한 일이다. 하지만 어머니가 사람들이 시신을 우상처럼 여길 수 있는 여지를 애초에 차단하고 싶은 마음에(어머니는 부모님 묘에도 간 적이 없다) 매장 대신 화장을 택해서 장례식은 어머니가 돌아가신 후 최소한 두 주는 지나서야 진행할 수 있었다. 의사와 담당 공무원이 어머니가 세상을 떠난 정황에 의심스러운 점이 전혀 없음을 증명하는 과정도 필요했다. 일단 화장되면 법의학 전문가가 다시 시신을 파내 확인할 길이 없기 때문이다. 그래서 장의사가 "요즘에 사람들이 선호하는 절차이고 고객님 어머님이 워낙 인망이 두터웠던 분"이라고 누나를 설득했듯이 때가 되었을 때 누군가가 장례식 전에 시신을 보여주고 싶다면, 시신을 방부 처리해야 했을 것이다.

"90파운드면 비싼 게 아니었어." 헬렌 누나가 안심시킨답시고 쓸데없이 전화통을 붙들고 구구절절 설명했다. 누나와 매형은 어머니의 임종이 확실히 가까워 오던 3일간 어머니가 직접 시킨 대로 어머니의 현금 카드를 써서 별로 많지도 않은 잔액 대부분을 당좌 예금에서 인출했다고…… 사실상 방부 처리에 든 예상 밖의 지출은 장례 예배를 부탁하지도 않고 원치도 않은 어머니가 해결한 것이라고…… 그리고 누나는 알렉 외삼촌이 어머니 시신을 보러 가서는 사람들의 솜씨가 좋은 것 같다며 어머니가 평온해 보이고 얼굴색도 좋아 보인다고 한 말을 덧붙였다. 그렇다면 다행이라고…… 하지만 정작 누나는 시신을, 아니 어머니를 보고 싶지 않았다. 어머니를 살아 있는 모습으로 기억하고 싶었다.

"장난하냐?" 내가 이메일로 형에게 시신을 보러 갈 거냐고 묻자 형이 쏘아붙였다. 관에 있는 어머니를 본다니 형으로선 상상도 못할 일이었다. 그런데 나는 장례식 사흘 전에 위튼 역에 도착한 후로 하이 스트릿 바로 맞은편에 위치한 장의사(葬儀社)를 계속 엿보면서 임종 때 마지막으로 본 어머니가 이제 진짜로 돌아가셔서 저기에 있다는 사실을 실감했다. 꽤 칙칙한 건물 정면 너머 관 안에 있는 어머니는 냄새가 나지 않게 화학 처리가 된 후 가능한 한 전반적으로 어머니의 연로한 지금 모습처럼 보이도록 교회에 갈 때 입던 옷, 어쩌면 교회에서 설교할 때도 입곤 하던 말끔한 옷 중에 하나를 입고서, 단추 구멍에는 당연히 꽃 한 송이가 꽂힌 채, 어쩌면 백발에 보닛까지 쓰고, 깔끔한 스타킹에 반짝이는 구두도 신고 누워 있겠지. 더 이상 뭐가 있는지 잘 생각나지 않았다. 한 서너 번은 고인 접견 예약용 전화번호가 있는 장의사 건물 앞에서 왔다 갔다 했지만 막상 안으로 들어가겠다는 결심이 서지 않았다. 나는 그 사람을, 나의 어머니를, 어머니의 시신을 보고 싶었다. 막연한 의무감과 존중하는 마음에서, 어쩌면 의식을 제대로 따르고 싶은 욕심에서, 그리고 사람들이 어머니 모습을 어떻게 보이게 해 두었을까? 하는 호기심에서, 그리고 다시는 어머니를, 혹은 어머니의 껍데기 같은 육신을 두 번 다시 볼 기회가 없을 거라는 생각에서……. 어머니를 보고 싶었던 이유를 내 마음 깊숙한 데서 더 찾자면, 내가 어머니를 사랑했고 우리 사이에 뭔가 확실하지는 않지만 끝맺지 못한 문제가 아직 남아 있다는 느낌이 강하게 들었기 때문이다. 물론 전반적인 소통의 장 자체가 접근 불가 상태였고, 우리 두 사람이 절대 만날 수 없었던 영역이 존재했다. 그 영역은 정확히 죽음과 관련된 영역이었다. 관과 시신, 관 속에 있는 시신이 의미하는 것, 말하자면 사느냐 죽느냐를 의미하는 것을 다루는 영역이었다. 어머니와 내가 서로 대화할 때 절대로 죽음을 언급할 수 없었다는 뜻이 아니다. 그와는 반대로, 죽음이 언급될 때 우리 두 사람 모두 이 지점에서 삶에 대한 시각이 극명히 갈린다는 사실을 곧바로 감지했다는 뜻이다. 나는 죽음이 곧 끝이라고 느낀 반면, 어머니는 죽음이 곧 시작일 뿐이라고 단언했다. 이 두 가지 입장, 죽음은 곧 죽음이라고 보는 나의 입장과 죽음은 이전보다 더 나은 또 다른 삶이라고 믿는 어머니의 입장에서 전자는 죽음을 감수하고 받아들이며 그 생각을 유지하는 데 큰 노력이 필요하지 않은 반면, 후자는 그 믿음을 지키려면 끊임없이 열렬함과 희망을 연료로 삼아야 한다. 어머니의 암이 진행되고 고통이 견딜 수 없는 지경에 이르자 당연히 이런 연료가 부족해졌다. 이런 상황에서는 누구나 작은 도움이라도 필요하다. 친구들의 도움, 성직자의 도움, 천국의 황금 길과 이제 그리스도의 맞은편에 앉아 있을 오래 전에 죽은 남편과 재회하는 기쁨에 대해 이야기해 줄 신앙의 동지들의 도움……. 예수님이 우리를 보살피시며 다 잘될 거라고 말해 줄 준비가 언제나 되어 있는 헬렌 누나 같은 딸의 도움도……. 아아, 나는 그렇게 안심시켜 주는 사람들의 대열에 들지 못했다. 그래서 어머니가 오래 투병하는 동안 어머니와 나 사이에는 죽음의 문제를 두고 일종의 불화가 존재했다. 불청객 같은 죽음이든 심지어 불러온 죽음이든 내가 그것에 대해 깊이 생각해 본 적이 없었다는 게 아니다. 어머니는 나의 사고방식을 알고 있었고 내가 어떻게 느끼는지도 충분히 이해하고 있었다. 슬퍼하고 심지어 다정하게 구는 내 모습에서 더없이 확실하게 느꼈을 것이다. 나도 그럴 수 있는 사람이니까. 어머니의 죽음이 가까워오자 내가 더 자주 찾아가고 걱정이 점점 늘면서 내가 보이는 이런 슬픔과 다정함 때문에 아마도 어머니는 좀 곤란해졌을 것이다. 내가 본 그대로 이제 어머니가 더 이상 여기에 없을 거라고 확신하듯 말하는 느낌이 들었을 것이다. 내가 장의사 앞을 서성인 이유는, 어머니의 마지막 며칠을 함께하는 시간 동안 나와 어머니 사이에 '안녕히 가세요!'라는 말이 실제로 나오지 않았기 때문이다. 어머니가 정신을 잃었다 깨어났다 하다가 결국 영원히, 사람들 말대로 영영 정신을 잃은 그 순간까지도……

그래서 지금 위튼 기차역 맞은편 장의사 건물 밖에 있던 나는 당장 들어가서 사람들이 곱게 단장해준 천사 같은 얼굴을 봐야 한다고 느꼈다. 어머니가 비용을 치른 광택 나는 나무 상자에 누워 있는, 아마도 후광 속에 있을 그 얼굴을……. 나를 여기까지 끌고 온 힘은 일종의 희망이었다. 내가 관 옆에 서서, 곱게 화장한 밝은 어머니의 얼굴을 내려다보면 예전에 내 마음에서 떠나지 않던 우리 둘 사이의 어리석은 갈등이 마법처럼 사라지리라는 희망……. 하지만 막상 장의사 건물에 도착한 나는 안으로 들어가지 않았다. 그대로 지나쳐 쭉 걸어갔다. 한 번은 다음 길모퉁이에 있는 바클레이스 은행 현금인출기에서 돈을 뽑았고, 다음은 위튼 하이 스트릿에 최근에 개업한 코스타에서 커피 한 잔을 즐겼다. 아이고, 생전에 커피 애호가였고 위튼의 카페는 끔찍하다며 늘 한탄하던 어머니가 못 가봐서 안타깝다. 사실 어머니는 커피보다 케이크를 좋아했지만 왠지 그곳 커피를 반가워했을 것 같다. 기차역 맞은편의 장의사에 들어가 시신을 보려는 내 발걸음이 떨어지지 않은 이유는, 전화를 걸어 고인을 보는 접견 예약을 하지 못한 이유는, 두려움이 아니었다.

'보다'라는 단어를 여기서 쓰는 게 이상하지 않나? 어머니가 무슨 그림도 아닌데, 파는 물건도 아니고……. 시신은 예전에도 본 적 있다. 시신을 봤다고 해서 그 장면이 내 머릿속에 뭔가 불쾌한 방식으로 남을까봐, 혹은 지독히 오랫동안 각인될까 봐 걱정한 게 아니었다. 어머니가 생을 마감하던 그 기진맥진한 마지막 밤에 본 어머니 모습만큼 충격적인 장면은 없었을 것이다. 그래도 나는 재빨리 그 모습을 털어버려서, 그게 뇌리에 떠올라 나를 괴롭힐 일은 없었다. 왠지 안에 들어가야 한다는 의무감을 느끼면서도 내 발길이 장의사 건물 안으로 들어서지 못한 이유는 내 마음 한 구석에 '고인을 보는 것' 자체가 불가능하다는 결정을 내렸기 때문이었다.

여러 가지 생각이 교차했다. '어머니도 원치 않았다, 잔인하고 잘못된 일이다, 나는 가능할 것 같지 않은 화해가 이뤄지기를 바라는 마음으로 다른 뭔가를 할 것이다, 어머니는 돌아가셨고 화해의 시간은 끝났다.' 어머니가 없는데 우리 사이의 긴장이 어떻게 해소될 수 있겠는가? 당연히 그런 긴장 상태는 어머니가 돌아가시면서 어쨌든 해소되었어야 했다. 만약 그렇지 못했다면 그건 어머니 때문이 아니었다. 전적으로 나한테 국한된 문제였다. 어머니는 방부 처리가 되기를 원치 않았고, 사람들에게 '보이기'도, 화장을 받기도 결코 원치 않았다. 사건은 그대로 종결되었다.

나는 장례식 전 사흘간 수차례 장의사 앞을 왔다 갔다 걸어 다녔다. 무조건 시신을 봐야 한다는 느낌을 떨칠 수 없으면서도 장의사 건물 앞에 다다르기만 하면, 사실 내가 시신을 보러 안에 들어가지 못할 것이라는 이유가 확실하다는 생각도 늘 맴돌았다. 이를테면, 내가 어머니를 만나고 내 눈으로 어머니의 시신을 봄으로써 정말 하려는 것이 죽음에 관한 한 내가 언제나 옳았음을, 죽음은 정말 끝임을, 이렇게 어머니가 곱게 칠해진 모형 신세가 되었음을, 그리고 어머니가 틀렸음을 확인하는 것 같은 염려가 떠나지 않았다. 나는 어머니와의 논쟁에서 끝끝내 이기고 싶었으니까. 그건 마치 나이 든 여자가 쓰러졌는데 발길질까지 하는 꼴이리라. 절대 명예롭지 않은 짓이다. 지금 나는 이렇게 장례차 안에 앉아 있고 이 차는 앞에 있는 영구차로 다가간다. 놀랄 정도로 윤이 나는 유리 너머로 마치 자동화 전시 상자 안에 있는 듯한 어머니의 고급스런 관을 우리 셋 다 처음 본다. 화장터에서 시들게 놔두고 오면 안 되는 노란 장미 화환이 관 윗면을 화려하게 장식하여 있다. 순간 드는 느낌은 정확히 내가 예상한 그대로다. 유감스럽다. 어머니의 사랑스러운 얼굴을 마지막으로 딱 한 번 보기에는 이제 너무 늦어 버렸으니까. 그리고 안도감이 든다. 마침내 내 고민의 딜레마가 끝났으니까. 이제 더 이상 그 생각은 할 필요가 없다. 애도에 집중할 수 있다. 어머니는 사망했고 관 안에 있다. 천국 본향으로 가는 중이다.

내가 예상치 못한 한 가지는 담당 장의사가 예복 차림으로 영구차 앞에서 윌로우딘 클로즈 5번지부터 성 빌립과 야고보 위튼 교구 교회까지 반 마일에 달하는 거리를 쭉 걸어간다는 사실이었다. 당장 나도 영구차 앞에서, 아니면 관 옆에서 함께 걸어가면 좋겠다는 생각이 들기 시작한다. 분명히 장의사가 누나에게 물었을 것이다. 고인의 자녀들이 영구차에서부터 교회까지 관을 운구하는 것을 돕고 싶은지를…… 누나가, 아니 그보다는 험프리 매형이, 자신이 운영하는 작은 회사에 얼마간 손해를 입히면서까지 누나를 대신해 장례 준비를 도맡아 한 그 양반이, 안 하겠다고 답했겠지. 사실은 이 장례식에 어떤 식으로든 기여할 만한 뭔가를 하면 나는 마음이 한결 편했을 것이다. 장례를 치를 때 최악인 부분은 사실상 적극적으로 이 과정에 동참할 길이 없다는 느낌이 드는 것이다. 목 놓아 우는 것도 오십대 후반의 남자들에게는 어쩐지 눈살이 찌푸려진다. 내 오른편인 좌석 중앙에 앉아 있는 누나가 얘기하기를, 울지 않기로 다짐했단다. 우리 어머니한테 자주 듣던 표현대로 자신을 구경거리로 만들고 싶지 않다는 이유와 화장이 번지면 장례식 연회에 '아주 제격인 상태'로 보이고 말 것이라는 이유에서다. 장례식 후에 교회 회관에서 열릴 연회는 어머니의 교회 봉사를 통해 어머니를 알게 된 모든 사람들을 정중히 챙기는 마음으로 준비한 자리다. 조문객이 많이 올 텐데 그 중에는 멀리서 걸음을 한 사람도 있어서 집까지 먼 길을 되돌아가려면 이 자리에서 기운을 차릴 필요가 있다. 형도 여간해서 감정을 많이 드러내지 않기로 작정한 모양인지 장례식 백합의 질이 어쩌니 저쩌니 하고 예복 차림인 장의사가 디킨스 소설에 나올 법한 거동을 보인다며 빈정거리고 있다. 존 형은 최선의 방어는 곧 공격이라고 믿는 사람 중 하나다. 형의 농담이 점점 도발적일수록 우리는 형이 울부짖을 위험에 처해 있음을 더욱 확신하게 된다.

우리 차가 오른쪽에 있는 술집 '넬슨 제독'을 지나간다. 저기서 나와 한잔하자고 어머니를 졸라 같이 가보지 못해 아쉽다. 차가 원형 교차로에서 북쪽으로 돌아 위튼 로드로 향한다. 마치 747기가 요란한 소리를 내며 나아가는 것 같다. 차가운 겨울 공기 속에 느릿느릿 차분하게 움직인다. 영구차는 최근에 타르를 다시 칠한 도로 표면 위를 굴러간다. 나는 시간을 보내려고 사람들이 손에 쥐여 준 장례식 안내지를 살펴본다. 첫 장을 넘기는 순간, 머리를 꽤 예쁜 분홍색으로 부분 염색한 누나가 자기

사위 고든 얘기를 꺼낸다. 컴퓨터를 상당히 잘 다루는 그가 거의 밤새 포토샵을 붙들고 어머니의 밋밋한 장례식 안내지를 변신시켜 총 여덟 쪽의 빳빳한 A5 용지에 한두 가지 삽화를 넣어 완성한 전문 출판물처럼 만들었다고 한다. "정말 훌륭하게 만들지 않았니?" 누나의 목소리가 커진다. 장례식 안내지 안쪽 첫 면에 어머니의 서명이 있는 환영사가 보인다. 마치 어머니가 실제로 이 예식을 이끄는 것 같다.

〈2면〉

사랑하는 친구들, 환영합니다.

와 주셔서 감사합니다. 무엇보다도 제가 바라는 바는—저의 인생과 업적을 기념하는 예배가 아니라—내 평생 나의 힘이요, 거할 곳이 되어 주신 놀라운 주님을 기념하는 예배가 되는 것입니다.

이 글을 읽자마자 어머니의 음성이 생생하게 떠오르고, 더구나 어머니가 항상 그토록 다정한 분위기를 만들어서는 어머니와 의견이 다르다는 단순한 사실, 혹은 더 심하게는 '힘이요 거할 곳' 같은 끔찍한 상투적인 표현을 지적하는 단순한 사실만으로 그 말을 한 사람이 인정머리 없다는 느낌이 확 들게 만들던 순간이 떠오른다. 환영사는 계속 이어진다.

저는 늘 야곱의 말을 즐겨 묵상했습니다. 그는 오래도록 파란만장한 삶을 살고 나서 손자들을 축복할 때 이렇게 말할 수 있는 사람이었습니다.

"오늘날까지 평생 나의 목자가 되신 하나님이시여, 나를 모든 환난에서 구해 주신

천사시여, 이 소년들을 축복하소서!"

하나님은 확실히 나의 목자가 되어주셨고 나를 살려주셨고 나를 축복하셨고 나를 인도하고 구원해 주셨습니다. 나의 사랑하는 구세주를 여러분도 만나시기를 진심으로 권합니다.

-조안 팍스

이 부분을 읽다가 '이 소년들을 축복하소서!'라는 구절에서 예상치 못하게 내 눈에 눈물이 흐른다. 왜 아이들이 아니라 소년들일까? 실제로 야곱이 축복한 소년은 이들뿐이었나? 기억이 안 난다. 하지만 그 성경 내용이 정확히 무슨 의미이든 간에 우리가 어머니의 손자가 아니라 아들이라는 사실임에도 불구하고 나는 이 축복의 말이 나와 형을 향한 것임을 직감한다. 우리 집안의 두 무신론자이자 '소년들'을 염두에 둔 말이다. 어머니는 자신의 장례식 안내지를 마지막 설교의 장으로 쓰고 있다. 소년들은 옛날처럼 고분고분하게 교회에 앉아 설교 말씀을 듣게 된 것이다.

우연히도 우리는 오른편 앞쪽의 벽 옆에 있는 짧은 신도석에 앉아야 한다. 형은 아예 벽에 기대고 있다. 나는 형 옆에, 누나는 내 왼쪽에, 험프리 매형은 누나 옆에 앉는다. 매형은 성서 일과를 봉독하러 일어나 나가야 하기 때문에 이 줄의 맨 끝자리 중앙 통로 옆에 앉았다. 우리 뒤의 신도석에는 알렉 외삼촌 가족이 앉았는데 이 줄의 맨 끝자리에는 매형처럼 낭독 순서를 맡은 누나의 아들 대니얼이 앉았다. 누나의 가족은 모두 우리 어머니의 복음주의 신앙관을 공유하는 사람들이라 예배에 적극 참여할 것이다. 틀림없이 이게 바로 어머니가 원한 것이다. 어머니의 아들들은 축복을 받았음에도 아무 순서도 맡으면 안 된다. 혹시나 선을 넘는 말을 할 수도 있으니까. 교회는 우리가 말을 하는 곳이 아니다. 내가 매형에게 만약 이런 식의 장례식이라면 나는 아주 기쁜 마음으로 어머니를 추모하는 말 한두 마디를 하겠노라고 했더니 어머니가 추도사를 원치 않는다고 구체적으로 명시했다는 매형의 답이 돌아왔다. 내가 하는 말은 정확히 추도사는 아닐 거라고 답장을 보냈더니 매형은 대답이 없었다.

관이 들어오길 기다리는 동안 형은 뒤돌아서 바로 뒤에 있는 사촌과 농담을 주고받는다. 나는 내 주위에 있는 성공회 교회의 익숙한 장식과 고교회 양식의 다소 낯선 장식품을 가만히 쳐다본다. 불이 붙은 초, 십자가…… 아버지는 십자가라면 질색했다. 죽은 예수의 형상을 몹시도 싫어했다. 나는 영국에서 교회에 안 간 지 한참 되었고 이런 물건에 대해 생각한 지도 오래되었다. 족히 수십 년은 되었다. 갑자기 예전 기운이 내 위에 내려앉는다. 오래된 힘의 자장이 나로 하여금 방어 태세를 취하게 한다. 마치 사춘기 시절 같다. 교회에서 의무 방어전을 치르고 막연히 죄책감을 느끼고 자유로워지는 순간을 기다린다. 이제 오르간이 엄숙한 곡을 연주하기 시작한다. 항상 장례식에서 빠지지 않았던 순서다. 마침내 누군가가 관 운구자들의 발 끄는 소리를 듣는다. 쉿 하는 소리에 집중이 고조된다. 나는 돌아본다. 저기 어머니가 있다. 관에 모셔진 어머니! '사랑하는 친구들, 환영합니다.'라고 쓴 여인이 저기에 누워 있다. 사실

관이 자리에 놓이자 어떤 여자가 성단소[90] 계단의 마이크 대 앞에 나타나 인사말을 소리 내어 읽는다. 어머니가 쓴 환영사를 감미롭게 독실한 신자입네 하는 목소리로 읽는다.

"오늘날까지 평생 나의 목자가 되신 하나님이시여, 나를 모든 환난에서 구해 주신 천사시여, 이 소년들을 축복하소서!"

그녀는 여기에 숨은 메시지가 뭔지도 모른 채 읽는다. 그 다음에는 바바라 핌의 책에서 바로 튀어나온 것 같은 금발에 키가 크고 담백하게 잘생긴 젊은 사제가 찬송 순서를 알린다. 우리는 일어나서 찬송을 부른다. 주님께 영광……

나는 어머니가 당신의 장례식 안내지에 쓴 모든 것을 기록해 두기로 했다. 그 후 40분은 감정이 휘몰아치던 시간이었다. 나는 그 시간을 천천히 그리고 꼼꼼히 돌이켜보고 싶다. 그래, 찬송 순서다. 나는 일어서서 내 장례식 안내지를 형하고 같이 본다. 형은 일부러 자기 것을 잃어버렸다. 형은 꽤 낭랑하고 한껏 꾸민 목소리로 노래에 집중한다. 참여는 하는데 어딘가 모순적인 태도다. '나는 여기 참여하지만 절대로 이 안에 속해 있지 않다.' 이건 형이 하는 농담의 연장선이나 마찬가지다. 나도 똑같이 하려고 애쓰지만 떨리는 몸을 멈출 수 없다. 교회 음악이 최적의 순간에 내게 어마어마한 효력을 발휘해 나를 곧장 아침 기도와 저녁 기도를 하던 어린 시절로, 화요일마다 성가대 연습을 하던 그때로, 그 음악과 모든 가사가 끔찍하다는 의심이 스멀스멀 피어나던 시절로 돌아가게 한다. 어쨌거나 이제 엄마가 고른 첫 번째 찬송가를 부를 차례다.

---

90 교회에서 성가대와 성직자의 자리

<3면>

주님께 영광 돌려 드리라, 주님 다시 살아나셨네

사망 권세 물리치시고 영원한 승리를 거두시었네

흰옷 입은 천사, 돌을 옮겼고

누우셨던 곳은 비어 있었네

주님께 영광, 다시 사신 주,

사망 권세 영원히 이기시었네

아! 무덤에서 부활하신 예수, 우리에게 나타나시사

사랑으로 우릴 맞으시고 두려움과 어둠 물리치셨네

주의 교회, 기쁨으로 승리의 찬송 부르라

다시 사신 주님, 죽음 이겼네

주님께 영광, 다시 사신 주,

사망 권세 영원히 이기시었네

생명의 임금, 영광의 주님을 의심하지 아니하도다

주님 없는 삶 헛될 뿐이라, 싸움에서 우릴 도우소서

영원한 주의 사랑으로 세상 이기고

요단 건너 본향 가게 하소서

주님께 영광, 다시 사신 주,

사망 권세 영원히 이기시었네

분홍색 머리로 염색한 누나는 내 왼편에서 조용히 찬송을 부른다. 누나 옆의 매형 목소리는 힘이 넘치고 믿음으로 충만하다. 나는 마음을 다잡으려고 고문체와 진부한 표현을 세어 본다. 소년 성가대원 시절의 기억이 맞다면 이 찬송은 프랑스어에서 번역된 것이다. 나는 전문가의 눈으로 가사를 살펴본다. 번역자는 원문을 길잡이 삼아 예전 영어의 관용어구를 짜깁기한 모양이다. 내가 지금 서 있는 교회가 수 세기 전 건축술의 진부한 방식이 모인 집합체 같은 것과 마찬가지다. 예전 것을 이렇게 흉내 낸 결과물이 어떻게 위안을 주는지 궁금할 따름이다. 형은 계속 밀고 나간다. '사망 권세 영원히 이기시었네…' 하지만 내 눈에는 형이 지금 거친 물길 속으로 들어가는 게 보인다. 형은 눈물이 터질까봐 두려워하고 있다. 죽음 이겼네. 형이 흔들린다. 주님 없는 삶 헛될 뿐이라. 요단 건너 본향 가게 하소서. 그토록 진부한 표현이 이토록 중요한 순간에 되풀이되어야 한다고 생각하니 우울하다. 물론 관에 누워 있는 어머니가 이 모든 것을 믿고 싶어 했고 우리 역시 이것을 믿기 원했기 때문에 우리가 이 가사를 부르고 있다. 마지막 절을 향해 가자 내 목소리가 다시 평정심을 찾고 후렴구에는 약간 힘이 들어가기까지 한다. 주님께 영광… 영원히 이기시었네.

---

91 헨델의 곡에 가사를 붙였다.

성경 봉독

요한복음 11:1-27 "네가 이것을 믿느냐?"

이 구절을 보자 나는 곧추앉게 된다. 이 무슨 위험한 도전인가? 네가 이것을 믿느냐? 어머니는 무슨 이런 모험을 하시려는가! 매형이 신도석에서 일어나 관 너머 성단소의 계단으로 가서 마이크 대 앞에 선다. 그는 성경 말씀을 어머니가 좋아하던 흠정역[92]이 아니라 현대 영역본으로 봉독해서 어머니에게 죄송하다는 말부터 전한다. 어머니가 킹제임스 영역본 성경을 좋아했다는 건 다들 안다. 하지만 매형은 성경 내용이 전부 쉽게 이해되기를 바란다고 말한다. 그렇지! 그가 '나사로 이야기'를 읽기 시작한다.

마리아와 마르다 두 자매가 사는 베다니에 나사로라는 사람이 병들어 있었다. 그는 마리아의 오빠였으며 마리아는 주님께 값비싼 향유를 붓고 자기 머리카락으로 주님의 발을 닦아 드린 여자였다. 두 자매는 예수님께 사람을 보내 "주님, 주님이 사랑하시는 사람이 병들었습니다."라는 말을 전하게 하였다.

예수님은 이 말을 들으시고 "이 병은 죽을병이 아니라 하나님의 영광을 위한 것이며 이것을 통해서 하나님의 아들이 영광을 받게 하려는 것이다."하고 말씀하셨다.

예수님은 두 자매와 나사로를 사랑하고 계셨다. 그래서 예수님은 나사로가 병들었다는 말을 들으시고 계시던 곳에서 이틀을 더 머무시다가 제자들에게 "다시 유대로

---

[92]   영국 국왕 제임스 1세의 명령에 따라 만들어진 번역 성경

가자." 하고 말씀하셨다.

제자들이 예수님께 "선생님, 얼마 전에도 유대인들이 선생님을 돌로 치려고 했는데 또 그리로 가려고 하십니까?" 하자,

예수님이 대답하셨다. "낮은 열두 시간이 아니냐? 누구든지 낮에 다니는 사람은 이 세상 빛을 보기 때문에 걸려 넘어지지 않지만 밤에 다니면 그 사람에게 빛이 없으므로 걸려 넘어진다." 예수님은 이 말씀을 하신 후 그들에게 "우리 친구 나사로가 잠들었다. 그러나 내가 그를 깨우러 간다." 하고 말씀하셨다.

그때 제자들이 "주님, 그가 잠들었으면 나을 것입니다." 하였다. 예수님은 나사로가 죽은 것을 가리켜 말씀하셨으나 제자들은 그저 잠들어 쉬고 있는 것으로 생각하였다.

그래서 예수님이 제자들에게 분명하게 말씀해 주셨다. "나사로는 죽었다. 너희를 위해 내가 거기 없었던 것을 나는 기뻐한다. 이것은 너희가 믿도록 하기 위해서이다. 그러나 이제 그에게로 가자."

그때 디두모라는 도마가 다른 제자들에게 "우리도 예수님과 함께 죽으러 가자." 하였다.

예수님이 그곳에 도착해서 보니 나사로가 무덤에 묻힌 지 이미 4일이나 되었다. 베다니는 예루살렘에서 3킬로미터 조금 못되는 가까운 곳이었다. 많은 유대인들이 오빠의 죽음을 슬퍼하는, 마르다와 마리아를 위로하러 와 있었다.

마르다는 예수님이 오신다는 말을 듣고 마중을 나갔으나 마리아는 집에 있었다. 마르다는 예수님께 이렇게 말하였다. "주님께서 여기 계셨더라면 제 오빠가 죽지 않았을 거예요. 그러나 저는 지금이라도 주님이 구하시는 것은 무엇이든지 하나님이 주실 것으로 압니다."

"네 오빠가 다시 살아날 것이다."

"마지막 날 부활 때에 오빠가 다시 살아나리라는 것은 저도 알고 있습니다."

"나는 부활이며 생명이다! 나를 믿는 사람은 죽어도 살 것이며 누구든지 살아서 나를 믿는 사람은 영원히 죽지 않을 것이다. 네가 이것을 믿느냐?"

"예, 주님! 저는 주님이 세상에 오실 그리스도시며 하나님의 아들이심을 믿습니다."[93]

참 이상한 이야기다. 논리적으로 모순되는 말투성이다. 예수는 제자들이 그가 위험을 무릅쓰고 예루살렘으로 가는 이유를 알고 싶어 할 때 어째서 빛이니, 걸려 넘어지느니… 하는 엉뚱한 소리를 하는 걸까? 왜 제자들은 나사로가 잠들었으면 나을 것입니다… 이런 말을 할까? 잠자는 건 병이라 하기 힘든데 말이다. 나사로가 잠을 자서 병이 나을 거라는 의미로 한 말이 아니라면 더더욱 그렇다. 왜 예수는 누군가를 그저 다시 살려내려고 죽게 하는 걸까? 그가 자기 능력을 과시할 필요가 있었다면 기회가 부족할 리도 없었을 텐데. 무엇보다도 어째서 나의 어머니는 죽었다가 이 속된 세상으로 다시 살아나는 이야기를 자기 장례식에서 읽게 했을까? 천국의 거할 곳이야말로 자신이 원하는 것이라고 입에 달고 살던 양반인데…….

"네가 이것을 믿느냐?" 매형이 고개를 든다. 그는 봉독을 참 잘한다. 덕분에 그 구절이 도발적으로 들린다. 또다시 그 질문이 우리 사내 녀석들을 겨냥한다는 느낌이 든다. 네가 믿느냐, 팀. "예, 주님!" 긍정의 답은 어머니의 몫이다. 틀림없이 어머니는 장례식 안내지를 만들 때 자신이 창조주를 만나러 가는 동안 이 말이 크게 울려 퍼지는 장면을 상상했을 것

93 현대인의 성경

이다. 어머니는 평범하기 그지없고 가정적인 삶을 살았지만 형이상학적인 드라마 같은 감각으로 충만했다. 현실에서는 자두를 뭉근하게 끓이는 중이면서도 한편으론 악마와 씨름을 벌이고 있었다. 그럼에도 어머니는 사위에게 나머지 부분까지 읽도록 부탁하진 않았다. 무덤에 가고, 예수님이 울고, 마르다가 예수님에게 시신에서 냄새가 날 거라고 알려주고("주님, 죽은 지가 4일이나 되었으니 냄새가 날 것입니다."-50년도 더 전인 유아기의 내 머릿속에 박힌 그 말이 기억난다), 예수님이 나사로에게 나오라고 명하고, 죽은 자가 마침내 손발이 삼베에 묶인 채, 얼굴은 수건으로 싸이고 아마 눈도 싸여서 나타나는 부분은 읽지 않는다. 엄마가 험프리 매형에게 이 부분을 읽으라고 부탁하지 않은 이유는 추측컨대 믿기 어려운 내용인데다가 전부 약간 혼란스럽고 급조된 느낌이 들기 때문이다. 죽음과 부활에 관한 강력한 수사법 같지 않아서다. 불쌍한 나사로는 한 번 되살아났지만 언젠가 다시 죽을 수밖에 없다. 게다가 예수님은 아무 문제가 없음을 아는데 왜 울었을까?

불현듯 'botte di ferro(철통)'라는 이탈리아어 표현이 떠오른다. 이탈리아인은 'Sono in una botte di ferro(나는 철통 안에 있다)'라는 말을 한다. 이건 관을 뜻하는 게 아니다. '모든 공격에 맞서 나를 지켰다.'는 뜻이다. 나의 모든 적은 여기 있는 나를 절대로 해칠 수 없다. 적들은 이 철벽을 뚫지 못한다. 어머니는 이 장례식 안내지 내용을 쓰고 자기 장례식의 모든 세부사항을 계획하면서 이른바 '철통' 안에 들어가 있었다. 우리의 비통함도 슬픔도 불신도 이제 어머니를 해칠 수 없다. 그 철통은 빛나는 믿음의 강물 위에서 물결 따라 까닥거린다. 종교적인 예식이 애도하는 마음을 표현하는 데 방해가 된다고 느낀 장례식에 숱하게 가봤지만, 이렇게 망자가 직접 진행하는 장례식은 없었다. 문득 이런 결심이 든다. 내가 갈 때는, 아, 내 말은, 내가 죽을 때는 내 자식들이 준비하게 놔두리라. 애들이 어떤 장례식을 원하든, 어디서 치르고 싶어 하든, 어떤 식으로 애도를 표하고 싶든 말든, 아예 의식도 장례식도 치르지 않든 상관없이 다 맡기리라. 뭘 하든 나한테 뭐가 중요하겠는가? 애들이 마음대로 하게 두리라. 그런데 이번에는 흰색 칼라를 빳빳이 세운 검은색 카속[94] 차림의 어떤 여자가 일어나서 마이크 쪽으로 걸어간다.

(설교)

엘리자베스 그린우드 목사

60대의 그린우드 목사는 담갈색이 도는 잿빛 머리카락에 앞머리를 내린 헤어스타일이었고 둥근 테 안경을 썼다. 안경 아래로 눈 밑에 검은 웅덩이 같은 것 두 개가 넓게 드리워져 있다. 솔직히 이런 건 난생처음 본다. 그냥 거뭇하게 처진 살이 아니라 말하자면 눈 밑에 심하게 멍이 들어서 마치 바싹 메마른 두 뺨에 얹혀 있는 듯하다. 영화에서 봤다면 분장을 한 거라고 생각할 정도다. 아주 까맣고 아주 둥그렇다. 아니, 타원형이다. 모르긴 몰라도 어머니의 '철통' 안에 방부 처리된 어머니가 저 목사보다도 안색이 좋을 것이다. 그린우드 목사는 밝고 상냥한 목소리로 말문을 연다. 그녀가 우리 어머니를 잘 알았고 사랑했음이 대번에 확실히 느껴

---

94 영국 교회의 목사가 입고 다니는 발목까지 오는 일상 성직복

진다. 조안의 신앙과 조안의 카리스마와 조안의 설교와 조안의 지혜로 움에 대해 이야기한다. 조안이 늘 사람들을 도와주었던 것도, 조안이 '그리스도에게 데려온 젊은이들'이 많았던 것도 이야기한다. 나는 비록 열광하지는 않지만 이 모든 점을 충분히 인정한다. 이런 부분은 당연히 언급되어야 할 일이지만, 자식이 어머니에게 감사할 만한 것과는 전혀 무관하다. 우리가 어렸을 때 부모님이 설교를 하면서 기쁨을 얻었던 이유는, 정확히 말해 우리에 대한 관심에서 다른 것으로 주의를 돌릴 수 있어서였음이 매우 확실했다. 누나가 매일 학교에서 도망갔을 때는 실망감과 당혹감에 시달렸고, 형이 예술 대학을 가겠다며 상급 시험 과정을 포기했을 때는 머리끝까지 화가 났고, 내가 성경보다 베케트의 글에 더 관심을 보였을 때는 걱정하며 비난을 퍼부었다. 그런데 이 여자 목사가 사이사이에 어머니가 원치 않았던 추도의 말도 하면서 (순간적으로 나는 목사가 어머니의 손에서 마이크를 사수하려고 가볍게 씨름하는 장면을 상상한다.) 능숙한 솜씨로 마음에 들게 설교하는 모습을 보니, 왜 우리 어머니는 성직자가 되지 않았는지 궁금해질 수밖에 없다. 어머니는 자신의 '사역'에 대해 누누이 말했다. 아버지가 돌아가셨을 때 어머니는 고작 쉰여덟이었다. 지금의 나와 같은 나이였다. 왜 성직자가 안 되셨지? 궁금해진다. 문득 어느 날 나눈 대화가 기억난다. 어머니는 여자가 훌륭한 설교자가 될 수 있지만 많은 사람들이 여전히 권위 있는 자리에는 남자를 선호한다고 말했다. 나는 그 많은 사람들 중에 어머니 자신이 포함되어 있다는 인상을 받았다.

전혀 악의 없이 하는 이런저런 생각 덕분에 남은 설교 시간이 잘도 흘러간다. 하지만 이런 생각의 이면에는 지독한 바다가 넘실댄다. 생각이 끊이지 않는다. 나는 '철통' 안에 있다는 기분이 안 든다. 아마도 장례식 후에는 제대로 슬퍼할 수 있겠지? 과연 그럴까? 설교와 강론의 차이는 뭐지? 하나는 성경 봉독한 내용에 대한 주해이고, 다른 하나는 말 그대로 독립적인 내용을 이야기하는 건가? 그런데 그린우드 목사는 '나사로 이야기'는 하나도 안 했다. 아마 말을 적게 할수록 좋은 법인가보다. 주님, 냄새가 날 것입니다. 나는 우리가 제대로 슬퍼하지도 않은 채 장례식과 화장을 마칠 것 같아 걱정된다. 진정한 감정의 정화 과정도 없이 말이다. 마치 만성 코감기를 앓는 것처럼 나는 억눌린 한없는 슬픔에 답답해하겠지.

이제 금발의 사제가 이 장례식이 슬픔의 장이 아니라 기념하는 시간이 되어야 한다는 소리를 못해도 한 세 번째는 하고 있다. 엄마가 돌아가셨는데 슬퍼하지도 못해? 젠장. 아무리 천국으로 갔다 해도? 여전히 우린 가족을 잃은 거 아냐? 예수님도 이제 막 나사로를 죽음에서 살리려고 할 참이었는데 나사로를 위해 울지 않았나? 진행을 맡은 사제가 다들 일어나서 1851년에 샬럿 엘리엇이 작사한 '내 모습 이대로 간구 아니 하여도'[95]를 부르자고 한다. 그런데 마지막 절 이야기를 하는데 그의 입술이 벌어지며 온화하고 너그러운 미소가 흘러나온다. 마지막 절은 어머니가 쓴 가사다. 또다시 내가 전혀 예상치 못한 일이다. 어머니는 장례식 안내지를 작성한 것도 모자라 자기가 고른 찬송의 가사를 바꾸기까지 한다. 순간, 어머니가 성경에도 한 구절 덧붙이진 않았을까 궁금해진다.

---

95   "Just as I am, without one plea"라는 곡인데 한국에서는 "큰 죄에 빠진 날 위해"라는 제목으로 불린다.

나는 소년 성가대원이었을 때 찬송가는 2절까지만 있으면 충분하고 꼭 필요하다면 3절까지는 괜찮다고 늘 생각했다. 그 다음부터는 지독하게 느린 여정이 시작된다. '내 모습 이대로 간구 아니 하여도'는 무려 5절까지 있다. 덤으로 엄마가 쓴 절까지 있으니. 어머니는 극적인 효과를 위해 마지막에 넣었지만 어쩌면 더 일찍 나왔어야 했을 것이다. 사실 여기 성 빌립과 야고보 교회에도 성가대가 있다. 소년 성가대원은 없다. 십수 명의 목소리가 들리는데 대부분 여자다. 오십 세 이하는 한 명도 없다. 꽤 잘 부른다. 두 손을 벌린 아름다운 자세로 (장례식 안내지가 아니라) 찬송가를 들고 노래하는 그들의 입술과 치아는 가사가 지닌 의미보다 더 큰 의미를 담아 꼼꼼하게 가사를 발음한다. 이건 그냥 찬송가의 가사 아니냔 말이다. 내가 당신들에게 그 말들을 전부 또박또박 읽으라고 요구하는 건 불친절하고 비현실적인 일일 텐데. 지금은 그저 내가 어머니의 장례식(나의 어머니가 정말로 돌아가셨구나……)에서 이 노래를 부르려고 애쓰는 것뿐임을 기억하자. 미국에서 왔고 내가 사랑하지만 거의 못 보고 사는 형과 장례식 안내지를 같이 보고 있을 뿐……. 형은 단호한 자세로 서서 무표정한 얼굴로 꿋꿋이 노래를 부르는데 나는 감정의 파고에 계속 무너지고 있다. 엄마가 죽었다니 너무 이상하다.

내 모습 이대로 간구 아니 하여도

주 날 위해 보혈 흘려주시고

또 날 오라 하시니

– 어린양 주께로 내가 갑니다!

내 모습 이대로 기다리지 않아도

내 죄 씻는 건 주 보혈뿐이니

정함 얻기 원하여

　- 어린양 주께로 내가 갑니다!

내 모습 이대로 휩쓸리며 살면서

다툼 의심 수없이 나를 흔들고

싸움 두렴 따르나

　- 어린양 주께로 내가 갑니다!

내 모습 이대로 주 날 받아주시고

용서와 정함으로 품으시네

주의 약속 믿으니

　- 어린양 주께로 내가 갑니다!

내 모습 이대로 거저 받은 사랑이

한없이 크고 깊고 넓으시네

잠시 머문 이후에

　- 어린양 주께로 내가 갑니다!

내 모습 이대로 늙고 지쳐 약하나

감추인 주의 얼굴 보기 원해

험산 계속 올라가

－ 어린양 주께로 내가 갑니다!

(샬럿 엘리엇, 1851년) *마지막 절: 조안 팍스 덧붙임, 2013년

'어린양 주께로.' 관이 놓인 자리에서 반대편 앞줄 두 번째 신도석에 앉은 내 딸들에게는 아무래도 이 말이 미국산 헤비메탈 밴드의 노래보다도 더 과한 느낌을 줄 것 같은 생각이 든다. 기독교의 수사법에는 왜 이런 표현이 그렇게나 많이 등장하는지 항상 의아했다. '어린양 주께로' 이게 오싹하게 느껴지는 사람은 나뿐인가? 분명 먼 옛날 사람들은 어린양이라고 하면 곧바로 나약함, 희생제물, 맛있는 식사로 연결시켰을 것이다. 어린양은 무력함과 무방비의 상징이었다. 사람들은 어린양을 산 채로 사서 이런 저런 것들을 기념하기 위해 죽여서 제물로 바쳤겠지. 기독교에서 전형적으로 나타나는 뒤집힌 계층구조에 따라 사람들은 가장 미천하고 나약한 피조물이자 사실은 하나님으로 나타나는 희생제물인 어린양을 섬기게 된다.

말이 되나? 기독교가 어떻게 19세기의 이류 엉터리 시에 그토록 집착했을까? 헤비메탈 밴드가 훨씬 낫다는 말은 아니지만. 찬송이 끝나고 모두 자리에 앉는다. 금발의 사제는 고작 3미터쯤 떨어져 나와 마주보고 있으니 이 장례식이 진행되면서 점점 동요하는 내 모습도 내 눈물도 감지하고 있었을 것이다. 그가 말하길 성도들은 절대로 조안을 '늙고 지쳐 약하다'고 생각하지 않을 것이라고 한다. "불과 두 달 전이죠! 지금 제가

서 있는 바로 이곳이군요. 조안은 아무리 고통스럽고 병으로 기진맥진해도 말씀을 전하기 위해 일단 여기 성단소 계단에 오르기만 하면 그분의 몸은 더 커 보였습니다. 안그런가요? 그리고 스무 살은 더 젊어 보였습니다." 그는 말을 멈추고 활짝 웃는다. "그분은 우리 모두를 감화시키는 사람이었습니다."

나도 어머니의 이런 모습이 생각난다. 하지만 내가 집에 들렀을 때 문을 열어주려고 안락의자에서 일어나서 나오는 자체가 만만찮은 도전이었던 여인 역시 기억난다. 암과의 '싸움에서 지고' 있음을, 우울증에 허덕이고 있음을, 진통제가 간절해서 코르티손 주사에 고마워하고 있음을 털어놓기조차 수치스러워 했던 여인······. "정말 고통스럽다, 팀." 이렇게 말하는 어머니의 눈에 눈물이 흘렀다. 그런데 지금 내 손에 있는 장례식 안내지에는 바로 이 여인에 대한 언급이 전혀 없을 것이다. '험산 계속 올라가'는 사람만 있을 뿐, 찬송가식 표현에는 뭔가 위험한 전염성이 있다. 암처럼 지독하다. 무한정으로 증식한다.

"이제 시가 나옵니다." 사제가 말한다. 메인요리 후에 우리가 대접하는 게 나온다는 듯······. 그의 표정은 기쁨 모드로 고정되어 있다. 내 뒤의 신도석에서 조카가 일어나 앞으로 나간다. 장례식 안내지에 이렇게 적혀 있다.

(시)

내가 예수를 알고 부름 받았나니

참으로 확실한 말씀에도

방법도 이유도 나는 보지 못하네

사역을 감당키엔

보잘것없고 나약하며 준비되지 않은 자로되

그럼에도 기꺼이 "예!"라고 답하고

위험마저 감수하며 미지의 땅으로 들어서

믿음으로 당신의 길을 걷겠네

생명이신 당신에게 이르는 유일한 길을

누구 글인지 적혀 있지 않다. 나는 내 왼편으로 3미터 남짓 떨어진 관에 가만히 누워 있는 우리 어머니가 쓴 글은 아닌지 잠깐 갸웃한다. 아주 가만히 있는 어머니, 오랫동안 알고 지낸 누군가가 무거운 덮개가 달린 상자 안에 틀어박히다니 정말 불가사의할 뿐이다. 어머니인데 어머니가 아니다. 여기 있는데 여기에 없다. 어머니가 아무리 더디고 지친 발걸음으로 끝을 향해 나아갔어도, 아무리 괴로워했어도, 피를 토할 때조차 주고받는 눈빛이 있었고 어머니와 아들이 서로의 존재를 의식했다. 어머니와 딸도 마찬가지였다. 어머니와 친구도, 어머니와 간호사도, 뭔가가 있었다. 서로 알아보고 인정하는 것. 그런데 불가사의하게도 이제 생명은 떠났고 곧 불타서 재가 될 육신이 관 안에 있는데 그 와중에 어머니의 잘생긴 손자는 약간 당황한 기색만 내비칠 뿐 담담히 시를 읽는다. 이 시가 어머니 글이라는 생각이 내 머릿속을 맴돈다. 어머니의 나약함(보잘것없고 준비되지 않은 사람이라는 고백), 선택받은 기적(자부심), 도전을 감당하는 것을 강조, 이렇게 계획된 자신의 창조주(여성보다는 남성임이 분명한 권능자)와의 만남을 앞둔 묘한 감상, 전부 익숙한 이야기다. 물론 지난 몇 년간 어머니와 내가 단둘이 있을 때는 나보다도 어머니가 훨씬 더 조심하며 언급하기를 피하게 된 내용들이다.

장례식 안내지를 보니 이제 '묵상, 데이비드 클로크 목사'라고 적혀 있다. 이제 5면 하단이다. 많이 왔다. 나는 지금 앉아 있고 목사는 품이 넓은 예복을 입고 고작 몇 발자국 떨어진 곳에서 나보다 높은 위치에 있어서 그가 아주 크고 젊어 보이고 금발도 더 빛나는 듯하다. 뭔가 아주 흐뭇해하는 데다 혈색도 좋아 보이고 옹골지고 유쾌해 보인다. "조안이 추모사를 한 마디도 하지 말라고 부탁했지만, 한 마디 정도는 아주 잘 받아주실 겁니다. 사실 두 마디네요." 그가 웃는다. "아주 겸손한 분이었죠. 우리가 그분의 삶을 기리지도 않고 곁을 떠나게 할 수는 없습니다."

클로크 목사가 어머니의 저교회적인 사소한 약점을 부드럽게 살짝 놀리면서 말을 이어간다. "조안의 장례식을 향내로 오염시키는 일은 꿈도 꾸지 못했겠죠. 조안은 그 부분에 걱정이 이만저만 아니었거든요. 제가 '조안, 저만 믿으세요.'라고 말했습니다." 그가 또 웃는다. 사실 꽤 웃기다. 그는 조안이 자신의 설교에 대해 뭔가를 제안하고 감상이나 의견을 주면서 도와주곤 했던 이야기를 한다. "조안이 제게 그러더군요. '데이비드, 주님은 아주 많은 음식을 풍성하게 차려 주셨어요. 목사님이 해야 할 일은 매일 무엇을 차려 낼지 정하는 것뿐이에요.'"

가만 생각해보니 분명 어머니는 가족이나 친구들이 방문할 때 이런 느낌이었겠지. 헬렌이나 존이나 티모시는 어머니가 전자레인지에다 어떤 음식을 준비해서 주길 원했을까? (윌로우딘 집의 주방은 보통 크기의 오븐을 두기에 너무 작았으니까.) 문득 궁금해지는데 나한테 말해 보라고 하면 나는 뭘 차려 낼까? 곰곰이 생각해 본다. 어머니는 언제나 너그러웠다. 주위 모든 사람들의 생일을 기억하고 있었을 뿐 아니라 자식들이 한동안 전화도 안 하고 찾아 가지 않아도 푸념 한마디 없었다. 사실 어머니는 먼저 전화하는 법이 없었다. 보통의 어머니에게는 상당히 이례적인 일이었다. 항상 전화를 기다리기만 했고 전화가 오면 언제나 기뻐했다. 그래도 속상한 티 한번 낸 적이 없었다. 싫은 소리도 자조 섞인 한탄도 없었다. 무엇보다도 지난 수년간 이제 자식들이 장성하고도 남은 시점이 되자 나와 형에게 더는 신앙 이야기를 하지 않게 되었다. 적어도 대부분의 시간은 그랬다. 대신 다 같이 행복해지는 법을 알게 되었다. 크림을 곁들인 루바브 크럼블을 나눠 먹거나, 셰리주를 한두 잔 즐기거나, 스크래블이나 루미큐브 게임을 하거나, 텔레비전의 형사 모험담(어머니는 늘 '모험담'이라는 단어를 붙였다)을 보며 함께 즐거워지는 법, 다시 말해 든든하고 편안한 마음을 갖게 해주는 존재가 되는 법을 터득했다. 물론 뭘 자꾸 많이 먹이려 해서 곤란하긴 했지만 말이다. 마침내 어머니가 우리를 붙들고 하던 설교를 그만두자 어머니와 함께하는 시간이 정말 좋아졌다.

어머니를 도와주는 것도, 집 안팎으로 어머니가 처리해야 할 자잘한 일거리는 없는지, 무거운 물건을 장볼 일은 없는지 묻는 것도 좋았다. 그리고 어머니의 건강 상태가 좋을 때 같이 버스를 타고 마블 힐에 가고 다행히 볕이 좋은 날은 공원에 있는 야외 카페에서 케이크를 먹고 정치 이야기를 조금 하거나 집안일을 논의하고 영국 국교회의 애석한 현실에 대해 이야기하는 게 좋았다. 이 모든 건 장례 예배에서 내가 어머니에 관해 이야기했을 만한 내용이다. 만약 내게 순서가 주어졌다면 말이다. 나는 어머니가 내 여자 친구들에 대해 항상 부정적인 의견을 늘어놓던 식으로 여기 모인 사람들을 곤란하게 만들지는 않았을 것이다. 어머니가 내 여자 친구를 한 명도 마음에 들어 하지 않았다거나, 사실 어머니는 요가가 악마의 운동이고 에이즈는 변태 짓에 대한 신의 형벌이라고 생각한다는 말은 그냥 넘겨버렸겠지. 어쨌든 나라면 이런 이야기를 했을 것이다. 어머니는 전도에 대한 열정을 제쳐두고 나는 어머니의 전도 활동에 대한 반항을 고이 접어두면서 우리 둘 다 어머니와 아들로서 더불어 행복해지는 방법을 터득했다고…… 우리 모자가 무언의 합의를 통해 그렇게 할 수 있었다는 사실 그 자체가 참 멋진 일이었다고…… 모르긴 몰라도 어머니는 다른 사람들과의 관계에서도 똑같이 지혜롭게 절충안을 찾았을 것이라고…… 혹시 어머니의 묘비가 세워진다면 나는 거기다 이렇게 새기겠다.

'그녀의 크리스마스 선물은 언제나 일찍 도착했다.'

마음으로 되뇌던 나만의 추모사는 목사의 추모사와 시간이 얼추 맞아 떨어졌다. 그래서 나는 그가 무슨 말을 했는지 듣지 못했다. 그렇게 엄마 생각을 하자니 당연히 나는 또 눈물이 글썽해졌지만 다시 기운을 냈다. 결국 여기에 있을 이유가 있었던 것 같으니까. 그 사이에 좀 더 연로한 또 다른 사제가 기도문을 읽기 시작했다.

오, 우리 주 예수 그리스도의 아버지이신 자비로우신 하나님! 부활이요, 생명 되신 주님. 주를 믿는 자는 누구든 죽어도 살겠고, 살아서 믿는 자는 영원히 죽지 아니하리

라! 주의 거룩한 제자 사도 바울을 통해 우리에게 가르치시사, 주님 안에 잠든 자를 위해 소망 없는 자들처럼 슬퍼 울지는 말라 하셨나이다. 우리가 순종하여 주께 간구하노니……

19세기 찬송가 다음에 이 기도문이 나와 얼마나 다행인지 모르겠다! 내용은 똑같지만 적어도 『공동기도서』를 읽으면 적어도 바보가 된 기분이 들진 않는다. 19세기의 의도적인 고문체에는 16세기 기도문의 차분한 설득력이 전혀 없다니 참 모순적이다. 찬송가식 표현은 내가 거부 의사를 표하는 최후의 수단으로 쓸 것 같다. 날 위해 준비된 광시곡이다. 내가 그대 안에 숨게 해주시라.

사제의 음성이 익숙한 리듬을 따라 흐르자 내 귀에 아버지 목소리가 들리기 시작한다. 내가 용돈 몇 푼 벌려고 장례식 성가대에서 노래를 부를 때마다 아버지는 바로 이 기도문을 특정한 음조로 읊었다. 블랙풀에서 만났을 때처럼, 우리 가족이 한자리에 다시 만났던 몇 번 안 되던 그 순간처럼, 지금 모두 같이 있다. 어머니는 관에, 아버지는 내 머릿속에, 형과 누나는 각자 완전히 다른 생각과 세상에 빠져 있지만 나란히 아주 가까이에 모여 있다.

이제 마지막 찬송 순서다. 늙은 감자 같은 코에, 딱 봐도 의치인 치아를 드러낸, 슬프게도 있는 그대로의 모습으로 담긴 어머니의 흑백 사진 위로 가사가 적혀 있다.

(찬송가)

내 영혼아, 주 크심 찬양하여라!

온 뜻과 정성을 다 모아서.

사랑과 은혜 풍성하시니

주 안에 참된 기쁨이 넘치도다.

내 영혼아, 주 이름 찬양하여라!

그 팔로 행하신 큰 위업을.

인자와 자비 풍성하시니

온 세상에 모두 알리라 세세토록.

내 영혼아, 주 권능 찬양하여라!

능력과 권세로 다스리네.

교만한 자는 물리치시고

이 낮고 천한 백성들 높이시네.

내 영혼아, 주 말씀 찬양하여라!

하나님 약속은 늘 신실해.

온 세상 향해 크게 말하라.

내 주님 위대하심을 세세토록!

(티모시 더들리-스미스, 1962년)

고백컨대, 이 찬송가는 모르겠다. 1962년에 만들어진 곡이라 내가 주일학교 때 접하기에는 너무 신곡이었다. 용어 선택은 19세기 중반과 크게 달라진 것 같지는 않지만 부르기는 확실히 더 힘들다. 나는 음악을 전혀 따라갈 수가 없는 느낌이다. 정신이 온 사방을 휘젓는다. 그래도 이제 거의 다 왔다. 그러니 상관없다. 거의 끝나간다. 안내지가 이제 딱 한 면만 남았다. 이런 생각을 하자 안도감과 조급함이 함께 밀려든다. 계속 노래를 부를 수가 없다. 나는 갑자기 형의 손을 잡는다. 예배 시간 내내 하고 싶었던 것이다. 손을 꼭 쥐고 계속 노래를 한다. 형도 손을 꼭 쥐면서 잡아준다. 아주 따뜻하게. 이제 나는 내 왼편에 있는 누나의 손을 잡고 꼭 쥔다. 누나도 곧바로 더없이 따뜻하게 손을 꼭 쥐어준다. 그러자 문득 우리 셋이 하나가 되도록 두 사람의 손을 다 잡아야겠다는 생각이 든다. 하지만 금세 그 생각을 접어두기로 했다. 얼어 죽을 상징은 무슨……. 누나가 내 쪽으로 몸을 기울여 속삭인다. "팀, 슬퍼하지 마. 다 괜찮을 거야." 마치 뭔가 잘못한 걸 걱정하고 있는 어린 동생에게 하는 말투라니! 내가 누나에게 말한다. "괜찮아, 누나. 이제 다 괜찮아." 정말로 괜찮아졌다. 이제 마지막 말을 건넬 준비가 되었다.

자비가 가득한 전능하신 하나님, 세상을 떠난 사랑하는 자매님의 영혼을 주님이 직접 인도하사 기뻐하시니 우리가 그 육신을 불에 태워 흙은 흙으로, 재는 재로, 먼지는 먼지로 보내기로 하옵니다. 우리 주 예수 그리스도를 통해 영생에 이르는 부활의 굳은 소망 안에 자매님을 보냅니다. 우리의 비천한 육신이 주의 영광스러운 육신처럼 화하게 됨은 모든 것을 복종시키시는 주의 권능으로 인함입니다.

모든 것을 복종시키시는 주의 권능은 희한한 개념이다. 이제 사제들이 관에다 성수를 뿌리는데 저건 어머니가 허락하지 않았을 것이다. 그래도 어머니는 저들을 말릴 수 없다. 세상을 떠났으니까. 벌써 운구자들이 어머니를 어깨에 들쳐 멘다. 어머니의 비천한 육신은 복종 당했고, 장례식 안내지의 모든 순서가 끝났고, 조안은 더 이상 내놓을 패가 없다.

• 팀 팍스(Tim Parks)

이탈리아에 살고 있는 소설가, 수필가, 여행 작가, 번역가다. 부커상 최종 후보 명단에 오른 『유로파Europa』를 포함해 15편의 소설을 썼고, 모라비아, 칼비노, 칼라소, 마키아벨리, 레오파르디의 작품을 번역했다. 밀라노에서 번역학 대학원 과정을 진행하면서 《런던 리뷰 오브 북스London Review of Books》와 《뉴욕 리뷰 오브 북스New York Review of Books》에 정기적으로 글을 쓴다. 그의 많은 논픽션 작품 중에는 베스트셀러 『Italian Neighbours』, 만성 통증과 명상에 관한 회고록 『Teach Us to Sit Still』이 있다. 평론 작품에는 에세이집 『Where I'm Reading From』, 소설가와 작품, 독자 사이의 관계를 고찰한 최근작 『The Novel, A Survival Skill』이 있다. 그가 가장 최근에 출간한 소설은 『In Extremis』이다.

모태의 자장 안에서 평생을 서성인 작가들

딱히 작품을 읽어본 적은 없더라도 이름이 귀에 익은 작가부터 아직 우리에게 생소한 작가까지 여러 영미권 작가들을 주인공으로 다룬 일종의 성장사를 한데 모은 책이다. 정확히 말해 작가와 어머니의 관계를 둘러싼 이야기를 제삼자의 입을 빌려, 혹은 작가 자신의 입을 통해 들려준다. 이 책은 작가를 자녀로 둔 어머니가 평생 어떤 삶을 꾸려왔는지 저마다의 사연을 밀도 높게 들려주는 작가 집안의 연대기로 읽히기도 하고, 다양한 문체와 형식의 작가 비평을 한데 엮은 문학 선집으로 읽히기도 하고, 작가가 자신의 어머니라는 세상을 중심으로 어떤 삶을 살았는지 들려주는 일종의 수기로 읽히기도 한다.

한 인간이 모태에서 나와 탯줄이 끊긴 후로는 독립적인 개체로 남은 생을 산다지만 평생 모태의 자장에서 완전히 벗어나는 인간이 과연 몇이나 있을까 싶다. 이 책의 작가들은 원하든 원치 않든 어머니와 영혼의 탯줄로 유독 끈끈이 이어진 채 평생을 살았던 이들 같다. 그 탯줄의 영향하에서 행복과 불행을 넘나들며 운명적으로 글 줄기를 따라 살아온 영혼들이랄까.

그야말로 다채로운 사연 속에 담긴 이들 모자/모녀 관계를 단순히 몇 가닥으로 분류할 수는 없으나, 어머니의 영향력에 반응한 태도와 방식이 작가마다 천차만별 서로 다른 삶의 궤적을 그리는 원천이 된 것은 사실이다. 누군가는 흔쾌히 모태의 나침반이 가리키는 방향으로, 또 누군가는 어쩔 수 없이 혹은 결사적으로 그것을 거스르는 방향으로 내처 나아간 것 같지만 결국 자기 삶을 글로써 곡진하게 빚어내는 작가로 살게 되었다는 공통분모 안에 묶인다.

다른 사람의 목소리로 작가의 어머니에 대해 이야기하는 1부는 필자들이 공부하듯 읽어내는 작가의 인생과 작가의 어머니에 대한 내용이라 해석비평에 가깝다. 비교적 촘촘하게 객관적으로 그 삶의 궤적을 추적하고 나름의 논리로 이면의 속사정을 가늠해서 들려준다. 간간이 전문적인 비평의 필치가 섞여 있어 다소 어렵게 느껴지는 해석을 만나기도 하지만 그런 내용 역시 작가와 작품을 꼼꼼하고 성실하게 읽어내려는 필자의 노고가 같이 느껴져 정독하게 만드는 힘이 있다.

작가의 목소리로 자신의 어머니에 대해, 작가인 본인의 삶에 대해 이야기하는 자전적 내용을 담은 2부는 작가가 자기 삶을 텍스트 삼아 들려주는 인상비평 같다. 아무리 듬성듬성, 때론 체계랄 것 없이, 어찌 보면 좀 불친절하게 들려주는 이야기라 하더라도 어쩐지 독자는 그 행간에서, 여백에서 작가의 진짜 이야기를 진국으로 길어 올릴 것 같다. 읽다 보면 신기하게도 저절로 헤아릴 여지가 생기는 기분이 든다. 누구보다도 작가 자신이 가장 잘 아는 부분을 들려주는 덕에 어느샌가 마음이 실려 글을 따라가게 되고 이따금 울컥하는 순간과 마주치게 된다. 특히 2부는 한 편 한 편 작가의 인장을 고스란히 보여주는 단편소설 같은 느낌도 든다. 부러 드러내든, 무심결에 드러나든 작가의 분신이 글 속에 똑똑 떨어져 내린다.

책을 쭉 따라가다 보면 인간적으로 각별히 애정이 가는 작가, 안타까움과 측은지심이 솟아나 한없이 위로하고 싶은 작가, 호기심을 자극하며 속속들이 더 알고 싶은 마음을 불러일으키는 작가 등 다양한 모습의 작가들을 만난다. 그들의 온 존재에 새겨진 모계의 유산을 확인하게 되면서 그들의 작품이 새삼 궁금해진다. 자신의 어머니와 떼려야 뗄 수 없는 삶을 살았던 여러 작가들의 이야기를 소개하는 이 책은 어쩌면 책장을 찬찬히 넘기다가 흥미로운 작가와 작품을 발견하게 되는 두툼한 카탈로그가 되어도 좋겠다는 생각이 든다. 성찬처럼 차려진 이 작가들의

삶과 작품을, 의도했든 의도치 않았든 자식을 작가로 키워낸 그 어머니
들의 사연 많은 인생을 한번 살펴보시길.

2019년 4월 4일

옮긴이가

예비 작가를 위한 창작 노트

◇ 글을 쓰는 요령

흔히 말을 잘하는 사람은 글도 잘 쓸 것이라는 선입견을 갖게 되는데, 반드시 그렇지는 않다. 일단 말을 통한 이야기는 의사소통의 수단으로써 글에 비하여 즉시성을 지니고 있기 때문에 상대방에게 의사를 전달하는 방법, 즉 레토릭적인 표현법(효과적인 화술·작문의 기술로서의 수사법)을 길러야 한다. 그러나 글은 자신의 생각을 글로 나타내는 작업이기 때문에 다소 논리적이고 체계를 갖출 필요가 있다.

　단순히 좋은 글이란 충실한 내용과 잘 짜여진 틀(형태)을 갖추어야 하는데, 무엇보다 좋은 글을 쓰려면 우선 독서량을 늘이고, 또 한편으로는 경험을 바탕으로 하는 지식의 양을 늘려주어야 한다. 무작정 많이 읽고 많이 쓴다고 글을 잘 쓰게 된다는 환상은 지워버리는 게 낫다. 글쓰기는 100미터와 같은 단거리 경주가 아니라 일정한 기간 동안의 글쓰기 훈련 과정을 거쳐야만 그 능력을 기를 수 있다.

글을 쓰기 위해서는 용기와 결단이 필요하다. 특히 문학을 위한 글쓰기는 일반적인 글쓰기에 비해 창작의 고통을 몸으로 겪고 체험해야 가능해진다. 글쓰기는 격렬한 정신적이고 육체적인 활동을 동반하게 된다.

여러분이 글을 잘 쓰려면 다양한 글쓰기 능력을 길러야 한다. 기본적으로 어휘, 문법, 맞춤법, 표현력 등을 기르고, 한편으로는 작문에 대한 두려움으로부터 벗어날 수 있도록 일기, 편지, 눈, 메일 등을 통하여 일상생활에서도 적극적으로 활용해보도록 하자.

오래된 것을 새롭게 말하거나 새것을 오래된 방식으로
말하는 것이 좋은 글쓰기의 비결이다.
-리처드 하딩 데이비스

◇ 작가에게 어머니의 존재란 무엇인가?

만약 당신이 작가로서의 꿈을 실현시키고 싶다면 '어머니의 존재감'에 주목해야 한다. 왜냐하면 어머니로부터 물려받은 DNA로 인하여 원초적 감성, 양가감정, 레트로적인 기시감 등은 작가의 작품에 어떤 형태로든 그대로 투영되기 때문이다.

위대한 작가에게 있어서 '어머니의 역할과 영향'은 작품 속에서 어떤 화학적 반응을 일으키게 될까? 저마다 다르겠지만 분명한 건 특정한 부분에서 작가와 어머니는 서로 깊은 관련성을 맺고 있다는 점이다.

대부분의 위대한 작가들은 체계적인 글쓰기 훈련에 의해서라기보다 아주 우연한 기회나 계기를 통하여 '영감'을 얻곤 한다. 그것이 어머니, 친구, 선생님 등에 의한 격려나 칭찬에 힘입어서든, 어떤 다른 작가들의 작품에서 받은 감명에 의해서든, 아니면 작가의 창작에 대한 열망에 의해서든……

작가는 일정기간 이상 동안에 걸친 치열한 내적 투쟁과정을 거친 후에야 비로소 '작가의 꿈'을 키워 나갈 것이고, 그 누군가를 위해 작가로서의 길을 묵묵히 걷게 될 것이다.

내 문학의 뿌리는 어머니다.

-박완서

◇ 작가란 무엇인가?

책, 연극, 영화, 방송, 만화 등의 분야에서 글을 쓰는 분들을 '작가'라고 한다. 작가(writer)는 언어감각, 문장력, 표현력, 창의력, 상상력 따위를 지녀야 하는데, 그러한 능력들은 거의 타고나는 경우가 대부분이지만 어느 정도는 후천적인 노력에 의해서도 길러지기도 한다는 게 정설이다.

흔히 우리의 기억 속에는 베스트셀러를 쓴 사람만을 작가로 인식하려는 경향이 있는 듯하다. 그러한 대중적인 인기와 무관하게 어떠한 책이라도 시중에 출판한 경험을 가진 분이라면 이미 작가의 대열에 들어선 '준작가'로서 인정해주어야 한다.

최근 글쓰기에 대한 관심이 폭발적으로 늘어나다가 보니 자서전을 비롯해 실용서를 직접 만드는 저자(author, 글에 대한 법적 권리를 향유하는 저작권자)들을 종종 보게 되는데 이 또한 준작가라고 할 수 있다. 그러나 신문기사를 쓰는 기자나 대학에서 학위논문을 쓰는 학생을 작가라고는 하지 않는다는 점에 주목해야 한다.

오랫동안 널리 인기를 누릴 만큼의 위대한 작가는 쉽게 탄생되지 않는다. 시대적 요구와 독자들의 욕망을 충족해 줄 수 있는 컨텐츠라야 하며, 또 어머니와 같은 후원자와 멘토의 관심과 격려에 힘입어 탄생하게 된다. 독자여러분들도 어릴 때부터 체계적인 글쓰기 과정을 거친다면 충분히 그 대열에 합류할 수 있을 것이다.

저자라는 지칭어는 책을 내는 사람이라면 누구라도 해당되는 반면

작가라는 지칭어에는 가치판단이 포함되어 있는 것 같다.

작가는 예술가이며, 자기 자신을 쥐어짜 글을 쓰는 사람이다.

저자라는 말은 그 사람이 '하는 일'을 뜻하지만

작가라는 말은 그 사람 '자신'을 지칭한다.

인류학자부터 전기 작가에 이르기까지,

다이어트 전문가에서 금융 전문가에 이르기까지

거의 모든 사람이 저자가 될 수 있다.

저자는 차고 넘친다.

그러나 작가는 희소한 존재다.

-존 위너커

작가의 어머니

2019년 5월 20일 초판 1쇄 인쇄
2019년 5월 28일 초판 1쇄 발행

저자   데일 살왁
옮긴이   정미현
교정   이문필, 이형석, 이혜림, 이준표
편집기획 이원도
디자인   이창욱
제작   서동욱
발행처   빅북
발행인   윤국진
주소   서울 양천구 목동 중앙북로 38 롯데캐슬위너 107동 1504호
등록번호 제 2016-000028호
이메일   bigbook123@hanmail.net
전화   02) 2644-0454
전자팩스 0502) 644-3937
ISBN 979-11-960375-6-7 03800
값 16,800원